U0672600

南明忠魂

万松 著

中国言实出版社

图书在版编目（CIP）数据

南明忠魂 / 万松著 . -- 北京 : 中国言实出版社 ,
2018.6

ISBN 978-7-5171-2842-7

Ⅰ . ①南… Ⅱ . ①万… Ⅲ . ①长篇历史小说 – 中国 –
当代 Ⅳ . ① I247.5

中国版本图书馆 CIP 数据核字（2018）第 145127 号

责任编辑：代青霞
出版统筹：李满意
文字编辑：肖凤超
封面设计：淡晓库

出版发行 中国言实出版社
地　址：北京市朝阳区北苑路 180 号加利大厦 5 号楼 105 室
邮　编：100101
编辑部：北京市海淀区北太平庄路甲 1 号
邮　编：100088
电　话：64924853（总编室） 64924716（发行部）
网　址：www.zgyscbs.cn
E-mail：zgyscbs@263.net

经　销 新华书店
印　刷 北京温林源印刷有限公司
版　次 2018 年 8 月第 1 版　2018 年 8 月第 1 次印刷
规　格 710 毫米 × 1000 毫米　1/16　20.25 印张
字　数 340 千字
定　价 49.80 元　ISBN 978-7-5171-2842-7

目录

第1章 讨封被拒

01

永历三年正月某日。

云南昆明，大西军主帅孙可望府邸，心绪烦躁的孙可望，独自坐在桌边不停地喝着闷酒。

走进来的杨畏知见他心事重重，上前小心翼翼地问："将军缘何一个人在此喝酒？"

见有了说话的人，孙可望放下酒杯，叹息道："唉，畏知老弟有所不知，本将军实在是郁闷得很呐！"

杨畏知听出他话中有话，便说道："将军有难处为何不说出来？说出来畏知说不定还能提些建议嘛。"

孙可望茫然地摆了摆头，对他说："畏知老弟，你是知道的，自老万岁在四川凤凰山中箭身亡后，我大西军便是群龙无首了。虽说如今我和定国、文秀、能奇他们一路血拼拿下了云贵之地，占据了些地盘，但四人一同主政意见分歧太大，多有不便。若不尊一人为主，一旦遇事，恐怕号令难统啊！"

聪明过人的杨畏知，一下子听出了他的弦外之音、话外之意。他孙可望所说的意见分歧太大和号令难统，不就是指他的副帅安西王李定国有时不太听从他的号令和指挥，遇事爱和他抬杠吗?

大西军的底细，杨畏知很清楚。自从张献忠战死后，大西军便由他的四个义子孙可望、李定国、刘文秀、艾能奇一起统率。孙可望是张献忠收养的第一个义子，年龄最大，与其他三人相比能力也较强，加上他在军中的威望，理所当然地成了大西军的主帅，李定国排第二，刘文秀排第三，艾能奇排第四。此后，大西军就由孙可望、李定国、刘文秀、艾能奇四人执掌军政，共同指挥。

一路血拼过来，按理说几人都是过命的生死弟兄，应该相互照应才是。但孙可望自认为他是大西军的老大，其他人都得听从于他，做事也就独断专横，常常不把李定国、刘文秀和艾能奇三人放在眼里。日久天长，李定国、刘文秀慢慢对他生出了些想法。特别是与他比肩的安西王李定国，生性耿直，性格刚烈，军事上又很有主见，常常顶撞孙可望。表面上，二人你我一团和气，暗地里，孙可望觉得李定国不好驾驭心有不快。

李定国和孙可望之间的不愉快，缘于一次军事上的意见分歧。大西军一路拼杀，在占领遵义、贵阳以后，孙可望想把部队开到广西继续与明军周旋，如果一旦失利就转入南海。可李定国坚决不同意，说他把部队拉去广西是死路一条，力主向西进军云南，在云南建立大西军自己的根据地，并联合南明永历政权抗击清军。军中大多数将领都认为李定国说得有道理，赞成李定国的意见。但孙可望对联合南明抗击清军恢复中原毫无信心，他只想保住打下的这片江山，在云南、贵州、四川和湖北一带称霸一方，对李定国的建议也就无动于衷毫不理会。李定国始终觉得，孙可望坚持亡命南海的想法非常危险，是死路一条，弄不好就把大西军葬送了，他不愿看着自己的将士去送死。他想，与其和他去那个地方送死，还不如现在自己死了算。绝望透顶的李定国，“嗖”的一声拔出佩剑，准备自杀了之。身边将士见状，赶忙夺下他手中的宝剑。其他将士见他以死与主帅抗争，赶紧齐刷刷地跪在地上高声呼喊：“拥护李将军！”“跟随李将军，杀到云南去！”孙可望见人心归向李定国，不得软和下来，答应他进兵云南联合永历政权抗击清军。

虽说孙可望答应了，但是李定国哪会知道，他孙可望心里对自己产生了芥蒂。后来李定国屡建战功，在永历朝廷和大西军中名声大震。孙可望觉得他功高盖主，时时防备着他。俩人矛盾越积越深，不过是一时间还不好撕破脸皮罢了。

“将军有何想法？”善于察言观色的杨畏知故意问孙可望。

孙可望深深地看了杨畏知一眼。他知道，这杨畏知虽是从大明那边被迫归顺自己的，但此人过来后对自己还算忠心。再说，自己平时对他也不薄，算是个值得信赖的人。为何不把自己的想法告诉他，让他帮忙出些主意呢？

孙可望叫杨畏知坐到他对面，倒了杯酒递给他："本将军想请永历朝廷封我为秦王，继承老万岁的遗愿，但又怕永历帝不肯，定国、文秀他们有想法。"

"如若朝廷遂我此愿，我愿率大西军将士与他们一道联合抗击清军！"还没等杨畏知说话，孙可望又说道。

杨畏知先前听了孙可望的话，知道这人藏有很大野心。自己本是大明旧臣，归顺他孙可望实属无奈之举。抗清是自己的心愿，他孙可望既然有此等心思，这岂不是更好？得撮合撮合这事。

想到这里，杨畏知赶紧讨好他："将军若能被永历朝廷册封为秦王，那自然是好事，一来可以威震西南，二来还能压服安西王和抚南王俩人。到那个时候，将军该是何等的威风啊！"

杨畏知的话让孙可望心花怒放，他迫不及待地问杨畏知："你的意思是这事可做？"

"可做！"杨畏知肯定地说。

"那你觉得此事该如何办。"

杨畏知沉思了一下，说："永历帝现在广东肇庆，属下认为，将军可派使节到那儿向他求封。"

孙可望摇摇头："本将军以前曾托人找过永历帝，但他没答应。"

"将军曾正式派人去向永历帝求封过？"杨畏知看着孙可望。

孙可望拿起桌上的小酒杯，边往杯里倒酒边说："正式倒不算正式。那年四川巡按钱邦芑派他的推官王显来找过我，叫我归顺永历朝廷和他们一同抗清。当时我请他派人向永历帝提过这事。"

"那永历帝为何不答应呢？是不是他觉得你没正式派使节去找他，才没同意？"杨畏知盯着孙可望。

"嗯，不排除这个可能。"孙可望端起酒，作沉思状点了点头。

杨畏知说："朝廷封王历来都很慎重，将军托人去找永历帝，这显然很草率，他当然不会答应。将军何不正式派个使节去找他，这样他也有面子些嘛。"

"你的意思是说，正式向朝廷求封？"

"是啊，这样他永历帝才会引起重视啊！"杨畏知加重语气。

孙可望把酒杯递过去和杨畏知相碰："那你认为派谁去比较合适？"

杨畏知咬了咬牙，说："将军若信得过畏知，畏知愿意带人前往。"

孙可望高兴地说："既是如此，我叫人备上二十两黄金，四块琥珀，四匹好马，再写一封求封秦王的奏书，派人和你一起去肇庆府找他永历帝，就说我大西军愿意和他永历朝廷联合抗清，看他封与不封！"

"好！"杨畏知递过酒杯，再次和他碰杯。

孙可望将酒杯递过来碰了一下，然后俩人把酒喝下肚去。

杨畏知放下酒杯，问他："将军准备派哪些人与我一道去？"

孙可望凝神想了想，说："等我找到人，再告诉你好不好？"

"听将军的。"

杨畏知又问他："什么时候起身？"

孙可望告诉他："你先回去，等我写好奏书，再与定国将军商议一下，看派哪些人和你去合适些。"

"行，那畏知先告退了。"杨畏知说完，退出孙可望府邸。

杨畏知一走，孙可望便迫不及待地找来一张黄纸，研墨起草向永历帝讨封秦王的奏书。

孙可望本来就才思敏捷，他略微沉思一下，提笔便在纸上写道："皇上，先秦王荡平中土，剪除贪官污吏。十年来，未尝忘忠君爱国心。不谓李自成犯顺，王步旋移……孤守滇南，恪遵先志，合移知照。王绳父爵，国继先秦，乞敕重臣会观诏土……孙可望拜书。"

写好讨封的奏书，他把手下一名亲兵叫来："你去西府把李将军请来，我有事找他商量。"

"是。"亲兵应答，转身去西府请李定国。

孙可望亲兵来到西府，见李定国和一名部属在说事，就站在一旁等着。

李定国见了，问他有什么事。

"李将军，平东将军请您去他府中一趟，说有事找您。"

李定国问："什么事将军说了吗？"

"将军没说。"孙可望亲兵回答。

李定国说："行，你先去，我马上就到。"

"好。"孙可望亲兵转身回孙可望府中复命。

02

“大哥有事找我？”一会儿，李定国来到孙可望府邸。

“请坐，定国老弟！”见李定国来了，孙可望赶紧和他打招呼。

李定国在他对面的红木椅上坐下。

孙可望边给李定国泡茶边说：“请老弟过来，是有件事想跟你商量一下。”

“什么事大哥说便是。”李定国看着孙可望，不知道他要对自己说什么。

孙可望斟好茶水，递一杯给他：“我有个想法，不知道定国老弟同不同意。”

“大哥请说！”李定国端着茶水。

孙可望似乎有些难于开口，他担心这事说出来他李定国会不同意。顿了一下，他才说：“定国老弟啊，一晃老万岁在凤凰山归天已经好长一段时间了啊！”

“是啊，兄弟们无时不在想着他老人家啊！”李定国很是伤感。

“人死不能复生，这也是没办法的事！”顿了顿，孙可望又说，“我是想啊，为了更好地统领大西军打击清兵，我想请永历朝廷封我为秦王，继承老万岁的遗志，完成他老人家未完成的大业，不知道老弟你是否同意。”孙可望借机道出自己的想法。

听了孙可望的话，性格直率的李定国说道：“既然大哥有此想法，那就派人去向永历帝求封。”

“这么说老弟是没意见了？”孙可望盯着李定国的脸，笑着问道。

“大哥要做的事，我能有什么意见。”李定国爽快地说。

其实，李定国知道他孙可望心里打的是什么小九九，只不过是为了大局不便拆穿他而已。他是想，只要他孙可望能联合永历政权抗清，他什么都好说，什么都不计较。再说孙可望是大西军主帅，他要向永历朝廷求封秦王，也在情理之中，理所当然地要支持他了。于是问他：“这次求封，大哥准备派哪些人去？”

“我想了一下，请杨畏知和龚鼎替我去向永历帝求封。杨畏知作为正使，龚鼎为副使。另外，还有云南右布政使杨可仕等人。你看这些人如何，老弟？”孙可望问他。

李定国点点头：“嗯，这几个人还不错。”

孙可望说：“既然老弟没意见，那就派个人一起护送他们去吧！”

“大哥要我派谁去？”李定国反问他。

孙可望说：“我这边叫焦光启护送他们，这样，你那边就叫潘世荣吧。”

“大哥需要谁我就派谁。”李定国全力支持他，“哦，什么时候去？我好叫他做好准备。”

“四月初六吧。”孙可望算了算时间，对他说。

“行。”李定国回道。

过了几天，孙可望把杨畏知叫到他府上。

“将军找到人了？”杨畏知问。

孙可望告诉他，已经找到了，并对杨畏知说：“你曾经在大明那边做过事，我和定国将军商量了一下，这次求封就请你作为我的正使，永昌故兵部郎中龚鼎，这人是兵部侍郎龚彝的同胞弟弟，我让他作为副使协助你。另外，还有云南右布政使杨可仕等人与你们一同前往。为了确保你们的安全，我和定国将军分别派焦光启、潘世荣两位将军护送你们。”

杨畏知听了，点了点头，又问：“动身时间定了吗？”

“定了，四月初六。时辰一到，你们即刻起程。”

杨畏知想了一下，笑着说：“嗯，这个日子甚好，将军是不是请人算过啊？”

“哈。”孙可望笑而不答。

杨畏知说：“行，既然将军把时间定了，那我得回去准备准备。”

孙可望说：“你去吧，估计这次去的时间会比较长，是得好好做些准备。”

杨畏知退出孙可望府邸。

四月初六这天，杨畏知受孙可望所托，与龚鼎、杨可仕等人在焦光启和潘世荣等武官的护送下，带着进贡永历帝的黄金、琥珀和马匹，从云南昆明起程前往广东肇庆求封秦王。

临行之时，孙可望带着人亲自送到路口，并低声叮嘱杨畏知：“一定要替我说服永历帝，让朝廷封我为秦王。”

“请将军放心，畏知一定竭尽全力办好这事。”杨畏知心知求封并非易事，但还得赶紧承诺，说他会尽心办好这事。

孙可望说：“你也不必担心，你们去就是，如果他永历帝不封我，我马上领兵攻打他永历朝廷，看他封还是不封！”

听了孙可望的话，杨畏知心里暗吃一惊：他这不是要逼封吗？

但他没敢说，只是回道：“是。”

“这事就拜托给各位了。事情办好，回来我会封赏各位的！”孙可望向杨畏知等人拱手行礼。

“谢谢将军，我等一定不辱将军使命！”杨畏知、龚鼎、杨可仕等人赶紧表态。

孙可望叮嘱焦光启和潘世荣：“焦将军、潘将军，你俩务必保护好杨大人、龚大人他们，如果他们回来身上掉了根汗毛，我可要拿你俩是问！”

“请将军放心，我们一定不会让两位大人少一根汗毛回来！”焦光启赶紧表态。

潘世荣也说：“将军放心就是，有焦将军和我，杨大人他们绝对不会出什么事！”

孙可望看了看他们，对杨畏知说：“好吧，畏知，那就出发吧。”

“是。”杨畏知转向龚鼎、杨可仕他们，“出发！”

在焦光启和潘世荣的护送下，杨畏知等人从云南昆明一路向广东肇庆进发。

03

数日以后，杨畏知、龚鼎、杨可仕等人来到了永历帝住的广东肇庆府大殿门外。

“什么人？”杨畏知、龚鼎、杨可仕等人正要往大门里走，两名守门兵士拦住他们。

杨畏知走上前：“我是大西军主帅平东将军孙可望派来的使节杨畏知，劳烦向皇上通报一声，就说我等有要事求见。”

“你们在门外稍候，我即刻禀报。”守门兵士说完往殿里走去给太监总管报告，留下另一名兵士守在门边。

太监总管听说大西军孙可望的使节要拜见皇上，赶紧上殿禀报永历帝。

“皇上，殿外一人说有要事求见。”太监总管禀报永历帝。

“来者何人？”永历帝问。

太监总管道：“禀报皇上，来人说他是大西军使节杨畏知。”

此时永历帝正在召集文臣武将商议如何抵抗南下围剿永历政权的清军，听说大西军主帅孙可望派来使节，而且来人是杨畏知，便对大臣们说：“这杨畏知，原本是我大明的云南巡抚，这下却成了他大西军的说客了！”

随后吩咐太监总管：“宣他进殿。”

“是。”太监总管转身随守门兵士走出殿门。转瞬，带着杨畏知进到殿里。

“禀皇上，杨使节带到。”太监总管说完退到一边。

杨畏知上前叩拜永历帝："罪臣杨畏知叩见皇上！"

"你等来此，有何事？"等杨畏知叩拜完毕，永历帝虎着脸问他。杨畏知虽说是被迫归顺孙可望的，但对他背叛朝廷，永历帝心里还是有些不舒服。

杨畏知赶紧回话："罪臣受大西军主帅平东将军之命，前来洽谈联合抗清和求封之事。"

"洽谈联合抗清？求封？这孙可望不是和他干爹张献忠一直在和我大明作对吗？他这葫芦里到底卖的是什么药？"永历帝和下边的文臣武将深感纳闷。

"可有孙将军文书？"永历帝问杨畏知。

"有。"杨畏知掀开长袖，从中取出孙可望给永历帝的求封文书。

站在永历帝旁边的近侍太监走下来接过，然后走上去递给永历帝。

永历帝正要展开文书，杨畏知却开口道："平东将军还为皇上备了一份薄礼，请皇上笑纳。"

杨畏知说着又从衣袖里掏出一份礼单双手举过头顶。近侍太监走上去接过礼单递给永历帝。

永历帝接过礼单，见上面写着：黄金二十两，琥珀四块，上等好马四匹。

永历帝没说话，将礼单丢到一边，展开文书仔细看起来。他此时关心的不是这些进贡物品，他关心的是杨畏知说的联合抗清之事。

看罢孙可望写的文书，永历帝心中喜忧参半。此时我永历朝廷一边是清军大兵压境，一边还有为谋夺皇权而同室操戈的绍武军的攻伐，可谓腹背受敌，没想到这个时候他大西军肯与自己联合抗清。按理说，这是件求之不得的好事，但他孙可望同时也提出要朝廷封他为秦王，这如何是好？

永历帝把孙可望写的文书放到案上，告诉众臣将，说大西军主帅孙可望想联合朝廷抗击清军，条件是要朝廷封他为秦王。然后问大家："众爱卿，你们看这事该如何办？朕该不该封他？"

众臣将交头接耳，议论纷纷，有的说可以封，有的说封不得。

最先站出来反对的大臣是礼科给事中金堡："启禀皇上，这秦王封不得，万万封不得啊！"

"为何封不得？"永历帝看着他问。他知道，这金堡性格直率，在朝廷一向以直谏著称。

金堡回禀道："皇上，外姓封王，我大明历朝历代均无此惯例。开国时的中山王徐达等，靖难时的河间王张玉等，对朝廷来说都是大功无比，可他们都只是追封为二字王而已。而金声桓、李成栋他们对朝廷的功劳更大，他俩都不敢奢望朝廷封他们为一字王。现在若是封他孙可望为一字秦王，这怎么能让金大人、李大人他们安眠于九泉之下？又怎么能够激励下属？”

“那你的意思是不封了？”永历帝问他。

金堡接着说：“大西军一直以来与我大明为敌，若封他孙可望为秦王，那就等于坏了祖上规矩。这规矩一坏，往后许多事都不好办，所以微臣认为，这秦王万万封不得。”

“皇上，末将也认为这秦王不可封‘一面墙’！”锦衣卫指挥使李元胤跟着走上前来。

战场上和孙可望交过手的人都知道，他打仗时擅于防御，用兵凝重，因此在大西军中得了个“一面墙”的称号。

永历帝对李元胤说：“说说你的理由。”

李元胤说：“‘一面墙’孙可望差来的龚鼎、杨可仕等人均来自陈邦传那儿，他们私交甚密。据卑职了解，陈邦传这人非常不可靠，恐日后生出祸端，卑职个人认为，这秦王不可封与他孙可望。”

“皇上，卑职认为李指挥使说的有些道理。据微臣所知，这人一向阴险专横，倘若封他做秦王，以后朝廷的麻烦事肯定不会少，还望皇上三思。”左都御史袁彭年也走上前来。

永历帝想了想说：“朕知道了，你们下去吧。”

见朝上几位大臣都反对封孙可望为秦王，杨畏知上前辩解道：“皇上，此次受孙将军之托奏请，主要是为了联合朝廷抗清之事，并不完全是为求封授爵而来。”

永历帝没说话。停了一会儿，他问庞天寿和马吉翔：“庞爱卿、马爱卿，你们的意见呢？”

庞天寿和马吉翔赶紧走上前来。马吉翔看了庞天寿一眼，示意他先说。

“启禀皇上，微臣刚才听了其他几位大人的意见，我认为他们的意见欠妥。”庞天寿暗中瞟了永历帝一眼。

“嗯？欠妥？”听了庞天寿的话，永历帝很是诧异。

“说说你的看法。”永历帝看着庞天寿。

庞天寿说：“微臣倒是认为，一定要封他孙可望为秦王。”

“为什么？”永历帝逼视着庞天寿。众大臣都说不能封，他怎么却说一定要封呢？

“微臣认为，他孙可望主动和我们联合，可见他是有意归顺我永历朝廷。再说，张献忠已死，他提出封他为秦王这也是情理之中的事，皇上何不做个顺水人情，封他为秦王，让他安心效劳我永历朝廷呢？张献忠一死，大西军基本上掌控在他手里，若皇上不愿意封他，他则有可能投靠清兵，与我永历朝廷为敌，到时候我们既要抵抗强大凶悍的清军，又要防范他这支势力不小的大西军，岂不是腹背受敌吗？”

文安侯马吉翔也走上前来说：“皇上，时下孔有德、耿仲明、尚可喜已带领清军分三路南下，直取湖南，占领长沙。孔有德又派耿仲明的部队北上进攻常德，尚可喜的部队向西进取攸县，可谓来势凶猛。此时大西军愿意与我们联合抗击清军，微臣认为倒是个大好事，理应与他们联合才是。至于说孙将军要求朝廷封他为秦王，我看也不是不可以，望皇上三思。”

东阁大学士朱天麟上前，说：“皇上，微臣倒是觉得，与他们联合和封王都没有不妥，封他便是。”

兵科给事张镌上前，道：“时下，清兵几路围攻我们。绍武军为树正统，也正在攻伐我永历大军，使我永历朝廷腹背受敌。大西军这个时候提出与朝廷联合抗清，卑职倒是觉得这是个千载难逢的好机会，我看这事皇上可以答应他们。至于说封不封他孙可望为秦王，我认为还是由皇上来定夺为好。”

“一些说封一些说不封，真烦人，好了好了，你们都下去吧，待朕仔细想想！”永历帝心烦意乱，朝庞天寿、马吉翔和张镌他们不耐烦地拱拱手。

马吉翔、庞天寿、张镌等人一脸尴尬地退下去。

其他文臣武将，见永历帝发火了，个个低着头大气都不敢出。

“吴爱聊，你的意见呢？”永历帝问户部尚书吴贞毓。

吴贞毓上前，说：“皇上，此事关乎我永历朝廷前程，非同小可，得好好议议。我看不如这样，先安排杨使节他们住下，改天再议此事如何？”

永历帝朝他点了下头。

永历帝沉思了一会，疑惑地问孙可望的使节杨畏知：“平东将军真有意与我永历朝廷联合抗清？”

杨畏知告诉永历帝：“自从老秦王张献忠在四川凤凰山殉难以后，大西军便群龙无首，平东将军等人这才决定共扶南明恢复江山社稷。此次将军派卑职前往，确是真心想与朝廷一同联合抗击清兵，皇上无须顾虑。”

听了杨畏知的话，永历帝觉得有些道理。

其他臣将正欲发言，永历帝却对杨畏知发话："这样，你们先找个地方住下，改日我们再议此事。"

"希望皇上能及时召集大家商议此事，平东将军还在等着皇上回话。"杨畏知怕永历帝把这事搁下不管。

永历帝说："杨使节放心就是，我会及时召集众臣商议此事，尽快给你们一个答复。"

"行，那卑职就先行告退了。"

"去吧！"

杨畏知转身走出大殿。

永历帝对众臣将说："好吧，此事今日就议到这儿，改日再议。各位爱卿，还有其他事没有？没有的话就退朝。"

众朝臣都说没有。

永历帝说："好，那就退朝。"

众朝臣退出大殿。

心绪烦躁的永历帝感到身心疲惫。他长叹一声，仰靠在龙椅上，想闭目养神下。自从在广东肇庆当上这个倒霉皇帝以来，就没过上一天当帝王的好日子，一直处在逃亡之中，过着窝囊日子。有时候永历帝在想，接下这个烂摊子，还不如不做这个皇帝的好。但身为大明的后裔，尽管这个摊子再烂，可自己不得不接；这个皇帝再不好做，自己不得不做，不做对不起老祖宗啊！既然做了，那就过一天算一天吧。

04

杨畏知出了大殿，叫上候在殿门外的龚鼎、杨可仕等人去住处。到了住处，龚鼎见杨畏知一脸愁容，便问他："杨大哥，你有心事？"

杨畏知轻摆了一下头，长出一口气道："唉，朝廷一些大臣不同意封孙将军为秦王。我看，将军求封秦王一事，希望很渺茫啊！"

"他们真要不封，我们咋办？"龚鼎焦虑地问。

杨畏知说："暂且不要管他，先等等再说。永历帝说他改日再召集大臣们商议，没办法，也只好等他了。"

"也只能等了。"龚鼎无可奈何地附和道。

"记住，不管发生什么事情，你们都要忍着性子，不然大家性命不保。"杨

畏知叮嘱龚鼎和杨可仕他们。

“如果完不成平东将军交办的任务，我们回去也是要丢命的。”杨可仕不无担心地说。

杨畏知说：“这我知道。我在将军面前表过态，说一定能完成使命，但没想到会是这个样子。”

杨可仕安慰他：“这怪不得你，杨大哥。”

“话倒是这么说，我等随杨大哥来肇庆，就是为了完成将军求永历朝廷封王的使命，使命未完成，将军的脾气你们又不是不知道，到时说不定大家都会丢命。”龚鼎忧心忡忡。

杨可仕说他：“封与不封，是永历帝的事情，又不是我们能掌控得了的，我想，这点将军他应该明白，不可能责怪我们。”

“说不准。”龚鼎摆摆头。

“哎，别尽说不开心的事了。来，我去拿酒，大家喝两盅！”杨可仕说着起身去拿酒和杯子。

酒和杯子摆上，杨可仕给杨畏知和龚鼎等人斟一杯放在他们面前，又给自己斟好酒，然后将酒瓶放到一边，端起酒杯邀约大家：“来，杨大哥，啥事都不用管，先干了这杯再说！”

此时杨畏知脑子里还在想着求封的事，哪有心思喝酒，便摇摇头说：“我不胜酒力，你们几位慢慢喝。”

见他不喝，杨可仕不好勉强，只好说：“既然杨大哥不想喝，我们也不强求。”继而对龚鼎、焦光启等人说，“来，兄弟们，我们干！”

杨可仕和龚鼎、焦光启、潘世荣等人碰过杯，一干而尽。

“喔，这酒好烈！”龚鼎脸上肌肉挤成一堆，眯着眼问。

杨可仕边往他们杯子里续酒边说：“你们不懂，这酒，不喝就不喝，喝就要喝烈的。烈酒有个好处，醉得快，醒得也快。”

“没想到杨兄对酒还很有研究的嘛！”龚鼎笑着说。

杨可仕说：“谈不上研究，好这一口罢了，经常喝，也就悟出些道儿来了。不过啊，这喝酒也跟做人一样，要么刚烈一些，要么就老实低调，我最见不惯那种凡事都不温不火的人。这种人难缠，我很不喜欢！”

龚鼎说：“看得出，杨兄是个豪爽之人。”

杨可仕端起酒杯：“豪爽倒谈不上，但对人不虚，讲究一个实在。来，我们干第二杯！”

“好！”几人碰杯。酒顺着几人的喉咙，咕噜咕噜往下滚落。

杨可仕又要倒酒，龚鼎赶紧用手捂着酒杯，说：“不喝了，任务还没完成，等会儿喝醉了误事。”

“误不了，永历帝和他那帮老臣们，没个十天半月是不会给你结果的，你就安心等吧，喝喝喝，别管它！”杨可仕伸手来抢杯子。

龚鼎拗不过他，只好把手上的杯子递给他。

杨可仕帮大家斟满酒，对龚鼎说：“没事的，你只管喝就是，就算是天塌下来，也还有大家在嘛！”

龚鼎端起酒，说：“我就搞不明白，这封个王有啥大不了的事，不都是在他管辖之下吗，这永历帝咋就不开窍呢？要是我们孙将军反悔了，不支持他永历帝，反而和他作对，他岂不是又多了一个敌人？”

杨可仕回他：“龚兄弟有所不知，杨大哥不是说了吗，不是他永历帝不封，是他的大臣们不同意他封。”

龚鼎问：“那些大臣不都是他管的吗？谁敢不服从他啊！”

杨可仕说：“不是他管不了他的大臣，是他永历帝心里也有顾虑。”

“他顾虑什么？”龚鼎不明就里。

杨可仕倾过身子，压低声音：“你还没明白孙将军的意思？”

龚鼎想了想，说：“你是说将军有野心？”

杨可仕赶紧说：“别，别，别，我可没这么说。”

龚鼎突然明白了似的，说：“难怪永历帝和他那帮子大臣怕封将军为秦王，原来是这么回事。”

杨畏知听他俩这么说话，吓了一跳。赶紧警告杨可仕和龚鼎他们几人：“这事千万莫说出去，要不然我们就回不去了。就算是回去，将军知道了也会杀了我们。”

龚鼎说：“大哥放心，这话就烂在咱们几个肚子里了。”

杨畏知怕他们再惹出麻烦来，叫他们别喝了。

杨可仕说：“好，不喝就不喝吧！”

几人这才停了。

05

尽管永历帝觉得身心疲惫，但他心里非常明白，身为一朝君王，每天还得要上朝处理朝政，更何况时下清军紧逼，朝廷危在旦夕。

对大西军孙可望求封秦王一事，他已经召集群臣商议了好几次，但都因为朝臣意见不一，没个结果，而孙可望派来的使节还在这儿等着。永历帝知道，这事不能再搁置了，再搁可能要搁出麻烦事来了。

一天傍晚，永历帝和孝正皇太后、昭圣皇太后、皇后、小太子、戴贵人、杨贵人，还有侍女玉婕、春嫣、紫红等人在后花园里赏花。孝正皇太后问永历帝："由榔，我听说大西军的孙可望派使节来皇宫里求朝廷封他为秦王，有这回事吗？"

"回母后，是有这回事。"永历帝告诉孝正皇太后。

孝正皇太后问他："你答应了？"

永历帝说："儿臣正在召集大臣们商议此事。"

"由榔，外姓人封王，大明的祖制是不允许的，这事你可要慎重考虑，不能坏了祖上的规矩啊！"孝正皇太后提醒他。

永历帝说："这事儿臣自有分寸，母后不必担忧。"

这时，侍女锦儿过来说："太后娘娘、皇上、皇后娘娘，那边有几株牡丹开得特别好，要不要过去看看？"

孝正皇太后笑着说："既然有如此好景色，我们不去看看，岂不作践了那些花儿？"

"对，去看看！"昭圣皇太后也笑着说。

"既然母后要看，我陪着去就是。"永历帝说。

"难得由榔陪我们去看花，好，那就走吧！"

皇后吩咐侍女："锦儿，你在前面带路。"

"好，请太后娘娘、皇上、皇后娘娘和两位贵人跟着锦儿走就是！"锦儿很是高兴，往前带路。

"哇，好美！"

"漂亮，太漂亮了！"

"真是很难见到开得这样漂亮的牡丹啊！"

……

见了锦儿说的那几株牡丹，皇太后和皇后等人赞不绝口。

永历帝只是点头应和。此时，他心里还在想着孙可望求封秦王的事，哪有心思赏花！只不过是为了满足两位皇太后、皇后和两位贵人的心愿，陪着来罢了。

赏完花，两位皇太后、皇后等各自在侍女的陪同下回寝宫休息。永历帝也回宫休息去了。

一晃就过了好些天。永历帝决定再次召集文臣武将商议孙可望求封秦王的事。

这天下午，户部尚书吴贞毓，内阁大臣严起恒，兵部尚书杨鼎和，兵科给事张镌，给事中刘尧珍、吴霖、张载述，还有王化澄、朱天麟、王坤、马吉翔、庞天寿等一干文臣武将，陆续来到大殿内。同时，孙可望的使节杨畏知也来了。

见众臣将都到了，永历帝说："朕今天将众爱卿召集拢来，主要是继续议一下大西军孙可望要求与朝廷联合抵抗清军和封王一事。杨使节他们还在这儿等着，这事不能再拖了，今天无论如何得有个结论，不然跟孙将军也没个交代。众爱卿思考一下，看这事应该怎么办才妥。"

众臣将面面相觑，无人发言。

见大家都不说话，吴贞毓觉得有损永历帝面子，赶紧持笏上前："微臣先说说自己的意见吧。"

"吴爱卿，请讲。"永历帝看着吴贞毓。

吴贞毓道："这些天，微臣也一直在思考，到底和不和他大西军联合。思来想去，微臣觉得还是与他们联合为上策。原因有三：一是目前清军兵分几路紧逼，我永历朝廷危在旦夕。二是绍武那边为树皇室正统，也在时时派兵攻打我们。三是大西军在张献忠死后已是群龙无首，他们也希望找个靠山，孙可望、李定国这才会想到与沐天波共同扶持我永历朝廷，联合我们一起抗击清兵。当然，正如皇上所担忧的，他孙可望不一定真心辅佐我永历政权，如若封其为秦王，恐大西军其他将领不同意。再说，此人向来有野心，假若皇上真要封他为一字秦王，势必会助长他的威风，以后怕是难以驾驭。但不管怎么说，清军是我们的头号敌人，与大西军联合抗击清军才是我们的出路。所以，微臣还是建议与他们联合。至于说封不封他孙可望为秦王，大家再议。"

永历帝点头。

吴贞毓退下。

兵部尚书杨鼎和走上前来，说："启奏皇上，卑职认为，此人素来狡诈，心怀叵测，眼下随着他在大西军中地位的提高，个人野心逐渐膨胀。臣听闻，此人为了在各营诸将中树立自己的威信，去年曾与其亲信王尚礼合谋，使安西王李定国遭打五十军棍。卑职认为，为了巩固我永历政权，实现反清复明目标，联合其抗清可以，但秦王一职万万不可封他！"

永历帝回他："朕知道了，你下去吧。"

杨鼎和躬着腰退去下。

给事中刘尧珍又走上前，说：“孙可望这人卑职也有所耳闻，皇上切不可重用，以防后患。”

永历帝点头。

刘尧珍退下去。

随后，吴霖、张载述等人也陈述了自己的意见，他们都不赞成封孙可望为秦王。

见吴贞毓、杨鼎和、刘尧珍等人不同意封孙可望为秦王，庞天寿赶紧走上前：“启奏皇上，微臣认为这秦王非封不可。至于理由，之前我已经陈述过了，不再赘述。”

马吉翔见永历帝拿不定主意，赶紧上前说：“启禀皇上，微臣认为，庞大人的意见可以斟酌。”

“马爱卿何出此言？”永历帝问马吉翔。

“微臣认为，当今大事，唯有联合其他力量抗击清军，方可保我大明江山。孙可望既有归顺之意，愿助朝廷抗击清军，这是好事，好事啊！皇上若不愿封他为秦王，势必会失去这支有生力量，到时候怕是后悔莫及。机不可失，失不再来，望皇上三思！”

听了马吉翔的话，内阁大臣严起恒走上前来：“启奏皇上，臣闻此人在大西军专横跋扈，目中无人，甚是狂妄，素与大西军的另一首领李定国不和。若封此人为秦王，必然引起大西军内部纷乱，封王一事，万万不可。若非封不可的话，微臣倒是建议，可封他孙可望为景国公，赐名朝宗。至于大西军的另外两位将领李定国和刘文秀，列为侯爵即可，不宜封王，皇上觉得如何？”

永历帝没说话，摆摆手示意他先退下去。

严起恒退下。

永历帝想了想，对众臣将说：“好吧，那就听严爱卿的，封他孙可望为景国公，赐名为朝宗，同为国姓。封安西王李定国为泰侯，赐名为勋；封抚南王刘文秀为信侯，赐名为策。众爱聊，你们觉得这样行吗？”

众臣将赶紧跪拜：“皇恩浩荡，谢主隆恩！”

听说只封孙可望为景国公，杨畏知怕回去无法给孙可望交差，急忙上前：“启禀皇上，卑职认为平东将军称王已久，现降号封为公侯，再降为二字郡王，怕是不妥。卑职建议，封平东将军为荆郡王，不知皇上意下如何？”

永历帝显得非常为难，对他说：“这是众朝臣的意见，我怎么好改变？”

急火攻心的杨畏知，竟然对永历帝说：“皇上身为一朝之君，封个王还要看大臣们的脸色，你这皇帝当得也太窝囊了吧？”

杨畏知的话触到了永历帝痛处。永历帝本想大发一通火，但他转而一想，若是得罪了他，就等于得罪了孙可望，得罪了孙可望，以后要想和他大西军联合就没希望了。于是忍住心中的火气说：“杨使节，话可不能这么说，我虽为一朝之君，但封王是朝廷大事，得听取大臣们的意见，就算是我封他孙将军为秦王，满朝文臣武将都不服，他这个王封了也没意义，而且大臣们还会说朕独断专行，你说是不是？”

见杨畏知如此放肆，一些大臣愤怒了。

严起恒气恼地对杨畏知说：“封他为景国公就已经够抬举他了，还挑三拣四，真是给脸不要脸！”

杨鼎和也很生气，说：“封他景国公，就算是给足了他面子，我看杨使节也不要再争了。”

话语一出，杨畏知也有些后悔。他心里明白，永历帝再无济，也是一朝之君，自己毕竟只是孙可望的一个使节。他永历帝若不是一直处在逃亡之中，今天这番话他定然会杀了自己。若再争下去，万一惹怒了他，说不定自己真会引来杀身之祸。既然他都这么说了，不如见好就收，也好给自己一个台阶下。又见严起恒和杨鼎和两位重臣发怒了，赶紧说：“既然这样，卑职听从皇上安排就是。”

马吉翔想发言，庞天寿扯了下他的衣角，示意他不要说话。

永历帝心头烦躁，说道：“好了好了，你们也别说了，就依杨使节的，封他孙可望为荆郡王，其他两人的封赐不变。就这样，即刻下诏，好让杨使节他们回去向平东将军复命。”

“谢皇上！”杨畏知赶紧退下。

永历帝心头还窝着火，不耐烦地问众臣将：“众爱卿还有其他事没有？没有就退朝。”

众臣将都说没有。

永历帝宣布退朝。

次日，杨畏知和龚鼎、杨可仕等人带着永历帝册封平东将军孙可望为荆郡王的诏书，急忙往云南复命去了。

第2章 假封蒙羞

01

永历朝廷驻守广西南宁的总兵陈邦传接到手下密报，说大西军主帅孙可望派人到广东肇庆向永历帝求封秦王。他还听说，孙可望说了，如果永历帝不封他为秦王，他就要率兵攻打南宁。陈邦传一听这话，吓得三魂少了二魂。

这时，部属又来给他报告，说李来亨和高必正已经率领清兵进入了广东境内。

陈邦传心底下在想，这儿离广东不远，清兵一旦打过来，南宁守军肯定会被这两人的军队吞掉，得想办法保存自己实力。但他想破了脑壳也没想出个好办法。为求自保，陈邦传决定借助大西军孙可望的力量来抵挡李来亨和高必正的清兵。

他听说永历帝不愿意封孙可望为秦王，就自作聪明，想出了假传圣旨册封孙可望为秦王的馊主意。

陈邦传手下有个中军参谋叫胡执恭，此人善于制作印章和模仿别人笔迹。这胡执恭本来就是个京城的小混混，正因为多次私刻他人印章犯事被人追杀，才逃到陈邦传军营中来的，没想到后来却成了陈邦传的亲信心腹。

陈邦传吩咐身边随从：“你去把胡参军叫来，我有事跟他说。”

“是。”随从转身出去叫胡执恭。

一会儿，胡执恭跟着陈邦传的随从来到陈邦传军营中。

“总兵大人有何吩咐？”胡执恭问陈邦传。

陈邦传说：“本官有一事想请你去替我办。”

“总兵大人请说，执恭照办就是。”胡执恭一脸奴才相。

陈邦传说：“前段时间大西军主帅孙可望派使节杨畏知等人去广东肇庆向朝廷求封一字秦王。杨畏知等人出发的时候孙可望说过，如果皇上不封他为秦王，他就要率兵攻打朝廷。眼下，李来亨和高必正又率领清兵进入广东，一旦打起来，本官这支守军肯定会被这两人的军队吞掉。本官刚接到密报，说朝廷的一些大臣不同意封他孙可望为秦王，皇上只封了他一个什么荆郡王。我估计，他孙可望是不会同意这事的。为了保住本官这支队伍，我想借助孙的力量来抵挡李来亨和高必正他们。”

“总兵大人所言极是，但不知将军需要执恭做什么。”胡执恭回道。

陈邦传说：“本官也听说了，说你善于制作印章和模仿别人笔迹。”

“总兵大人的意思是……”胡执恭看着他。

“本官的意思是，想请你用一百两黄金铸造一方‘秦王之宝’金印，然后再模仿永历帝的笔迹撰写一道册封他孙可望为秦王的假圣旨。”

听了他的话，胡执恭一脸惊愕。

陈邦传知道他心有顾忌，笑着说：“天塌下来有我顶着，你不用怕。”

“执恭这就去办。”胡执恭到陈邦传军营已经很长一段时间了，见陈邦传待自己亲如弟兄，很是感激，但愁一时找不到报恩机会。现在听陈邦传这么一说，满口应承。

没多久，他就按陈邦传的意思铸了一方“秦王之宝”金印，并拿来给他过目。

“总兵大人，金印执恭已经铸好，请过目！”胡执恭双手捧着金印递给陈邦传。

“嗯，像，太像了，足可以以假乱真！”

陈邦传仔细看了看金印，觉得非常满意。

然后他拿出一方黄表纸，对胡执恭说：“来，我这儿拟写了一道诏书，你按照这个内容，模仿皇上的笔迹制作好诏书，我再派人送去给他孙可望。”

“好。”

假诏制作好了，胡执恭问陈邦传：“总兵大人，您觉得怎么样？还像吧？”

陈邦传看了看他模写的假诏，夸道：“执恭真是奇才，要不是亲眼看着你摹写，本官还以为是真的呢！”

“卑职下一步该怎么办？”一脸高兴的胡执恭问陈邦传。

陈邦传略微思索了一下，说：“干脆就让你做回钦差，将这金印给他平东将军送去，让他接封。”

“这行吗？要是露了馅咋办？”胡执恭担心地瞧着陈邦传。

“要是这样，你就说这是太后和皇上在宫中密商后叫人做的，诏书也是。”

“好吧。”胡执恭虽然有些心虚，但还是答应了。

陈邦传知道他的心思，赶紧给他鼓劲：“这孙可望是有些狡诈，但你别怕，我再安排些人和你一道去就是。去的时候，你一定要摆出钦差的派头和排场，要不然他不会相信你。”

“卑职听从大人吩咐。”

随后陈邦传又给他作了一番仔细交代。

七月某日，胡执恭带着金印和假诏去云南，给孙可望授封。

两个多月后，胡执恭等人来到了云南。快到孙可望府邸的时候，胡执恭派他的“前行官”去向孙可望通报，好让孙可望做好受封准备。

孙可望听说永历帝降旨封他为秦王了，高兴万分，赶紧安排人做好接封准备，设坛接受皇上封赐。然后，他亲自带着人到郊外去迎接胡执恭等人。

“圣旨到！”胡执恭的“前行官”朝孙可望等众将士叫道。

“哎？怎么不是杨畏知他们？”孙可望见来人不是杨畏知和龚鼎他们，觉得有些蹊跷，但圣旨是皇上命令，见旨如见皇上，他孙可望不敢怠慢，更不敢抗旨，赶紧和众将士跪地接旨。

心跳如擂鼓的胡执恭，见孙可望亲自带领将士到郊外来迎接自己，心里暗觉好笑。但他不敢笑，他装模作样地宣读“圣旨”：

奉天承运，皇帝诏曰，大西军主帅平东将军孙可望，深明大义，愿意与我永历朝廷联合恢剿清兵，保我永历政权，功勋卓著，忠心可鉴。为使其更好地效忠国家，为恢复我大明江山出力，今特遣康伯胡执恭等人前往云南，授封平东大将军孙可望为一字秦王，专管蜀黔楚粤等处文武百官及兵马钱粮，今后，生杀不用奏请，以令旨行，百官皆称臣听令。与此同时，封安西王李定国为……孙可望接旨！

胡执恭话音刚落，孙可望便朝他手上的假圣旨虔诚地拜了三拜，高呼：“谢主隆恩！吾皇万岁，万岁，万万岁！”

众将士跟着他高呼：“吾皇万岁，万岁，万万岁！”

胡执恭装模作样将假圣旨郑重递到孙可望手上。

“请，胡大人！”一脸喜悦的孙可望接下假圣旨，将它转递给身边掌管文书的官员，然后邀请胡执恭等人随他回军营，准备好好地款待他们，再安排人拟写奏表回复永历帝，表达他对朝廷和皇上的感激之情。

“报，皇上圣旨到！”

恰在这时，杨畏知和龚鼎等人带着永历朝廷册封他为荆郡王的真圣旨回来了。

“圣旨？什么圣旨？”孙可望一脸惊疑，问杨畏知和龚鼎他们。

“将军，这是皇上册封将军的圣旨。”杨畏知手捧圣旨，单膝跪地。

孙可望傻眼了，瞪着双眼，声音一下子提高了八度：“册封我的圣旨？刚才不是已经封过了吗？”

听了孙可望的话，杨畏知和龚鼎他们也大吃一惊，面面相觑：这是咋回事？皇上册封的圣旨还在我们手上，谁来册封将军了？封他什么？

杨畏知觉得事有蹊跷，赶紧说：“将军，我们拿到皇上册封的圣旨后，怕误了将军大事，便马不停蹄地赶了回来，怎么会有人先来传封将军呢？”

“封我什么？”气得脸扭得出水的孙可望没回答他的问题，而问他。

杨畏知手捧圣旨，低着头胆战心惊地说：“封……封将军为荆郡王！”

孙可望这才明白，刚才的秦王册封是假的。他没接杨畏知手上的圣旨，而是把胡执恭叫到一边，黑着脸问他：“说，刚才的册封是怎么回事？”

胡执恭不敢说出实情，只好按陈邦传教他的那套哄骗孙可望：“将军，诏书和金印是太后与皇上在宫中秘密商定后私底下叫人做的，朝廷上的大臣并不知晓。”

“你这浑球，我看你是想死！”听了胡执恭的话，孙可望觉得受了奇耻大辱，“嗖”的一声拨出佩剑，要杀胡执恭。

众人惊恐万状。

胡执恭更是吓得差点尿裤子，赶紧下跪求饶：“将军饶命，小的下次不敢了！”

“还能有下次？”孙可望将剑尖抵在胡执恭喉咙处。

杨可仕等人竭力相劝，孙可望这才没杀他。孙可望眼睛血红地瞪着胡执恭，怒气难平："暂且饶你这条狗命！"

还在跪着的杨畏知叫道："请将军接旨。"

孙可望气愤已极，赌气道："不接！"

杨畏知不知如何是好。

"将军，皇上圣旨，您还是先接了吧？"龚鼎劝孙可望。

"你没听我说不接吗？"孙可望不耐烦地对龚鼎说。

龚鼎尴尬地噎在那儿。

见他实在是不想接，杨畏知只好将圣旨卷好插入长袖里，然后退下。

龚鼎和杨可仕见了，也跟着退下。

"回府！"孙可望铁青着脸上马，手中鞭子"嗖"地一扬，带着手下将士往府邸奔去。

李定国和刘文秀听说永历帝册封他们为侯，都说他们对朝廷无功，不接受皇上封爵。

孙可望回到府邸余怒未消。但他冷静一想，心中生出一计。他想，既然胡执恭受陈邦传指使假封自己为秦王，那我何不以假乱真，借它来威震众人呢？于是，他把当时在场的人叫来，威胁他们说，谁也不许把这事说出去。又命人把胡执恭带来的金印和假诏拿来放到他府中，不要脸地做起了假秦王。

陈邦传听说假封孙可望为秦王的事已经穿帮，而且孙可望还差点当场杀了胡执恭，又气又怕。

孙可望始终觉得，胡执恭假封自己为秦王是个耻辱，越想心里越气，便派人到广东肇庆责问永历帝，问他这是怎么回事。

永历帝和大臣们听说胡执恭假传圣旨封大西军首领孙可望为秦王，吃惊不已。后又听说这事是南宁守将陈邦传指使他手下参军胡执恭干的，不少大臣觉得这是天大的笑话，更是永历朝廷的奇耻大辱，纷纷向永历帝进言，要他杀了陈邦传，以洗去朝廷耻辱。永历帝派人把陈邦传叫来，问他假封秦王是怎么回事。陈邦传推说自己对此事并不知情，把账全赖在胡执恭身上，说假传圣旨一事是胡执恭个人所为，与他一点关系都没有。

听说胡执恭儿子胡钦华在宾州一地任知府，众臣将请求永历帝把他杀了，以免今后生出祸患。

永历帝听了，对他们说，父亲作的孽与儿子有什么关系，遂决定不杀他。胡钦华闻听后感动得五体投地，说愿意穷极一生为朝廷效劳，为他永历帝效劳。

永历帝非常高兴。

02

在孙可望求封秦王这件事上，还有个人特别担忧。这人就是朝廷制辅大人堵胤锡。他觉得，如今大西军势力强大，若是永历帝不封他孙可望为秦王，这人极有可能会生出反心，与永历朝廷作对。如果真是这样的话，那永历朝廷政权就危在旦夕了。听说孙可望要杀向他假传圣旨的胡执恭，后因有人劝住才没杀成，他心里升出一种预感：永历朝廷马上要出祸乱。他清楚，要想避免这场祸乱，挽救永历朝廷危局，唯一的办法就是去劝说皇上，请求他封孙可望为秦王，以此稳住大西军。

第二天一大早，心急火燎的堵胤锡就去文华殿找永历帝。

永历帝正在为这事操心，昨天已叫人通知内阁大臣严起恒，叫他今天来一下殿里，准备和他商量这个事。

堵胤锡来到殿外，知会总管太监给永历帝通报一声，说他有急事求见。

总管太监进去向永历帝通报后出来说：“堵大人，皇上叫你进去。”

“谢谢！”

堵胤锡向总管太监打声招呼，急忙走进殿去。

“臣堵胤锡叩见皇上！”

堵胤锡进殿后，向永历帝行下跪礼。

“堵爱卿请起。”永历帝正坐在龙案边阅批大臣们头天上的奏本，见堵胤锡来了，请他入座。

“谢皇上！”堵胤锡起身入座。

永历帝问他：“堵爱卿一早来到朝上，有何急事？”

“启奏皇上，臣闻大西军主帅孙可望准备杀假传圣旨的胡执恭，后因有人劝住才没杀他。臣认为，胡执恭假传圣旨封王，犯了欺君大罪，应当斩杀。但臣有一事甚为担忧。”堵胤锡忧心忡忡。

永历帝问他：“堵爱卿有何可担心的？”

堵胤锡说：“臣认为，如今大西军盘遗踞云贵一地，如果皇上不封他为秦王的话，臣担心此人有一天会生出反心，日后生出什么对我永历朝廷不利的变故。”

这时，总管太监来报：“皇上，严大人已到门外。”

“快请他进来，朕有事要找他商量！”

严起恒急步往殿里走去。

“皇上，找微臣有事？”进了殿，严起恒问永历帝。

见堵胤锡也在，赶紧说：“哟，堵大人也在啊？”

永历帝说：“严爱卿来得正是时候。刚才，堵爱卿又在说封孙可望为秦王的事，你来了，你说说。”

严起恒一下子严肃起来，说：“皇上，秦王实在是不能封啊！”

堵胤锡一再向永历帝陈述封孙可望为秦王的重要性。他说：“皇上，就目前形势而言，用好他孙可望就意味着稳住了大西军这支部队，得到了云南、贵州和四川、湖南等部分地域。如果不用好此人，反而增加了一个敌人，这对我永历朝廷实在是不利啊。有道是，机不可失，失不再来，封王一事，还望皇上再三考虑！”

永历帝说：“封他孙可望为景国公，是大家商议的。结果孙可望的使节杨畏知不同意，建议改封他为荆郡王，朕答应了，诏书也下了。这下又要改封，你叫朕今后怎么给众臣交代？诏书已下，成命难收，也只能这样了。刚才，严爱卿也说了，不能封他为秦王。胤锡，你就别再为难朕了！”

“皇上，这关乎我永历朝廷的生死存亡，万望皇上三思啊！”堵胤锡叩拜永历帝，一再恳求。

永历帝说：“堵爱卿，你别再说了，这事朕也无能为力。再说，秦王这个封号，太祖在的时候已经封给宗室子弟了，如今已传世两百余年，这你也是知道的，怎么能再叫朕又封给他人呢？朕要是再将秦王这个封号封给他孙可望，且不说老祖宗不依，就是依了，也会挨世人骂啊！”

堵胤锡没想到会碰一鼻子灰。他看了严起恒一眼，心里暗骂起他来：“严起恒啊严起恒，就是你这老头儿作的怪！要是他孙可望哪天反了，我看你如何给众臣交代！”

建议无果，堵胤锡只得怏怏地回到住处。一想到孙可望，堵胤锡就坐立不安。他想，不行，得想办法拉拢孙可望，要不然永历朝廷的江山真是要被毁掉了。

堵胤锡搜肠刮肚想了又想，最后也想出个馊主意来。他要学陈邦传，私底下叫人铸了个“平辽王”金印，然后入朝密奏永历帝，求永历帝给他一张空白诏书，封孙可望为“平辽王”，以此来稳住大西军这支部队。

次日，堵胤锡又上殿来求永历帝，并一再陈述封孙可望为秦王的利害关系。

堵胤锡的忠心，永历帝很是感动，但众大臣都反对封孙可望为秦王，他也着实感到为难。

堵胤锡说："诏书不用皇上下，你只给我一张空白的，我安排人来填写就是。万一出了事，就说是我等做的，你推说不知道就行。"

尽管堵胤锡言辞诚恳，永历帝还是犹豫不决，难下决定。毕竟封王不是儿戏，再说陈邦传和胡执恭才闹了个假封笑话，这事再做，让人知道了他朱由榔脸往哪儿搁？朝廷的话谁还相信？

永历帝还是不表态。

堵胤锡只好跪下，流着泪一再求他："皇上，为了朝廷的江山社稷，为了我大明的黎民百姓，你就答应臣这个请求吧！臣已经说了，万一出了什么事，臣来承担就是！"

永历帝摆了下头，叹息道："唉，朕真拿你没办法！"

堵胤锡一听，知道他答应了，赶紧说："谢皇上！"

永历帝叮嘱他："这事不能外传，须得保密。"

堵胤锡高兴地说："臣知道！"

永历帝拿出一张空诏书给他，问他派谁去送诏书。

堵胤锡说请都察院右佥都御使赵昱送去。

永历帝想了一下，说："行，那就由他去送吧。"

堵胤锡找人把封孙可望为"平辽王"的假诏书填写好，永历帝把都察院右佥都御史赵昱叫来，吩咐他带着诏书和"平辽王"印件前往云南向孙可望授封，还派了些随从人员跟他一道去。

03

赵昱等人来到云南，叫人先去孙可望府中通报。

接到通报，孙可望问来人："他朱由榔这次又准备封我为什么啊？"

来人说封他为"平辽王"。

孙可望听了，不屑地说："我已经封为'一'字王，今而怎么反降封为'二'字王？你去告诉赵昱，叫他不用来了！"

报信人尴尬地站在那儿。

一旁的安西王李定国劝说孙可望："大哥，皇上派使臣来，我们怎么好拒绝人家呢？既然来了，就让他来吧。”

孙可望这才不耐烦地对报信人说：“行啦行啦，你去叫他来吧！”

“是。”报信人赶紧回去给赵昱报告，并将孙可望的态度跟他说了。

赵昱听了，有些怕见孙可望，但没办法，皇命在身，还得硬着头皮来到孙可望军营中。

赵昱知道，孙可望对朝廷封他为“平辽王”很不高兴，见到他就赶紧跪拜，口中称道：“臣赵昱叩见平东将军。”

孙可望问他，永历帝册封的诏书在哪儿。赵昱从袖中取出诏书递给他。

胡执恭假传圣旨封王，本就让孙可望很生气，这下见永历帝封他什么“平辽王”，气不打一处来，骂道：“一个‘平辽王’就想把老子打发了，也不看看我是谁！”

气得肺都炸了的孙可望拔出佩剑，“咔嚓”一声劈下旁边红木桌子一只角，然后对身边的兵士说：“取十两金子给他，打发他回去。”

旁边的兵士听从吩咐，取来十两黄金，递给赵昱。

按理说，受到皇帝封赐是件求之不得的大喜事，受封者理应感激涕零才对，孙可望这副傲慢做态，赵昱明白，他不仅仅是在羞辱自己，也是在羞辱永历帝，羞辱永历朝廷。

赵昱接过兵士递过来的黄金，然后给高高在上的孙可望叩头：“谢平东将军！”

“哈哈，哈哈，你看他那怂样，还钦差呢！”

……

赵昱的洋相，引得孙可望旁边的兵士一阵哈哈大笑。

赵昱无地自容，恨不得面前能有个地洞让自己钻下去。

朝臣们得知赵昱在云南受到孙可望羞辱，觉得他丢尽了朝廷的脸面，纷纷要求永历帝杀了他。赵昱得到消息，不敢回到朝廷。

在云南的朝臣将士和平民百姓，都知道孙可望这个“秦王”不是皇帝封赐的，是个十足的冒牌货，暗地里议论纷纷，骂他不要脸。听到这些议论，孙可望心里感到非常耻辱，一气之下，他带着部分人马回贵阳去了。

几次求封都没成功，孙可望异常恼怒，准备派兵攻打永历朝廷。永历帝听说了，赶忙派编修刘禬到贵阳，册封他为冀王。孙可望还是不同意，他气愤地质问刘禬：“朝廷不是早就封我为秦王了吗？怎么能言而无信一再改封？你去跟皇上说，若非一字秦王，我断不接受！”说罢，理都不理刘禬。

刘禬无奈，只好灰溜溜地回去向永历帝奏明情况。

“真拿我当猴耍是不是？”刘禬一走，孙可望愤愤地骂道。当然，他还是没敢当着刘禬的面骂。

礼部尚书任僎趁机讨好，怂恿他：“将军，大丈夫应当自立为王，何必要靠他永历帝来封呢？”

任僎的话，孙可望觉得有些道理。是啊，我为何不自己立王？为何非要求他朱由榔来封我呢？

一旁的杨畏知劝说他：“秦王也好，冀王也罢，假的真的，又能怎么样？”

对一字秦王封号，孙可望认为他势在必得。他狠狠地对任僎和杨畏知他们说：“‘秦王’这个封号，我非拿到手不可！”

不久，孙可望派他的御史瞿鸣丰去找永历帝，求永历帝下一道册封秦王的诏书，并请求允许他孙可望马上使用原来的“秦王之宝”金印。同时，还叫人给朝廷进献黄金一万两，好马一百匹。

永历帝又赶紧召集群臣商议，问这诏书下还是不下。

大臣朱天麟又上前进谏：“皇上，我看这诏书就下给他吧！”

“你说说理由！”

朱天麟说：“皇上，恕臣直言，如今我永历朝廷势力日渐衰退，而他孙可望的势力却越来越强大，用一个没有实际意义的封号来拴住他，让他替朝廷卖力，这也没什么不好的！”

庞天寿和马吉翔也劝永历帝把诏书给孙可望。庞天寿说：“是啊，皇上，朱大人说的不无道理啊！”

见孙可望对求封秦王这事仍不死心，而且还玩起了心机，叫皇上允许他使用“秦王之宝”金印，内阁大臣严起恒，户部尚书吴贞毓，兵部侍郎杨鼎和，兵科给事中刘尧珍、吴霖和张载述更是一再地劝永历帝不要这么做。

永历帝听从严起恒等大臣的建议，没把诏书下给孙可望，也没同意他使用“秦王之宝”金印。

瞿鸣丰回来后告诉孙可望，说严起恒、吴贞毓、杨鼎和等朝臣还是不同意封他为秦王。孙可望还以为是他没对这些人进行打点，他们才故意为难自己。于是，赶紧派心腹杨惺光带着四万两银子来到朝中，准备私下里对大臣们一一进行打点。

严起恒、吴贞毓、杨鼎和等人见孙可望为了达到封王目的，竟使出如此卑鄙手段，更加愤慨，不但没收受他孙可望的银子，还痛骂了杨惺光一顿。杨惺光觉得好不尴尬，只好灰溜溜带着银子回到孙可望府中给他复命。

“启禀将军，严起恒和杨鼎和他们都不收！”到了孙可望府中，杨惺光气恼地给孙可望报告。

孙可望听了，气得脸扭出黑水，咬着牙杀气腾腾地骂道：“严起恒和杨鼎和这几个龟儿子真是不知好歹，老是在里面作祟，看我如何收拾他们！还有朱由榔这个没主见的混账皇帝，他要是不封本将军为秦王，本将军就率兵攻打他永历朝廷，我看他封还是不封？”

杨惺光听了，吓得面如土色。

“庞天寿和马吉翔呢？他们二人是什么态度？”孙可望黑着面孔问杨惺光。

杨惺光说：“此二人倒是赞同封将军为秦王。但他们也没收礼，怕是有顾虑。”

“嗯。”孙可望点了点头。他觉得可以把庞天寿和马吉翔二人拉到自己身边来。

“好吧，你也辛苦了，回去休息一下。这事暂且搁下，以后再说。”孙可望说。

一直心惊肉跳的杨惺光，巴不得早点离开此地。听孙可望这么说，赶紧起身告辞：“将军，那惺光就先告辞了。”

“嗯，你去吧。”

杨惺光大汗淋漓地走出孙可望府中。

气往头顶上冒的孙可望，走到桌边倒了杯酒，猛地一口将它喝干，然后跌坐在椅子上。他命令亲兵：“你去给我把李定国和刘文秀叫来，我有事给他们说！”

“是，将军！”亲兵走出门去。

不多一会儿，李定国和刘文秀来了。见他脸色非常难看，李定国问道：“大哥，是不是遇到什么不顺心的事了？”

孙可望气愤地说：“朱由榔和他那帮老臣不愿封我为秦王，我要率兵攻打他永历朝廷！”

李定国赶紧劝说道：“这事万万使不得，大哥！精诚所至，金石为开，大哥可以继续派杨畏知和龚鼎他们去向永历帝求封嘛！”

“我已三番五次求他朱由榔了，你说他还要我咋样？还有严起恒、杨鼎和那几个混蛋大臣，他们老是在里边作祟，我叫杨惺光拿着银两去打点，他们不但不收，还大骂杨惺光一顿，真是一群不知好歹的东西！”孙可望脸气得如猪肝。

刘文秀也劝道：“大哥，人心都是肉长的，时间久了他永历帝可能会答应的。刚才定国也说了，大哥可以再派杨畏知和龚鼎他们去向永历帝求封，我相信他一定会答应的。”

“既然你们两位都这么说，那我过段时间再派杨畏知和龚鼎他们去试试。不过丑话说在前头，要是他朱由榔再不答应，那可别怪我不客气了！”

永历四年春，清廷派谭泰和尚可喜等大将率领清军从江西进入广东，经过数月激战，清军占领了南雄、韶州。

一天，永历帝正在和大臣们处理政务，一名兵士慌慌张张跑进殿来：“皇上，不……不好了，广……广州已经被清军占领了！”

“什么？连广州都丢了？”永历帝大惊。

众朝臣更是吓得差点尿裤子。

“皇上，这……这如何是好啊？”

“逃吧，皇上！晚了怕是大家连命都保不住啊！”

“保命要紧啊，皇上！”

……

永历帝慌忙带领皇太后、皇后等家眷和部分朝臣乘船往梧州方向逃，并在海上以船为家，过着漂泊的日子。不久，桂林又被清军攻破，消息传到梧州，永历帝又赶紧带着众人连夜逃离。

一个多月后，他们来到了广西南宁。

第3章 杀臣逼封

01

孙可望听从李定国和刘文秀的建议，不久又派杨畏知和龚鼎他们再去向永历帝求封。

这时候，永历帝已经带着众朝臣和家眷逃到了广西南宁。

为逼永历帝和众朝臣就范，保证求封成功，这回他孙可望软硬并用。一方面让杨畏知和龚鼎去朝上求封，一方面又以护驾为借口，派部将贺九仪、张胜、张明志等人率领五千兵马到永历帝所在的南宁府进行威胁。不仅如此，他还暗中指使贺九仪、张胜、张明志他们，把严起恒、吴贞毓、杨鼎和、刘尧珍、吴霖和张载述几个阻挠他封王的大臣干掉。

贺九仪、张胜、张明志等人领兵到达南宁后，马上派人追杀这六位反对封孙可望为秦王的朝廷重臣。

一天，严起恒正在海上巡查军务。突然，贺九仪带着人上了他的大船。

贺九仪的人一上船，便先将严起恒的部下杀了，然后团团围住严起恒。

严起恒见状，愤怒地斥责贺九仪和他的手下：“你们这是要干什么？”

贺九仪拉长脸问他：“严大人，你觉得该不该封平东将军为秦王？”

看到他这架势，严起恒知道今天自己性命难保。但他面不改色心不慌，义正词严地回贺九仪：“你等如果是来迎接皇上，功劳固然很大，朝廷自然会有恩赏。若是专门来问封王之事，那就是要挟持皇上封王，不是迎接皇上了！”

听了严起恒的话，贺九仪很生气。他逼视着严起恒：“看来严大人是觉得不该封了！”

严起恒说：“封不封我说了不算！”

“那你经常在皇上面前瞎嚷嚷什么？给你好处你不要，硬要与孙将军作对是不是？”贺九仪逼问他。

严起恒怒斥道：“国家大事，岂能托付给他孙可望这种奸佞小人？那岂不是要亡国灭祖？我身为大明重臣，一生领受朝廷皇恩，岂能看着朝廷遭此灾祸？”

“听你这话，是死也不同意封了？”贺九仪脸色越来越难看。

严起恒毅然决然地说：“只要我严起恒有一口气在，他就别想得到秦王这个封号！”

“那你就去死吧！”气急败坏的贺九仪，“嗖”的一声抽出佩剑，朝严起恒肚子猛力刺去。

殷红的鲜血，顺着严起恒的肚子滴淌在船板上……

“你……你……”严起恒左手痛苦地捂着肚子，右手指着贺九仪。

“你什么你！”贺九仪将剑从严起恒肚子上拔出，提起右脚一脚将严起恒踢下船去。

严起恒掉进了波涛滚滚的大海，就这样惨死在奸人的剑下。

“真是个不知好歹的东西！”贺九仪骂骂咧咧地带着他的手下扬长而去。

张胜、张明志两人领兵先后闯入刘尧珍、吴霖和张载述的住宅，分别将他们抓住，然后诬陷他们蓄意破坏联合抗清，并对他们进行严刑拷打。三人一身傲骨，打死也不屈服，还大骂孙可望无耻。

张胜、张明志恼羞成怒，叫人将三人杀死在他们自己的宅子里。

这时的杨鼎和，已经被永历帝加封为大学士。这段时间，他正奉永历帝之命到四川昆仑关一带督办军务。

贺九仪探知这一消息，即刻带兵一路追杀过来。

一天深夜，熟睡中的杨鼎和与自己的部属突然听到房屋外边火光冲天，喊杀声四起。

杨鼎和赶紧和他的护卫提剑走出屋子。走出屋子，杨鼎和一看，他们住的馆舍已经被人带兵围个严严实实。围攻他们的人，正是贺九仪和他的部下。

“杀！”

“救命啊！”

……

一时间，砍杀声、呼救声响成一片。

杨鼎和感觉大事不妙，旋即和他的护卫提剑冲入人群，与贺九仪的人厮杀起来。可区区百余人，根本不是贺九仪的对手。

经过一番血拼，这一夜，杨鼎和他的部属一百多人全被贺九仪和他手下的人杀死了。

按孙可望的计划，还要刺杀吴贞毓。万幸的是，吴贞毓正好被永历帝派到其他地方去办事了。加之吴贞毓位居大学士，他孙可望多少还是有些顾忌，也就没派人去追杀他，吴贞毓这才幸免于难。

孙可望大开杀戒，滥杀朝廷重臣，闹得永历朝廷内外震动，上下失体，人心惶惶，大臣和武将都担心，有可能厄运有天会降落到自己头上。

由于严起恒遇害，朝上缺少人手，永历帝赶紧把吴贞毓召回来，叫他入内阁协办政务。

不久，又传来消息，说柳州被清军攻下了。永历帝无奈，只好又带着部分朝臣和家眷慌慌张张从南宁逃往田州。

一路奔波逃命，受了不少惊吓和折腾，加上身体本来就不好，就在严起恒、杨鼎和五位大臣被贺九仪带人杀害的这个月里，孝正皇太后不幸病死在田州。

生命弥留之际，孝正皇太后拉着永历帝的手说：“由榔，我早给你说过，叫你不要做这个皇帝，可你就是不听娘的话。你看，这几年，大家跟着你受了多少罪啊！”

“母后，儿臣知道这一路走来，让您和大家受了不少苦和累。都怪儿臣无能，但儿臣也没办法，只能请求母后和大家原谅了。”

永历帝扑通一声在孝正皇太后面前跪下，边说边流泪。

见此情景，站在一边的昭圣皇太后也独自落泪。旁边的皇后、戴贵人、杨贵人等家眷、宫女和随行大臣赶紧下跪，跟着他朱由榔号哭起来。

但哭声并没有把孝正皇太后从阎王殿里拉转来，她还是走了。

这孝正皇太后，虽说是先帝的继妃，但她见多识广，加之在先皇帝身边生活这么多年，经历了不少大风大浪，官场的凶险她见得多了，所以五年前在广西的时候，巡抚瞿式耜、两广总督丁魁楚和湖广总督何腾蛟等人说要拥立儿子朱由榔称帝，她就坚决反对过，不让朱由榔当这个皇帝。当下世道太乱，局势危急，她觉得儿子太年轻，再说他生性怯弱，遇事拿不定主意，不具备治国理政的能力和霸气，担当不起这治国理政的重任，而且当时广东又没有多少大臣，无法组建一个像样的朝廷，更没有能力去保卫它，所以她不想让儿子来当这个有苦吃没福享的皇帝。但瞿式耜等人态度十分坚决，费了不少口舌来劝说她，非要让朱由榔来做这个皇帝不可。而朱由榔呢？内心上说他也不想做这个破落皇帝，但他想，国家遭此劫难，作为大明皇室的子孙，不能没人来担当这个重任啊！再说，大明曾经有过几百年的辉煌历史，在中国在世界上都是响当当的王朝，现如今祖宗打下的江山就要被清廷活活夺去，大明的旧臣能同意吗？大明的子孙能同意吗？百姓能同意吗？自己是万历皇帝唯一活下来的亲孙子，正统的大明皇室后裔，反清复明这个重任自己不来担当谁来担当？此时，我不下地狱谁下地狱？想到这里，朱由榔答应了瞿式耜等人的要求，出来做这个皇帝。孝正皇太后见如此，也只得勉强同意了。

永历帝和大臣们怀着万分悲痛的心情安葬了孝正皇太后。

随后几个月的时间里，永历帝又因清军的进逼，带领着大臣和家眷四处奔逃。

在南宁替孙可望求封秦王的杨畏知，听说孙可望派人杀害了内阁首辅大臣严起恒和兵部侍郎杨鼎和等五位大臣，心里感到十分震惊，便赶紧去找永历帝。

见到永历帝，他陈述道："平东将军求封秦王心情甚切，而今他为此派人杀了五位朝臣，卑职建议皇上，不如直接赐予他诏书，封他为秦王算了，也好让他为朝廷效劳，省得他再给朝廷闹出些事来，请皇上三思。"

永历帝问已经升任首辅大臣的吴贞毓："吴爱卿，你说呢？"

吴贞毓沉思片刻，说："按朝制和他的人品，这个王不应该封。可如今他把兵摆在南宁，而且杀了严起恒和杨鼎和五位重臣，这明显是在威胁皇上和众朝臣。从目前这种形势来看，这个王非封他孙可望不可了。假若再不封他，恐怕这孽障真还会做出些不利于我永历朝廷的事来。微臣倒是觉得，杨使节刚才的话有些道理，不如就封与他算了，省得他再瞎胡闹，只是不知皇上意下如何？"

"庞爱卿，马爱卿，你们觉得如何？封与不封？"永历帝转向庞天寿和马

吉翔。

庞天寿和马吉翔早就心向孙可望了，见皇上征求他俩的意见，觉得是个好时机。于是庞天寿赶紧说："皇上，微臣早就说过，应该封他。要是皇上早些封了，他孙可望也就不会闹出这些事来，严大人、杨大人他们的命也不会丢。再说，封了他，他还会死心塌地地保我永历朝廷，何乐而不为呢？就现在这形势，不封也得封了，就是封了他也不一定记情。"

马吉翔接过话："刚才杨使节、吴大人和庞大人都说了，同意封他孙可望为秦王，而且对形势分析得鞭辟入里，微臣也认为，就目前的形势而论，理应封他。不可否认，孙可望这人是有些野心，但用得好也能为我永历朝廷服务。他屯兵南宁，无非就是要逼皇上封他为秦王，不如封他就是。虽说我大明有祖制，但制度是人定的，并不是死的，也不是什么铁律，可以因时因势而酌情修改。再说，我朝祖制订立这么多年，有些已不太合时势，也应当修改了。"

"你们的意思，就是封他了？"永历帝扫视了一下几位大臣。

吴贞毓说："权衡当今利弊，视其轻重，微臣建议封他为好。"

"你们呢？"永历帝再次问庞天寿、马吉翔等大臣。

"我等建议封他。"庞天寿看了马吉翔一眼，回永历帝的话。

永历帝无可奈何地说："既然这样，朕只好封他了。"

孙可望求封秦王这么多次，永历帝一直未答应他，一是朝上吴贞毓、严起恒、杨鼎和等大臣坚决反对，二是永历帝觉得，大明的开国皇帝朱元璋在建朝之初就封他的次子朱樉为秦王，这已经有两百多年历史了，若再封他孙可望为秦王，那就是重封，这不合祖宗定下的规矩。这次封他，实在是不得已而为之，为此他朱由榔得背负破坏祖规的骂名。

永历帝想，形势逼人，骂就骂吧，总比权把子丢了、脑袋掉了要好得多。这个时候的永历帝，才意识到孙可望真正成了他的心腹大患。

三天后，永历帝下了永历朝廷封孙可望为秦王的圣旨，并派遣钦差随龚鼎、杨可仕等人到贵阳授封。

在贵阳的孙可望，听说永历帝下了封他为秦王的圣旨，高兴得不得了，赶紧做好准备，迎接永历帝册封的圣旨。

02

杨畏知心里琢磨着，孙可望这人滥杀无辜，野心又大，谁都看得出，他表面上说求封秦王是为了联合永历朝廷抗击清军，为朝廷效力，实则上他是为了弄权，此人将来定会给朝廷带来巨大后患。像他这种人，根本就靠不住，若再继续与他共事，恐怕迟早有一天自己会死在他手上。既是这样，那自己也不用回去了，不如去求皇上开个恩，让自己返回朝廷，为朝廷做事算了。

事情容不得杨畏知迟疑，他赶紧暗地里去找永历帝，请求永历帝将他留在朝廷里找点事给他做，以报效朝廷。

“皇上，孙可望他滥杀朝廷重臣，这种人不足与之为伍，微臣恳请皇上把微臣留在朝中为朝廷效劳，不知皇上是否同意。”杨畏知见到永历帝，直陈自己的心声。

起初，永历帝对他还有些顾虑。后来见他三次来求情，态度也非常恳切，又说出了孙可望对朝廷和自己不忠的一些事情，指责孙可望派贺九仪等部将滥杀朝臣，这才觉得他是诚心回到朝廷来的。

他问吴贞毓：“吴爱卿，杨畏知给我说，他想返回朝廷做事，你觉得如何？该不该让他回来？”

听说杨畏知想返回朝廷做事，吴贞毓觉得这是件好事情，便赶紧对永历帝说：“皇上，他杨畏知原本就是我大明的云南副使，皇上登基后，又任云南巡抚，本来就是我明王朝的人。他投奔孙可望，实属万不得已。再说这人还很有能力，时下朝廷正缺人手，他若愿意回来为朝廷做事，我看，不如就让他回来吧。”

听了吴贞毓的话，永历帝说：“好，那朕就让他回来，封他为东阁大学士，与你一起共同辅佐朝政，你看如何？”

“皇上英明，贞毓代畏知谢过皇上！”吴贞毓朝永历帝拱手行礼。

就这样，杨畏知留在了朝廷，没再回孙可望那儿。

见永历帝不但把自己留在朝廷做事，还加封为东阁大学士，杨畏知感激涕零，禁不住感叹道：“唉，几经磨难，我终于又回到朝廷了！”

但杨畏知心里明白，自己作为他孙可望派来求封秦王的正使，虽说这次帮他求封成功了，满足了他的心愿，但自己留在朝廷里不回去，他孙可望定然会对自己有想法。再说在他那儿那段时间，他孙可望待自己也的确不薄，也算是有点情意。不管怎么说，这事得给他有个交代，也省得别人骂我杨畏知薄情寡义。

可找谁去替自己给孙可望说这事呢？龚鼎，对，还有龚鼎和杨可仕他们，这两人都是他孙可望的心腹，托他两人回去复命就是。

这天晚上，杨畏知回到住处。他把龚鼎和杨可仕他们找来，说："龚鼎老弟，可仕老弟，求封之路虽然漫长，但这次毕竟成功了，可喜可贺！"

"是啊，可喜可贺啊！"龚鼎发出感慨。

"我等历尽艰难，总算有个结果了！"杨可仕舒了口气。

稍缓了一下，杨畏知长出了一口气，然后告诉龚鼎和杨可仕他们："两位兄弟，我有一事不知该不该对你们说！"

龚鼎瞧着他，说："我和可仕都不是外人，杨大哥有事，尽管说就是！"

"是啊，我们几人还有啥不能说的呢？"杨可仕附和道。

见他俩这么说，杨畏知便告诉他俩："不瞒两位兄弟，鉴于某些原因，我打算不回将军那儿去了。"

"什么？求封成功了，大哥你却不回去了，这为的啥啊？"杨可仕睁大眼睛看着杨畏知。

"是啊，杨大哥，这为了啥啊？"龚鼎也惊奇地看着他。

杨畏知这才告诉他俩："不瞒两位兄弟，我去找过皇上，让他把我留在朝上。皇上已经答应了，还封我为东阁大学士，和吴贞毓他们一起辅佐朝政。"

"杨大哥，你不回去那我们怎么办啊？"杨可仕急切地问。

"是啊，大哥，这次求封是您带的队，你不回去我们咋向将军交得了这个差？"龚鼎求助似的问杨畏知。

杨畏知安慰他俩："没事，等朝廷封王的圣旨下了，你们就带着钦差回去。这次求封成功，将军一定会很高兴，他不会怪你们的。两位回去以后，麻烦把我在这儿的情况给将军说一下，并转告他，就说我不回去了，感谢他前些时间对我的关照。"

杨可仕怏怏地说："既然杨大哥都这样说了，那我们还能说啥呢，遵命就是了。"

龚鼎也说："好吧，我们听杨大哥的。"

见没什么事要说了，龚鼎和杨可仕准备回房休息。

杨畏知朝他俩拱手作揖："谢谢两位兄弟，这事就拜托你们了。回去后也代我向将军说一声，畏知对不起他了。"

杨可仕说："求封成功，杨大哥功不可没，这事大家都知道，何来对不起将军之说呢？"

龚鼎也说："是啊，求封成功，将军理应奖赏大哥才对呢！"

杨畏知感激地说：“谢谢兄弟们的理解，但愿将军也能理解我的苦衷。”

杨可仕说：“我想，将军他会的。”

杨畏知对他们说：“好吧，那你们收拾一下，等皇上圣旨下了你们就赶路。这么长时间，将军怕是等不及了。”

“行。”龚鼎说。其实，他已得到消息，说杨畏知在永历帝面前告孙可望的黑状。他觉得，杨畏知这种做法也不是很光彩，但他没说什么。

龚鼎和杨可仕告辞。

杨畏知原本觉得，这事龚鼎和杨畏知二人知道就行了。可第二天，他觉得这事还是有必要让焦光启和潘世荣知道，省得到时候他们又问。

于是，晚上他又单独把焦光启和潘世荣找来。

焦光启和潘世荣来到他房间里，杨畏知对他俩说：“这段时间以来，你们两位为了保护我们，也够辛苦的了。但不管怎么样，要善始善终，把这事了结，护送好龚大人和杨大人，还有皇上派去的钦差，务必将皇上封秦王的圣旨送到将军手上。”

“龚大人和杨大人？杨大哥，你这话是什么意思？”细心的焦光启听出他话里有话。

“是啊，杨大哥，我也听不懂你说的话呢！”潘世荣喝了口茶，也说道。

“呵呵！”杨畏知笑了笑，“你们别急，听我慢慢给你们说！”

杨畏知喝了一口手上的茶水，说：“两位兄弟，干脆我就明说了，我呢，不回将军那儿去了，皇上已经封我为东阁大学士，留我在朝上做事。”

“啊，杨大哥不回去了，那我们怎么给孙将军交差啊？”焦光启一脸焦虑。

潘世荣也很吃惊：“杨大哥，这怕不行吧？到时候孙将军问我们要人怎么办啊？”

杨畏知说：“没事的，我已经跟龚大人和杨大人说好了，你们放心去就是。”

“怎么？龚大人和杨大人都已经知道了啊？”潘世荣问。

杨畏知说：“我也是昨天晚上才告诉他们的。”

“那杨大哥昨天咋不一起告诉我们呢？”焦光启语气里带着点埋怨。

“对不起，两位兄弟，我本来想只跟他们两人说算了，今天起来想了想，觉得还是得告诉你们。所以，就把你们找来了。”

焦光启说：“既然事情都这样了，那也没什么可说的。人各有志，再说杨大哥本来就是干大事的人，也该留在皇上身边为朝廷出力。不过，请杨大哥放心就是，我们会圆满完成好这次使命的。”

潘世荣也说：“杨大哥放心，兄弟一定不辱使命。”

“那就拜托你们几位了！”杨畏知说完，再次向他们作揖。

“杨大哥不用客气！”焦光启赶紧说。

潘世荣说：“时候不早了，杨大哥，那你休息吧。”

二人说着准备回房休息。

“行，你们也去休息。”杨畏知说，“哦，说好了的，走的时候我来送你们。”

“谢谢杨大哥！”

三天后，永历帝下了正式封孙可望为秦王的圣旨。龚鼎和杨可仕，还有焦光启和潘世荣他们，一路护送钦差和圣旨到贵阳。

钦差到了贵阳，孙可望跪着接受封秦王的圣旨。这个时候，孙可望才真正实现了他求封秦王的愿望。

得到秦王封号，孙可望急忙安排杨惺光起草奏书上报朝廷，以表他对永历朝廷和永历帝的感恩之心。

在奏书上孙可望说：“臣自从进入云南以来，只敢纪年而不敢纪号，只敢称帅而不敢称王。没想到陈邦传他却假传圣旨，铸造‘秦王大宝’金印叫胡执恭送给臣。臣想留此金印，待皇上复兴大明之时启用。臣的忠心，天地日月可鉴……”

永历帝接到孙可望送来的奏书，非常高兴，一时间忘了他孙可望的狼子野心。

“哎，杨使节呢？咋没见他和你们一道来？”兴奋了一阵，孙可望这才关注起他的求封使节杨畏知来。

龚鼎说等会跟他详细叙说。

随后，龚鼎叫上杨可仕一同来到孙可望府上。二人坐定，龚鼎说：“将军，我们回来之前，杨使节把我等叫去，他要我等转告将军，皇上已经封他为东阁大学士了，留他在朝廷与吴贞毓一起帮皇上料理政务，说他不回来了。”

“怎么？他不回来了？”孙可望阴沉着脸。

“是的，杨大哥说他不回来了。”杨可仕补充道。

龚鼎还走上前，附着孙可望耳朵告诉他，说杨畏知在永历帝面前告他黑状，指责他派贺九仪等部将滥杀严起恒等朝廷命官。

听了龚鼎和杨可仕的话，孙可望很气恼：“他妈的，这个杨畏知，真是条喂不熟的狗，我对他再好，他也要跑回朱由榔那儿去！”

“对这种吃里爬外的小人，我觉得将军也没啥可气的，他愿意去就让他去吧！”龚鼎在孙可望面前煽风点火。

“去，你去把贺将军叫来，我有事找他！”孙可望黑着脸朝杨可仕叫道。他准备设计叫心腹贺九仪去把杨畏知哄到贵阳来，然后把他杀掉。

“好！”杨可仕说着去找贺九仪。

贺九仪来了之后，孙可望给他交代了一番。贺九仪说：“好，我按将军吩咐去办。”

几天后，贺九仪出现在了南宁。他找到杨畏知后，对他说：“杨大人，孙将军叫你回贵阳一趟。”

杨畏知问他：“将军有何吩咐？”

贺九仪哄骗他：“将军说，杨大人这次替他讨封有功，准备嘉奖杨大人。”

杨畏知不知是计，谦虚地说：“求封是我的职责所在，将军不用这么客气。麻烦你回去告诉将军，嘉奖就免了。朝事烦琐，我就不回去了，替我感谢将军，并代我向他问好！”

贺九仪赶紧说：“将军吩咐过我，说无论如何也要请杨大人回去一趟。杨大人若不去，那就是不给将军面子，这我可担当不起，还是请杨大人别为难九仪，跟我回去一趟我也好交差。”

听他这么说，杨畏知觉得不去是不行了，只好随贺九仪等人往贵阳赶。他哪会知道，此次去贵阳，就再也回不来了。

路上，贺九仪心里暗骂：“你这个老不死的，居然还敢出卖自己的主子，这回，我看你是死定了！”

03

杨畏知一到贵阳，孙可望就板着脸责问他：“畏知，你作为我的求封正使，皇上封我为秦王了，你是有功之人，按理应该奖赏，可你为何要留在朝廷替皇上做事不回来？”

对他派人杀害杨鼎和等五位朝臣，杨畏知本来就心存不满，这下见他板着脸训自己，便不高兴地说：“既然将军都可以接受朝廷封王，我杨畏知本就是大明的朝臣，怎么就不能留在朝廷替皇上做事呢？”

孙可望没想到他杨畏知竟敢顶撞自己，立即给他一顿臭骂：“你这不知羞耻的东西，难道你不知道这样做会败坏我秦王的名声吗？你这不是在背叛我吗？”

作为朝廷命官，杨畏知哪受得了他孙可望这副窝囊气？他愤怒地从头上摘下官帽，狠狠地砸向孙可望，嘴里骂道：“像你这种逆臣贼子，谁愿意与你一起共事？！”

孙可望气疯了，命令站在旁边的兵士：“拖出去斩了！”

两名兵士听令，上前一把架住杨畏知，将他拖出门外准备斩杀。

“孙可望，你这逆贼，不得好死！”被兵士架着往外走的杨畏知，边走边回头怒骂孙可望。

和孙可望坐在一起的李定国和刘文秀，见孙可望要杀杨畏知，两人都在想，此时我大西军正是用人之际，怎么能乱杀官员呢？再说杨畏知这人是个很有才能的官员，皇上刚刚任命他为东阁大学士，杀了他不是给大西军惹祸？于是两人都劝他不要杀杨畏知。

李定国说：“大哥，我等要干一番大事，像他这种人还是应该留着，不杀为好。”

刘文秀也劝道：“是啊，这个时候正是用人之际，暂且留他一条性命吧！”

杨畏知的背叛行为，孙可望虽说一时难解心头之恨，但李定国和刘文秀都这样说了，不得不给他们面子，便阴着脸说道：“既然两位将军出面保他，那就暂且留他一条性命！”

见孙可望表态了，李定国赶紧对站在身边的兵士说：“还不快去，叫他们放了杨大人！”

“是！”兵士得令，急忙朝门外奔去。

“刀下留人！”兵士边走边喊。

可是已经晚了，还没等传令兵士赶到，杨畏知已经死了。

原来，杨畏知怕再受到行刑人员的侮辱，在兵士押他出去的路上，趁兵士不注意，抽出一名兵士腰间的剑自杀了。

“唉，这杨大人，脾气咋这么犟？”李定国和刘文秀接到报告，很是替杨畏知惋惜。

“孙……孙可望他……他怎么能乱……乱杀我朝中大臣！”杨畏知被杀的消息传到南宁，正在殿上召集朝臣商议朝政的永历帝一下子气昏过去。

“皇上，皇上，你这是怎么啦？”

“皇上，你醒醒！”

“醒醒啊，皇上！”

……

吴贞毓等大臣见状，着急地呼叫着。

有人叫道：“快，叫太医！”

一位姓刘的太医拎着药箱，随太监急匆匆走进殿来。太医给永历帝把了把脉，告诉吴贞毓等大臣：“皇上是受了惊吓，一时气血攻心，不过没什么大碍，休息一会就会好的。”

“这就好，这就好！”吴贞毓心头的石块这才落下。

不多一会儿，永历帝果然苏醒过来了。

他气息虚弱地说：“没事，歇会儿就好了。”

“没事就好，没事就好！”吴贞毓高兴地说。

皇太后和皇后等人听说永历帝昏过去了，急忙赶到殿上。

“由榔，你怎么啦？”皇太后边走边问。

“这是咋回事啊？”皇太后身后的皇后也问。

吴贞毓走上前：“太后娘娘，皇后娘娘，皇上刚才受了点惊吓。不过刚才刘太医来看过了，说没什么大碍，太后娘娘和皇后娘娘不用着急。”

“惊吓？什么惊吓啊？”皇太后问吴贞毓。

吴贞毓说：“刚才有人来报，说秦王杀了东阁大学士杨畏知。皇上一听，便晕了过去。”

“他孙可望咋能这么做？”皇太后气愤地说。

“这秦王也太狂妄了！”皇后也说。

“皇上，没什么大碍吧？”皇后上前蹲跪在永历帝面前，拉着他的手关切地问。

永历帝告诉她：“没事，不过是受点惊吓。好了，母后、皇后，你们都回去吧，我还要召集大臣们商议朝事呢。”

“身子骨都这样了，还要商议朝事，你这是不要命了？”皇太后痛心地说他。

皇后也说：“是啊，该休息就休息嘛，事情又不是一天两天办得完的。”

永历帝说：“没事的，我自己会把握分寸。”

皇太后说：“还把握分寸？我看你呀，简直是连命都不要了！”

永历帝笑着说：“您看，这不是很好吗？没事了，母后，您先回去吧。”

皇后深情地望着永历帝：“真的没事？”

“真没事！”然后说，“你带母后回去，替我安慰安慰她。”

“那你自己保重！”皇后朝他点头，然后站起身来，对皇太后说，“母后，走，我们回去，皇上还有事要办呢！”

见永历帝的确没什么大碍，皇太后说：“好，那我们就先回去，榔儿，你要自己保重身体。”

“母后，您放心，儿臣会的！”永历帝感激地看着皇太后。

随后，皇后和侍女锦儿等人带着皇太后回去了。

不久，清兵逼近广西的宾州、南宁，永历帝只好又将行宫迁到广西新宁。

第4章 避难皈朝

01

永历五年十二月某日午后，广西新宁永历帝行宫内，永历帝和朝臣们正在忙着处理政事。

“报！”突然，一名兵士跑进来。

“什么事？”见他慌慌张张的，永历帝问他。

兵士单膝下跪，双手前拱，低头说道：“启禀皇上，接到前线战报，宾州、南宁已被清军攻破。”

“啊？宾州、南宁都没了？”

“前方那些将士是干什么的？咋这么快就被清兵攻破了？”

“唉，抵不住了，抵不住了！”

……

还没等永历帝说话，众朝臣已经慌成一团。永历帝心头一紧：从南宁逃到这儿不到两个月，又要逃往其他地方。唉，这日子真不是人过的啊！

见报信的兵士还站在那儿，永历帝说：“好吧，你下去吧。”

“是。”报信的兵士转身退出去。

众朝臣一脸惊恐，眼巴巴地看着永历帝。

这时候的永历帝，也被弄得六神无主了。他问众朝臣："众爱卿，宾州、南宁又被清军攻下，你们说说，朕该怎么办？是逃还是留？逃，这下又该逃往何处？"

礼部的一位给事走上前："皇上，连南宁都被清兵攻下了，大家也只能先逃命了。古人云，留得青山在，不怕没柴烧，情势危急，微臣认为皇上应该带着大家去安南先避避风头，待日后有机会再打回来。"

吴贞毓走上前，说："走，自然是要走，但微臣建议皇上移居钦州一带，车骑将军李元胤在那儿，他可护驾。"

"吴大人说的有道理，应该去钦州找李元胤。"大臣王光廷、徐极也建议永历帝带领大家去钦州找李元胤。

已升任建极殿大学士的朱天麟走上前来，说："皇上，李元胤一败再败，手下人马不到一千，我看他连自身都难保，无法护得了皇上。再说，海滨一带地势很受局限，恐怕难以实现复兴大明的宏伟计划。臣认为，云南一带山川险阻，犹如百万雄师，而且此地北通四川、陕西，皇上若要出走，微臣建议将行宫迁往此地较为妥当。这样不仅可以使大西军孙可望坚定拥护皇上的决心，也能安我永历朝臣和黎民百姓之心，请皇上思量。"

嗯，有些道理。永历帝一边思索着朱天麟提出的建议，一边朝他点头。

马吉翔和庞天寿见永历朝廷大势已去，一心想巴结孙可望。之前孙可望一直想要永历帝将行宫迁往云南，可永历帝没答应。为顺从孙可望的愿望，他俩也主张永历帝将行宫迁往云南。

听了朱天麟的话，马吉翔急忙说："皇上，微臣认为朱大学士的话很有道理，云南这个地方交通发达、地势险要，进可攻，退可守，历来被兵家相争。再说，势力强大的大西军盘踞在那里，清军一时也拿他们没办法。平东将军孙可望，一直想请皇上将行宫迁到那儿，微臣倒是觉得，不如就将行宫迁往云南，不知皇上意下如何？"

永历帝正要开口，庞天寿又走上前来，说："皇上，云南历来为兵家必争之地，刚才朱大学士和马大人的话臣认为很贴切，就请皇上将行宫迁往此处吧！"

另一位大臣上前："启禀皇上，延平王郑成功已经收复泉州的磁灶、小盈岭一带，现在又打下了钱山，准备挥师南下收复漳州，臣建议皇上率领大家乘船从海上去福建找延平王护驾，他必定会答应。"

……

众大臣你一言我一语，搅得永历帝心里更乱，不知到底要往哪儿走。

孙可望派来护驾的贺九仪，见清兵越逼越近，赶紧入朝觐见永历帝。

贺九仪来到朝上，见众朝臣还在为皇上搬迁行宫的事争来争去吵得一塌糊涂，很是气愤，说："秦王一直想请皇上将行宫迁到云南，并特意派我来护送皇上及家眷随从，我没想到，都到这个节骨眼上了你们还在相互猜忌，争来争去的。你们这个样子，叫我如何护驾？既然是这样，那就等你们争个够吧，我管不了了！"贺九仪说罢，气冲冲转身走出大殿。

"贺将军，贺将军……"永历帝见贺九仪负气出走，赶紧叫他，但没叫住。

"走，回贵阳！"走出行宫的贺九仪，气愤地对部属说。然后翻身上马一扬马鞭，带着他的部属往贵阳方向急驰而去。

因为众朝臣意见不统一，永历帝又优柔寡断拿不定主意，搬迁行宫之事老是议而不决，加之前来护卫的贺九仪负气出走，人心更是慌乱。最后永历帝听从朱天麟先前的建议，带着皇太后、皇后、最小的胞妹安化郡主、戴贵人、杨贵人等家眷及吴贞毓、马吉翔、庞天寿等为数不多的朝臣和卫队，悄悄乘船沿左江逃往濑湍。

永历帝和吴贞毓等大臣没想到，左江上游的水会那么浅，船行了一段就搁浅了，无法前行。永历帝只好吩咐大家把船上笨重的东西全部烧掉，叫兵士抬着紧要的东西，上岸顺着陆路的丛林继续奔逃。

永历帝和他的大臣、家眷、随从卫队昼伏夜行，一路躲躲藏藏逃到广西和云南的交界处。

"什么人？"

一天夜里，永历帝和他的大臣、家眷、随从卫队一行正行走在一片树林里。突然，在前面探路的两名护卫听到有人吼问。霎时，两把雪亮大刀已经架到他俩的脖子上。

"我……我……我们是……是……"两名护卫被吓傻了。其中一名结结巴巴对站在面前的两名黑衣兵士说。

"快说，你们是什么人？要不然别怪老子刀不认人！"一名黑衣兵士紧了一下架在护卫脖子上的大刀。

"我们是……是朝廷的，我们护……护送……"护卫越急越说不清楚。

“护送谁？”像没听清楚似的，一名黑衣兵士瞪着眼睛问护卫。

“护……护送永……永历皇上！”护卫哆嗦着将话重复了一遍。

“什么？永历皇上？”两名黑衣兵士吃惊地互看了一眼。

“是皇上！”另一名护卫说。

“皇上现在在哪儿？”另一名黑衣兵士追问。

“就……就在后……后面……”护卫手往后指。

两名黑衣兵士松开护卫脖子上的刀。

“我们是孙将军的部下，赶快带我们去找皇上！”一名黑衣兵士对护卫说。

“什么？你们是孙将军的部下？”

“对，我们是孙将军的部下！”黑衣兵士重复道。

“谢天谢地，这下皇上有救了！”护卫非常激动。

另一名黑衣兵士说：“别啰唆，快带我们去找皇上！”

“是！”护卫说完，带着两名兵士往后走。

永历帝已经疲惫得走不动了，正和吴贞毓、徐极、马吉翔、庞天寿等人坐在一个石墩上歇息。皇太后、皇后等家眷和随从人员，也蹲的蹲，坐的坐，在一边喘着粗气。永历帝做梦都没想到，会在这儿遇到大西军孙可望的部下狄三品和高文贵他们。

“皇上，您辛苦了，我们是狄三品将军的部下，我叫黑子，他叫明东。”

“哦？你们是狄三品将军的部下？”永历帝吃惊地问。

“是的，我俩都是狄三品将军营里的兵士。”叫黑子的兵士回答。

永历帝激动地说：“哎呀，真是天不灭我啊，谢天谢地，在这儿遇上了你们！”

皇太后、皇后，还有马吉翔、庞天寿等人听说遇到了孙可望的部下，也是万分高兴。吴贞毓和徐极却高兴不起来，他俩觉得这不一定是好事。

“皇上，这儿实在是不安全，请皇上马上跟我们走，狄三品将军和高文贵将军他们就在前面。”两名兵士顾不了行臣子之礼了，直接叫永历帝和大臣们跟着他俩走。

马吉翔说：“皇上，那就赶紧跟他们走吧。”

在这个地方遇上两名黑衣兵士，而且声称是狄三品的部下，吴贞毓有些怀疑。但顾不了那么多了，先跟他们走再说，如果真有诈的话，也只能是见机行事了。

永历帝说：“好，那就走吧。”

叫黑子的兵士对叫明东的兵士说："明东，你先去禀报狄将军、高将军他们，我带着皇上马上过来。"

"是。"叫明东的兵士说完，转身急速消失在树林中。

叫黑子的兵士带着永历帝和他的大臣、家眷、随从继续往前行走。

去给狄三品和高文贵报信的兵士跑到营中，气喘吁吁地给狄三品和高文贵报告："狄将军、高将军，皇上……在……在前面……"

"什么？皇上在前面？"

"在什么地方？"狄三品和高文贵听了，大吃一惊，赶忙问报信的兵士。

"在……在前面的树林里，黑子正带……带着他们过来，马上就……就到！"叫明东的兵士上气不接下气地给两位将军报告。

狄三品是孙可望的后营总兵，他望了李定国的部将高文贵一眼，说："走，去接皇上。"

叫明东的兵士带着狄三品和高文贵一行去接永历帝和他的大臣、家眷。

"卑职狄三品和高文贵给皇上请安！卑职没有保护好皇上，让皇上一路奔波受苦，卑职有罪！"见到永历帝，狄三品和高文贵赶紧叩拜谢罪。

"两位将军请起！"永历帝赶紧扶起他俩。

"谢皇上！"狄三品和高文贵起身。

高文贵说："卑职的营房就在前边，请皇上继续往前走。"

不多一会儿，狄三品和高文贵带着永历帝和皇太后、皇后等一行来到狄三品营房中。

02

这是一座干栏式走马转阁楼，房屋占地面积很广，房子修得很是气派，住着不仅舒适，而且还很安全。其他人家的房屋式样和这座差不多，都是干栏式建筑，只不过这栋房子比其他的要大得多。为什么这里的房屋都要建成干栏式的呢？因为这个地方靠近海边，气候炎热，环境潮湿，毒蛇猛兽又多，当地居民为了抵抗炎热潮湿和防止受到毒蛇猛兽伤害，就把房屋建成干栏式的。这种建筑一般都是三层，四面垂下檐瓦。从功用来说，顶层用来储存粮食，中间一层用来住人，最底下那层用来放置农具和饲养牲畜。房屋的大小，以三开间或五开间为一幢，也有建耳房、阁楼和抱厦的，但家家都有望楼和晒排。

狄三品和高文贵要安排永历帝和家眷、朝臣们住的这座房子，原本是当地

一个土司家的房屋。狄三品他们一来，土司就把房屋让给他们作营房了。永历帝和家眷、朝臣们来了，狄三品和高文贵自然要把他们安排住在这儿。

进屋坐定，永历帝问狄三品和高文贵："这儿叫什么地方？"

"回皇上，这儿叫皈朝，是云南富州的一个村庄。"狄三品回话。

"皈朝？"永历帝疑惑地眯着眼。

"是叫皈朝，皇上。"高文贵补充道。

"为何叫皈朝？"永历帝一副不解的样子。

"这缘于一个传说。"狄三品告诉永历帝。

永历帝刨根问底："传说？什么传说啊？"

狄三品告诉他："据当地人讲，这儿原来不叫'皈朝'，而是叫'龟巢'。之所以改为'皈朝'，是因为以前这里住着一个姓沈的大土司。这个土司看到这儿前有长而深的普厅河，后有万陡悬崖的后龙山，左右还砌有长长的围墙，地势险要，易守难攻，加之自己府内又有几号撕生牛皮如撕草纸、拳头能碎石头的大力士，认为朝廷拿他没办法，很不买朝廷的账。多年来，他都不按规定给朝廷进贡金银珠宝、布匹、粮食、牲畜等物品。朝廷见他如此狂妄，定他谋反之罪派出大兵讨伐。领兵的将领派兵多次侦察，后来得知从南天门那个地方可以进到这儿，就悄悄率兵从南天门打进来。一来朝廷的兵多，二来朝廷的兵勇猛，土司府里的那些兵将根本不是朝廷兵的对手。土司败得一塌糊涂，只好认输归顺朝廷，顺从朝廷管制。从那时候起，大家就把这儿叫作'皈朝'，不再叫'龟巢'了。意思是说，反对朝廷反不过，白反，只好归顺朝廷。"

"怪不得会叫这么个名字。"永历帝笑着说。

"哦，原来是这样啊！"众人也醒悟般地点头。

永历帝说："看来这儿很安全了？"

"皇上不必多虑，这儿地势险要，特别安全。"高文贵知道他话中有话，赶紧说。

永历帝高兴地说："这就好！"

"哎，黑子，赶紧叫人做饭，皇上和太后娘娘、皇后娘娘，还有安化郡主、戴贵人、杨贵人和吴大人、马大人他们，肯定都饿了！"狄三品吩咐旁边那个叫黑子的年轻兵士。

"已经安排了，将军！"黑子回答。

很快，菜饭端上桌子，满满的一大桌，菜品非常丰富。

一个兵士来还抱来了一坛当地村民酿的米酒。

“黑子，还有那些大人们，都安排好哈！”

狄三品吩咐在奔忙着的黑子。

黑子回答：“将军放心，都安排好了！”

狄三品招呼皇太后、永历帝、皇后和吴贞毓、徐极、马吉翔、庞天寿等人。

一位年轻的壮族女子来给大家斟酒。

酒斟好后，狄三品看了高文贵一眼。高文贵朝他轻点了一下头。然后，狄三品和高文贵站起来举起酒杯。

见他俩端着酒站起来，皇太后和永历帝等人知道他俩要敬大家的酒，也跟着端起酒站了起来。

狄三品端着酒杯说：“太后娘娘、皇上、皇后娘娘，真没想到会在这儿遇上。各位一路奔波，担惊受累，真是太辛苦了！这儿地处偏远山区，条件十分有限，三品和文贵略备粗茶淡饭和薄酒一杯，为大家接风，祝太后娘娘、皇上、皇后娘娘福寿安康！”

“朕自称帝以来，战事不断，百姓苦难，朕和家眷、朝臣居无定所，三天两头往外奔逃。更有不幸，孝正皇太后田州一病不起，撒手人寰，朕心里着实感到悲凉。清兵又一再紧逼，近三个月联又三次奔逃，一路艰辛自不必说。算是苍天有眼，让联在这儿遇上两位将军。两位将军热情款待，衷心可鉴，朕代表所有家眷和众臣将，感谢两位将军，谢谢你们对朝廷的忠诚！”永历帝端着酒，感慨万端。

“谢皇上褒奖！”狄三品和高文贵赶紧回话。

太后说：“是啊，能遇上两位将军，真是我等的福分！”

“谢谢两位将军，两位将军的救驾之恩，永世难忘！”皇后感激地说。

“太后娘娘和皇后娘娘言重了，卑职实在是不敢当！”高文贵谦虚地说。

永历帝说：“好吧，其他就不说了，来，大家干杯！”

“干！”

这顿饭，永历帝一行吃得很开心。这天晚上，他们也睡了个安稳觉。

安顿好永历帝和他的大臣、家眷，狄三品和高文贵赶紧派人禀报孙可望，请示下一步怎么办。

在狄三品军营中，狄三品和高文贵整天好吃好喝地招待永历帝和他的大臣、家眷及随从卫队。可永历帝哪儿吃得下，喝得下？他在想，莫非我永历朝廷就这样完了？我这个皇帝就要做到头了？我不甘心，不甘心啊！但目前这个处境，不甘心又能咋样？能保住命就已经不错了，还能奢望什么？

“唉！”一想到这些，永历帝又唉声叹气。

见永历帝成天愁眉苦脸的，狄三品知道他心事重重，便安慰他：“皇上，我和高将军已经派人向秦王禀报了，说您和大臣们都在这儿。”

“唉，报了又能如何？”永历帝摆摆头。

狄三品说：“皇上，您一定要撑住，您是一国之君，是大家的主心骨，千万不能泄气！连您都泄气了，那大家就真是无望了，朝廷也无望了。”

永历帝觉得狄三品说的有些道理。

这个时候大年刚过，永历帝心情很是颓丧。遥想当年，每年到这个时候，皇宫里何处不是莺歌燕舞的景象？哪会这般冷清？

为了让永历帝和家眷大臣们过得开心一些，狄三品和高文贵嘱咐部属，叫他们一定要安排好，让皇上和太后、皇后他们在这儿过得开心一些。

一天，永历帝告诉狄三品和高文贵，说他想去广南。

狄三品说：“皇上，我们已经派人去给秦王送信了，估计几日便到，烦请皇上和太后娘娘、皇后娘娘多待几日，秦王他一定会派人来迎接皇上的。”

“是啊，皇上，有平东将军的人来护送，我们也才放心啊！”高文贵也说。

永历帝不说话。

“两位将军都这样说了，由榔，那就多待几日吧！”皇太后对永历帝说。

马吉翔也劝永历帝：“皇上，等上几日也无妨，就多等几日吧。”

“吴爱卿，你的意见呢？”见吴贞毓不说话，永历帝问他。

吴贞毓迟疑了一下，说：“既然大家都这样说，就多等几日吧。”

“唉，那就听大家的吧。”永历帝不情愿地说。

03

话说秦王孙可望接到后营总兵狄三品的塘报后，很是吃惊：这朱由榔真是没地方逃了，竟然逃到那个地方去！

孙可望在想，狄三品和高文贵建议把朱由榔接回来，但把他朱由榔安顿在哪儿好呢？按理说，这个时候我应该把他接到昆明，让他在那儿建立行宫才对。

可是，让他在那儿建立行宫，他势必会受到李定国和刘文秀的影响，到时候恐怕自己掌控不了他。不行，绝不能让他在那个地方建立行宫。可要是将他接到贵阳，在这儿不但自己得三天两头地进朝拜见他，向他俯首称臣，而且一切重大军国要务都得要他点头才行。若是这样，那我还有啥权力和自由可言？有他在，我还能叫得动人？不行，也不能让他到这儿来。安隆呢？嗯，那儿倒是个恰当的地方，那地方有自己的人控制着，将他接到那儿给他建立行宫，这样既可以控制住他，借他的名义来号令百官，又可以封住吴贞毓那些人的口，让他们找不到说辞。

“对，就把他接到安隆！”主意一定，孙可望打发亲兵去把副总兵王爱秀叫来。

“有事吩咐，将军？”王爱秀来到孙可望跟前，问他。

孙可望说：“我接到狄三品和高文贵塘报，说皇上、太后娘娘等人和大臣们逃到了云南皈朝，现在皇上准备去广南府。”

“喔？皇上怎么跑到那儿去了？”王爱秀不解地问。

孙可望冷笑着说：“哼，清兵追他像猫追耗子一样，他不往那些地方跑，跑哪儿？”

王爱秀笑道：“这也倒是！”

他问孙可望：“那将军叫卑职来？”

“这样，你带上三千兵马，马上去皈朝，把他接到贵州安隆来。不过，他有可能去了广南。你先去皈朝找他们，如果不在，你就去广南。”

“一切听从将军吩咐！”王爱秀给孙可望行拱手礼，准备转身离去。孙可望叫住他：“等等，我这儿写有一封书信，你见到皇上，亲手交给他。”

王爱秀接过孙可望递过来的书信，问：“将军还有什么吩咐？”

孙可望说：“没有了，你去吧，但一定要把皇上接到。”

“卑职遵命！”

王爱秀转身离去。

一晃眼几天又过去了。这几天，永历帝和家眷、随行大臣们都在等着孙可望那边的消息。

永历帝觉得度日如年，成天忧心忡忡，和谁都不想说话。见他这副模样，皇太后、皇后和吴贞毓、徐极都在替他焦急。马吉翔、庞天寿见孙可望的回信

老是不到，心里也很着急。

一天，永历帝实在是等不下去了。他把吴贞毓、徐极和马吉翔、庞天寿叫过来，对他们说："朕已经等了好几天了，不用再等了，我们明天就去广南府。"

听他这样说，吴贞毓激动地说："皇上早就应该去那儿了，这个地方这么偏远，信息又闭塞，外面的情况一点也听不到，实在是不便久留啊！"

徐极也说："是啊，早出去一天好一天，就是去广南也行，那地方毕竟比这儿要好得多。"

马吉翔则说："皇上，微臣建议还是再等等，等有了秦王的消息再走。"

"是啊，就算是要去广南，也等秦王的人来了再去嘛，此去路途遥远，随行的又都是些家眷和大臣，没什么抵抗力，万一途中遇到清兵怎么办？"庞天寿焦虑地说。其实，他俩是想等孙可望的人来。

狄三品和高文贵去外边巡察军务，听说皇上要去广南，赶紧赶回来。

高文贵劝说永历帝："皇上，秦王的人估计一两天就到，请皇上再耐心等一下吧！"

"皇上，是不是卑职哪儿招待不周，让您和太后娘娘过得不开心，这才执意要去广南啊？"狄三品小心地问永历帝。

"朕不是为这个，将军别多心，这几日你们招待得很好，只是朕有自己的打算。"

"皇上就不能再多等一两日？"狄三品问。

"朕主意已定，你们都别再说了，就请两位将军明天护送我们到广南府吧。"

见永历帝执意要走，狄三品和高文贵不敢再挽留，只好说："皇上如果执意要走，那卑职就护送您。"

"行，就这样定了。"永历帝说。

次日辰时，狄三品和高文贵带领手下将士护送永历帝、皇太后一行往广南方向进发。

在狄三品和高文贵的护送下，五天后，永历帝、皇太后一行一路途经富州、沙斗、西洋江、宝月关，到达了广南，并驻扎在侬氏土司的领地广南府里。

王爱秀那天从孙可望那里领了任务，怕耽误了行程，回去马上领兵出发。可由于路途遥远，加上时不时又遇上清兵，也就耽误了不少时日。等他们赶到皈朝，永历帝、皇太后和吴贞毓一行已经离开四天了。见永历帝一行不在，王爱秀又马上领兵一路朝广南追去。

这天下午，狄三品、高文贵和永历帝、吴贞毓、马吉翔等人正在谈论孙可望的回信为何迟迟不到时，守门兵士来报，说孙将军派副总兵王爱秀大人带着一队人马来了。

狄三品问守门兵士："王大人现在何处？"

守门兵士说马上就到。

狄三品站起来说："皇上，高将军在这儿陪您，我出去接下王大人。"

"好。"永历帝说。

狄三品带着一队人马出门去接王爱秀。

不多一会儿，王爱秀和他的部属到了。

"卑职叩拜皇上，吾皇万岁，万万岁！"王爱秀见到永历帝，赶紧叩拜。

"吾皇万岁，万万岁！"王爱秀的部属一齐下跪，拜见永历帝。

永历帝说："你等一路远行，辛苦了，快请起！"

站起来的王爱秀，从怀中取出孙可望的书信呈递给永历帝："启禀皇上，卑职受秦王所托，前来迎驾。哦，秦王还有封书信叫卑职带给皇上。"

"还有书信？"

"嗯。"

永历帝接过王爱秀呈上的书信，大意是说：

……皇上还在广东的时候，臣就一再请求皇上将行宫移到云南，可皇上一直没同意臣的请求。前些日，臣接到后营总兵狄三品等人塘报，才知道皇上到了云南皈朝，并准备去广南，臣很是高兴。臣知道皇上一定会有移幸的一天，所以先派兵马扫清路上障碍，让皇上来的时候更安全些。广南虽说是内地，但这儿地处几省交界，是否会有清兵骚扰，难以让人预料。臣再三思考，云南、贵州和广西三省交界的安隆，城郭完整坚固，此处有一千户所宅院，虽说有些破旧，可修葺一下即可用来做皇上行宫。再说，皇上经历这么多艰险和危难，应当思考复明长远之计，不能再遇到什么惊扰了。到了安隆，皇上只管过舒心日子，一切费用及粮食有臣供应，鸡鸣出发午后就能到达，与广南相比安全多了，现特派副总兵王爱秀前来迎接皇上。日后朝廷政权恢复，再把都城迁到东南好些。

04

永历帝知道，孙可望之所以这样做，无非就是想将自己牢牢控制在他的势力范围内，借助永历朝廷名义来发号施令，他的狼子野心，昭然若揭。但时下清军紧逼，局势危急，看来不依他也不行了。

见永历帝看完孙可望书信后一脸愁眉，狄三品问："皇上，秦王信上怎么说？"

吴贞毓、徐极等人也问秦王是什么态度。

永历帝沉着脸，半天不说话。

皇太后说："由榔，到底是什么情况啊？"

永历帝这才说："他叫朕移居贵州安隆。"

吴贞毓听了，赶紧劝道："皇上，那地方去不得，千万去不得啊！"

"皇上，那地方不能去。"徐极也说。

马吉翔已与秦王暗地里通过气，一心想让永历帝去贵州安隆。见吴贞毓和徐极反对，急忙说："皇上，贵州安隆地处云南、贵州和广西交界处，历来为兵家必争之地，臣以为秦王的安排妥帖，微臣建议依秦王意见行事，请皇上三思。"

之前马吉翔找过庞天寿，把孙可望和他的意思给他说了，他接过话，说："皇上，臣认为秦王的安排是经过再三考虑的，就请皇上到贵州安隆去吧。"

永历帝问吴贞毓："去又如何？"

吴贞毓说："皇上，您不想想，孙可望这人专横跋扈，贵州安隆那地方是他手下人控制的地盘，是他的天下，去了就等于进了他的笼子，今后凡事都得听他孙可望的，由不得皇上了。再说那地方非常偏僻落后，信息闭塞，生活也很不便啊！"

永历帝又问他："不去又如何？朕还有选择的余地吗？"

吴贞毓一时不知道怎么回答他。

马吉翔和庞天寿对望了一眼，心里暗笑。

吴贞毓思索片刻后对永历帝说："皇上，实在不行我们还可以去福建找延平王郑成功啊，何必要钻他孙可望设下的圈套呢？"

见吴贞毓和徐极一再反对永历帝去贵州安隆，王爱秀听不下去了，开口说道："皇上，秦王如此安排，自然有他的道理，请皇上相信秦王，就到贵州安隆去吧。你看，众大臣和太后娘娘、皇后娘娘等一干人，一路颠簸，已经疲惫不堪，再也折腾不起了啊！"

狄三品也说："皇上，秦王一片好意，就依了他吧！"

吴贞毓急了，说："皇上，马吉翔和庞天寿早已暗通孙可望，还有，王爱秀受他孙可望所派，孙可望必然对他进行授意，这都是他们设好的圈套，他们的话万万不能听啊！"

马吉翔不屑地对吴贞毓说："吴大人，饭可以乱吃，但话可不能乱说啊！"

庞天寿阴阳怪气地说："是啊，吴大人，你说我们暗通他孙可望，可得拿出证据，不能冤枉好人吧！"

"皇上，我认为……"

"好了，好了，你们别吵了，这事今天先议到这儿，明日再说！"吴贞毓正要争辩，心烦意乱的永历帝打断他的话。

永历帝回到就寝的地方。

皇后见他一脸疲惫，问他："皇上，臣妾看你好像很累，是不是又遇到什么心烦事了？"

永历帝说："秦王差人送来书信，说接我去贵州安隆，并叫我在那儿建立行宫。"

"你答应了？"

"还没有。"

皇后说："你不问问吴大人和马大人他们，看他们是什么意见。"

永历帝说："都问了，他们一些主张去，一些说去不得，朕不知该不该去。"

"那地方条件如何？清兵会不会打到那儿？"皇后想了一下，问他。

永历帝摆摆头，告诉她："朕没去过那儿，不了解那儿的情况，只是听说有些偏僻。"

"那……"

"由榔，你们在说啥啊？"皇后正要问永历帝是什么意见，皇太后过来了，还边走边叫永历帝。

永历帝回皇太后的话："母后，我和皇后在说移驾行宫的事。"

"移驾行宫？移到哪儿啊？"皇太后问。

永历帝告诉她："秦王差人送来书信，说接我去贵州的安隆。"

"贵州安隆？那地方如何啊？"皇太后问。

永历帝说："听说是有些偏僻。不过，那儿有秦王的人把守，倒是很安全。"

皇太后问他："你决定去那个地方了？"

永历帝告诉皇太后："儿臣还没定。"

"那你打算咋办？去还是不去？"

永历帝摇了摇头："我也不知道是去的好还是不去的好。"

皇后用征询的口气劝说他："清兵追得急，时下这个处境也很危险，又有这么多家眷大臣，我看安全是第一紧要的，要不还是去吧？"

"皇后说的不无道理，由榔，那就去吧。"皇太后劝永历帝。

"可我有些担心秦王这个人。"永历帝正要说话，皇后却说道。

皇太后问她："担心他什么？"

皇后说："秦王这人凶残狡诈，而且早怀野心，皇上不得不防着点儿。"

"是啊，上次为了求封秦王，他居然派人把严起恒和杨鼎和他们那些大臣杀了。由榔，是得注意他点啊！"皇太后提醒永历帝。

永历帝低头看着地上，作沉思样："我就是在考虑这个问题。"

"马吉翔和吴贞毓他们是什么想法？"皇太后看着永历帝，问他。

永历帝说："马吉翔和庞天寿说去，吴贞毓和徐极等人说不能去。我不知如何是好。"

"到哪山砍哪山柴，干脆先去了再说。"皇太后想了一下，说。

皇后点头，没说话。

永历帝想了一下，说："既然母后和皇后都这么说，那明天我就告诉大家，就依他秦王的意思去贵州安隆。不过，又要让母后和皇后跟着我受苦了。"

"吃点苦有啥，先避避难再说。"皇太后说。

"这点苦算不了什么，如果皇上你决定去，那就去吧。"

皇后也说。

第二天下午，永历帝把马吉翔、庞天寿和吴贞毓、徐极，还有王爱秀、狄三品和高文贵他们叫来。永历帝告诉他们："好吧，就依他秦王的，去贵州安隆。"

吴贞毓眼巴巴地看着永历帝，不无担忧地问他："皇上，真要去贵州安隆啊？"

"皇上考虑好了？"徐极也有些担心。

永历帝不想再说话，只是点了点头。

吴贞毓、徐极等人见劝不住永历帝，只好不说了。

见皇上答应去贵州安隆了，马吉翔和庞天寿心里暗自高兴，得意忘形地望了一眼吴贞毓和徐极。

吴贞毓沉着个脸，没管他俩。

“谢皇上恩准！”王爱秀见永历帝答应去贵州安隆了，万分高兴，赶紧向他叩拜。

永历帝问王爱秀：“何时起程？”

王爱秀掐着指头算了算，说：“今天是正月二十三，明天是二十四，后天二十五。嗯，二十五是个好日子，不如我们就二十五这天走吧，皇上。”

永历帝过怕了奔逃的日子，就说：“行，你说哪天走就哪天走，但越快越好。”

王爱秀心里高兴，说：“皇上，那就定二十五，辰时起身，请大家做好准备，时辰一到马上起程。”

“嗯。”永历帝点头，表示认可。然后又说，“好，我看时候也不早了，再说今天你们也累了，就休息吧。”

“皇上，您和太后娘娘、皇后娘娘也早点儿休息！”王爱秀退出门去。

永历帝对旁边的吴贞毓、徐极和马吉翔、庞天寿说：“你们也去休息吧。”

“是，皇上也早点休息。”吴贞毓、徐极、马吉翔、庞天寿说着退出门去。

“哦，还有两位将军，你们也去休息吧，这段时间真是辛苦你们了！”

“皇上不必客气，这是我们应尽的职责。”狄三品和高文贵赶紧说。

见永历帝真想休息了，俩人说：“那皇上休息，我们下去了。”

“去吧。”永历帝点了一下头。

王爱秀从永历帝那儿出来，马上安排人回贵阳禀告秦王，告诉他皇上答应移驾贵州安隆了。

第5章 遗留郡主

01

“好冷，我好冷……”

“郡主，你怎么啦？”

就在永历帝决定去贵州安隆的第二天晚上，宫女玉倩半夜时分突然听到跟她睡在一床的安化郡主不停地喊冷，身子还筛糠似的发抖，便赶紧起身问她。

“我冷，我好冷……”安化郡主身子缩成一团，嘴里不停地说。

玉倩伸手摸她的脸和手，又摸了摸自己的脸，吃惊地说：“不好，郡主打摆子了！”

“郡主你忍住，我去叫太后娘娘和皇后娘娘！”

“太后娘娘、皇后娘娘，不好了，郡主打摆子了！”玉倩来到皇太后和皇后住的地方，使劲地擂门。

听到擂门声，皇太后和皇后赶紧开门出来。她们还以为是清兵追上来，永历帝又要带大家往外逃了。见是宫女玉倩惊慌失措地站在门外，皇太后说：“哎哟死丫头，你这是干啥啊？都快把我们吓死了！”

“郡主……郡主她……”玉倩急得话也说不清了。

"郡主她怎么啦？"见玉倩急成这副模样，皇后赶紧问她。

"郡主她……她……打摆子！"玉倩结结巴巴地说。

"嗯？郡主打摆子？"皇后大吃一惊。

"走，去看看！"皇后说着，转身急匆匆往安化郡主睡的地方走去。皇太后也赶紧跟着过去。

"皇妹，你这是怎么啦？"进了屋，皇后见躺在床上的安化郡主身子蜷缩成一团，脸色变得苍白，赶紧把她从床上一把扶起来。

皇太后上前心痛地问她："皇儿，你这是咋啦？是不是昨天晚上吃到了什么不干净的东西啊？"

"冷……我冷……"安化郡主闭着眼睛，声音虚弱地叫道。

站在旁边的玉倩急得哭起来："太后娘娘、皇后娘娘，我摸过，郡主的脸和手冰得厉害，像是打摆子！"

皇太后对玉倩说："快，快去叫人找郎中！"

玉倩又急忙跑出去叫人找郎中。

响声惊动了其他人，大家都过来看望安化郡主。戴贵人、杨贵人来了，马吉翔、庞天寿、吴贞毓和徐极，还有两位将军，全都来了。

不知是谁问："叫郎中没有？"

皇后说玉倩已经去叫人找去了。

"要不要告诉皇上？"马吉翔问皇太后。

吴贞毓接过话："皇上太累了，让他先休息一会，等会再告诉他吧。"

皇太后说："也行，先等郎中来看了再说。"

"让一下，让一下！"一会儿，有人领着郎中来了。

郎中给安化郡主把了把脉，看了一下她的舌头，又问了皇后和皇太后一些情况，然后告诉她们："郡主得的是疟疾，也就是常说的打摆子。这种病，寒战，高热，贫血和脾大，我看过了，郡主正是这种症状。"

"她怎么会染上这种病呢？"皇太后疑惑地问郎中。

郎中没回答皇太后，问在场的人："郡主是不是被蚊子叮咬过？"

"是的是的，头两天郡主说她的脖子被两只小蚊子咬过，你们看，这儿还是红的呢！"玉倩说着扒开盖在安化郡主脖子上的长发，让大家看。

皇太后、皇后、郎中等赶紧伸过头来，安化郡主脖子上的确还有两个被蚊子叮咬后留下的印子，皇后说："嗯，还真有两个红印子。"

“这就对了。”郎中说，“这种蚊子叫按蚊，特别毒，正是它让郡主染上了疟疾。”

皇太后问郎中：“这种病好治吗？”

郎中摆摆头：“不但不好治，还会传染。你们看，郡主现在全身发冷，皮肤上起鸡皮疙瘩，口唇、指甲发绀，颜面苍白，说明她这病情已经进入了发冷期。过后，她还会出现体温迅速升高的症状。”

“治疗这种病需要多长时间？”吴贞毓问郎中。他担心安化郡主的病会影响大家明天的行程。

郎中有些难为情，说：“这不好说，凭我的经验，这种病一般要几个月，而且还不一定能治好。”

“明天大家就要去贵州安隆，这可怎么办？总不能把我女儿丢在这儿吧？”皇太后焦急地说。

“太后娘娘，您不要急，我们会想办法的。”见皇太后急得流泪，马吉翔赶紧安慰她。

“不管咋说，我们也不会丢下郡主的，请太后娘娘放心。”庞天寿借机讨好皇太后。

徐极把狄三品拉到一边，问他：“能不能找到更好的郎中？”

“他就是这儿最好的郎中了。”狄三品说。

见安化郡主病情严重，徐极低声对吴贞毓说：“吴大人，小郡主恐怕是没救了。”

吴贞毓不说话。他在想，明天怎么办？就郡主这个样子还能带着她一起走吗？但她是郡主，是皇太后的至亲骨肉，不带她走，皇太后能答应吗？看来，这事只有由皇上定夺了。

“唉，皇上也真是命苦啊！孝正皇太后离世才几个月，现在安化郡主又……”狄三品摆摆头，叹息道。

“走，过去看看。”徐极叫狄三品。

郎中正在叫人给安化郡主煎草药。

徐极又低声问站在旁边的吴贞毓：“吴大人，该告诉皇上了吧？”

吴贞毓想，安化郡主这病严重，明天就要去贵州安隆，是得告诉皇上了。这样一想，便对徐极说：“那就告诉皇上吧。”

徐极说：“好，我去跟他说。”

吴贞毓说：“嗯，你去合适些。”

02

听徐极说安化郡主得了疟疾，永历帝赶紧跟着他来到安化郡主住的地方。见皇上来了，大家赶紧给他让出道来。

永历帝进到安化郡主屋里，见皇后抱着安化郡主，眼睛红红的，皇太后也焦急地依偎在安化郡主身边，急忙问道："怎么样？好些了吗？"

皇后看着他，摆了摆头。

"皇妹，你怎么啦？"永历帝弯下身子，问安化郡主。

安化郡主只说："冷……我冷……"

"由榔，这可怎么办啊？"皇太后急得哭起来。

"母后，您别着急，皇妹福大命大，不会有事的。"永历帝安慰皇太后。

见安化郡主奄奄一息，永历帝知道她的病不轻。他伸手往安化郡主脑门上摸了摸，觉得很冰，又往她手上摸了一下，也是冰的，心里掠过一丝不祥。

"还有救吗？"永历帝问郎中。

郎中无奈地摇了摇头，低声告诉他："很难说。"

永历帝默默地走出人群，来到门外的坝子里。吴贞毓、徐极和马吉翔、庞天寿、狄三品、高文贵见了，赶紧跟着走过去。

永历帝问吴贞毓和徐极、庞天寿他们："明天就要去贵州安隆了，郡主这个状况，你们看……"

庞天寿赶紧说："皇上，总不能扔下郡主不管吧？"

徐极说："你说什么话？皇上咋能扔下郡主不管呢？"

"那你们说，能带她走吗？路途这么遥远，又不是一天两天，带上她要是路上出了事怎么办？"

永历帝正要说话，这时王爱秀走了过来。

"王大人，你怎么也来了？"庞天寿上前谄媚地问王爱秀。

王爱秀说："这么大的事我能不来吗？"

"倒是，倒是！"庞天寿讨好地说。

"皇上，那您的意思？"马吉翔小心翼翼地问。

"那就不带她走吧。"永历帝哽咽着说。

吴贞毓赶紧说："这不行吧？皇上，安化郡主可是您的小胞妹啊！"

"这我知道，吴爱卿，你们不用说了。"永历帝说完，转过身去抹眼泪。

“不，皇上，就是背，我也要把安化郡主背着走到贵州安隆！”高文贵哭着说。

“是啊，皇上，就是背我们也要把郡主背到贵州安隆！”马吉翔流着泪。

徐极劝说永历帝：“皇上，还是把郡主带着走吧，这么多人，我看把她带到贵州安隆应该没问题。”

永历帝说：“不是带得到带不到的问题，我是担心她在路上有什么不测，若真是这样，到时候大家咋办？”

王爱秀接过话：“不只是这个问题，路上还有可能会遇到清军，打起仗来，这么多家眷、大臣怎么办？到时候恐怕大家连逃命都来不及，谁还顾得上她？”

见王爱秀这么说，吴贞毓、徐极、庞天寿、马吉翔，还有狄三品、高文贵，一个都不说话，他们心里清楚，王爱秀不愿意带安化郡主走，他嫌碍事。

皇太后见永历帝半天不进屋来，又见吴贞毓和徐极、马吉翔等大臣跟着过去，知道他们是去商量安化郡主的事，便对皇后说：“你看着，我出去一下。”

“太后娘娘！”马吉翔见皇太后来了，赶紧打招呼。

“母后，外面这么凉，您怎么也出来了？”永历帝问道。

太后问他：“郡主病情严重，大家明天又要往贵州赶路，你准备怎么办？”

“回母后的话，儿臣正在和吴大人、徐大人他们商量这事。”

皇太后问他们商量得如何。

大家不知如何回答她，你看看我，我瞧瞧你，一个也不说话。

王爱秀却开口了，说：“太后娘娘，考虑到路上可能会遇到清军，我的意见是不带郡主走。”

“嗯？不带郡主走？你能这样说？”听了王爱秀的话，皇太后很不高兴，大声斥责他。

“太后娘娘，我认为……”

“你认为什么？你认为他不是你的至亲骨肉是不是？”皇太后两眼盯着王爱秀，气往头顶上冲。

“不是，我……”

“母后，您不用责怪王大人，我是这样想的，这次去贵州安隆，路途非常遥远，而且有可能还会遇上清兵，郡主病这么重，我想让她留在这儿治病，就不带她走了。”永历帝见皇太后冲王爱秀发火，赶紧说。

皇太后听了，说："由榔，她可是你的同胞妹妹，她一个十多岁的小女娃娃，你让她一个人留在这儿，我问你，你忍得下心吗？"

永历帝知道，皇太后这是在责怪他。

"母后，儿臣也不想这样，但没办法啊。您想，如果带上郡主一起走，万一路上她……"

"是啊，万一她……"

"都给我闭上你们的臭嘴！"王爱秀本想趁机把话说下去，皇太后喝住他。

王爱秀不再作声，心里却在骂："哼，凶什么凶？还真把自己当成是皇太后呢！你不看看，一副逃命相，谁真把你当回事了！"

但他没骂出来。他也不敢骂出来。

"由榔，你自己看着办吧！"皇太后泪流满面，转身进了安化郡主住的屋子。

王爱秀对永历帝说："皇上，你劝劝太后娘娘，郡主真不能带着走。"

永历帝不耐烦地说："你不用说了，这我知道！"

王爱秀不软不硬地回道："皇上知道就好。"

顿了顿，永历帝对吴贞毓说："吴爱卿，这事你来安排一下。去找一户人家，多给他们一些银两，把安化郡主安放在他们家里，叫他们找个好点的郎中来给郡主治病，朕到了贵州安隆，再安排人来接她。"

"皇上，真要把郡主留在这儿啊？"吴贞毓问永历帝。

"嗯。"永历帝轻点了一下头。

"既然皇上定了，微臣去办就是。"吴贞毓抹着眼泪。

马吉翔问："皇上，太后娘娘和皇后娘娘那儿？"

永历帝说："你去把皇后请来，我跟她说。"

"是，微臣这就去请皇后娘娘过来。"马吉翔说完，去安化郡主住的屋子里请皇后。

03

进了屋子，马吉翔见皇后还在抱着安化郡主，对她双手一拱，说："皇后娘娘，皇上请您过去一下。"

皇太后沉着脸，告诉皇后："王爱秀不想把郡主带走！"

"母后您说什么？王爱秀不想把郡主带走？"皇后吃惊地问。

"你去了就知道了！"皇太后说。

“这是怎么回事啊？来，玉倩，你来扶住郡主，我去去就来。”

“是，皇后娘娘。”

玉倩赶紧走过去换皇后娘娘抱住安化郡主。

皇后娘娘随马吉翔走出门去。

“皇上，叫臣妾有事？”皇后问永历帝。

永历帝说：“皇后，朕叫你过来，是有件事要告诉你。”

皇后见吴贞毓、徐极、马吉翔等几位大臣都在看她，心里明白了八九分，便平静地说道：“皇上，您说吧！”

“我……我想把……”永历帝实在是不忍心说下去。

“想把郡主留在这儿。”皇后看着永历帝，把话接过去。

永历帝朝她点了点头。

皇后问他：“皇上，这应该不是您的想法吧？”

“是情况不容许我们把郡主带着走。”王爱秀接过话。

皇后愤怒地盯了王爱秀一眼，然后看着永历帝。

王爱秀不说话。

永历帝无奈地朝她点了点头。

皇后也知道，安化郡主病情严重，能否保得住命还很难说。明天一早大家就要往贵州安隆赶路，这路途遥远不说，说不定还会遇上清兵。如若带上郡主一道去，不但郡主无法治病，还会拖累大家。若不带她走，谁又忍得下这个心呢？

“皇上怎么安排郡主？”她问永历帝。

永历帝把他给吴贞毓说的话给她重复了一遍。

“既然皇上主意已经定了，那就听皇上的吧。”皇后说完，转身不停地抹泪。

“母后那儿，你替朕说说她吧。”永历帝对皇后说。

皇后点头。

“走，去看看郡主。”永历帝说着，带着吴贞毓、徐极、王爱秀、马吉翔、庞天寿等人回安化郡主住的屋子。

进了屋，皇后叫皇太后：“母后，您能出来一下吗？”

皇太后跟着皇后出了安化郡主住的屋子，来到一个屋角。

“母后……”

皇后忍不住悲伤，大叫一声，扑进皇太后怀里。

“皇后……”

两人抱着哭成一团。

皇后哭着说：“母后，就听由榔一次吧？”

“老天爷啊……你咋这么对待我女儿啊？”皇太后呜呜地哭个不停。

“好了，别哭了母后，明天一早还要赶路，别哭坏了身子！”皇后忍着悲痛，不停地劝说皇太后。

劝了好一会儿，皇太后才止住哭声。

“好吧，母后，我们进屋去吧，外边太凉怕冻坏身子。”皇后擦干眼泪，扶着皇太后进屋。

永历帝对吴贞毓说：“时候不早了，你赶紧去安排这事，别误了明天大家的行程。”

“好，微臣这就去办。”吴贞毓说完，带着人出门去了。

永历帝对王爱秀、徐极和马吉翔、狄三品他们说：“好了，大家也回去休息吧，明早还要赶路。”

王爱秀、狄三品、徐极等人陆续回房休息去了。

马吉翔、庞天寿对永历帝和皇太后、皇后说：“太后、皇上、皇后，请去休息吧。”

永历帝和皇太后、皇后都不去，说要陪安化郡主。马吉翔和庞天寿也只好跟着守在这儿。

过了一阵子，吴贞毓领着一对壮族夫妇来到安化郡主屋子里。

吴贞毓对永历帝和皇太后、皇后说：“太后娘娘、皇上、皇后娘娘，微臣已经安排好了，就把郡主交给他们夫妇俩吧。”

“好吧！”永历帝轻声说。

“费你们的心，郡主就托付给你们了！”皇太后对壮族夫妇说。

“谢谢你们了！”皇后也说。

壮族夫妇赶紧给永历帝、皇太后和皇后下跪：“请皇上、太后娘娘和皇后娘娘放心，我们就是死，也会保护好郡主。等我们回去后，我们两夫妇马上就找郎中给郡主治病。”

“谢谢，谢谢你们！”皇太后和皇后再次感谢这对壮族夫妇。

站在旁边的马吉翔却警告壮族夫妇：“我给你们两夫妇说，郡主身份高贵，你们一定要保护好她，更不能虐待，听清楚了没有？”

“好好找个郎中给她治病，以后我们会来把她接走，也会好好感谢你们夫妇的。”庞天寿暗示壮族夫妇。

见他俩这样说话，壮族夫妇心里有些不乐意，但夫妇俩却顾全大局，说：“两位大人，我们都会把郡主当作自己的女儿来对待的。我们也不需要什么感谢，只要能治好郡主的病，让她能够好好活下来，就算是我们的福分了。”

原来，这对壮族夫妇结婚多年，但一直没有自己的孩子，很想找一个孩子来抚养。正好吴贞毓找到他们，夫妇俩便欣然同意。

见这对壮族夫妇老实本分，皇太后和皇后心情这才宽松了一些。

见没其他事了，壮族男人说：“吴大人，时候也不早了，那我们就走了。”

“好，你们走吧。”吴贞毓对壮族夫妇说，“哦，记住，为了防止清兵加害她，你们平时不要叫她郡主，得给她重新取个名字。”

壮族女人歪着头想了一下，说：“那就叫她娇娇吧！”

皇太后说：“嗯，这名字不错！”

皇后也说：“行，娇娇就娇娇吧。”

永历帝对壮族夫妇说：“只要有个名字就行，叫什么都可以。”

“好，那我们走吧。”壮族男人对壮族女人说。

“行，那就拜托你们了！”吴贞毓点头。

皇后和壮族女人把安化郡主扶到壮族男人的背上。

“郡主，你不能走，你不能走啊……”玉倩拉着安化郡主哭喊着不放，是她一直陪伴在郡主身边，她舍不得郡主离开她。

永历帝和皇太后、皇后边流泪边劝说玉倩：“倩儿，别哭了，让郡主走吧！”

玉倩这才放手。

“等等！”皇太后叫住。她走上前去，从衣袋里掏出些碎银塞给壮族女人，低声叮嘱她，“给我们照看好她，今后我们会重重感谢你俩的！”

“您放心，我们会的！”壮族女人说。

永历帝和皇太后、皇后，还有吴贞毓等人，含着泪朝壮族夫妇挥手……

壮族男人背着安化郡主，与妻子一道迅速消失在黑夜中。

“不，我不让郡主走，我要郡主……”玉倩一直哭喊着。

天亮了，按照王爱秀掐算的日子和时辰，大家不得不上路出发。

04

在贵阳的秦王，听说永历帝已按他的安排往贵州安隆来了，按捺不住内心的喜悦。他在想，自己的想法就要成功了，愿望就要实现了。但他头脑清醒，知道自己得去安隆迎接他永历帝。他还派他的总兵张胜带兵驻扎在安隆城外，以此保护永历帝和其家眷、朝臣。

第6章 偏居安龙

01

贵州安隆城中一个山丘上，一座刚修葺的大宅院门前，孙可望带着他的部下整整齐齐地站在那儿。他们在此恭候永历帝及家眷、大臣们的到来。

安隆原本属于贵州安顺府，地方不是很大，住在这儿的人家不过百余户。这座宅院，曾经是一个千户所官员办公和居住的地方。宅院虽说比较大，但房屋破旧。孙可望听说永历帝同意来这儿，赶紧叫人将它简单修葺一番，就作为永历帝及永历朝臣们办公和家眷起居生活的地方。这对一朝之君的永历帝和身份显赫的朝臣及后宫家眷们来说，真是够寒酸了。但有什么办法，谁叫他永历帝是个东奔西逃的破落皇帝呢？也只能委屈他们了。

“皇上驾到！”不一会儿，朝廷近侍太监上来扯着嗓子叫道。

“吾皇万岁，万岁，万万岁！”见永历帝带着大臣及家眷、随从来了，孙可望赶紧上前叩拜请安。

“秦王请起！”永历帝尽管心头不是很舒服，但毕竟自己是一朝之君，在文臣武将面前装也得装出点大度出来，要不然更是让人瞧不起。

“谢皇上！”孙可望起身。

“皇上，行宫卑职已经给您准备好了。”孙可望引着永历帝和他的大臣、家眷及随从往宅院里走去。

“辛苦秦王了！”永历帝边走边对孙可望说。

孙可望赶紧说：“卑职不辛苦，皇上和太后娘娘、皇后娘娘一路奔波才辛苦！”

“说不辛苦那是假的，但没办法，逃亡啊！”永历帝既是感慨又是自嘲。

孙可望低着头，说：“卑职知罪，是卑职没有尽好护驾之责，让皇上和大家受累了。”

“朕不怪你。”永历帝说。

孙可望赶紧说：“谢皇上宽容！”

说话间，大家已走进了宅院。

嗯，怎么不见安化郡主呢？孙可望心里有些纳闷，便问永历帝：“皇上，小郡主呢？咋不见她啊？”

永历帝说：“等会我跟你说。”

“皇上，请入位！”

入了宅院，孙可望指着为永历帝准备好的龙椅。说是龙椅，其实不过就是张破旧褪色的木椅子。看着这破败的环境，永历帝心生凄凉。但有何办法？也只能是屈就了。

永历帝走上去坐下，转身对孙可望和众臣将说：“坐坐坐，大家都坐！”

朝臣们赶紧各自找位置坐下。

永历帝告诉众臣将：“鉴于这里的条件，以后君臣之类的礼节，大家就通通免了。”

吴贞毓走上前来，说道：“皇上，必要的礼节还得要，这是祖制，不然就乱套了。”

徐极也说：“是啊，皇上，必要的礼节不能丢啊！”

孙可望和马吉翔、庞天寿等人听了他俩的话，很不高兴，认为他俩多事。

“行，那就保留一些必要的礼仪吧，一些不必要的，比如以往见面就要行的跪拜礼，朕看就免了，行个拱手礼就行了，省得麻烦。”

孙可望趁机讨好永历帝：“皇上这样体恤属下，算是我等的福气，我代表大家感谢皇上。”说完给永历帝行了个拱手礼。

吴贞毓心有不快：哼，你代表大家？你能代表？

从这个时候起，这座千户所的宅院就成了永历帝的行宫，永历帝和朝臣们办理政务、后宫家眷休息的地方都在这所宅院里了。一时间，这座小小的宅院成了永历朝廷的政治核心。

张胜觉得，永历帝再不济也是一朝之君，如果外面的人听说他和大臣们在一个破陋的千户所里办公，那不丢尽了朝廷的脸面？不行，得劝他把这个地方的名称改改。

到安隆的第四天，张胜给永历帝说了这个事。

永历帝觉得张胜的话不无道理。是啊，怎么说我也是帝王之身，安隆，安隆，就是要安好我这个“龙”嘛。他问张胜：“那你觉得改为什么好？”

张胜想了一下，说：“皇上，干脆改为‘安龙府’吧？”

一旁的吴贞毓听了，觉得还不错，说：“皇上，这个府名可用。”

永历帝略微沉思了一下，说：“嗯，那就叫‘安龙府’吧。”

张胜又说：“皇上，府名要制成匾牌挂在宅院的门头上，还是请皇上来题府名吧！”

永历帝马上吩咐他：“取纸笔来！”

张胜叫人找来文房四宝，把纸放在书案上铺开，然后站在案前拉着纸。

永历帝挽起袖子，提起笔在铜墨砚里蘸好朱墨，然后在纸上挥舞起来。瞬间，“安龙府”几个遒劲的大字跃然纸上。

“好，好！”张胜、吴贞毓等大臣赶紧吆喝。

两天后，“安龙府”这块匾牌挂上了行宫门头。从此，朝上朝下的人就叫这儿为“安龙府”了。

02

永历帝来贵州安龙之前，孙可望曾经向他表过态，每年给宫里进贡银两八千、粮食一百石，作为宫中皇上和朝臣、家眷、随从的生活开支。永历帝心里清楚，这是孙可望为了能让他移驾安龙而许下的诺言。

可天上哪会掉下馅饼，特别是像孙可望这种善于投机取巧的人，没有好处捞他咋会给你好处？不出永历帝所料，孙可望趁机向他提出：今后不管是在战事方面，或是在封斩下属官员和将士方面，他都可以先做处理再向永历帝和朝廷报告。

他这是什么话啊？这不等于是由他孙可望当皇帝了？但永历帝心中明白，

人在屋檐下不得不低头，自己和朝臣、家眷一干人住的是人家安排的，吃喝是人家安排的，还要人家的人来护卫，不答应他哪行？唉，为了拉拢他孙可望，拉拢大西军这股抗清力量，为了永历政权能够生存下去，又何必去计较这些事呢？小不忍则乱大谋，低就低下头吧，人家韩信连胯下之辱都能忍受，这点气自己为何又不能忍呢？

权衡了一番利害关系，永历帝委曲求全，答应了孙可望的请求。

得到永历帝的许可，孙可望就常常拿着鸡毛当令箭，动不动就号令三军和诸侯。

永历帝的妥协，吴贞毓等大臣本不赞同，但没办法，他永历帝是君，自己是臣，君要臣死臣不得不死，君要臣亡臣不得不亡，一切由他说了算，要是他不高兴了，砍你的头都是有可能的，更何况，他永历帝也是被逼得没办法了才做出这番决定。

吴贞毓等大臣理解永历帝的苦衷。

办公地方和居所虽说条件差一些，可总算是暂时稳定下来了，没有往日在外边四处逃命奔波时的那种惊恐心理和压力。可是，没有人来做事不行啊。于是，永历帝开始封官许爵，收罗人心，还派人四处招揽人才。

在朝廷用人上，孙可望动了一番心计。他想在永历帝身边安插自己的眼线，以便监视和控制永历帝及吴贞毓这帮人。听说永历帝要对下属封官许爵，他马上奏请永历帝，请求把范应旭任命为安龙府知府，把张应科任命为安龙的总理提塘官。范应旭和张应科都是他孙可望的心腹亲信，有这两人在朝上，永历帝和吴贞毓、徐极他们的一言一行，孙可望很快就知道了。

范应旭和张应科的提职任命，永历帝也知道这是他孙可望在自己身边安插的两根眼线，但又不得不答应他。哪能不答应？自己手中无兵无将，能硬得过他孙可望？

答应就答应吧，自己就算是再无能，毕竟也是一朝之君，谅他孙可望也翻不起啥大浪来。

永历帝低估了孙可望。

不仅如此，孙可望还告诉大西军的将士，没有他的允许，谁也不许私自到安龙见永历帝，就是和他平起平坐的西宁王和抚南王也如此。是个傻子都知道，他孙可望不想让其他人直接接触永历帝，是怕其他人得到永历帝的恩宠，削弱了他在大西军中的地位和权威。

孙可望的做法，让李定国和刘文秀心里很不爽。但两人不敢说他，只能是捂在心里。

行宫里本来人就多，事情不少，开销也很大，孙可望每年给宫里进贡的八千两银子和一百石粮食，哪会够呢？宫里的人就算是再省吃俭用，也常常是入不敷出、捉襟见肘。

“皇上，钱和粮食都快用完了，怎么办啊？”

一天下午，宫中管理钱粮的人来给永历帝反映，说秦王供应的钱粮不多了。

“好，我知道了。”永历帝说。

第二天，永历帝写了封书信，叫人送给在贵阳的孙可望，说朝廷上人多花销大，每年供应的钱粮不够开支，希望他多拨些钱粮。书信去了好几次，但孙可望置若罔闻，连信儿都不回一个。无奈之下，永历帝只好叫人去催他。

见永历帝又叫人来催，孙可望不耐烦地对来人说：“你回去告诉皇上，我这儿也很困难，请皇上和家眷、大臣们将就着过。”

“他妈的，一天就只知道要钱要粮。整日坐着吃闲饭，老子这儿哪有那么多钱和粮给你？”来人刚转身，孙可望就破口大骂起来。

秦王不肯增拨钱粮，宫里这么多家眷和大臣，总不能不吃不喝，还有其他很多开支都需要用钱，这可怎么办？

见支使不了秦王，永历帝只好去找皇太后和皇后，叫她们想办法帮忙筹积些银两和粮食。

“母后，皇后，如今秦王供应的钱粮不够开销，我叫人去催了几次他都不理，说他那儿也很困难，叫大家将就着过。我想请母后和皇后帮我个忙，去筹积些钱粮，要不宫里这么多人怎么过啊？”

听了永历帝的话，皇太后和皇后非常气愤。皇太后骂道：“孙可望，你这个逆贼，竟敢连皇上和家眷们的生活你也不管了！”

皇后对皇太后说：“母后，算了，像他这种人，他既然敢这样做，莫说您骂他，就是打他，他也不会给我们添加钱粮的。打铁还得自身硬，这样，我们去动员家眷们把自家的金银首饰都捐出来，拿去变卖了换些银子先抵挡一阵再说。”

“唉，也只能是这样了！”皇太后无可奈何地叹息。

永历帝听了，对皇太后和皇后甚是感激，忙说：“谢谢母后，谢谢皇后！”

皇后娘娘说：“一家人，有什么好谢的呀？只要能帮皇上分些忧，我们就是去死，也是愿意的。”

于是，皇后和皇太后逐一地去做家眷们的工作，请她们把自家的金银首饰全捐出来，一起拿去变卖换些银子。

家眷们听说秦王不愿意给宫里增拨钱粮，很是理解和同情皇上、皇太后、皇后他们的难处，都愿意把自家有的金银首饰捐出来。

侍女锦儿有一个镯子，是进宫时她母亲留给她的。母亲曾经嘱咐过她，这是他们家的传家之宝，千万不能弄丢了。锦儿答应母亲不会弄丢，而且后来锦儿一直把它戴在手上。听皇太后和皇后说要大家捐出金银首饰，锦儿有些舍不得。

皇后知道她的心思，说她：“锦儿，你不想捐就不捐吧。”

“大家都捐，我也捐，以后日子好转了再买！”锦儿见其他人都捐了，只好忍痛割爱，把镯子也捐出来了。

皇后见她捐了镯子，心疼地说：“锦儿，往后日子好过了，本宫给你买个新的。”

锦儿懂事地说：“娘娘，不是我舍不得，的确是我母亲叮嘱过我不要把它弄丢了。没事的，既然宫里这么困难，捐就捐了吧。”

“锦儿就是懂事！”皇太后夸锦儿。

锦儿心头甜甜地跑开了。

收到了一些金银首饰，皇后叫人拿去兑换成银两，交给宫里管钱粮的人，叫他拿去作宫里的开支。

安龙这地方，因为地处山区，天气冷的时候冷得不得了，热的时候又很热，特别是到了夏天，晚上睡觉让人热得有些受不了。

转眼到了夏天，气候渐渐变热起来。一天，永历帝告诉知府范应旭，要他买一张苇草编的凉席，晚上好睡觉些。

范应旭去给秦王报告。

秦王却告诉范应旭，叫他跟皇上说，如果给皇上买了，怕其他人也要买，没这么多钱，叫皇上克服一下，将就点过。

范应旭不敢把秦王的话说给永历帝听。

一天，永历帝见凉席老是买不来，就问范应旭：“朕叫你买的凉席呢？”

范应旭这才说：“不好意思，皇上，秦王说，皇上买的话怕大家都要买，没

这么多钱，请皇上将就点过。”

“怎么？要张凉席都不行？”听了范应旭的话，永历帝气得差点吐血。

范应旭低着头说：“请皇上息怒，这事全由秦王做主，卑职也没办法！”

这时，永历帝想起了在广南时吴贞毓曾经对他说过的话：孙可望这人专横跋扈，安龙那地方是他手下人控制的地盘，是他的天下，去了就等于进了他的笼子，今后凡事都得听他孙可望的，由不得皇上了。

按理说，永历帝是君王，他孙可望是臣是将，但他孙可望就不信君要臣死臣不得不死，君要臣亡臣不得不亡，他只相信县官不如现管，有兵就有地，有兵就有钱，有兵就什么人都不怕，就是永历帝也如此，因为永历帝没有兵没有地，更没有钱，永历帝叫不动的人他孙可望可以叫得动。表面上永历帝是君他孙可望为臣，但实际上他孙可望才是真正的君王。

永历帝想发火，但他没发，他怕范应旭又去给孙可望报告。永历帝想，世间有许多人都羡慕做皇帝，他们觉得做了皇帝就有生杀权力，就可以想干什么就干什么，可我朱由榔做了皇帝，连要张凉席人家都推三阻四，宫中连最起码的开销都无法保障，我有这个权力吗？我能想干什么就干什么吗？没有，我有的只是一大堆处理不完的心烦事，有的只是失去城池和百姓的焦虑。想到这儿，永历帝心里不觉苦叹一声：“唉，早知如此，何必当初啊！”

永历帝有些后悔来安龙了。但自己还能回得去吗？就算是回得去，可去哪儿？南宁被清军占了，肇庆被清军占了。带着大臣和家眷回濑湍或广南？那岂不是又要去过那种成天提心吊胆的逃亡生活吗？不，不可能，四处奔逃的日子我已经过厌烦了，大臣和家眷也过厌烦了。算了，还是安心待在这儿吧，就算是受他孙可望点气，也总比带着大家到处逃亡担惊受怕的好。

此时的永历帝，虽然贵为君王，虽然还有吴贞毓、张福禄、徐极这些大臣，还有皇太后、皇后这些家眷，但他觉得，自己和无家可归的孤儿没什么区别。不但是无家可归，而且随时还有掉脑袋的危险。他多么需要人来呵护啊！可谁能呵护他？谁来呵护他？没有谁能呵护他，也没有谁来呵护他。

虽说秦王孙可望人不在安龙，但实际上他控制着这里的一兵一卒和钱粮，朝上有不少官员暗地里向着他，永历帝和吴贞毓、张福禄他们时时处处都得小心行事，稍有不慎就有人把他们告到孙可望那儿去了。

孙可望的嚣张，不仅让李定国和刘文秀很不高兴，就是吴贞毓、徐极、张福禄、胡士瑞、张镌等一帮与永历帝亲近的文臣武将也很不高兴。但也有人高兴啊，这些人就是暗地里投靠了孙可望的文安侯马吉翔、太监庞天寿等人。这些人表面上奉承着他永历帝，暗地里遇事不是先请示他永历帝，而是先问孙可望。其实，就算是请示了他永历帝，很多事情他也做不了主，还得要孙可望表态，说白了，他永历帝就是个当不了家的傀儡皇帝。

当不了家就不当吧，眼下这个局势，你孙可望想当就让你来当，我还想讨个清闲呢。明白人都知道，这不是永历帝的真心话。但没办法，他只能这样做，只能自欺欺人。

03

不管局势糟糕得如何透顶，但朝廷还得要支撑下去。要支撑下去，这就得有人来替朝廷办事。

永历帝开始到处收罗人才。

一天，永历帝正在处理政务，一内监给他汇报："皇上，听说西关上住着一位德高望重的老人，此人名叫赵昆元，长年以教读为业，有学问也很儒雅，您看要不要请他来……"

永历帝赶紧说："去去去，你去把范应旭大人给我叫来，我让他去请这位老先生。"

"好。"内监去叫范应旭。

不多一会儿，安龙知府范应旭走进殿来。他问永历帝："皇上，有什么事吩咐？"

永历帝放下手中的笔，说："我听说西关上有位姓赵的老先生，这人很有才华，时下朝廷正缺人手。你赶快去找此人，务必请他来帮朝廷打理一下政务。"

"卑职遵命。"范应旭说着退了出去。

下午，范应旭带着人去西关奉命访贤。

来到西关上一座深宅大院门口，范应旭见宅门紧闭，走上前去叩门。

"笃笃笃，笃笃笃。"

听到有人叩门，宅子里走出来一位年轻后生。年轻后生打开门，探出个头来。见是官府里的人，便客气地问道："大人，您找谁啊？"

范应旭说："我来找赵昆元赵老先生，请问他在不在家？"

年轻后生告诉他："我家老爷正在给学生上课，大人，您有事找他？"

范应旭点点头：“嗯，我们有点事找他。”

年轻后生把范应旭等人让进宅子里，关上门。

“来，大人，您先进来坐着！”年轻后生将范应旭等人带到会客室，端板凳给他们。

“谢谢你，小伙子！”范应旭打量了一下这个年轻后生。

“大人不必客气，我这就去叫我们家老爷！”

“好！”

年轻后生转身去叫人。

见这年轻后生彬彬有礼，范应旭想，连个看门的后生都这样懂得礼节，看来这赵老先生的确不是一般人物。

不多一会儿，赵昆元来了。后面跟着那个年轻后生。

“哟，范大人，您怎么来了？也不事先打个招呼，老夫好出门接您嘛！”

原来赵昆元认识范应旭。

“赵老先生不必客气！”范应旭站起来。

“坐坐坐，大家坐！”

赵昆元招呼大家。年轻后生端来一条长板凳，赵昆元在范应旭对面坐下。

“阿昆，去给范大人他们沏茶。”赵昆元侧过身子吩咐站在他身后的年轻后生。

“是，老爷。”年轻后生应声退出会客室。

赵昆元客气地问范应旭：“范大人光临寒舍，有何指教啊？”

范应旭回道：“在赵老先生面前，范某哪敢说指教啊！”

“范大人过谦了！”赵昆元笑着说。

“听说老先生一直以教书为生，是吧？”范应旭把话引入主题。

赵昆元说：“老夫不才，只是教几个小儿学些平常知识和做人的道理罢了。”

这时，年轻后生端着茶壶和杯子走过来：“老爷，茶泡好了。”

赵昆元说：“把茶斟好，端给范大人他们！”

“是，老爷！”年轻后生说着转过身去给范应旭等人斟茶。

范应旭喝了口手上的茶水，眼睛盯着赵昆元，试探性地问：“老先生有没有想过出山成就大业？”

赵昆元喝了口茶水，伸手捻掉嘴唇上的一片茶叶：“老夫年岁已高，何说大业。再者，与孩子们在这山上惯了，有些舍不得他们，不想下山了。”

“老先生就不怕埋没了自己的才华？”范应旭开始激他。

听他这么说，赵昆元赶紧道：“老夫才疏学浅，范大人这么说老夫实在是感到有愧！”

“实话告诉你吧，今天我来，是有件事想跟老先生商量一下。”范应旭说。

“哈哈，跟我还客气什么，什么事你说就是，范大人！”赵昆元把茶杯放到板凳上。

见他说话滴水不漏，范应旭只好摊牌：“事情是这样的，时下朝廷很需要像老先生这样的人才。皇上听说西关上有您这样一位德高望重、学富五车的老先生，想请您下山为朝廷帮忙打理政事，并特意差我上山来请先生。为了不耽误皇上大事，下午我们就上来了。”

“怎么？皇上也关心起老夫来了？哎呀，真是不敢当啊！”赵昆元一脸惊讶。

“是啊，老先生好有福，被皇上点将了！”范应旭笑着说。

“感谢皇上恩典，不过……”赵昆元欲言又止。

“不过什么？”范应旭心里紧了一下。

“不过我有些对不住皇上和范大人了。我只热衷于给孩子们授业解惑，不想过问政事，还望皇上和范大人原谅老夫。”赵昆元显得有些愧疚。

“这么好的事情，您还不愿意？”范应旭脸上露出些许不悦。他想，皇上专门派人上山来请你，这种事多少人求都求不得，你还摆个臭架子。

赵昆元回他话：“范大人，不是老夫不愿意，实在是老夫不想过问政事。”

范应旭怕完不成永历帝交办的任务，赶紧开导他：“时逢乱世，国家安危难定，朝廷正需要像您这样的有才之人，老先生理应为国家出力才是，怎么能说不问政事呢？这岂不是埋没了您的学识，辜负了朝廷和皇上一片好心？”

赵昆元说：“范大人，理是这个理儿，但人各有志，老夫本是山野之人，一生悠闲惯了，的确不想过问政事，恳请皇上和范大人不要勉为其难。”

“皇上是见您有些学识，才差本官上山来请您，咋能说是勉为其难呢？”

“皇上和范大人的心意老夫领了，但思量再三，老夫还是决定继续留在这山上教教孩子们算了。”

“老先生真不愿意下山？”范应旭追问。

赵昆元语气坚定地说：“老夫实在是不愿意下山，请皇上和范大人恕罪。”

见他心意已决，范应旭只好说：“既然赵老先生不愿出山，那我范某也没办法，只好回去给皇上复命。”

随后，范应旭辞别赵昆元下山。

回到行宫，范应旭把他上西关去请赵昆元的情况给永历帝一一做了汇报。

永历帝听了，有些不高兴：“嗯，这人怎么这么迂腐？”

范应旭说：“卑职已经再三劝说他了，可他就是不答应。”

永历帝说：“这是个难得的人才，必须把他请下山来辅佐朝廷。这样，你去给礼部的邓仕廉大人说，就说我说的，请他亲自去拜访一下这个人，务必请他出山，为朝廷出力办事。”

“好，卑职这就去请邓大人。”范应旭说完就去见礼部尚书邓仕廉了。

见到邓仕廉，范应旭把他如何受皇上委托去西关上拜请赵昆元、赵昆元又如何不愿出山以及皇上叫他来请邓仕廉去拜请赵昆元的事全给说了。

听了范应旭的话，邓仕廉开他玩笑：“这赵昆元，连范大人的面子都敢拂，未免胆子也太大了吧！”

范应旭说：“这分明是在拂皇上的面子，哪是拂我的面子啊！邓大人！”

“没事，我去见见此人。”邓仕廉说。

范应旭幸灾乐祸地说：“但愿邓大人不会被他拂了面子。”

第二天早晨，邓仕廉又带着人上了西关。

见到赵昆元，邓仕廉说：“老先生，先前范应旭大人奉皇上之命来过您府上，我想，来意您老都知道了，我就不再赘述了。”

赵昆元说：“说来对不住范大人，老夫没顺了他的意。”

邓仕廉说他：“这也是皇上爱慕人才，再说国家正处在危难之时，作为一国之民众，先生理应为国家出力才是啊，这事，就请赵老先生遂了皇上的心愿吧！”

赵昆元说他：“邓大人之言确实有理，身为永历朝廷臣民，我本应为国家出力效劳。但人各有志，我不下山从政，是因为我有我的想法。我想，不管是皇上或是大人，都不能勉强吧！再说，我在这山上教书育人，也是在为国家培养人才嘛，你说是不是这个理儿，邓大人？”

“理是这个理，但依老先生的才华，光在这山上教几个孩子，难道老先生不觉得屈才吗？”邓仕廉激他。

“邓大人抬爱了，老夫惭愧。老夫不过是浪得虚名罢了，没大人说的那么有才。”没想到赵昆元一句话就化解了邓仕廉的激将法。邓仕廉想，这赵昆元还真是有些顽固。

邓仕廉有些不死心，又把皇上抬出来，说："之前范大人受皇上委托，上山来请过老先生，老先生给拒绝了。这次皇上再叫我来请老先生，可见皇上的诚意，可老先生还是不肯，这就有些拂皇上的面子了。"

"邓大人此言差矣，我只是不愿意从政而已，咋能说老夫拂了皇上面子呢？"赵昆元一副不卑不亢的样子。

邓仕廉又从各方面说服赵昆元，可无论他怎么说，赵昆元就是死活不同意下山。

"唉，先生执意不去，那我邓某也没办法。既是这样，那我只好回去给皇上说了。"邓仕廉奈何他不得，也只好无功而返。

"实在是对不起邓大人了！"赵昆元给邓仕廉拱手作揖。

邓仕廉回到宫中，将情况禀报给永历帝。

永历帝听了，说："罢了罢了，他如果真不愿意下山，也勉强他不得，就由他吧。"

赵昆元没下山为朝廷出力，甘愿在西关上过着那种粗茶淡饭、耕读自娱的悠闲自在生活，但他对国事并不冷漠，经常尽自己所能为朝廷建言献策，疏导当地百姓秉呈忠义，拥戴永历朝廷。赵昆元的为人，永历帝很是钦佩，下旨赐给赵家一块"德门耆硕"的牌匾，让赵家长久挂在宅院大门上。

赵昆元深受感动，后来在永历帝撤出安龙去云南的时候，亲自将自己的两个儿子送去随驾，以此感谢皇上对他家的恩典。

04

话说这天晚上，皇太后做了个奇怪的梦。她梦见安化郡主穿着件破烂的衣裳来到她面前，可怜兮兮地对她说："母亲，我好想您哦，我要来找您了！"

她伸手去摸她的头，却老是摸不着。她问她："我的小郡主，母亲在摸你，可咋老是摸不着啊？"

安化郡主流着泪说："母亲，您当然摸不着我了，阴阳两界，我在阴，您在阳，您咋能摸得着我呢？"

"我的小郡主，你说啥啊，母亲听不懂。"皇太后说。

"母亲，我是说，我在阴间，您在阳间，您当然摸不着我了。"安化郡主笑着告诉她。

皇太后问她："你是说，你已经到了阴间？"

"是啊，我已经来到阴间好多时日了，您还不知道啊，母亲？"安化郡主说。

"哦，大概是您事情太多，记不得我了。不过没关系，我会经常来找你们的。好了，母亲，天要亮了，我得回我的阴间去了。再见，母亲！哦，替我向皇上哥哥和皇后娘娘他们问好。跟他们说，我在阴间过得很好，叫他们不要挂念。天要亮了，我得走了，母亲……"

"等等，你不能走……"皇太后被梦惊醒，一下子从床上坐起身来。

"来人，来人啊！"皇太后朝门外叫人。

"您怎么啦？太后娘娘！"侍女锦儿听到她的喊叫声，赶紧起床过来看她。锦儿推开门进来，见皇太后满头大汗，便问她。

"我梦见小郡主了，我梦见小郡主了，她说她……"皇太后边说边抹眼泪。

锦儿赶紧问她："郡主说她怎么样了？"

"郡主说她……说她已经到阴间了！"皇太后流着泪告诉锦儿。

"假的假的，梦里的事都是反的，太后娘娘不要信！"听了皇太后的话锦儿心里一惊，莫非……但她怕皇太后伤心，赶紧哄她。

皇太后这一闹腾，皇后也来了，问是咋回事。锦儿把刚才皇太后说的话告诉了她。

"没事没事，郡主不会出事的，母后不必担心！"皇后心里虽说也犯嘀咕，但她也得安慰皇太后。

皇太后说："不管怎么说，我还是有些不放心。皇后，我们来贵州安龙已经有些时间了，赶明儿我得去给由榔说，叫他派人去把郡主接来，别再让她一个人孤零零地在外边了。"

皇后说："行行行，我明天就去给皇上说。还有会儿天才亮，母后您再睡会儿。"

"锦儿，你也再去睡会儿。"安排好皇太后睡下，皇后对锦儿说。

锦儿说："好，皇后娘娘，您也回去睡会儿。"

"嗯。"

回到屋里的皇后哪还睡得着。她在想，莫非郡主真的出事了？要不她咋会托梦给母后呢？我们走的时候她病得不轻，该不会……

皇后不敢再多想。她在心里默默为安化郡主祈祷：菩萨啊，菩萨，您得保佑我家的小郡主啊，保佑她平安地回到安龙啊！

第二天一早醒来，皇太后就急匆匆地去找永历帝，叫他无论如何也要派人去把安化郡主接回来。

永历帝听从皇太后的吩咐，马上派人去云南广南寻找安化郡主。不久，去找安化郡主的人回来了。

可回来的人给永历帝和皇太后、皇后带来了一个不好的消息：安化郡主早已病故了。

听到这个噩耗，永历帝和皇太后、皇后悲痛欲绝。皇太后更是肝肠寸断，整日以泪洗面。

第7章 借禅解忧

01

一天，被政事搅得心烦气躁的永历帝听身边的一位大臣说，行宫东面一二里地有座千年古刹，名叫玉泉寺。寺里的住持，是一位法名叫月幢的老禅师。听人说这月幢禅师出家修行多年，他不但精通佛法，还深谙佛理。

永历帝听后，很是高兴。他告诉这位大臣："你哪天带朕去趟玉泉寺，我要会会这位月幢禅师。"

一个月后的一天傍晚，永历帝用过晚饭到宫外来游走。走了一会儿，他突然对身边这位大臣说："哎，前段时间你不是说，东边一二里地有个什么玉泉寺和什么月幢禅师吗？走，带朕去趟玉泉寺，我要会会这位月幢禅师。"

"好。"大臣说。

"哦，皇上，要不要再叫些人一同去？"大臣考虑到永历帝的安全。

永历帝告诉他："不用，就我们两人去，这样清静些。"

"微臣明白。"大臣说完，领着永历帝朝城东的玉泉寺走去。

约莫一支烟的工夫，永历帝和大臣来到了山下玉泉寺门口。见有个小沙弥坐在寺院坝子头，大臣朝他叫道：“哎，小师傅，你过来一下。”

小沙弥见有人来，上前合掌向他们打招呼：“阿弥陀佛，请问两位施主有何指教？”

和永历帝一同来的大臣对小沙弥说：“皇上来找月幢禅师谈经论佛，快去给月幢禅师通报。”

听说是皇上驾到，小沙弥吓得三魂少了二魂，赶紧向永历帝叩拜：“皇上恕罪，小僧不知是皇上驾到！”

“不知者不为过，起来吧。”永历帝赶紧将小沙弥扶起，然后说，“麻烦你向月幢禅师通报一声，就说朱由榔前来拜访。”

“请皇上稍等片刻，小僧这就去请师傅。”小沙弥说完，慌里慌张地去寺里向月幢禅师报告。

月幢禅师正在禅房敲着木鱼诵经，听小沙弥说皇上造访寺里，赶紧丢下木鱼，起身随小沙弥来寺门外迎接永历帝。

见到永历帝和随行大臣，月幢禅师双掌合十，低头慢悠悠地说道：“阿弥陀佛，老衲不知皇上驾到，有失远迎，还望皇上恕罪！”

永历帝说：“朕临时说来的，之前未曾通报，大师不必自责。”

“谢皇上宽容！那就请皇上随老衲进寺吧！”月幢禅师躬着身，右手往前引。

永历帝说：“好，听大师的。”

永历帝和随行的那位大臣跟着月幢禅师进到寺里。

月幢禅师对永历帝说：“皇上，干脆去我房间吧？”

永历帝说：“哪儿都行，听大师的。”

02

月幢禅师将永历帝和随行大臣领进房间，让他们在一张用千年老树根做成的茶几旁坐下，然后给他们泡工夫茶。

和永历帝同行的大臣打量着面前的这张茶几，禁不住夸赞道：“好茶几，好茶几啊！”

月幢禅师笑着打着禅语：“朽木雕成，不成一物，让大人见笑了！”

“嗯，真是好东西！”大臣赞叹道。

永历帝接过大臣的话，说：“好东西可遇不可求！”

月幢禅师边泡茶边说：“皇上说的是，十年前，老衲在山下的集市上遇到一中年男子在卖它，就花五两银子将它买下了。”

大臣说：“还真是可遇不可求！”

说话间，月幢禅师已将茶水泡好。

“来，皇上，这是老衲放了多年的云南普洱，您尝尝。”

月幢禅师递一杯给永历帝，再递一杯给这位大臣。然后，端一杯放到自己的面前。

永历帝呷了口红汤茶水，细细品了一下，说：“嗯，好茶，没想到大师对茶道还很有研究。”

月幢禅师淡然笑道：“皇上过奖，老衲不过是喜好饮茶，时间长了，慢慢悟出些浅薄道理罢了，说不上研究。”

大臣接过话：“月幢禅师真是谦虚，能泡出这番好茶，定是下了不少研习功夫啊！”

月幢禅师谦虚道：“哪里，哪里！”

“大师到这儿多少年了？”永历帝问。

月幢禅师掐指算了算，然后说：“已经三十有一了。”

“哦。”永历帝作沉思状。

大臣说：“难怪大师道行如此高深。”

“高深说不上。”

三人边喝茶边谈经论佛。

“皇上和大人来玉泉寺，不光是来我这儿喝茶的吧？”月幢禅师见永历帝心事重重，喝了口茶水，便主动问。

永历帝说：“不瞒大师，近日朕感觉心绪烦乱，故而来向大师讨教些禅法佛理，以解心中忧烦，不知大师是否肯赐教？”

月幢禅师说：“赐教谈不上，一起来探讨禅经佛理倒还是可以的。”

永历帝说：“朕有一事不明白，想请教大师。”

月幢禅师说：“请皇上说出来，看老衲能不能解得了。”

永历帝问月幢禅师：“佛法中说的‘因’‘根’‘究竟’，是什么意思，朕一直不解其意，望大师指点一二。”

月幢禅师又给永历帝和大臣续了些茶水，然后解释说：“‘因’‘根’‘究竟’，均出自《大日经》中的三句话，经文的原话是‘菩提心为因，大悲为根本，方便为究竟’。意思就是说，人欲乘道者须先发‘净菩提心’，保持心性清净。《大日经疏》中又说，‘此心如幢旗，是修行导首，犹如种子是万德本。’所谓种子，就是修行者心中的‘成佛’之‘因’……”

永历帝边听边点头，然后问他：“何为‘根本’呢？”

月幢禅师呷了口茶，给他解释道：“密典中说，如果没有‘净菩提心’，就没有资格修学密法。除此之外，修行者还要有一颗‘救助众生’的‘大慈悲心’，只有有了‘大悲心’，才能扶助各种‘功德’，使其生长，这就如同树根和枝叶、花果的关系，先有了根，然后才有枝叶、花果。因此说‘大悲为根本，方便为究竟’是密宗所独有的。”

听到这里，永历帝感慨地说：“朕明白了，要想修成正果，要想成佛，首先得心净慈悲。”

月幢禅师见他很是聪慧，高兴地说：“对对对，万法归一，要成正果，到达‘成佛’目标，必须具有圣心，也就是要有‘心净’‘慈悲’的胸怀。”

“那‘究竟’又如何说呢？”永历帝又问。

月幢禅师说：“这‘究竟’嘛，意思就是‘彻底’‘极尽’‘方便’‘善巧’，换句话说，就是修行者为达到‘成佛’目标，什么行动有利于成佛就做什么，即便是犯了罪也能成佛。”

“哦，原来是这样啊。”永历帝频频点头，好像已经悟出些佛理来了。

随行的大臣感叹道：“没想到，佛法如此深奥！”

月幢禅师说：“说深奥也深奥，说浅显也浅显，关键要看你有没有机缘。有缘就浅，无缘即深。”

大臣佩服地说：“大师说得极是。”

永历帝问月幢禅师：“请问大师，如遇烦恼，何以解忧？”

月幢禅师给他指点迷津：“想开了就是福地，想不开就是地狱。一切皆空，实为样样都有。”

“何以见得？”永历帝不解。

月幢禅师说：“惜日，白兆圭大禅师说过，‘譬如空中飞鸟，不知空是家乡；水中游鱼，忘却水是生命。’这话的意思是说，空中飞鸟翱翔天际，本身就在天空中，但鸟并未想过要向生活索取更大的空间，因为天空已经够宽阔的了，无须再求宽阔。水中的游鱼，水对它来说是非常重要的东西，而鱼并未一味地因其重要而操心忧虑。人生失意无南北，宫殿里也会有悲恸，茅屋里同样有笑声，与其不停地长吁短叹，还不如欣赏一下自己的生活，静静地体会一下生活的快意……”

“大师刚才说了，‘一切皆空，实为样样都有’，此理何解？”永历帝又问。

月幢禅师笑了笑，说：“在灵山会上，佛陀将手中的一颗随色摩尼珠给四方天王，让他们传看。然后问他们：‘你们说说看，这颗摩尼珠是什么颜色？’四方天王看后，一个说是青色，一个说是黄色，一个说是红色，还有一个说是白色。佛陀将摩尼珠收回，张开空空的手掌又问，‘那我现在手中的这颗摩尼珠又是什么颜色？’四方天王异口同声地说，‘世尊，您现在的手中一无所有，哪有什么摩尼珠啊？’佛陀于是说，‘我拿世俗的珠子给你们看，你们都会分别它的颜色，但真正的宝珠在你们面前，你们却视而不见，这是多么颠倒啊。’佛陀的手上虽然空无一物，但无一物中无尽藏，有花有月有楼台，正因为空无，所以才有无限的可能性。世人总是被外在的、有形的东西所迷惑，而看不见内在的、无形的本性和生活，其实那才是最宝贵的宝珠啊。一切皆空，是性空而非相空，是事空而非理空。大千世界百态丛生，人生、善恶、苦乐都客观存在，有邪有正有善，有恶有因有果，人要弃邪归正，远离恶性循环向善……”

随行大臣和永历帝静心地听着，听到合意处，禁不住频频点头。

永历帝问月幢禅师：“如今朕身处逆境，如何得以解脱？”

月幢禅师小呷了一口茶，放下杯子，慢慢告诉他：“低头水中天，退步是向前。进是前，退是前，何处不是前？做人做皇帝都应该像水一样，能屈能伸，既能在万丈悬崖上挥毫泼墨，又能在幽静山林中蜿蜒流淌。所以，当你觉得山穷水尽的时候，不妨退后一步。只要退了这一步，到时候你就会觉得海阔天空，就会在沙漠中看到自己的绿洲。而当你心灰意冷之时，不妨自己转念想一想，说不定原来的一切正在悄然转好……”

“听大师一席话，真是胜读十年书啊！”听了月幢禅师的一番禅论，永历帝感慨万千，多日来积攒在心头的烦恼清除了不少，顿觉心情愉快了许多。

永历帝似乎听入迷了，还想再听。坐在他旁边的大臣扯了一下他的衣角，悄声提醒他：“皇上，时间不早了，改天再来吧？”

永历帝这才想起回宫。他起身对月幢禅师说：“这样吧，大师，时候不早了，怕打扰大师休息，朕先回去，改日再来继续和大师探讨。”

月幢禅师说：“老衲才疏学浅，今日斗胆在皇上面前献丑，惭愧惭愧！如若皇上不嫌弃，来就是，老衲愿与皇上一起喝茶，一起探讨佛法禅理。”

永历帝笑着说：“好的，好的，朕一旦有空，定然会来打扰您！”

“行，那就请皇上和大人先回宫休息。”月幢禅师起身，双掌合十。

永历帝和大臣告别月幢禅师，打道回宫。

此时已是夜间十来点钟光景，夜色甚好，一弯月牙悬在空中，月色的清辉透过树梢，洒落在下山的小石径上，幽深静谧。

走在小石径上，永历帝心情格外清爽。随行的大臣问他：“皇上，以后真还来啊？”

永历帝说他：“来，而且要经常来。”

永历帝回到行宫，皇后问他：“皇上，这么晚你去哪儿了啊？大家在到处找你。”

“去了趟玉泉寺。”

“去玉泉寺？你去那儿干吗？”皇后睁大眼睛，不解地问。

永历帝边换鞋子边回答她：“去听禅师讲经。”

“听禅师讲经？哪个禅师啊？”皇后刨根问底。

“月幢禅师。他道法高着呢。”

皇后露出不相信的样子：“真的啊？”

永历帝笑着说：“朕何时骗过你？”

“那你以后带臣妾去听听。”皇后接过他脱下的衣裳，给他挂到红木衣架上。

永历帝逗她：“那地方女人是不能去的。”

“光允许你们男人去，就不许我们女人去？”皇后说。

永历帝说：“和尚在的地方，女人当然是不能去了，去了怕污了佛门嘛。”

“不去就不去！”皇后撅着个嘴儿，转而关切地说：“不过，皇上，这世道很乱，你还是少去那地方的好，省得大家为你担心。”

永历帝说：“没事，你不必担忧。”

“可不管怎么说，以后你还是要少去些，也省得臣妾为你担心。”

“好好，听你的，听你的！”

话虽这么说，但打这以后，永历帝还是常常在月白风清的夜晚去玉泉寺与月幢禅师谈禅论佛，一来消解心中的烦恼，二来跟着月幢禅师学些佛法禅理。有的时候，他还把月幢禅师请到行宫中来，与他边喝茶边谈论禅理。交往时间长了，永历帝和月幢禅师便成了心心相印的至交。

03

一天夜里，永历帝邀请月幢禅师来行宫和他谈经论佛。月幢禅师带着一个小沙弥，应永历帝之约来到宫中。

永历帝见月明星稀，光景难得，叫内侍太监搬张桌子到外边，然后泡了壶茶水，与月幢禅师边喝茶边谈经论佛。月幢禅师精深的禅宗佛理，让永历帝听得很是入迷。永历帝本就对佛教感兴趣，对一些禅理他一听就懂。月幢禅师见他与佛这般结缘，和他谈得很是投机，不知不觉已是半夜。

“师傅，该回去了。”旁边的小沙弥见时间不早，提醒月幢禅师。

谈兴正浓的月幢禅师这才收住话题，说：“皇上，时候已经不早，老衲该走了，再待就影响您休息了。”

永历帝赶紧说：“没事，没事，觉天天在睡，少睡一会也没什么！”

月幢禅师说：“算啦，皇上明天还要处理政事，今晚就到此为止。改天皇上去寺里，老衲再与皇上深聊。”

见时间的确也不早了，永历帝说：“大师执意要走，朕也不好强留。”

月幢禅师双手合十，说：“谢皇上今晚盛情款待，老衲这就走了。”

“等一下，大师，朕有一物要赠予大师。”

月幢禅师和小阿弥正欲转身离去，永历帝叫住他。通过这么久的接触，永历帝觉得月幢禅师与自己意气相投一见如故，大有相见恨晚之意，想把自己收藏的几个物件送给他作纪念。

“皇上要送我何物啊？”月幢禅师不解地问。

永历帝说：“大师您坐下稍等片刻，我这就去将它取来。”

“皇上既有这片心意，老衲如推辞就是过了。”月幢禅师说着，和小阿弥坐下来等永历帝。

永历帝转身来到房中，把他珍藏多年的那件紫袈裟和那串鹤顶珠找出来。他正要拿着往外走，突然又想起什么来，又转身进屋。进了屋，他又把刻有“广运之宝”的三方钤印私章拿到手上，这才向外走去。

在阳台上的月幢禅师在想：皇上今晚到底要送我何物呢？

瞬间，见永历帝抱着物品走来，月幢禅师和小阿弥赶紧起身相迎。

月幢禅师对永历帝说：“皇上，为何这么客气啊？”

永历帝笑着说：“朕知道出家人心中四大皆空，不贪财物，不恋女色。朕也没有什么好送的，就送些小礼物给大师，权当留着纪念吧。”

永历帝说着，把要送的东西递到月幢禅师手上。

月幢禅师接过一看，是件袈裟和一串鹤顶佛珠，还有三方刻有“广运之宝”的永历帝钤印私章，赶紧递回给永历帝，真诚地说：“皇上，礼物贵重，这等大礼老衲绝不敢收，请皇上收回！”

永历帝说：“此物朕已收藏多年，要说贵重的确贵重，但朕毕竟不是出家之人，也只是收藏罢了，对朕来讲没多大用处。大师是出家人，道行又这么高深，正所谓‘物有所配’啊，大师莫要推辞，尽管收下。”

见永历帝言语如此恳切，月幢禅师不好再拒绝，只好说：“既然皇上这般说了，老衲恭敬不如从命，就收下。皇上如此厚爱，请受老衲一拜！”

月幢禅师双手合十，向永历帝鞠躬。

永历帝赶紧说：“大师不必客气，小小礼物，算不了什么。听大师教诲，受益一生，那才是真正的大礼啊！”

“皇上客气，老衲道行尚浅，在皇上面前献丑了！”月幢禅师说着又给永历帝鞠了一躬，然后将袈裟、鹤顶佛珠和私印交给身边的小沙弥。

“大师谦虚！”永历帝真诚地说。

“谢皇上，老衲该告辞了。”

“大师慢走！”

为了答谢永历帝赠给他袈裟、鹤顶佛珠和私印，后来月幢禅师把一本《达摩经》回赠给永历帝。永历帝很是高兴，空闲的时候就把经书拿出来读，似乎想参透里面的玄机。

04

皇太后和皇后见永历帝自从来到贵州安龙以后，一天到晚尽往行宫东边的玉泉寺跑，觉得有些不太对劲儿。

一天傍晚，永历帝和皇太后、皇后在后院乘凉。皇太后问永历帝：“由榔，自打来到贵州安龙这个地方以后，为娘的见你老往东边那个什么玉泉寺里跑，难道你就没政事要做了吗？”

“是啊，清兵逼得这么紧，到处都在打仗，怎么不大见你上朝处理政事，这是为啥啊？”皇后也说。

见母后和皇后问到了痛处，永历帝眼睛有些潮湿，闷着不说话。他怕泪珠掉下来被她俩瞧见，赶紧故意向下弯了下身子，借机用手抹了眼泪，然后撑起身子，说：“朕也只是偶尔去一下，消解一下心中的烦闷，并借此机会向月幢禅师学些经论，不妨碍政事的，母后和皇后不用担心。”

皇太后问他：“是不是秦王这人太霸道，你不想管这朝上的事了啊？”

“不是不是！”永历帝赶紧辩解。

皇太后说：“由榔啊，娘知道你心里全是苦，但你好歹也是一朝之君，不能自暴自弃啊！你说不是，那就好。”

皇后也说：“既然是这样，那你要少去那个地方，吃斋念佛是女人们的事，不是你们男人的事。再说，你身为一朝之君，江山社稷才是最重要的啊。”

永历帝说：“母后和皇后说得极是，以后朕少去些就是了。”

“嗯，这样为娘的就放心了！”皇太后说。

嘴上答应皇太后和皇后以后少去，但永历帝已心向佛法，还是经常背着皇太后和皇后去玉泉寺跟月幢禅师喝茶，一同谈禅论佛。

永历帝这种逃避现实的做法，正中秦王孙可望下怀，他知道永历帝是在知难而退，不敢与自己抗衡，心里窃喜：他这样做，不是在为我今后登上九五之尊的位置创造条件吗？哈哈，这个傻皇帝。

孙可望高兴得要死，巴不得永历帝搬进玉泉寺，去和月幢禅师一起，披上袈裟，成天敲打木鱼诵佛念经，不上朝过问政事，朝上一切军政要务全由他孙可望说了算，这样就不用挖空心思去对付朱由榔和身边的那些大臣了，更不用担心李定国和刘文秀不听他的使唤。

其实他孙可望心里也很清楚，他真正怕的不是朱由榔，也不是朱由榔身边的那些大臣，他真正怕的是大明王朝的名望和在人们心目中的地位。他心里明白，自己要想统帅好这帮子人，还需要永历王朝这块招牌，还需要朱由榔这个傀儡皇帝。没有永历王朝这块金字招牌，没有朱由榔在那儿作摆设，自己一样做不成皇帝，就算是做了，也指挥不动吴贞毓和徐极那帮大臣。要是这样的话，那做了皇帝又有啥意思呢？不也和朱由榔一样，成了受人支配和指使的傀儡皇帝吗？不，他孙可望不是朱由榔，他不做傀儡皇帝，他要做，就做一个万民敬仰、说杀就杀、说赦就赦的真正的皇帝。

当然，永历帝也没像他孙可望想象得那么傻。别看他成天往玉泉寺跑，成天与月幢禅师谈经论佛，但他心里还是时时记挂着自己的国家和社稷，记挂着自己的黎民百姓，时时都在关注着局势的发展变化。因为他心里非常清楚，自己身上还肩负着反清复明的大任，不能就这样随随便便地把老祖宗打下的江山拱手让给清廷或孙可望，不能丢下自己的子民不管，不管现在的局势有多艰难，心里的压力有多大，就算是粉身碎骨自己也要为之努力，这样才不会辱没了祖宗，才对得起黎民百姓，对得起自己的良心。永历帝相信，虽然自己一时受控于他孙可望，但终究有一天，自己还会找回做皇帝的尊严，做一回真正的皇帝。至于说自己去和月幢禅师谈禅论经，那不过是为了借此消遣心中的烦闷，也更是为了掩藏自己的锋芒，不与他孙可望硬碰硬撞，省得惹来不必要的麻烦。他孙可望虽然对自己的皇位有威胁，但他毕竟还是派兵护卫着自己，还是给朝廷进贡着钱粮。如果没有他孙可望，清兵早打过来了，自己的小命早没了，永历政权也早就土崩瓦解了。一句话，永历帝觉得有他孙可望，总比没有他孙可望强。

时下的永历帝，是得过且过。他也只能是得过且过，也只能是去找月幢禅师谈经论佛罢了。因为此时的他，手中无兵无将，就连吃喝住都是人家孙可望给的，他不能发号施令，除了吴贞毓、徐极、张福禄他们，发了也没多少人听。

话说回来，永历帝也想干点大事，可惜的是他干不了。他所能做的，除了上朝处理一些无关痛痒的事，就是去玉泉寺找月幢禅师谈经论佛，打发自己无聊郁闷的日子。

第8章 诬奏良臣

01

安龙永历朝廷文安侯府邸会客厅，坐在太师椅上的马吉翔微闭双目，像是在养神。其实他不是在养神，他是在集中精力思考一个问题。

一个时辰之前，他已经差人去请朝廷管勇卫营的内监庞天寿了。这个人来了之后，如何说这个事，他得仔细想想。因为这事非同小可，倘若他庞天寿不赞同自己的想法，把消息传出去，那自己就会被安上欺君叛逆的罪名，到时候自己性命难保。

哎，别管他，等他来了先探探他口风再说。马吉翔这么一想，觉得心里一下子通畅多了。他撑起身子，端起旁边红木桌上精致的紫砂壶，从杯盘里拿起一个杯子，倒了杯普洱茶端在手上。

“马大人，有什么事要吩咐庞某啊？”

马吉翔刚把茶杯送到嘴边，庞天寿在下人的引领下进屋来了。他赶紧放下茶杯起身相迎：“哈哈，马某哪敢吩咐庞大人啊！只是觉得今日闲着没事，想请您庞大人过来喝喝茶，聊聊天。来，庞大人，这边请！”

庞天寿随马吉翔上前入座。

马吉翔端起桌上的紫砂壶，从杯盘里取了一个杯子，倒了一杯茶递给庞天寿："云南普洱，我刚泡的，庞大人你尝尝。"

"哎哟，马大人，你太客气了！"庞天寿接过马吉翔递过来的茶水，喝了一口，大加赞赏："嗯，好茶，好茶！"

马吉翔笑道："难得请庞大人来我府上喝茶，庞大人若是觉得好喝，经常来便是。"

庞天寿也笑着说："马大人要这么说，那庞某以后就经常不请自来了。"

"只要庞大人肯赏脸，马某随时欢迎。"

庞天寿将茶杯放到旁边红木凳上，盯着马吉翔慢悠悠地问："马大人差人去叫庞某来，不会是就为请我喝这杯茶吧？"

狡猾的马吉翔知道他在试探自己，小啜了一口茶水，然后把杯子放下，笑着说："哎呀，庞大人就是精明，什么事都瞒不过你啊！马某今日请庞大人过来，确有一事想与你交流交流。"

"有什么事马大人说就是。"庞天寿继续盯着马吉翔。

"不知庞大人对当今时局有何看法！"马吉翔起身去关会客厅的门，然后回到座位上。

"当今时局？马大人指的是？"

庞天寿也不是省油的灯，他知道马吉翔在试探自己，假装糊涂说了个半截子话，将问题踢回给他。

马吉翔心里暗骂：真是只老狐狸。

他想，看来不向他摊明自己的态度是不行了，只好实话实说："庞大人，马某觉得，当前大西军虽与我永历朝廷联成一体抗击清兵，但清兵实力过于强大，我永历朝廷怕是抵挡不住啊。再说你也看到了，我永历朝臣人心不齐，大家都是面和心不和，加之皇上又懦弱，永历政权怕是难以为继，反清复明的大任会成一场梦啊！"说完，马吉翔摆了摆头，做出一副忧国忧民的样子。

"那马大人的意思是？"庞天寿还是半截子话。

马吉翔喝了口茶，说："如今，秦王势力强大，能成气候的，我看啊，恐怕莫过于此人了。"

"马大人有何想法？"庞天寿朝马吉翔倾过身子，两眼死死盯着他。

尽管庞天寿话语躲躲闪闪，但马吉翔从他的话语和此时的神态，已窥见了他的心态，知道他也有此意，决定向他摊牌。

“我想与庞大人合作，逼皇上让位给秦王。事成后，我俩共事秦王，以图日后荣华富贵，只是不知庞大人意下如何？”

马吉翔说完，双眼盯着庞天寿，看他是何反应。

听了马吉翔的话，庞天寿心里一惊：逼皇上让位给秦王，这可是满门抄斩诛灭九族的大罪啊。再说，皇上身边吴贞毓、徐极那帮大臣，个个都是人精，你能斗得过他们？

庞天寿不愧是官场闯荡多年的老江湖，惊慌一闪而过，马上镇定下来。他不无忧虑地对马吉翔说：“马大人，这事行是行，就怕朝中其他大臣不服啊，特别是吴贞毓和徐极他们，必然会阻挡我等去做此事。”

听他这么说，马吉翔知道他愿意和自己合作，心中甚喜，道：“只要庞大人肯与我马某合作，其他事我们再想办法。刚才您也提到，吴贞毓这人确是当今皇上身边的红人。此人一直与我等过不去，有他在朝上，你我恐怕终究难有出头之日，得想办法除掉才是。”

“此人深得皇上宠爱，正红极一时，何以除得掉啊？”庞天寿还是有些担忧。

马吉翔说他：“庞大人，你也别忘了，马某在太后和皇后那儿也有一席之地，说话也还管点儿用。再说，我们还能联合其他人嘛。”

“其他人？还有谁？”庞天寿不解地问。

马吉翔告诉他：“驻在安龙的提塘官张应科，是秦王安插在皇上身边的眼线。”

“哦？他也是秦王的人？”庞天寿盯着马吉翔问。

“不只他一个。”马吉翔故作神秘。

“不只他一个？还有谁啊？”庞天寿更加吃惊。

马吉翔端起茶杯又喝了一口茶水，说：“安龙知府范应旭，你不会不认识吧？”

“怎么？范大人也是秦王的人？”庞天寿问。

“嗯。”马吉翔朝庞天寿点了点头，然后接着说，“我们可以先去找张应科，请他在适当的时候将我们的想法透露给皇上，看皇上是何反应。”

庞天寿不解地问马吉翔：“还绕这么个弯子干吗，何不如我俩亲自去给皇上说呢？”

马吉翔赶紧说：“这万万使不得！”

“为何使不得？”庞天寿问。

马吉翔说：“你想想，这事要是我俩去给皇上说，万一皇上不高兴我俩不是死定了？由他张应科去说，皇上同意了，他张应科也会说是我俩出的主意。皇上要是不高兴，他也无法怪罪我俩，你说是不是？”

“嗯，这倒也是。”庞天寿抚弄着下巴，微微点头。

马吉翔接着说：“至于吴贞毓这人，我看太常寺少卿冷孟鉦、按察司按察使吴象铉、方祚亨这些人一向与他都不和，这个时候联合他们一起来参奏他吴贞毓，他们肯定会答应。只要扳倒了姓吴的，其他的事情就好办多了。再说，我们是在替秦王办事，还可以去找他帮忙啊。”

“既然马大人已经算计好了，庞某跟随就是。但此事须得保密！”庞天寿向马吉翔表态，并提醒他。

马吉翔说：“性命攸关之事，当然得做保密一些，马某岂敢当儿戏？”

庞天寿接着问：“如何联系冷孟鉦、吴象铉、方祚亨他们？”

马吉翔告诉他：“这是下一步的事情。当务之急是去找提塘官张应科，让他先将想法透露给皇上，看皇上是什么态度。如果皇上愿意事情就好办，若是皇上不愿意，那就还得多费些神。”

“嗯。”庞天寿沉思着点头。

“这样，明天晚上我俩就去找他张应科，你看如何？”马吉翔望着庞天寿。

庞天寿说：“行，你定个时间。”

马吉翔说明天晚上吃过饭去叫他。

庞天寿同意。

02

吃过晚饭，马吉翔就去找庞天寿。

庞天寿吃过饭没事，坐在家里看书等马吉翔。见马吉翔来了，赶紧将他让进屋里。

庞天寿边给马吉翔泡茶边问：“现在就去？”

马吉翔说：“现在就去，省得时间长了生出是非来。”

“来，先喝杯茶再走。”庞天寿把泡好的茶递给马吉翔。

“谢谢！”马吉翔接过他递过来的茶水。

庞天寿在马吉翔旁边坐下，有些不放心地问他：“张应科这人可靠吗？”

马吉翔告诉他：“绝对可靠，庞大人放心就是，要是不可靠我们还能去找他？”

“马大人说的也是。”

喝茶完，马吉翔站起来，说：“好，那我们就走吧。”

“笃笃笃，笃笃笃。”来到张应科住处，见门是关着的，马吉翔便上前叩门。

“哟，两位大人，今天是什么风把你们吹到我这儿来了？”听到有人敲门，张应科赶紧开门出来。见是马吉翔和庞天寿，便笑着问他俩。

“哎呀，看张大人说的。平时大家各忙各的，也没个时间来串串门儿，昨天遇到庞大人，就约着今天晚上一起来拜访您张大人了。”有事要求人家，马吉翔赶紧讨好。换着是其他时候，他还会买他张应科的账？这马吉翔官已至都督，仗着自己是皇太后的表兄，在朝上恃宠专权称王称霸，不少人暗地里叫他“马皇帝”。

“是啊，平时大家都是各忙各的事，没时间串个门儿。”庞天寿也笑着说。

“您看，光顾着说话去了，还没招呼两位大人进屋，来来来，快进来，快进来！”张应科将马吉翔和庞天寿引进屋里。

马吉翔低声问张应科：“家里还有其他人吗？”

“就我夫人和我。”张应科问，“马大人有事？”

马吉翔点点头，说他：“干脆去你书房吧！”

“行。”张应科知道他俩有事要和自己说，便领着马吉翔和庞天寿去他书房。

进了书房，张应科忙问马吉翔：“什么事啊，马大人？”

马吉翔说等会告诉他。

安排马吉翔和庞天寿坐下，张应科去给他们泡茶。茶泡好了，张应科给马吉翔和庞天寿各倒了一杯，又给自己倒了一杯，然后坐到他俩的对面。

张应科说：“这下可以说了吧，马大人？”

马吉翔示意他把门关上。

张应科走过去把门关好，然后坐回座位。

马吉翔这才说：“张大人，我俩都知道你是秦王放在皇上身边的一颗棋子。告诉你吧，我们也是秦王的人。”

张应科假装吃惊的样子：“哦？你俩也是秦王的人？”

马吉翔和庞天寿笑着点头。

“那两位大人今晚是为何事来我这儿啊？”张应科喝了口茶，问马吉翔和庞天寿。

马吉翔望了庞天寿一眼。

庞天寿用眼神示意他。

马吉翔便说："张大人，既然都是自己人那我就直说了。"

张应科朝马吉翔点了点头。

马吉翔说："张大人，你也知道，如今永历朝廷一天不如一天，怕是支撑不了多久。而时下秦王功德隆盛，令天下人钦仰。据我和庞大人观测，今日天命必然在秦王。天命所赐，谁也不能违抗，我俩准备劝皇上禅让皇位给秦王，想麻烦张大人把我俩的想法跟皇上说说，看皇上是什么态度，不知道张大人是否愿意。"

"这事没说的，交给我就是。"张应科听完后，长吁了一口气，然后拍着胸脯说。

马吉翔和庞天寿没想到，他会这么爽快地答应。

马吉翔赶紧说："谢谢张大人，这事弄成了你是头功，头功啊！"

"都是在替秦王办事，不说什么功不功的，两位大人如此用心，要说有功也应该是两位大人的，张某不过是传个话而已。"

庞天寿说："嗯，这传话可不是一般的传话，弄不好是要杀头的啊！"

张应科笑道："庞大人说的也是，既是这样，那就算是大家的功劳吧。"

"这就对了。"马吉翔说。

突然，庞天寿像想到了什么，忙说："哎，我提议，我们三人结拜为异姓兄弟，今后遇到什么事也好有个照应，你俩觉得如何？"

张应科赶忙应和："嗯，庞大人这提议很好。"

马吉翔也说："行，那我们就此结拜。"

于是张应科找来香和纸钱，三人点了香，撕烧了纸钱，就在此磕头结拜。

就这样，三个乱臣贼子勾结在一起了。

03

俩人回到马吉翔的住处，"哈哈，这下你终于明白将来这天下到底是谁的了吧？"马吉翔笑着递茶水给他。

庞天寿接过他手上的茶水，笑着说："这都要归功于你马大人啊！"

"不敢当，不敢当！"马吉翔故作谦虚。

庞天寿品了口手上的茶，问马吉翔："冷孟銋、吴象铉、方祚亨那几个人咋办？"

马吉翔说："这事你不用管，改天我差人请他们来我府上，你也来，我们再商讨如何参奏他吴贞毓之事。”

“行，听你马大人的。”庞天寿得意地回道。

马吉翔又说：“那就这样，得劳烦庞大人跑一趟。”

“国之大事，应该，应该，再说马大人你不也是在为此事劳神费心吗？”庞天寿谄媚地对马吉翔说。

“那是，那是！”马吉翔对这些恭维话似乎很受用。

喝完杯子里的茶，见时候已不早了，庞天寿说：“马大人，要没有其他事，那庞某就告辞了。”

马吉翔笑着说：“庞大人不再喝会儿茶？我这茶可好喝呢！”

庞天寿站起身，道：“改天冷孟銋、吴象铉他们几个来了，我们再一起喝，那样喝更有味些！”

马吉翔会意一笑：“行行行，那就等他们来了再喝，好，庞大人，那你慢走！”

“都是自己人，不客气，不客气！”庞天寿说完退出会客厅，走出文安侯府。

按理说马吉翔、庞天寿和吴贞毓都是永历帝身边的重臣，都在一起替永历帝打理政事，关系应该是处得很融洽的，可这两人咋就这么恨他吴贞毓呢？吴贞毓什么时候和他俩结下了冤仇，让他俩和他渐行渐远？

这事说来话长。

清兵攻陷广东肇庆的时候，吴贞毓力劝永历帝把行宫暂时搬迁到广西濑湍，并说这是众大臣和老百姓的愿望。马吉翔和庞天寿却竭力反对，说这个地方不适合，要永历帝把行宫搬到云南去，吴贞毓便与他俩据理力争。要说这事儿，不过是政见上的分歧而已，吴贞毓也没想到，会为这事得罪他马吉翔和庞天寿。可马吉翔和庞天寿为此暗中恨透了吴贞毓，加上他们觉得皇上宠信吴贞毓，啥事都听他的，有他在朝上他俩就没权力和威望可言，于是对吴贞毓心生妒忌。俩人经常勾结在一起，千方百计地想把吴贞毓赶出朝廷。马吉翔知道冷孟銋、吴象铉、方祚亨三人一向与吴贞毓不和，就想利用这三人一起来参奏吴贞毓。

几日后的一个晚上，一场参奏、弹劾大学士吴贞毓的阴谋，在马吉翔府邸展开策划。

天刚刚黑下来，庞天寿、冷孟銋、吴象铉、方祚亨等人就按照约定，先后来到了文安侯马吉翔府上的会客厅。

马吉翔一改以往让人服侍的姿态，亲自走过来给他们斟茶水。

嗯？太阳从西边出了？马大人亲自给大家斟茶水，不会吧？他可是皇上皇太后身边的红人啊。再说偌大个文安侯府，难道连个端茶送水的下人都没有？冷孟鉅、吴象铉、方祚亨三人心里没谱，接茶水时都用奇怪的眼神看着马吉翔，并受宠若惊地说："谢谢，谢谢马大人！"

"哎，大家都不是外人，不必拘礼，不必拘礼！"马吉翔知道他们的心思，赶紧说。

心知肚明的庞天寿见此情景，也赶紧给冷孟鉅、吴象铉、方祚亨他们解释："三位不必拘礼，今天情况特殊，马大人没让下人进来，所以他亲自给大家斟茶水了。至于说原因嘛，等一下几位就知道了。"

三人正想说些什么，马吉翔却接过庞天寿的话，说："对对对，今天情况特殊，情况特殊。大家不必介意，喝茶就是！"

茶水斟好了，马吉翔还有些不放心，走到门口，对守护在那儿的两名兵士低声道："切记，没我的同意，任何人都不许进来。"

"请大人放心！"把门的两名兵士齐声应道。

这两名兵士跟随马吉翔多年，都是他的心腹。有他俩把守在这门边，马吉翔一万个放心，刚才不过是提醒一下他们而已。

马吉翔回到会客厅，把门重新关上，坐回太师椅，然后对庞天寿、冷孟鉅、吴象铉、方祚亨四人说："各位，今晚马某请大家来，是有一件关乎我大明复兴的大事想与你们商议商议。"

"什么？关乎大明复兴的大事？"

"什么事啊？"

"哎，去传话的人不是说，马大人是请我们来品茶的吗？刚才他咋说是议事呢？"

来的四人当中，除了庞天寿，另外三人都不知道马吉翔叫他们来究竟是为了什么事情，还真以为马大人闲得无聊，邀大家来他府上品茶聊天呢。听他这么一说，三人甚感诧异。

马吉翔见三人有些惊诧，赶紧给他们解释："各位，因为这事实在是太特殊，不宜张扬。为防走漏风声，确保大家性命不受伤害，马某派人去请三位的时候，故意不提及此事。就是被派去的人也不知晓这个事情，望三位见谅。"

"原来如此。"方祚亨等人这才醒悟过来。

冷孟鉅对马吉翔说："马大人早点说嘛，又不是外人，没必要在我们面前藏着掖着嘛！”

吴象铉扯他衣角，轻声说：“刚才马大人说了，事情特殊，不宜张扬，当然不能先跟我们说了。”

见他们三人如此心态，怕马大人一时面子上过不去，庞天寿赶紧笑着说：“三位，此事实属无奈，不怪马大人。再说马大人也是一片好心，怕万一不慎走漏风声害了大家性命，这才暂时保守这个秘密，要不然早就告知三位了。”

“庞大人说得对，若不是怕害了三位，马某差人去时就给三位说清楚了。”马吉翔自我解嘲。

冷孟銋说：“马大人，那您告诉我们，到底是什么事情？”

马吉翔顿了顿，正襟危坐，说道：“好，那我就来告诉三位吧。”

“三位？这是什么意思？庞大人呢？莫非他之前就知道这事，然后装着不知道？”方祚亨心里在想。

马吉翔说：“今天请三位和庞大人过来，是想让你们和我一起向皇上参奏大学士吴贞毓。”

“参奏吴贞毓？还以为是什么事呢，原来是这个事喔。”冷孟銋心里在说。

“你们是知道的，此人在朝上一向太过张扬，皇上受到他的蒙哄，很是宠信他。你们想，有他在朝上，我等还有说话的权利吗？没有。就是说了，皇上也不爱听。我们要想在朝上有所威望，说话要让皇上听，就得想办法除掉此人。否则，就是妄想！”

马吉翔呷了口茶，接着说：“前几日庞大人到我这儿，我和他说起这事，庞大人也很气愤，说此人在朝上实在是太嚣张、太专横，非除掉不可。我知道，你们几位他吴贞毓一向也不相待，肯定也不会希望这人待在朝上，你们说是不是？”

方祚亨听后，立即附和道：“马大人说得对，这姓吴的的确如此，什么人也不放在他眼里。”

“早就看不惯这姓吴的了，只是没机会扳倒他而已！”吴象铉很气愤。

冷孟銋也说：“对，只要有机会，非把他赶出朝廷不可！”

听了三人的话，庞天寿不停地点头。

马吉翔趁机又赶紧说道：“但是，怎么才能除掉此人呢？我和庞大人商量了一下，唯一的办法就是抓住他的把柄，向皇上弹劾他，让他自己滚下台去，永世不得翻身。只有这样，我等才会得到皇上的信任，今后在朝上说话才会有分量。我把三位请来，就是想请你们与我和庞大人共同商议弹劾之事，我想，三位不会不愿意吧？”

“愿意！”三人齐声说道。

“吴贞毓这人我们是见不惯，但他是皇上宠爱的大臣，权倾一时，我等能参得倒他？”方祚亨又不无担忧地说。

庞天寿接过话：“一定能，你们不必担心，有人会给我们撑腰的。”

冷孟銋不相信似的问：“有人给我们撑腰？连皇上都听他的，参奏此人，还有人敢给我们撑腰，莫非这人不要命了？”

“他不但要自己的命，还要别人的命！”庞天寿移开嘴边的茶杯，故作神秘地对三位说道。

冷孟銋眼睛睁得大大的，问：“这人是谁？真有这么大能量？”

“实话告诉你们，这人就是秦王。”马吉翔说。

“啊？秦王？”冷孟銋心里一惊。

吴象铉、方祚亨和冷孟銋一样，也是吃惊不小。

马吉翔给庞天寿递了个眼色，示意他把逼皇上让位给秦王的事告知他们。

庞天寿会意，继续对三人说：“不瞒你们三位，马大人还准备与我一起，让皇上禅让于秦王。这事办成之后，三位随我们一起共事秦王，同享荣华富贵。此番参奏吴贞毓，不过是先剪去皇上身边的枝叶，到时候好拔他这棵大树。”

听了庞天寿此番言语，三人冒出一身冷汗。这可是犯上作乱的大罪啊，要是传到永历帝或是他心腹耳朵里，这还了得？不被他永历帝满门抄斩诛灭九族才怪呢。

马吉翔见三人还有疑虑，赶紧安慰他们：“三位不必担忧，此事有我和庞大人做主，你们只是尽力配合行事，搜集一些关于他吴贞毓不利于皇上或朝廷的言行，以自己的名义各拟奏本，到时与我们一起到皇上面前参奏他吴贞毓就行。如果皇上禅让秦王成功，三位也就是大功臣了。到时我俩自会禀呈秦王，让他重用三位，三位必将前途无量，不仅跟着秦王吃香的喝辣的，还会有享不尽的荣华富贵。”

“既是如此，我们听马大人和庞大人的就是。”经马吉翔和庞天寿一番煽动，本就与吴贞毓不合的冷孟銋、吴象铉、方祚亨更加愤恨他吴贞毓。

三人相互看了一眼，又相互点了点头，答应愿意与马、庞二人一起上朝参奏吴贞毓。物以类聚，人以群分，冷孟銋、吴象铉、方祚亨三人都因记恨吴贞毓，臭味相投走到一块，成了一丘之貉。

马吉翔和庞天寿见三人愿与他俩一起弹劾吴贞毓，心中甚是高兴，便说："既然三位愿意与我和庞大人共谋此等大事，我和庞大人就放心了。有你们协助，此事必能成功，三位回去后就请尽快收集材料拟写奏本，到时大家一块去向皇上参奏他吴贞毓。"

"好，我们听马大人和庞大人的。"

几天后，一场由马吉翔和庞天寿组织策划的、弹劾吴贞毓欺君之罪的场面出现在永历朝廷上。

04

这天一大早，永历帝刚上朝，马吉翔和庞天寿就带着弹劾吴贞毓的奏本来了。

随后，冷孟鉅、吴象铉、方祚亨三人也来了，他们也带着弹劾吴贞毓的奏本。

因为要处理的事务太多，吴贞毓也像往日一样早早就来到了朝上。在殿门外遇到马吉翔和庞天寿时，他还和他们打招呼。他万万想不到，今天这几个人会在皇上面前弹劾他。

永历帝坐上龙椅，问众大臣："各位爱卿，今日有没有要上奏朕的？"

庞天寿瞟了一眼马吉翔，示意他上前。

马吉翔朝他微微点了下头，走上前去，从长袖中取出弹劾吴贞毓的奏本，对永历帝说："启禀皇上，臣今日有一事要奏。"

"马爱卿所奏何事？"永历帝问。

马吉翔双手将奏本举到头上："臣今日要参奏大学士吴贞毓！"

"嗯？马爱卿要参奏吴大学士？"永历帝吃惊不小：这人一直跟随着朕，都是朕的得力干将，怎么今日搞起来内斗来了？

"这马大人咋啦？怎么弹劾起吴大人来了？"

"是啊，这是咋啦？今日莫非见鬼了不成？"

……

一时间，朝上议论纷纷。

吴贞毓更是大吃一惊：这马吉翔咋弹劾起我来了？自己一生为人耿直，对朝廷对皇上都忠心耿耿，不贪污，不好色，有什么让他马吉翔参奏的啊？

“马爱卿要参他什么？”正在吴贞毓感到纳闷的时候，永历帝问马吉翔。

马吉翔说：“皇上，臣参他欺君。”

“参他欺君？吴贞毓哪儿欺君了啊？”永历帝笑着问马吉翔。

“是啊，说吴大人这样的人欺君，谁会相信啊？”

“这明显是在陷害吴大人！”

……

朝上又响起一片议论声。

听了马吉翔这话，吴贞毓肺都快气炸了，心想，为了永历朝廷的江山社稷，我吴贞毓整天忙碌在皇上身边，凡事皆请示皇上，哪儿欺君了啊？但吴贞毓知道，得等他把话说完，不能打断他，这是朝上的规矩。

吴贞毓强忍着怒火。

“吴贞毓他……”马吉翔正要说话，永历帝说他：“马爱卿，先把你的奏本递上来给朕看看。”

“是。”马吉翔走上前，将奏本递给永历帝身边的近侍太监。

近侍太监接过奏本，递给永历帝。

永历帝展开马吉翔的奏本，仔细看起来。看完，把奏本丢到一边。

马吉翔见他把奏本丢在一边，不知道是怎么回事，就问永历帝：“皇上……”

永历帝打断他的话，说：“你先下去！”

“微臣遵命！”马吉翔不敢再说什么，只好退下去。

庞天寿见了，赶紧上前：“启禀皇上，臣也有一事要奏。”

永历帝问：“庞爱卿所奏何事？该不会也是参奏吴贞毓吴爱卿的吧？”

“正是。”庞天寿低声说道。

听了庞天寿的话，永历帝又是一惊。他想，今日是咋啦？怎么他俩都要参奏吴贞毓？

“庞爱卿又要奏他什么呢？”永历帝看着庞天寿，问他。

“臣也是奏他欺君。”庞天寿说。

“折子呢？”永历帝毫不客气地问庞天寿。

庞天寿从长袖中取出奏本，走上前递给站在永历帝身边的近侍太监。

“好，你先下去！”永历帝看都不看庞天寿，展开奏本看起来。

看完庞天寿写的奏本，永历帝也把它丢在一边。

众大臣的心悬到坎儿上，不知道永历帝是什么态度。

清者自清，浊者自浊，吴贞毓心中无愧，此时倒显得镇静起来。

永历帝感觉心烦，闭着双眼躺靠在龙椅靠背上。

这时，冷孟銋、吴象铉、方祚亨又一齐走上前来，向永历帝叩拜：“启禀皇上，我等也要参奏他吴贞毓！”

“什么？你们也要参奏吴大学士？”永历帝脑门充血。

“是的，皇上，我等也要参他欺君之罪。”三人齐声说。

永历帝不耐烦地问他们：“都有折子吗？”

“禀报皇上，我们都写有折子。”三人说。

永历帝叫递上来。

冷孟銋、吴象铉、方祚亨三人赶紧将各自写的奏本递给近侍太监，然后退了下来。

“诬陷，纯属诬陷！”

“这是有预谋地陷害忠良！”

“真是忠奸不分！”

“冤枉好人，真是冤枉好人啊！”

“唉，这吴大学士什么时候得罪这几人了啊？”

……

众朝臣又开始议论起来，有些大臣还很气愤，替吴贞毓打抱不平。

永历朝臣们都知道，马吉翔和庞天寿素来与吴贞毓不和，此时他们联合冷孟銋、吴象铉、方祚亨等一起向皇上弹劾吴贞毓，这应该是他们事先谋划好的一场阴谋。

“不能冤枉吴大学士！”

“不能诬陷好人！”

……

吴贞毓对朝廷和对永历帝的忠贞，大家有目共睹，马吉翔和庞天寿等人对他的诬陷，不少大臣都替吴贞毓不服，请求皇上不要准奏，并要求查办马吉翔和庞天寿等人。

吴贞毓的为人和忠心，永历帝更是心知肚明，他当然不会准奏，让马吉翔和庞天寿他们的阴谋得逞。

为了给吴贞毓有个辩解的机会，看完冷孟銋、吴象铉、方祚亨等人的奏本，他故意问吴贞毓：“吴爱卿，马爱卿和庞爱卿，还有冷大人他们参奏你欺君之罪，你若有罪，给朕从实招来。”

吴贞毓赶紧上前回禀道：“启禀皇上，微臣自从政以来，先后跟随过福王、唐王和您，无论是在弘光王朝、隆武王朝，或是在永历王朝，微臣都矢志不渝，对朝廷对皇上历来毫无二心，工作中更是兢兢业业，不敢有丝毫怠慢，臣不明白何来欺君之说，更不知晓罪在何处，请皇上明鉴。”

永历帝听了，问他：“既然是这样，那他们为何要参奏你呢？”

吴贞毓回永历帝的话：“皇上若问马大人、庞大人为何要参奏微臣的话，启禀皇上，微臣实在是不得而知。”

“那你好好想想，平时你和他们是不是有些什么过节？”永历帝问他。

吴贞毓想了想，说：“要说和他们有过节的话，那应该是在皇上移驾广西濑湍的时候。微臣还记得，当时微臣曾经力劝皇上暂时留在那儿，而马大人和庞大人却主张皇上移驾云南。为此，微臣还和他俩据理力争。臣发现，此后很长一段时间，马大人和庞大人都不理微臣。臣这才明白，他们心中记恨着微臣。上次严起恒、杨鼎和、吴霖、张载述、刘尧珍几位大人被秦王的总兵贺九仪他们杀害，微臣要不是皇上派去出差，恐怕早就丢了性命，今天哪还能站在这儿啊？”

听了吴贞毓的话，马吉翔和庞天寿赶紧走上前来。

“皇……”

“皇上……”

俩人抢着发言，永历帝不耐烦地对他们说：“急什么急？有理不在早晚，一个一个地说！”

“是。”马吉翔和庞天寿一齐回答。

永历帝说：“那你先说吧，马爱卿。”

“谢皇上。”马吉翔叩拜永历帝。

永历帝对他和庞天寿参奏吴贞毓，心中不快，不想理他。

马吉翔知道永历帝对他俩参奏吴贞毓这事很不高兴。但他仍然申辩道：“皇上，吉翔就算无知，毕竟也是跟随皇上多年的老臣，明是非、讲规矩的道理还是懂得的，怎么会为一时的争论而恨吴大学士呢？臣之所以参奏他，是他实在是有欺蒙皇上的罪行。皇上，为了我永历朝廷的江山社稷能够永存，为了实现我辈复兴大明之梦想，清除皇上身边的奸佞，我等这才冒着死的危险参奏他吴贞毓。臣之所言，句句属实，望皇上明察。”

永历帝听后，不耐烦地回他："是不是有这些事，我会查清的。"

"庞爱卿，你呢？有什么要说的吗？"永历帝转而对庞天寿说。

庞天寿赶紧叩拜："启禀皇上，如马大人刚才所言，我等都是跟随皇上多年的老臣，对朝廷的规矩和做人的道理还是懂得的，哪会为一点争论而恨他吴大学士？我等是怕皇上一时糊涂，不能明察身边的人和事，受奸佞之人蛊惑误了朝廷大事，这才冒死上朝弹劾奸佞。臣之忠心，皇上可鉴。至于所参之事，奏本上已经写明，请皇上明察，臣不再多言。"

内监张福禄实在看不下去了，走上前来，说："启禀皇上，吴大人自入朝以来，为了大明王朝的复兴，凡事亲躬亲为，勤勤恳恳，实为皇上一德一心之大臣，此等大臣，何来欺君之说？望皇上务必明察，还吴大人一个公道，让众臣将对皇上忠诚悦服，一心报效朝廷。若是让奸佞得逞，乱参乱奏，扰乱人心，恐众臣将心寒，国家社稷危在旦夕，望皇上三思！"

工部营缮司员外郎蔡缜也走上前："启禀皇上，微臣认为张福禄大人所言极是。如若让奸佞乱奏，必然会让忠心耿耿之人心灰意冷，奔走他方，我大明复兴之愿望终成泡影，到时那就可悲可叹了，微臣恳请皇上对乱奏乱参之小人加以严惩，以安朝廷众臣将之心，保我永历朝廷江山社稷，请皇上三思！"

"张大人，蔡大人，你们这是在给我和庞大人扣帽子呀，皇上还没有查明，你们怎么就知道他吴大学士没有欺君之罪呢？"马吉翔听后，很是气愤，忙反驳道。

张福禄和蔡缜正要说话，永历帝朝他们拱拱手："好了好了，你们都下去，待朕派人对此事核查清楚后再说。"

"谢皇上！"吴贞毓、马吉翔、庞天寿、张福禄、蔡缜一齐退下。

张福禄和蔡缜看了马吉翔和庞天寿一眼，心里暗骂："小人，十足的小人！"

马吉翔和庞天寿也看了张福禄和蔡缜一眼，心里狠狠地说："以后有你们好看的！"

"还有要上奏的没有？"见众臣没其他的事要奏，永历帝宣布退朝。

05

吴贞毓得罪马吉翔和庞天寿，不仅是因皇上移驾之争，那不过是个表面现象而已。马吉翔和庞天寿真正恨吴贞毓的原因，还得从孙可望向永历帝求封秦王说起。

大西军和永历朝廷联合抗清以来，孙可望依仗自己的势力，要求永历帝封他为秦王。吴贞毓和严起恒、吴霖、张福禄、蔡缤等大臣见孙可望专横跋扈，暗藏野心，一直建议永历帝不要封他。而马吉翔和庞天寿等人见永历帝和永历朝廷大势已去，恐日后难成气候，又见大西军首领孙可望势力日渐强大，就转而暗中投靠孙可望。他们知道孙可望一直在向永历朝廷求封秦王，想借这个机会巴结他，也就力主永历帝封孙可望为秦王。但他们没想到身为内阁大学士的吴贞毓会极力反对。另外就是移驾之争。这马吉翔和庞天寿在永历朝中都是有些实力的人物，而且也深得永历帝和太后、皇后喜爱，见自己的建议老是遭到吴贞毓反对，让自己在皇上面前丢尽面子不说，也让他俩在孙可望那儿无法交代。俩人觉得吴贞毓是在故意和他们作对，于是对他心生怨恨。

刚才见永历帝不作决断，马吉翔和庞天寿知道永历帝暗地里护着他吴贞毓，俩人心里非常不快，发誓非要扳倒他吴贞毓不可。同时，也更加憎恨永历帝。

“晚上来我府上。”

退朝出来，马吉翔悄悄告诉庞天寿。

庞天寿知道，马吉翔对今天参奏吴贞毓的事还不死心，便朝他点了下头，表示明白他的意思。

“哦，把冷孟鉦、吴象铉、方祚亨他们几个也叫来。”马吉翔补充道。

庞天寿低声道：“好的。”

永历帝回到寝宫，皇后过来给他宽衣。

见他一脸忧愁，皇后知道他今天又遇到了心烦事，便关切地问：“皇上，又遇到不顺心的事了？”

“唉，你说这事咋办啊？”永历帝叹息地问她。

皇后笑着说：“皇上，是什么事你都没告诉我，你问我咋办，我咋知道啊？”

“吉翔和天寿弹劾吴贞毓！”永历帝显出忧心忡忡的样子。

皇后吃惊地问：“你说啥？吉翔和天寿弹劾吴大学士？”

“是啊，我也想不到他们会弹劾吴贞毓！”永历帝说。

皇后问永历帝：“他俩弹劾吴大学士什么？”

“说他欺君。”永历帝无奈地说。

“他啥事欺您了？”皇后问他。

永历帝摇头。

皇后说：“皇上，这几人都是你身边的重臣，这事你得好好掂量掂量。”

“我正是为这事心烦着呢！”永历帝显得有些不耐烦地说。

皇后叹息道：“唉，这吉翔和天寿弹劾吴大学士做啥啊？总不会是和他有什么过不去的吧？”

永历帝说：“朝中事情复杂，不知道他们是为了什么。”

这皇后，是广东知府王略的女儿。她本是永明王朱常瀛的妃子，朱常瀛死后，朱由榔袭封桂王，她又成了桂王的妃子。朱由榔当上皇帝后，就封她为皇后，其父王略也被封为长洲伯。

皇后知书达礼，善良厚道，处事有方，善待下人和姐妹们，又很有孝心，在宫中深得太后和宫女们喜爱，永历帝也非常喜欢她。据说，清兵攻打宝庆时，皇太后与她一起往外撤退，途中突然下起倾盆大雨，随行的宫女、太监一齐艰难地在泥淖中行进。由于两天两夜没有进食，大家哭喊连天，她却处惊不乱，非常镇静，指挥大家慢慢行进。后来遇到总兵侯性，这才帮助他们安全逃到柳州。到了南宁，她为永历帝生了儿子朱慈煊。清兵攻打桂林时，她把头上的簪珥卖了来资助打仗的将士，将士们很是感动，打仗也更加卖力，她也得到了人们的称赞和尊重。

因为皇上命令马吉翔掌管吃喝拉撒的事，庞天寿又掌管勇卫营，俩人接触皇后和皇太后的时间就多了一些，加之俩人机灵，善于察言观色、献媚，皇后和皇太后都很喜欢他俩。而吴贞毓呢，为人忠厚老实，成天尽心尽力地帮助永历帝处理政事，也很受永历帝和皇后、皇太后等人的赏识。听说马吉翔和庞天寿俩人弹劾吴贞毓，皇后心里很不是滋味，不知如何是好。

她问永历帝：“这事要不要告诉母后？”

永历帝说：“先不告诉，省得她担心。”

皇后叹了口气，说：“好，那就先不告诉她。”

这时，御厨把菜饭端上来了，皇后说：“好了，不说了，先用膳。”

永历帝也轻舒一口气说：“好好好，用膳就用膳！”

06

晚上，庞天寿和冷孟銋、吴象铉、方祚亨他们几个如约而至。

一番客套以后，马吉翔说：“今天在朝上，想必几位都看到了吧，皇上明显是在护着他吴贞毓。”

冷孟鉦激动地说："马大人不说我们都知道，时下他吴贞毓是内阁大学士，是他朱由榔身边的红人，肯定会护着！"

方祚亨更是放肆："这朱由榔，吴贞毓不就是成天给他抄抄写写吗？怎么就这样护着他呢？真是个昏皇帝！"

吴象铉也很气愤："谁还看不出？他把马大人、庞大人和我们的奏本丢到一边，分明是否定我们参奏的事情。"

马吉翔说："诸位，这朝上的事情复杂，有些事情你们并不知晓，也不像你们想象的那么简单。"

"难道他吴贞毓向皇上送礼不成？"吴象铉问道。

马吉翔觉得有点好笑，说："这人能走到今天这个位置，一是靠他的忠心，二是靠他的能力，所以皇上喜欢他。他吴贞毓也没几文钱，送礼之事倒不可能。"

"那是为了什么？"吴象铉问。

坐在马吉翔旁边的庞天寿说："我们暂且不管皇上是如何喜欢他吴贞毓的，也不管皇上如何护他。我倒是觉得，既然已经与他吴贞毓结下了梁子，得有个了结。你们别看他今天没好好说我们，但我相信，他不会放过我们的，所以这事得有个了断才行。"

马吉翔接过话："庞大人说得对，既然和他吴贞毓结下了仇恨，他一定不会放过我们这些人。所以，我们必须得想尽办法扳倒他，让他滚出朝廷。就像刚才庞大人说的，这事必须有个了断才行。"

"那下一步该怎么办？总不能坐着让他吴贞毓来整治我们吧？"方祚亨问。

马吉翔说："马某找大家来，正是为了商议下一步的计划。"

"敢问马大人，你对这事是怎么计划的呢？"吴象铉问马吉翔。

庞天寿对吴象铉说："象铉，你别急，马大人把大家约来，就是为了商讨这个事情，要说有什么计划，我看啊，也要得大家来共同商量嘛！"

"庞大人说的也是。"吴象铉说。

马吉翔把话接过来："要说计划嘛，马某目前倒没有一个完整可行的计划。不过马某今天回来之后想了一下，他吴贞毓既然是皇上身边的红人，就凭我们几个人如何参得倒他？我想，还得借助秦王的力量。否则，大家参他是枉费纸张和笔墨。"

"对，得借助秦王的力量才行，要不然是参不倒他吴贞毓的。"庞天寿说。

马吉翔接着说："如今秦王权倾四野，连皇上都惧怕他三分。马某准备写一封书信给张应科提塘，请他送给在贵阳的秦王，恳求他下道指令，分别委任我和庞大人作为戎政营和勇卫营的衙门总理，来掌管戎政营和勇卫营。这样，朝廷的实际大权就掌握在我们手里了。这事做成了，我马某和庞大人就成了秦王身边的心腹，到时候我马某和庞大人在秦王面前竭力地推荐你们几人，你们也就成了秦王的得力干将。然后，我们再慢慢谋划让皇上禅位给秦王的事。一旦秦王得手登上九五之尊，我们大家就有享不尽的荣华富贵了。到那个时候，他吴贞毓又能把我们怎么样？”

庞天寿说：“我看啊，马大人这个计划很可行。当然，能不能成功，还得靠在座的各位努力才行。”

“众人拾柴火焰高，得大家一起努力！”冷孟銋接过庞天寿的话。

方祚亨也说：“借助秦王的力，马大人这个主意不错。”

吴象铉则说：“我担心的是秦王不肯帮我们。”

马吉翔见吴象铉有些犹豫，赶紧说：“秦王那里没事，不瞒各位，我和庞大人早已心向秦王，这事他一定会支持我们的。只是现在还不是时候，大家一定要保密，要是让皇上和吴贞毓那帮人知道了，他们肯定会要我们的人头。”

冷孟銋说：“既是这样，我们听马大人的就是。”

吴象铉和方祚亨也说一定支持他们。

马吉翔说：“感谢三位的鼎力支持，我会给秦王禀报，到时候他定会重用各位的。”

庞天寿附和道：“咱们兄弟同心，一定要先把他吴贞毓参下去，扳倒他永历帝，让秦王得手，然后与秦王一起干番惊天动地的事业。”

冷孟銋三人都表示同意。

马吉翔说：“那大家就回去准备准备，继续收集他吴贞毓的罪证，到时候再上朝向皇上参奏他，我就不信皇上会一直护着他。”

“好，谢谢你们！三位还有什么要说的没有？没有的话，那你们三位先走，我和庞大人还有些事要商量。”马吉翔问冷孟銋和吴象铉他们。

冷孟銋、吴象铉、方祚亨都说没事了。

“那你们先走吧。”庞天寿说。

“行，那我们先告辞了。”冷孟銋、吴象铉、方祚亨三人走出文安候府上的会客厅。

第9章 齐参奸人

01

一心巴结秦王的马吉翔，想方设法拉拢人加入他这个小集团里面来。此时，他又把目标盯向了朝廷兵部武选司主事胡士瑞。

他把郭璘叫来给他交代一番之后，叫他去说服胡士瑞。郭璘是马吉翔的得意门生，也是他的心腹，主子加恩师，自然乐意为他马吉翔效劳。

傍晚，郭璘像贼一样来到了胡士瑞家。胡士瑞做事一向光明磊落，平时见郭璘哈巴狗样屁颠屁颠地跟在马吉翔身后，脑子里对他就没个好印象，觉得此人不是个好东西。此时见他来访，心里很是反感，黑着脸不想见他。

郭璘厚着脸皮挤进门，胡士瑞也不招呼他坐。郭璘自个儿找个位置坐下，然后对胡士瑞说："胡大人，受我恩师马吉翔大人所托，今日特来给胡大人说个事。"

"有什么好说的？"胡士瑞看也不看他。

郭璘瞟了一眼四周，见屋里没其他人，就说："胡大人，我们一路追随皇上到这穷乡僻壤的贵州安龙，你说图个啥啊？不就是图他能给咱们封个爵位，图个功名利禄吗？可到头来我们得到什么了？什么也没得到，反而还跟着他受了一大堆苦。现在他被困在这个地方，要兵没兵，要钱没钱，要粮没粮，我看他这是受惊的兔子蹦不了几天。纵观当今局势，天下应当归属秦王。我的恩师马吉翔大人，如今很受秦王器重，秦王准备把戎政事务托付给他，由他来全权管理。马吉翔大人与庞天寿大人商议，准备劝皇上禅让皇位给秦王，让他来做太皇上，推秦王登基做皇上。胡大人如能与我的恩师他们一起共同全力促成此等大事，还愁日后不富贵？”

胡士瑞本是个直率之人，听了郭璘此番叛逆乱道的话，怒从心头起，指着他斥责道：“出去，给我滚出去！你们这些丧心病狂的乱臣贼子，成天专做欺蔑朝廷和皇上的事情，若是让皇上知道，不扒你的皮才怪！我胡士瑞是永历朝廷的臣子，生是永历人，死是永历鬼，你也不想想，我会与你们同流合污，做这等不忠不孝之事吗？”

“你……你怎么骂人？”挨了胡士瑞一顿臭骂，郭璘赶紧夹着尾巴像灰狗儿一样走出胡士瑞屋子，回去给他的主子马吉翔报告。

马吉翔听郭璘讲了说服胡士瑞的经过，咬牙切齿地说：“哼，不识抬举的东西，到时候会有你好受的！”

事后，马吉翔把这个事情密报给了他的主子秦王。秦王告诉马吉翔：“找个机会收拾收拾这个狂妄之人，要不然他不知道什么叫天高地厚！”

“这人实在太不识抬举，是该收拾收拾！”马吉翔附和道。

叫郭璘去说服胡士瑞碰了壁，马吉翔还不死心。他听说朝廷武选司郎中古其品画得一手好画，又心生一念：哎，如果请古其品画一幅古代尧帝将位子禅让给舜的情景图，再拿去进献给秦王，秦王肯定会高兴。

他把庞天寿找来，然后对他说：“庞大人，我听说武选司郎中古其品画得一手好画，想请他帮画一幅尧帝将位子禅让给舜的情景图，然后我们拿去进献给他秦王，你看如何？”

庞天寿明白马吉翔送画给秦王的意思，赶紧说：“哎呀，还是马大人想得周到，这画秦王看了一定会喜欢。他一喜欢，以后我们就有好日子过了喽！”

马吉翔说：“既然庞大人这么说，那我们就赶紧操办这事。”

“只是辛苦马大人了。”庞天寿笑着说。

马吉翔也笑着说：“应该，应该！”

马吉翔准备好一匹白绫，又把郭璘叫来交代一番，还给了他十两银子，说是给古其品画画的酬金。然后，叫他带着白绫和银子去找古其品画画。

第二天晚上，郭璘听从马吉翔和庞天寿的吩咐，带着白绫和银子来到古其品家，向他说明来意后，把银子放到桌子上。

也许是该他郭璘倒霉，古其品听了他的话，愤怒地说他："你去给马大人说，这种画就是打死我古其品，我也不会帮他画！"

"哎，我说你这人咋这么古板？这画要是画得好，秦王高兴了说不定还会给你个官做，再说画什么不是画，你为何不画呢？"

古其品一字一顿地告诉他："不画就是不画，没有为什么。如果你硬想要个理由，那我告诉你，就不想给你们画！"

"你这人真是白痴，给谁画不是画？再说，马大人给的钱还要多些呢！"郭璘很不高兴。

古其品提高声音对他说："钱多也不给他画！"

见古其品不买账，郭璘威胁道："这是马大人安排下来的事，你不给画，就不怕得罪他？"

古其品问他："得罪他又怎么样？他还能把我杀了不成？"

"你……你等着！"郭璘气得脑壳冒烟，裹起带来的白绫，转身准备回去给他主子汇报。

"等等！"古其品喝住他。

郭璘一怔，转过身问古其品："你要干什么？"

古其品指着桌子上的银子："把它带走！"

郭璘瞪了他一眼，抓起桌子上的银子灰溜溜走了。

马吉翔听了郭璘的汇报，更是气不打一处来，气愤地骂道："妈的，又遇到个不识抬举的东西！"

随后，马吉翔又将这个事密报给在贵阳的秦王，还在秦王面前添油加醋地说了古其品一通坏话。

秦王听了大怒，觉得古其品实在是太嚣张。

"我看这种人不收拾不行！"他对身边的一名亲兵说，"你马上带人去安龙，把这人给我抓来。"

"是，秦王！"亲兵马上带着人去了安龙。

几天后，古其品被秦王的亲兵抓到贵阳，押送到秦王面前。

“请问，你派人把我抓来，是我犯了哪条王法？”古其品愤怒地质问秦王。

秦王黑着脸，问他：“马大人派人去找你画幅画，你为何不给他画？”

古其品两眼怒视着他，反问道：“我为什么要给他画？”

“大胆，你知不知道这是在跟谁说话？”站在秦王旁边的亲兵朝古其品吼道。

古其品不以为然地看了亲兵一眼：“跟谁说又怎么啦？不就是个秦王吗？”

“我看你是活腻了！”古其品的话激怒了秦王，他气急败坏地命令亲兵，“给我拖出去乱棍打死！”

“是！”亲兵叫来两名兵士，架着古其品拖出去。

“秦贼，你不得好死……”被拖出去的古其品扭过头大骂秦王。

就这样，古其品被一阵乱棍活活打死。

胡士瑞和古其品的事，给秦王提了个醒。他觉得，不给马吉翔和庞天寿一柄尚方宝剑，他们不好为自己办事。为防日后再有人不听马吉翔和庞天寿管教，他下了道指令到安龙，说今后朝廷内外的军机大事，均分别由马吉翔和庞天寿两位大人来管理，朝中臣僚如有不服从管理的，一切交由戎政营和勇卫营来参奏处置。

02

秦王这道指令一下，等于是把朝廷对大臣们的生杀大权交给了马吉翔和庞天寿。指令到达安龙后，朝廷所有臣僚无不感到恐惧，纷纷奔走相议。一时间，朝内朝外人心惶惶。

吏科给事中徐极、兵部武选司主事胡士瑞、武选司员外郎林青阳和职方主事张镌、工部营缮司员外郎蔡缤等几人聚在一起，愤愤不平地谈论着这件事情。

徐极气愤地说：“马吉翔、庞天寿这两个不要脸的叛逆，在湖北和两广的时候他们就怙宠弄权，害得这些地方军备防守不力，让清兵一再攻克城池，皇上一次又一次迁移行宫。他们还不知道悔过，现在又起祸心，竟然向逆贼孙可望俯首称臣。唉，真是一人孤立，百人心寒啊！作为永历朝臣，我们对这事如果再畏缩不言，岂不辜负了朝廷和皇上对我们的恩情？如果是这样，那我们还是永历朝廷的臣子吗？”

胡士瑞也说：“前不久马吉翔这贼子叫他的门生郭璘来找我，叫我与他们一起说服皇上将皇位禅让给秦王。郭璘被我臭骂了一通，然后灰溜溜滚回去给他主子马吉翔报告去了！”

“骂得好，这种人该骂！”蔡缤高兴地说。

张镌问：“听说前阵子马吉翔叫郭璘去请武选司郎中古其品给他们画什么画，古其品不帮他们画，马吉翔就给孙可望报告，孙可望这乱贼便派人将古其品抓去贵阳，一阵乱棍将古其品活活打死，有这事吗？”

胡士瑞说：“是有这事，他叫古其品帮他们画一幅古代尧帝将位子禅让给舜的情景图，好拿去进献给秦王。”

“狼子野心，真是狼子野心啊！”徐极气愤地骂道。

林青阳说：“这帮无法无天的乱臣贼子，枉了皇上这么宠爱他们！”

徐极也说：“上次他们参奏吴贞毓大人，目的就是想把吴大人赶走，他们好独霸朝廷。”

“这事绝不能让他们得逞，一定要想办法阻止这帮狗贼！”张镌着急地说。

林青阳也说：“对，绝对不能让这两个贼子得逞。”

徐极出主意：“我提个建议，我们几人各写个奏本，私底下递给皇上，看皇上是什么态度，你们觉得如何？”

“同意！”

“同意！”

“行！”

“好主意！”

几人一致赞同徐极的提议。

几天后的一个夜晚，以徐极为首，胡士瑞、林青阳、张镌、蔡缤五人背着马吉翔和庞天寿来到殿内，将所写奏本交给永历帝，向他弹劾马吉翔和庞天寿。

永历帝满脸冰霜，他看了徐极和林青阳等人的奏本，才知道马吉翔和庞天寿两人早已暗通秦王孙可望，并发现这两人在安龙曾经盗用朝廷的御印私自册封土官赵维宗为龙英伯这件事。

永历帝龙颜大怒，骂道：“这两个叛逆，有奶便是娘，可恶，真是可恶至极，朕平时待他俩不薄，没想到他俩却出卖朕，真是人心不古，我看得治治这两个叛逆！”

“皇上息怒，这事也不能操之过急，得慢慢从长计议。”见永历帝很是气愤，徐极和林青阳等人赶紧劝说他。

永历帝对他们说：“慢？这事不能再慢了，再慢他马吉翔、庞天寿和孙可望就要朕和你们的人头了！”

“这倒也是。”徐极说。

冷静下来的永历帝，问徐极和张镌他们：“几位爱卿，你们敢保证，弹劾他俩的这些内容都是事实吗？”

徐极赶紧说：“皇上，弹劾朝臣并非儿戏，若无事实，我等绝不敢妄议任何一位大臣，更何况马吉翔和庞天寿是朝廷重臣，大权在握，我等岂敢乱议他俩？请皇上放心，我以身家性命担保，我等弹劾他俩的每一件事、每一句话都是铁证如山的事实，绝不会冤枉他俩一个字。”

林青阳也说：“皇上，我们素来与马大人和庞大人无冤无仇，怎会冤枉他二人呢？实在是此二贼大逆不道，卖主求荣，我等看不下去了这才冒着身家性命来弹劾他俩，请皇上明鉴。”

蔡缜说：“皇上，我敢发誓，我们绝对没冤枉马大人和庞大人，请皇上要相信我们。”

永历帝点了点头，说：“朕相信你们。”

“谢皇上！”徐极、胡士瑞、林青阳、张镌、蔡缜赶紧向永历帝称谢。

永历帝沉思了一下，对他们说：“既然这样，明天早晨朕就召集众臣来议议这件事，看这两个逆贼作何解释。”

“皇上英明！”徐极等人拱手拜谢永历帝。

与永历帝交谈了一阵，徐极等人见时候不早了便一道向永历帝告别。

03

第二天早晨，气急了的永历帝早早就来到大殿。随后，各位朝臣也陆陆续续跟着进了殿。

徐极和林青阳在路上遇见马吉翔和庞天寿，牙咬得格格响，心里恨不得吃了他俩的肉，剔了他俩的骨。

马吉翔和庞天寿心里明白，秦王下的那道指令惹了众怒，满朝文臣武将不仅恨秦王孙可望恶毒，连他俩也恨得要死。

但他俩很得意，认为有秦王给他们撑腰，谁也不怕。怕？笑话，连皇上都要让他秦王三分。指令是他秦王下的，谁还敢动我们？想动，那不是拿脑壳碰墙——自己讨死吗？

马吉翔和庞天寿做梦也没想到，徐极和林青阳、张福禄他们就偏不信这个邪。

坐上龙椅上的永历帝，拿着头天晚上徐极、林青阳、胡士瑞、张镌、蔡缜五人给他的奏本，铁青着脸对众朝臣说："各位爱卿，朕今天要告诉你们一件事。"

众朝臣见永历帝气得像要吃人，不知道他要说些什么，大气都不敢出，眼睛齐刷刷地盯着他，等待他继续说下文。

永历帝扬了扬手中的一把奏本，愤怒地说："各位爱卿，要不是徐极和林青阳、胡士瑞几位大人，朕还一直被蒙在鼓里，还不知道自己身边暗藏着吃里爬外的小人！"

"吃里爬外的小人，谁啊？"

"是谁胆子这么大？"

"真是不知好歹，领了朝廷俸禄，不感谢皇上和朝廷不说，还要做缺德事，这人到底是谁啊？"

"这种人应该揪出来扒了他的皮！"

……

众朝臣面面相觑，你看看我，我瞧瞧你，不知道皇上说的是谁，一些大臣交头接耳地议论着。

马吉翔和庞天寿发现，徐极和林青阳等人不时用眼睛瞟他俩，心里陡生一惊：嗯，莫非是他们在弹劾我俩？

永历帝见众朝臣议论纷纷，朝大家挥了一下手说道："请大家安静，让朕先把话说完。"

众朝臣安静下来。

永历帝双眼像两道箭一般射向马吉翔和庞天寿，朝他俩叫道："马爱卿、庞爱卿！"

见皇上点马吉翔和庞天寿的名，其他大臣一惊：什么？皇上说的吃里爬外的小人是他俩？不会吧，皇上对他俩这么好，他俩咋会做出这等对不起皇上和朝廷的事呢？

听到皇上点自己的名，马吉翔和庞天寿吓慌了，赶紧上前跪下低头说："微臣在。"

永历帝气得脸上青筋直冒，问他俩："朕平时对你们如何？你们觉得还不够好是不是？"

低着头的马吉翔和庞天寿，偷偷互瞟了一眼，不敢说话。

"说，朕平时对你们是不是不够好？"永历帝把声音一下子提高了八度。

马吉翔低着头说：“皇上，恕微臣愚钝，微臣不明白皇上说这话的意思，请皇上明示。”

“微臣也不明白，请皇上明示。”庞天寿跟着说。

永历帝质问他俩：“你俩是真不明白还是假装糊涂？”

“启禀皇上，微臣实在是不明白。”马吉翔不敢抬头。

永历帝愤怒地盯着庞天寿问：“庞爱卿，你是不是也不明白？”

庞天寿说：“臣是不明白。”

永历帝走下来，怒视着他俩道：“那朕告诉你们，徐极、林青阳、胡士瑞、张镌、蔡缤五位大人向朕弹劾你二人，这下你俩该明白了吧？”

“请问皇上，徐大人、张大人和胡大人他们弹劾我俩什么啊？皇上能不能明示？”

“皇上，微臣也不知道我俩有什么是他们可参的？”马吉翔和庞天寿还在装糊涂。

永历帝气愤不过，“啪”的一声把手上徐极等人上的奏本砸到马吉翔和庞天寿面前：“你俩不知道是吧？不知道自己看，看你俩都做了些什么！”

马吉翔和庞天寿浑身发抖，各人捡起一份奏本，颤抖地打开看起来，大意是说：

我等探到马吉翔和庞天寿两个逆贼私结秦王，谋反朝廷。二贼暗中支使冷孟銋、吴象铉、方祚亨等朋党，欲请皇上将皇位禅让给秦王孙可望，让皇上做太上皇。二贼还指派马贼的门生郭璘说服主事胡士瑞大人，叫他参与密谋禅让之事，没想到胡大人给了他一顿臭骂。郭璘回去告知马贼，马贼暗下报给秦王孙可望，秦王欲找机会治胡大人之罪。马、庞二贼听说兵部武选司郎中古其品画得一手好画，又叫郭璘带着白绫去请他画一幅尧帝将位子禅让给舜的情景图，好拿去进献给秦王。遭到拒绝后，马贼暗中报给秦王。秦王发怒，派人将古其品抓到贵阳，并用乱棍活活打死……臣以为，二贼如此嚣张，皆因有秦王孙可望为其撑腰。马、庞二贼身为朝廷重臣，不思国事，不为皇上和朝廷分忧，而是见我朝局势危及，巴结逆贼秦王，卖主求荣，实为可恶，如不……

看了徐极等人的奏本，马吉翔和庞天寿身子发抖，脸色发白，头上汗水顺着脸颊往下滴，心里在想：完了，完了，这下全完了！

永历帝已经回到座位上，问他俩：“怎么样？马爱卿、庞爱卿，徐大人、林大人他们有没有冤枉你们？”

马吉翔和庞天寿赶紧给永历帝叩头。马吉翔说："微臣知罪，望皇上念在吉翔跟随皇上多年的份上，请皇上恕罪，吉翔将永世不忘！"

庞天寿也如此说。

"这种人该拉去杀了！"

"对，该拉去砍了！"

"真不是东西！"

"这种吃里爬外的小人，留着日后必是祸患！"

……

其他朝臣见状，很是气愤，都说这种人要严加惩办，以整治朝纲，绝不能放纵和饶恕，否则后患无穷。

徐极和胡士瑞、林青阳等五人走上前。

徐极说："皇上，马、庞二贼做出此等欺君之事，罪大恶极，实乃我永历朝廷逆臣忤子，我等认为须加严惩，断然不能轻饶，以整治我永历朝纲，防止他人再犯。"

胡士瑞也说："皇上，这等乱臣贼子乱我朝纲，若多有几个像他们这样的人，我永历朝廷必将不复存在，复兴之事将成泡影，臣建议立即将二贼斩首，以教诫他人，唯有如此，我永历朝廷才有生存之希望。"

林青阳跟着说："希望皇上严惩此二贼！"

张镌也说："请皇上立断，免生后患！"

见永历帝有些犹豫，林青阳知道他是惧怕秦王，赶紧说："皇上，万万不能犹豫啊，皇上如若犹豫，那就等于放虎归山，我永历朝廷将会后患无穷。"

见徐极和林青阳他们往死里整自己，马吉翔和庞天寿又恨又怕。但他俩知道，此时不可说徐极和林青阳他们半个不字，只能是盼皇上能开恩不杀自己就行，至于徐极和林青阳他们几人，只要自己这次不死，要报复他们以后有的是机会。

永历帝知道，马吉翔和庞天寿跟随自己多年，而且两人都很机灵，办事也得力，但凡交给他俩去办的事情，他们都会给你办好。在后宫里，他俩一直忙前跑后地服侍着太后和皇后，没有功劳也算是有苦劳。再说，这些年自己东躲西藏，他两人也一直跟随着，一路受了不少苦。这么多年，自己和太后、皇后，对他两人一直都十分宠爱，没想到他两人居然会做出此等事来。若不惩办他两人，给众朝臣交不了差，更难给徐极、胡士瑞、林青阳、张镌、蔡缜他们几人有个交代。但要下起手来，又有些于心不忍。

虽说恨透了马吉翔和庞天寿对自己和永历朝廷的背叛，但永历帝转念一想，水往低处流，人往高处走，如果我永历朝廷能抵抗得了强大的清兵，能够雄霸天下，那他马吉翔和庞天寿还会背叛永历朝廷和我朱由榔吗？不会，绝对不会。他两人之所以会背叛我和朝廷，就是看到我永历朝廷已经走投无路了，看到我朱由榔带着大臣和家眷到处东躲西藏一无是处，而此时的秦王，势力又如日中天，自然就去投靠他了。说句不该说的话，换作是我也许也会走他们这条路。不怪他俩，不怪他俩啊！要怪也怪我朱由榔无能，没统领好大家。

永历帝内心激烈地斗争着，他不知道如何是好，只好说："你们都先下去吧，这事待朕想想，改天再议。"

永历帝的意思是，他想征求一下皇太后和皇后的意见，说不定，皇后还会帮自己拿个主意。

听了皇上这句话，马吉翔和庞天寿心中暗喜：只要他永历帝现在不表态杀我俩，我俩就去找皇太后和皇后。鞍前马后地服侍她们这么多年，我俩现在遇到生命危险，她们不可能不救。还有，这事是因秦王而起，他秦王也不可能袖手旁观不管我们。只要能活下来，往后的事情谁也说不清楚。

马吉翔和庞天寿相互看了一眼，脸上微露喜色。

见没其他事要议，永历帝叫众朝臣退朝。

回府的路上，马吉翔悄悄告诉庞天寿："走，去我那儿。"

第10章 太后护短

01

晚上，在马吉翔府上胡乱吃了些东西，马吉翔和庞天寿就急匆匆地去找皇太后和皇后。

两人来到宫中，找不着皇太后和皇后，心里很是着急。突然，马吉翔见侍女锦儿从后院那边走出来，赶紧和庞天寿走过去。

马吉翔问："锦儿，太后娘娘和皇后呢？"

锦儿告诉他俩，太后和皇后在后院赏花。

庞天寿说："锦儿，我和马大人有急事找太后娘娘和皇后娘娘，快带我俩去找她们。"

"好的，请两位大人跟我来。"锦儿说完，领着马吉翔和庞天寿朝后院走去。

马吉翔和庞天寿跟着锦儿来到后院，果然见皇太后和皇后在那儿赏花，戴贵人、杨贵人，还有玉倩等侍女在旁边陪着。马吉翔和庞天寿心中甚喜：这下有救了！

"太后娘娘吉祥！皇后娘娘吉祥！"马吉翔和庞天寿赶紧走上前去，给皇太后和皇后请安。

“吉翔、天寿，你俩怎么也过来了？”皇太后还不知道今天大殿上发生的事情，笑着问他俩。

马吉翔和庞天寿“扑通”一声给皇太后和皇后跪下：“求太后娘娘和皇后娘娘救我俩性命！”

见他俩这副可怜样，皇太后一惊：“你们这是怎么啦？救你俩性命？什么人胆子这么大敢要你俩的性命啊？”

马吉翔赶紧说：“太后娘娘，徐极和林青阳他们向皇上参奏，说我俩暗中勾结秦王，要杀我们！”

“要杀你们？你们不是好端端地在这儿吗？”

庞天寿说：“太后娘娘有所不知，今天早晨一上朝，皇上就发火。后来皇上拿出一大把奏本，说是徐极、胡士瑞、林青阳、张镌和蔡縯他们参奏我两人欺君，逼皇上杀我两人，只是皇上还没答应。可我俩知道这是早晚的事儿，这才来求太后娘娘和皇后娘娘救命。太后娘娘、皇后娘娘，无论如何您二位也要救吉翔和天寿一命啊！”

庞天寿说完，给太后和皇后连叩了几个响头。

“太后娘娘，皇后娘娘，看在我俩侍奉您二位多年的份上，求您二位救我俩一命吧！”马吉翔也赶紧给太后和皇后叩头。

皇太后问：“他们参你们欺君？你们什么地方欺君了啊？”

“太后娘娘、皇后娘娘，这都是他们诬陷我和吉翔的，根本就没这回事！”庞天寿一脸假委屈。

“是啊，太后娘娘，皇后娘娘，您二位都知道，我和天寿一直忠心耿耿地为朝廷和皇上办事，平时生怕哪点做不周全，哪会去做这种大逆不道的事啊！您可要给我们做主啊！”马吉翔低着头。

“好了好了你们先起来，我这就去问问由榔，这到底是咋回事。唉，这徐大人也是，好好的瞎奏个什么啊？这么闹腾，不是自家人整自家人吗？有这份精力，应该多替皇上想想怎么抵抗清兵才是嘛！”皇太后见马吉翔和庞天寿可怜兮兮的，对他俩说道。

马吉翔赶紧讨好卖乖：“太后娘娘，微臣倒是这样想，可徐极和林青阳、胡士瑞他们不这样想啊。”

“你们和我一起去，我问问皇上，看这到底是咋回事！”皇太后说着去扶他两人。

“谢太后娘娘和皇后娘娘救命之恩，吉翔和天寿将永世不忘！”马吉翔和庞天寿说着又给皇太后和皇后叩头。

庞天寿看了马吉翔一眼，意思问他，要不要和皇太后一道去皇上那儿。

马吉翔朝他轻轻摆了下头。

庞天寿会意，赶紧对皇太后说：“太后娘娘，我和吉翔就……就不去皇上那儿了吧？”

见庞天寿说话吞吞吐吐，皇太后对他俩说：“有哀家在你们怕啥？别怕，走，跟我一起去！”

“是。”马吉翔和庞天寿见推脱不了，只得硬着头皮跟着皇太后去见永历帝。

“哦，皇后，你也一起去吧。”皇太后对皇后说。

皇后回话：“是，母后。”

皇太后带着皇后和马吉翔、庞天寿等人，气冲冲地去找永历帝。

永历帝还没睡，还在书房里看月幢禅师送给他的那本《达摩经》，听到外边闹嚷嚷的，对站在门边的近侍太监说：“外面怎么闹哄哄啊？你出去看一下。”

“是，皇上。”近侍太监走出门，见前面不远处，皇太后和皇后带着马吉翔和庞天寿朝这儿走来，赶紧进屋给永历帝禀报：“皇上，是太后娘娘和皇后娘娘带着马大人和庞大人来了。”

“嗯？他们来我这儿干什么？”永历帝蹙着眉在想。

他放下手上的《达摩经》，对近侍太监说：“走，出去接皇太后和皇后。”

“接就不用了！”刚要出门，皇太后和皇后就带着马吉翔和庞天寿跨进屋来了。

“儿臣不知母后驾到，母后吉祥如意！”见皇太后脸上不太好看，永历帝赶紧给她下跪请安。

躲在皇太后和皇后背后的马吉翔和庞天寿，低着头大气都不敢出。永历帝瞟了他们一眼，心里暗骂：“这两个逆贼，这么快就去把母后和皇后搬来了！”

随行的宫女锦儿给皇太后和皇后端来椅子。皇太后和皇后坐下，皇太后说：“由榔，你先起来，我有事问你。”

“母后，有什么话您尽管问就是。”永历帝回皇太后的话，然后起身坐到椅子上。

皇太后问他：“听吉翔和天寿说，有人想要他俩的性命，可有这回事？”

“事情是这样的，母后。”永历帝说。

皇太后说："嗯，你且说来听听。"

永历帝愤然说道："昨天晚上徐极、胡士瑞、林青阳、张镌和蔡缜五位大臣来我房中，说吉翔和天寿二人暗中私结秦王，并勾结朋党冷孟銋、吴象铉、方祚亨等人，准备劝儿臣效仿古代的尧帝，将皇位禅让给秦王，然后让儿臣做太上皇。"

听皇上对皇太后这么说，马吉翔和庞天寿顿觉头皮发麻后脊发冷，浑身暴起一层鸡皮疙瘩。

"嗯？有这种事？"皇太后还以为自己耳朵出了毛病，不相信地看了马吉翔和庞天寿一眼。

马吉翔和庞天寿见皇太后盯着他俩看，头上不禁沁出一层冷汗。

接着永历帝又把马、庞二人威胁胡士瑞、害死古其品的事说了一遍。

听了永历帝的话，皇太后马上拉下脸质问马吉翔和庞天寿："吉翔、天寿，你们两个给我说实话，是不是真有这档子事？"

"这……这都是徐极和林青阳他们冤枉我俩的，没……没这回事！"马吉翔支支吾吾地说。

"是……是他们在冤枉我俩！"庞天寿也在争辩。

见他俩这个样子，皇太后和皇后心里明白了八九分。但她们实在是不忍心让永历帝杀了这两个人。

皇太后问永历帝："由榔，你打算如何处置他们？"

永历帝说："儿臣还没想好。"

皇太后对永历帝说："由榔，我先给你说，不管他俩犯了什么错，你都不能杀他们。你想想，吉翔和天寿一直跟着你，也跟随着我们，成天跑前跑后地为我们操劳，就算是没有功劳也有苦劳，怎么徐极他们说杀就杀呢？看在母后的面子上，就饶了他们一回吧！"

皇后没说话，但她也不希望皇上杀马吉翔和庞天寿。在她心里，还想着马吉翔和庞天寿平时周到的伺候。

永历帝为难地说："母后，这杀与不杀由不得我。"

皇太后霸道地说："由榔，你是一朝之君，什么叫杀不杀由不得你？嗯，我给你说，他俩就是不能杀，你真要杀他俩的话，那就先杀了我和皇后！"

"这真由不得我，母后！"永历帝无法给皇太后解释。就算解释了，她也听不进去。因为她心里还惦记着马吉翔和庞天寿鞍前马后的殷勤伺候。

“一句话，你不能杀他们两人。好了，时候不早了，我得回去睡觉了。”皇太后说着从椅子上站起身。

“母后……”永历帝想向皇太后陈述问题的严重性。

“走，回去！”皇太后没理他，叫上皇后，气冲冲地走出门去。

“臣妾告退！”皇后看了永历帝一眼。她心里比谁都清楚，母后的不理解让皇上左右为难，自己心里很难受。但母后坚持这样她也没办法，再说自己也不想让皇上杀这两人。

“皇上休息吧，微臣先告退！”见皇太后和皇后走了，马吉翔和庞天寿不敢抬头看永历帝，弯着腰赶紧跟永历帝告辞。

“滚！”永历帝气不打一处来，瞪着眼朝他俩吼道。

“是。”听到永历帝叫他们滚，马吉翔和庞天寿赶紧跟着皇太后和皇后走了。

永历帝看了马吉翔和庞天寿一眼，见他俩像狗一样跟在皇太后和皇后屁股后头，觉得好恶心。

永历帝自个儿坐在那儿生闷气。母后干预马吉翔和庞天寿这事，他有些不高兴。他在想，我若不把这两人杀了，怎么去给徐极和林青阳、胡士瑞他们交代？到时候他们不骂我朱由榔是非不分忠奸不辨吗？要杀了他两人，可你看，刚才母后那样子，像是要把人吃了似的，这怎么办啊？

想去想来头都想大了，永历帝还是没想出个结果来。唉，睡，别管它，明天再说。

02

话说回来，皇太后和皇后为啥要力保他马吉翔和庞天寿这两个逆贼呢？难道她们不知道这其中的利害吗？

这事还得从头说起。

就说这马吉翔吧，他本是北京城里的一个小混混，也就是人们说的地痞流氓和无赖。此人奸诈狡黠，还识得一些文字。起初，他投靠在一个内监门下充任长班，后来做上了书办。这人最大的特点，就是会迎合人。正因为他善于迎合和巴结上司，这内监就特别喜欢他，于是把他当作了自己的心腹，对他多了几分厚爱。马吉翔见内监对自己有了知遇之恩，做事也就更加卖力，但凡内监吩咐的事他都尽心尽力去做好，从不惹内监生气。

这时候，正逢高起潜在到处招兵买马，他就去投靠了高起潜。高起潜见他

做事机灵，让他进入了权高位重的锦衣卫。这马吉翔还真是颇有心计，在锦衣卫里又通过送礼等一些上位手段博得了上司的青睐，很快官就升到了广东都司。

野心不小的马吉翔，见隆武帝在福建登基称皇帝，赶紧辞去广东都司一职又去投靠隆武帝。隆武帝刚登上皇位正缺人手，又得知他在锦衣卫干过一段时间，就提拔他当了锦衣卫指挥，还委以重任派他出使湖北。在军营里，马吉翔又故技重演，千方百计谄媚那些将领，并且很快就得到了他们的赏识。没多久，他又被提升为大权在握的总兵。

后来永历帝在广东称帝，善于见风使舵的他又改换门庭跑到永历帝这边来了，并想方设法巴结上宫禁里一些有权有势的人。永历帝对他很厚爱，封他为文安侯，他一下子进入了永历朝廷的决策层。马吉翔经历的事多了，阅历丰富，又喜欢巴结宫廷里的达官贵人和后宫嫔妃，皇上一举一动他都能预知一二，并能巧妙迎合。在宫廷中，不管是皇太后或是皇后，都非常喜欢他，都觉得他忠厚老实值得信赖，宫中许多事务都交由他去办理，而且他也办得头头是道。后来在后宫的建议下，永历帝又让他掌管戎政。马吉翔官越做越高，手中权力也越来越大。

按理说，皇上、皇太后、皇后如此恩宠马吉翔，他应该尽心尽力为朝廷办事替皇上分忧才对，可他马吉翔偏偏是个势利小人，他的人生信条是有奶便是娘，谁给奶吃就跟着谁走，根本不顾什么情不情的。永历帝将行宫迁到贵州安龙以后，马吉翔见永历朝廷摇摇欲坠，大势已去，又见秦王的势力一天比一天强大，就暗中投靠了秦王，并与管勇卫营的内监庞天寿沆瀣一气，想合谋劝永历帝效仿古人，以禅让方式将皇位让给秦王，而让永历帝做太上皇，以此图得自己日后富贵。

再说庞天寿，这人则是顺天府大兴县人，他原是崇祯时期的内廷御马太监。在明朝，御马太监是内廷最有权势的职位之一，不但执掌着兵符，还一度主管着特务机构西厂，与主管东厂的司礼监几乎可以分庭抗礼。除此之外，庞天寿还有一个比较特殊的身份，那就是天主教教徒。据说唐王朱聿键在福州登基做皇帝的时候，他便和传教士毕方济一同前往澳门，去讫求在澳门的葡萄牙人帮助绍武朝廷与其他皇室争夺皇权。在澳门，庞天寿充分发挥他天主教徒的身份，成功地游说葡萄牙人组建了一支由三百名火枪手和六门大炮组成的雇佣军，并准备带到福州帮助绍武朝廷打仗。可他庞天寿万万没想到，雇佣军刚刚组建好福州方面就传来弘光皇帝死难的消息。

无路可走的他，听说朱由榔已经在广东肇庆登基称帝了，就赶紧带着这支雇佣军来广东肇庆投奔永历帝。当时，永历帝正一路被清军追撵到桂林，这支葡萄牙雇佣兵帮忙承担了守城任务。葡萄牙人的火器本来就很凶猛，永历朝廷的军队借此一次一次击退了由李成栋、尚可喜率领的清军，永历帝见此，高兴得不得了，对庞天寿委以重用。而庞天寿借军队打胜仗的机会，在永历朝廷宫廷内开始进行传教。

通过他的努力，加之宫廷里的人此时又都需要精神寄托，皇太后、皇后等人便都接受洗礼入了教。永历帝还曾经让庞天寿代表自己给当时的罗马教皇英诺森十世、耶稣会会长和威尼斯共和国写过三封信，请求波兰籍传教士卜弥格转呈国王，恳求他们派遣军队前来支持朝廷抗击强大的清军。如此一来，永历帝和后宫都觉得，他庞天寿着实有些功劳。

在朝廷里，马吉翔和庞天寿手中都握有很大权力，平时又都在宫廷里忙前忙后服侍着永历帝和皇太后，还有皇后，加上俩人嘴巴又甜，惹得后宫主子们都非常喜欢他俩，日子长了他们之间自然有了感情，而且这感情还不一般。现在他两人遇到了杀身之祸，皇太后、皇后要力保，也就让人不难理解了。

可皇太后和皇后这一保，却苦煞了皇上。

这马吉翔和庞天寿，一边是众朝臣要杀他两人，一边是皇太后和皇后要保他两人，这可如何是好？不杀，他两人又实在是太张狂，做出了这等有辱我永历朝廷的事，不杀恐怕群臣不服。要杀，又怕皇太后和皇后多心，说自己连亲情都不顾，不给她们面子。

陷入两难境地的永历帝，仿佛生了场大病，心力交瘁，身心疲惫。

但永历帝还是觉得他马吉翔和庞天寿非杀不可。他在考虑怎么去说服皇太后和皇后。他想，皇后向来知书达礼，要想说服皇太后，还得先说服皇后，然后再请皇后去说服皇太后。毕竟，女人和女人之间要好交流些。

03

傍晚，永历帝把皇后找来。

知夫莫如妻，皇后知道永历帝有事找她，就问他：“皇上把臣妾叫来，是有什么事要跟臣妾说吧？”

永历帝犹犹豫豫地很难开口。

“是不是马大人和庞大人的事？”皇后知道他不好开口，直接一语道破。

“朕正是为此事烦恼。”永历帝告诉她。

皇后问他：“皇上觉得这两人该不该杀？”

永历帝不正面回她的话，反问她：“你觉得呢？”

皇后沉默着不说话。

对马吉翔和庞天寿，她觉得杀也不是不杀也不是。头天晚上的事情她都看到了，这两人所做的事的确太出格太过分，可以说已经是让皇上忍无可忍了。再说，众朝臣对他两人卖主求荣的做法也是恨之入骨，都希望皇上杀了他们。倘若不杀了这两人，往后这两人再给朝廷惹出什么麻烦事来，恐怕皇上难以向群臣交代，自己也无法面对他。可要让他杀了这两人，从多年的情分来说又实在是于心不忍。

这事，也让皇后心里感觉困惑，不知道到底要怎么办才好。

见皇后不说话，永历帝知道她心里也很矛盾，也在进行着激烈的斗争。

是啊，曾经的马吉翔和庞天寿，对自己对朝廷，也是那么的忠心耿耿尽职尽责的啊，曾几何时，他俩怎么变成这个样子了呢？唉，真是世事难料人心不古啊！可不管怎么说，你们不能背叛朝廷，不能背叛我朱由榔，更何况朝廷和我，还有皇太后、皇后，谁都没亏待过你两人啊，你们咋就这么不讲良心？这么无情无义呢？再说，就算是我饶得了你两人，可吴贞毓、徐极，还有林青阳、张镌，那些大臣能饶得了你两人吗？

永历帝对皇后说：“怎么？你也觉得很为难？”

皇后点了点头。

“唉，这事要落到别人头上就好办了，可怎么就偏偏落到他两人头上？真是叫臣妾为难啊！”皇后叹息道。

“是啊，怎么偏就落到他两人头上啊？”永历帝也叹息着说。

“皇上，我看这样，这事你还是再去问一下母后，听听她老人家的意见吧！”皇后不想表态。

永历帝说：“我知道你护着吉翔和天寿他们，不愿意说他们。好吧，既然这样朕就再去听听母后的意见。”

皇后点头，表示赞同他的做法。

永历帝去找皇太后。

见他来了，皇太后知道他是为马吉翔和庞天寿的事而来。皇太后直截了当地问他："由榔，对吉翔和天寿的事你到底作何处理？杀不杀他两个？"

永历帝说："儿臣正是为这事来找母后。"

皇太后说："由榔，我觉得，这事你也不用再找我了，吉翔和天寿虽说犯了错，但他们一直鞍前马后地服侍着你，对后宫也是那样尽职尽责，你若是杀了他两人，会让他们的家属心寒。人非圣贤，谁没有犯浑的时候，这一次就饶了他两人吧！算是母后求你了好不好？"

"母后，吉翔和天寿犯的错可不是一般的错，他们是在出卖我永历朝廷，他俩所犯的罪，按理应满门抄斩诛灭九族，若不是念及他俩长期跟随过我和尽心服侍过后宫，我肯定要将他们满门抄斩。只杀他两人，已经算是恩典他们了。我若不杀他，其他的大臣更会觉得心寒。我身为一朝之君，到那时我如何去面对这些大臣？怎么去向他们交代？再说，朝廷出了这种叛逆之事不处理，必然会乱了朝纲，今后出现类似事情儿臣又如何控制得了呢？就请母后不要难为儿臣了。"

"由榔，这事甭管难为你不难为你，总之这两人你不能杀，杀了你对不起我和皇后。要是孝正皇太后在世，我想她也不会同意你杀吉翔和天寿的。如果你实在是觉得为难，那明天我和皇后随你一起到朝上去向大臣们说，我和皇后厚着脸皮跟他们要人情，我相信他们不会不给哀家和皇后这个面子。"皇太后蛮横地说。

听了皇太后的话，永历帝赶紧说："母后，这事万万使不得，这是本该朝上大臣们商议的事，与后宫无关，母后还是不去的好，省得文武百官说后宫的不是，弄不好还会给后宫带来麻烦。"

"哀家既然敢去，自然就什么都不怕。这事你别管，明天上朝的时候我就和皇后来朝上向大臣们说这个事。"

"母后，这事真的使不得，儿臣是一朝之君，你要给儿臣留个面子，就算是儿臣求您老人家了好不好？"永历帝说着给皇太后下跪。

皇太后见了，不高兴地说："由榔，你真没出息，男儿膝下有黄金，再说你身为一朝君主，有话起来好好说，别给我跪着！"

"您答应儿臣明天不去朝上闹，我就起来，不答应，儿臣就不起来。"永历帝倔强地说。

皇太后知道，他这样跪着不是办法，传出去众臣会笑话他。于是哄他道："不去，不去，你起来吧！"

“谢母后！”永历帝这才起身。

他告诉皇太后，过几天他再召集朝臣好好商议此事，看他们能不能答应皇太后的请求。

皇太后点了点头。

永历帝这才回去。

04

几天后，永历帝再次召集众朝臣商议杀不杀马吉翔和庞天寿的事。

待众朝臣来到殿上，永历帝问他们：“众爱卿，今天我们再议一下徐爱卿和林爱卿等人参奏马吉翔和庞天寿的事情，请大家发表自己的意见。”

见皇上发话，翰林院检讨蒋乾昌侧身对同僚李元开说：“像他马吉翔和庞天寿这种卖国投敌的叛逆，朝廷若不斩首示众，恐怕日后祸害不小。”

李元开摇摇头，对着蒋乾昌低声说：“我看皇上对这事犹豫不决，是不是有什么难处？”

蒋乾昌告诉他：“马吉翔和庞天寿一直都是皇上宠爱的大臣，特别是后宫里的皇太后和皇后，马吉翔和庞天寿成天服侍着她们，她们对他俩更是百般信任，皇上自然是难下这个手了。那天徐大人和林大人他们弹劾这两人的时候，皇上没有表态，我估计就是这个原因。”

李元开朝他点点头：“嗯，说不定这两个逆贼已经去找过皇太后和皇后了。”

“这种事情，她们会保这两个逆贼？”蒋乾昌问。

李元开提醒他道：“不是没有这个可能。”

蒋乾昌说：“皇上不杀这两个逆贼，怎么好给朝臣们交代？特别是徐极和林青阳、张镌他们，他们既然弹劾了这两个乱臣贼子，岂会轻易饶过他俩？”

“但话说回来，这事还不是要听皇上一句话？”李元开无奈地说。

蒋乾昌说：“这倒也是。不过，我看皇上他不会这样做，他不可能为了私情而不顾国家安危，放了这两个逆贼的。”

李元开点了下头：“但愿如此。”

这个时候，其他朝臣也在交头接耳地议论着。

见大家议论纷纷，永历帝问众朝臣：“你们谁来说说？”

大理寺少卿杨钟早等不住了，见永历帝这样问，快步走上前来，说：“皇上，这两个逆贼如此胆大，敢祸害朝廷，不杀恐怕难以服众。按我朝律法，应该及时处斩，借以警示他人。”

永历帝点头，“嗯”了一声，并不作任何表态。

武安侯郑允元走上前：“皇上，此二逆贼不斩怕是不行，臣建议尽快处斩，免生后患。”

“朕知道了，你先下去吧。”永历帝对郑允元说。

吴贞毓这时也走上前来，说：“皇上，此二贼如此不讲人伦，背叛朝廷和皇上，不顾廉耻卖主求荣，实难饶恕，请皇上下令立斩。”

“对，不杀不行！”张镌叫道。

太仆寺少卿赵赓禹、光禄寺少卿蔡缤等人也走上前来，请求永历帝立即处斩马吉翔和庞天寿。

见众朝臣对马吉翔和庞天寿二人都这般愤恨，永历帝觉得不杀他二人是不行了。可一想到皇太后的话，他又有些犹豫不决。

徐极和林青阳、张镌他们见此情景，知道他永历帝很难下这个决断，便几人一起走上前去。

徐极对永历帝说：“皇上，此二贼这么大逆不道，若皇上不处斩他们，臣心何甘啊？”

“是啊，皇上，这可是关乎我永历朝廷兴亡的大事，不能再犹豫了啊！”张镌恳切地说。

“是谁说的要杀吉翔和天寿啊？”林青阳正要上前说话，没想到皇太后和皇后一起来到了殿上。皇太后听他们说要杀马吉翔和庞天寿，便质问众朝臣。

众朝臣一惊：今天这皇太后和皇后是咋啦？为了马吉翔和庞天寿这两个叛逆，居然到殿上干预起朝政来了。

永历帝觉得很尴尬，赶紧走下来：“母后，不是说了叫您不要上殿的吗？您和皇后咋来了呢？”

皇太后气愤地说：“咋来了？哼，我们再不来他两人不就变成你们的刀下鬼了吗？”

“大家这不是还在议吗？”永历帝有些无可奈何。

“哼，在议？再议他俩就真的没命了！”皇太后气嘟嘟的，脸转向一边不理永历帝。皇后没说话，但脸色也不是很好看。

你说这皇太后和皇后，她们咋就闯进这殿里来了呢？

原来，殿里有个太监是庞天寿心腹，见大家都想要庞天寿和马吉翔的性命，

就悄悄溜出殿去给皇太后报信。这太监刚到后宫门口，遇到宫女锦儿，支她去叫皇太后和皇后赶紧来殿里，不然马大人和庞大人就没命了。锦儿听了，马上去给皇太后和皇后报信。皇太后和皇后接到报信，慌忙带上锦儿直奔殿里来了。

见皇太后和皇后上朝干预政事，不少大臣直摇头。他们都明白，朝上的事情有时候特别复杂。

见徐极和林青阳等人还尴尬地站在那儿，永历帝劝说皇太后和皇后："好好好，您先回去，不杀他们，不杀他们！"

皇太后说："由榔，这可是你亲口说的，不杀他俩的。要是杀了，我跟你没完！"

"是是是，您回去，母后！"然后说皇后，"皇后，你先把母后带回去，散朝了我再来找你们。"

"嗯。"皇后本不想来，但怕皇太后说不给她面子，不得已跟着来的。听永历帝说叫她带皇太后回去，赶紧对皇太后说："好吧，母后，我们就先回去吧。"

皇太后说："由榔啊，不管咋说，他们两人没有功劳有苦劳，就是犯了点错，教育教育不就行了吗，为何非要杀了不可呢？"

"是，母后，我会考虑您的意见的。"永历帝无奈地说。

皇太后这才跟着皇后回去了。

永历帝走下来送皇太后出殿："母后慢走！"

皇太后不理他，自个儿往外走。

永历帝回到殿里，见不少朝臣用奇怪的眼神看着他，觉得很是尴尬。这种场面，大臣们肯定是有些想法的，这也不能怪他们。要怪也只能怪母后不理解自己。

第11章 放虎归山

01

永历帝抹着脸上的汗回到龙椅上，然后对徐极和林青阳他们说：“徐爱卿、林爱卿，你们也看到了，不是朕不支持你们，是朕也有难处啊！”

“皇上，那这事怎么办？”徐极问永历帝。

永历帝想了想，有些难为情地说：“看在皇太后这样为他俩求情的份上，你们看能不能饶了马吉翔和庞天寿这一回？”

“皇上，这不是我们饶不饶的问题，这实在是关乎我永历朝廷生死存亡的大事啊！”徐极满脸焦虑地说。

林青阳也着急起来：“是啊，皇上，他们犯下的可不是一般的罪，是叛国投敌，实在是难以饶恕。如果皇上真要迁就他们，放过他们不杀，怕就怕以后的局面不好收拾啊！”

永历帝说：“徐爱卿、林爱卿，你们的一番好意朕不是不知道，你们这也是为永历朝廷和朕着想，你们的忠心大家是看到的，朕心里也有数，可皇太后这么做，你们叫我怎么说呢？唉！”永历帝说完长长叹了口气。

皇上把话都说到这个份上了，这还有什么好说的呢！他是皇帝，自己才是

个小小的推官，总不能逼他杀人。林青阳掉过头看了一眼徐极。

徐极知道，林青阳是想征求他的意见。他想，这事看来一下子是办不成了，不如暂且先饶过这两个逆贼，以后有机会再说。这样，也好给皇上一个台阶下。

他用征询的目光看了张镌、胡士瑞、蔡缤三人一眼。张镌、胡士瑞、蔡缤三人无奈地朝他点了点头。

得到他们三人的允诺，徐极便对永历帝说："既然皇上觉得这事实在为难，那我们就听皇上的，先饶了他两人。"

永历帝见徐极等人给自己台阶下，很是感激："谢谢几位爱卿的理解！"

见马吉翔和庞天寿这两个逆贼有了活命，胡士瑞咽不下这口气，说："皇上，这两个叛逆，死罪可饶，但活罪难免，不给他俩一点教训也不行，看皇上如何发落这两个逆贼。"

永历帝说："胡爱卿说得对，是要给他两人一点惩罚，要不然他们不长记性。这样，各打五十廷杖，以示警告。众爱卿，你们看行吗？"

"皇上英明，一切由皇上定夺！"徐极等人说。

"好，你们下去吧。"

"谢皇上！"徐极和林青阳、张镌等人退下来。

随后，永历帝命人对马吉翔和庞天寿各打五十廷杖。

见永历帝不杀自己了，马吉翔和庞天寿赶紧叩头拜谢："谢皇上不杀之恩，臣不敢再做有损朝廷之事，如有再犯，任由皇上处置！"

永历帝气愤地对他俩说："不要谢我，要谢的话去谢皇太后和徐爱卿他们，你两人的命是他们给的，朕只是希望你两人认真反思，不要再做危害我永历朝廷的事情。"

"是！"俩人再向永历帝叩拜。

永历帝把脸转向一边不理睬。众大臣用鄙视的目光看着他俩。

挨了这五十廷杖，马吉翔和庞天寿更加愤恨徐极和林青阳等人。他俩发誓，一定要找机会报复徐极和林青阳他们。

02

散朝后，林青阳、张镌、胡士瑞、蔡缤等人跟着徐极来到他住处。一进门胡士瑞气愤地说："窝囊，真是太窝囊了！"

张镌也很想不通，进门就埋怨：“皇上怎么能这样做？他这样做不是让大家心寒吗？”

“他这么做，无异于放虎归山！”蔡缜附和道。

徐极把茶水递给他们，劝说道：“各位也不用着急，这事急也没用。事情弄成这个样子，也不能全怪皇上。”

林青阳不服气地说：“不怪他怪谁？难道怪我们？”

徐极放下茶壶，坐下来说：“你们没看到今天皇太后那个架势？死活都要保那两个贼子。我敢肯定，马吉翔和庞天寿这两个乱臣贼子去找过皇太后和皇后。”

胡士瑞不解地问：“几个后宫女人，他俩找她们干吗？她们能保得了他俩吗？”

徐极说他：“胡大人，你是真不明白还是装糊涂？你不想想，马吉翔和庞天寿这两个贼子，他们掌管着戎政和勇卫这两个实权部门，大权在握，又经常出入后宫，成天在太后和皇后身边转来转去，天长日久，就算是块石头恐怕也焐热了，更何况是两个大活人，你能说他们之间一点感情都没有？我看不但有，而且还很深。现在大家要取这两人的性命，你说太后和皇后且能坐视不管？再说，他马吉翔和庞天寿在朝上还有耳目，今天太后和皇后怎么会来得那么快？这明显是有人去给她们通风报信了嘛，要不然她们能来得这么及时？”

蔡缜想了想，说：“徐大人分析得很有道理，要不是皇太后和皇后来保这两个贼子，那他马吉翔和庞天寿今天肯定是死定了。”

“我看，皇上也是迫不得已才放这两个逆贼一马的。”林青阳说。

徐极也说：“皇上也真是没办法，这皇太后毕竟是他的生母，这点面子他还得要给她。”

“那他们就连国家都不要了？”胡士瑞气得差点儿跳起来。

徐极劝说他：“胡大人，我刚才说了不用急，急也没用。马吉翔和庞天寿这种人是不会死心的。我猜测，他俩肯定会把这事报告给秦王，而且说不定已经派人去贵阳了。”

林青阳说：“有可能。”

徐极信誓旦旦地说：“不是有可能，是一定。你想，他马吉翔和庞天寿早就和秦王勾肩搭背扯在一起了，还想让皇上把皇位让给秦王，这个时候他俩不找秦王撑腰找谁？”

“说的也是。”林青阳点点头。

“那这事就这样算了？”张镌问徐极和林青阳。

徐极郑重地说：“当然不可能就这样算，若是这样，我们就等于把脑袋交给了他马吉翔和庞天寿。大家还得继续收集这两个叛逆的罪证，然后再找机会继续弹劾这两个逆贼，直到让皇上把他俩斩首示众。”

“徐大人说得对，我们必须继续收集这两个叛逆的罪证，到时候再奏他俩一本，不怕他俩不倒地！”胡士瑞愤愤地说。

张镌说：“这两个乱贼实在是太可恶，前段时间还诬陷吴贞毓大学士，说人家欺君。大家都看到了，吴大学士为了永历朝廷的事一天到晚忙在朝上，连家都顾不上，皇上也非常信任他，你们见过有这种欺君的大臣吗？”

徐极接过话：“你说到这里我也要提醒大家一句，要谨防他俩在秦王面前乱嚼舌头，乱说我们的不是。秦王这个乱贼也不是个好东西，专横跋扈，气焰嚣张，心中暗藏着不可告人的巨大野心。你们看，现在连皇上都不得不让他三分。要是哪天他真能成事了，恐怕我们这些人都要遭他的殃。”

“既是要弹劾他马吉翔和庞天寿，那我等也没什么好顾忌的，大不了一死，还怕他孙可望不成？”张镌豪情万丈。

“是啊，这有什么？就拿个死字顶着。生当作人杰，死亦为鬼雄，切不可活得窝窝囊囊！”林青阳也一副视死如归的样子。

蔡缜也慷慨地说：“对，活也要活出个人样来，不能像他们那样苟且偷生。我等都是朝中大臣，既然领了朝廷俸禄，就得为朝廷做事，要不然咋对得起皇上？对得起全天下的黎民百姓？”

“既然大家有这份决心，那我们就准备准备，调动我们各自的关系，收集好更多的罪证，再写奏本弹劾这两个逆贼。”徐极说。

“但我提醒大家，朝中和后宫到处是这两个逆贼的耳目，行事一定要小心谨慎，免生祸患。”徐极转而告诫林青阳和张镌他们。

“好的，就这样说定了。时候也不早了，就各自回去休息吧。”林青阳说。

徐极也说：“行，那大家散吧。”

林青阳和张镌、胡士瑞、蔡缜四人走出徐极住处。

03

永历帝来到皇太后住处。

见他来了，皇太后迫不及待地问他：“由榔，事情怎么样？他俩杀还是不杀？”

永历帝告诉她："不杀，但各打五十廷杖。"

皇太后长出一口气："哦，哀家担心死了，没想到他们还真得救了！"

在旁边的皇后不说话。她在想，和母后保这两个人，日后会不会给朝廷和皇上带来什么后患？假若日后真要有什么后患，那真是对不起皇上了。但愿吧，但愿这两个叛逆能悔改，不再做出什么祸害朝廷和皇上的事来。

见皇太后这么高兴，永历帝忧虑地说："母后，他俩倒是得救了，可儿臣担心的是，我会不会是在放虎归山，给朝廷埋下祸患。"

皇太后不以为然地说："说什么放虎归山，什么祸患啊？莫非他俩人还翻得了天？"

永历帝说："母后有所不知，吉翔和天寿跟我这么长时间，按理说我应该保他俩才是，但他俩做出这种大逆不道的事，实在是太让我失望。说句实在话，要不是母后拼命地保他俩，儿臣真是想杀了他们，以绝后患。"

皇太后也知道这事做得不大合规。她说："由榔，你是我儿子，娘还不知道这事难为你吗？可他两个服侍了我们这么多年，而且风风雨雨都和大家一起走过来了，受了不少苦。为人得讲良心，他们遇到这种事，你说为娘的能不救他俩吗？那人家岂不是要笑骂我们朱家母子薄情寡义吗？娘算是求你这一回，饶他俩一次，以后他俩若再做对不起你和朝廷的事，你怎么处置娘都不会管了。"

皇后看着永历帝，只说了一句："真是难为皇上了。"

永历帝茫然地说："我真不知道如何去面对那些大臣。"

皇后问他："徐极和林青阳，还有那个胡士瑞和张镌、蔡缜，他们说你什么没有？"

永历帝说："他们倒没说我什么，但我知道这事他们心中很不服气。不但他们不服气，还有很多大臣也不服气。但我做了决定，他们还能说什么呢？还不是只得服从！"

"那他们会不会对你做出什么不利的事啊？"皇后有些担心。

永历帝问她："你是说徐极和林青阳他们？"

"嗯。"皇后点头。

永历帝说："他们倒是不会。这几个人我心里清楚，他们和吴贞毓一样，对朝廷对我都是忠心耿耿的，这不用怀疑。"

皇后说："吉翔和天寿弹劾吴大学士的事情，你还不是睁只眼闭只眼，到现在还没个结论？"

永历帝说："贞毓和他俩不一样，这我心中有数。"

皇后忧虑地说："只要皇上心中有数就好。吉翔和天寿他们可真不能再胡搞了，再胡搞真会给你和朝廷惹来麻烦。"

永历帝说："人心隔肚皮，谁也说不准啊。如今他俩看到我手中无兵无粮，很多事都由秦王控制，心就有些向着秦王了。唉，这人啊，正像人家说的，有奶才是娘啊！"

见皇后和他说话，皇太后也不好插嘴。反正人保下来了，也不用再说什么。等他和皇后说完，她才对永历帝说："由榔，这事已经这样，就不要再管它了。你还有事，先回去休息吧。"

"好，母后，儿臣这就去休息。"

几天后，马吉翔和庞天寿见伤好了些，赶紧来找皇太后，正好皇后也在一起。俩人见了皇太后和皇后，赶紧跪下："感谢太后娘娘和皇后娘娘救命之恩，吉翔和天寿将永生不忘！"

皇后不想理他俩，连看都不看他们。

"起来，起来，命保下来就是了，其他都不重要。"皇太后仁慈，见马吉翔和庞天寿尴尬地跪在那儿，赶紧伸手去拉他们。

"谢谢太后娘娘！"马吉翔和庞天寿齐声给皇太后道谢。

皇太后知道他俩挨了五十廷杖，伤还没完全好，心里疼他们，但还是想警告他俩一下，便说："你俩坐下来，我和皇后有话要给你们说。"

"是。"马吉翔和庞天寿赶紧起来找位置坐下。

皇太后一脸严肃地对他们说："我说吉翔、天寿，你们俩这次闯的祸不小，能保住命活下来还真不容易。你们知道不，我和皇后费了多大力才说通皇上不杀你俩？"

"是，太后娘娘，我俩知道太后娘娘和皇后娘娘恩重如山，必当厚报！"马吉翔和庞天寿站起来又要给她们下跪。

皇太后本来心就软，见他俩又要下跪，赶紧说："坐下坐下，别说什么报不报的，以后你们好好替皇上多分点忧多替朝廷办点正事，不要再给皇上惹麻烦，我和皇后就心满意足了。"

停了停，皇太后接着说："吉翔、天寿，我听皇上说，这次的事情的确是你们做得太过分。你们可知道，按大明律例，这可是满门抄斩诛灭九族的大罪啊！要不是念及你俩多年专心侍候我们和皇上，我们才懒得管你们！”

“太后娘娘教训的是！”马吉翔和庞天寿像犯了错的小孩，乖乖地低着头。

皇太后继续教训他们：“不是我说你们两个，你们咋会去做这种对不起朝廷对不起皇上的事呢？是皇上对你们不好，还是朝廷对不起你们呢？这人啊，活着要讲良心，不能见利忘义，你们是大明王朝的重臣，更不能做那种遭人咒骂、有奶便是娘的事情，你们说是不是？”

马吉翔和庞天寿被皇太后说得头冒冷汗，听到她这么说，急忙低着头说：“吉翔和天寿知罪，对不起皇上和太后娘娘、皇后娘娘，我们下次再也不敢了。”

“赌你们也不敢！”皇太后盯着他俩。

皇后接过话：“这事就算翻过一个坎儿了，以后怎么为人，那是你们自己的事，我和太后娘娘是看在你俩服侍我们多年的份上，这才出手救你们一命。你们不知道，这次皇上有多为难。不过，我得警告你两人，以后再出现这种糗事情，我和太后娘娘可没法救你们了，你们好自为之吧。”

“吉翔和天寿明白。”庞天寿赶紧说。

皇太后见教训得差不多了，对他俩说道：“宫中人多嘴杂，好吧，你们回去，回去好好想想，哪些地方做错了，该怎么改正。”

马吉翔急忙说：“谢太后娘娘和皇后娘娘！”

“天寿一定记起这次教训！”庞天寿也说。

马吉翔和庞天寿说完，走出后宫。

等他俩人走后，皇太后对皇后说：“今天也算是好好教训了这两人一顿。”

皇后说：“不教训能行吗？你看他俩做的事情，真是大逆不道，难怪这么多朝臣都说要杀他们。唉，但愿他们能悔过自新，做个好人！”

皇太后也说：“但愿吧！”

皇后摆摆头，叹息道：“唉，皇上，你真是命苦啊！”

04

在永历朝廷中，马吉翔和庞天寿都位高权重，又是皇上身边的大红人，他俩何曾受过这种气？两人越想越气，从骨子里恨透了徐极和林青阳、胡士瑞几人。

他俩对天发誓，不把徐极和林青阳等人除掉誓不为人。

一天，马吉翔把庞天寿叫到他府上，两人又阴谋策划如何报复徐极和林青

阳、胡士瑞他们。

庞天寿来了之后，马吉翔气恼地对他说："庞大人，我等在皇上身边做事这么多年，向来只有我俩为难别人，你说我俩何时受过这种气啊？"

庞天寿说："马大人，你看徐极和林青阳他们那架势，何止是让我俩受气？简直就是想要我俩的命啊！"

"嗯。"马吉翔点头，"我们啥时候得罪了这几个厮，他们咋下手这么狠，一上来就要我俩的性命，可恶，真是太可恶了！"

庞天寿说："看来我俩再不下手，今后命难保啊！"

"庞大人有何想法？"马吉翔问他。

"这是一场你死我活的争斗，我们不死，他们就必须得死！"庞天寿恶狠狠地说。

马吉翔摸着下巴："嗯，我也是这样想的。"

见庞天寿杯子里的茶水干了，马吉翔端起面前的紫砂茶壶，往他茶杯里续茶水。

庞天寿端起茶小呷了一口，放下杯子，说："这次弹劾我们的人比较多，而且徐极这些人在朝上也是有分量的人物，皇上又偏向于这帮人，看来光靠我俩的力量是摆不平他们的，我看这事还得请秦王出面才行，马大人你觉得呢？"

马吉翔说："你说得对，徐极他们人多，这事是得请秦王出面。我看不如这样，明天我写一封书信叫人带去贵阳给秦王，就说，我们想让皇上禅让皇位给他的事被徐极和林青阳几人发现了，他们向皇上弹劾我们，我俩险些丧了性命，请他赶紧为我俩做主，你看如何？"

庞天寿说："行倒是行，但这事要快，徐极和林青阳他们没参倒咱们，他们肯定不会就此善罢甘休，说不定他几个又在打我俩什么鬼主意了。"

马吉翔说："那好，我马上就给秦王写信，写好了你看看，没有不妥的地方了我马上叫人过来给他交代好，叫他明天一早就去贵阳把它交给秦王。"

"好，好！"

"哎，干脆去我书房。"马吉翔说着把庞天寿领到他书房里。马吉翔找来纸和笔，开始草拟给秦王的书信。

庞天寿坐在一旁喝茶候着。

书信草拟好了，马吉翔递给庞天寿："来，你看看，看有没有觉得不妥的地方。"

庞天寿放下手上的茶杯，接过马吉翔写给秦王的书信看起来。马吉翔端起杯子喝茶等他。

看完了，庞天寿说："大体上是这样。但我觉得这个地方得改一下。"

"哪儿？"马吉翔凑过来。

庞天寿指着书信上的"这几人实在可恶"这个地方说："'可恶'二字应该改为'可杀'，你觉得呢？"

马吉翔说："对，无毒不丈夫，不下手则罢，下手就得一招过命，叫他们翻身的机会都没有。"

庞天寿狡黠地一笑："嗯，这才叫狠！"

马吉翔绷紧脸苦笑道："不狠不行啊！"

马吉翔把书信改好，打发人去把他一个心腹叫来。

这人来了之后，马吉翔和庞天寿给他交代了一番，叫他明早就起程把书信送去贵阳。

"注意保密，这信千万不能落入他人之手，特别是徐极和林青阳他们，否则我和庞大人性命不保。"马吉翔叮嘱送信的心腹。

"请两位大人放心，卑职保证完成任务！"

第二天天还不大亮，这人就怀揣着马吉翔和庞天寿给秦王的书信，骑着快马风驰电掣般地往贵阳赶。

"嗯？还有这等事？徐极和胡士瑞这几人是吃了豹子胆，敢和我孙可望作对，看我怎么捏死他们！"

秦王看到马吉翔和庞天寿的书信，勃然大怒。他马上给马吉翔和庞天寿写了封回信，给马吉翔的心腹带回去。

马吉翔和庞天寿看到秦王的回信，感激万分，更加死心塌地地为他卖命了。

庞天寿对马吉翔说："秦王在信中说了，对我俩这次有惊无险的事表示关心，除了叫我俩想办法除掉徐极和林青阳他们之外，他还要求我俩加紧做好让皇上禅位给他的差事。马大人，看来我们得赶紧想办法啊！"

马吉翔说："这样，明天我们就分头行动，把自己身边觉得可靠的人都拉拢过来，万一哪天秦王真要起事，那我们也好做个响应。你觉得呢，庞大人？"

"我也是这么想。"庞天寿说，"这事不宜再拖，拖了会出麻烦。但事情急归急，做事时还得注意保密，不可靠的人万万不能说。这事可是冒天下之大不韪，一旦消息泄漏出去，必遭杀身之祸，甚至是诛灭九族。”

马吉翔呷了口茶，边放杯子边说：“这我明白。”

“皇上那儿更要谨慎。”庞天寿提醒他。

马吉翔点了下头：“不仅是皇上，这事也得瞒住太后娘娘和皇后娘娘。”

两个乱贼密谋了一阵，庞天寿起身准备回家。

“行，那就不留您了，您慢走！”马吉翔把庞天寿送到门口。

“好，马大人，请留步！”庞天寿说完，消失在夜幕中。

这两个叛逆，竟然还贼心不死，唉，真不知道他们还会整出什么幺蛾子来。

永历帝身边有了这两个不忠之臣，真是他的不幸。

第12章 忌妒贤能

01

在谋夺皇位的同时，秦王孙可望也没忘记要在大西军中树立威望和巩固自己的主帅地位。为树威立霸，他总是处处打压自己的三个副手。

在外人眼里，李定国、刘文秀、艾能奇和孙可望在大西军中都是首领，都是平起平坐的。可事实真如人们看到的那样吗？并非如此。

自从大西军占领贵州、云南以后，孙可望总是以龙头老大的姿态自居，做事独断专横，一意孤行，全然不把李定国、刘文秀和艾能奇三个副手放在眼里，自己想怎么做就怎么做，完全不顾别人的感受。

孙可望之所以这样做，一是性格使然，二是他是怕李定国、刘文秀、艾能奇这三个副手在大西军和永历朝廷中的地位和权力超越了他。

他心里最明白不过，如果这三个副手在大西军和永历朝廷中的地位和权力超越了自己，那自己就无法指挥这三人，说不定有朝一日这三个人还会阻碍自己实现登上九五之尊的梦想。

心里掖藏着这个不可告人的想法，孙可望时时都感到芒刺在背，生怕这种威胁像他的野心一样越长越大。于是，他想方设法打压他的三个副手，特别是安西王李定国和抚南王刘文秀。

大西军不少将领都清楚，李定国和孙可望之间的矛盾很早就有了，并非是永历帝到了贵州安龙之后才出现的。

仔细算来，李定国和孙可望之间出现不愉快，始于大西军在贵阳附近定番召开的那次军事会议。

大家都还记得，当时孙可望、李定国、刘文秀、艾能奇几位大西军决策层人物，在讨论今后的战略部署和部队去留方向。按孙可望的想法，他要把部队开往广西继续与明军周旋，倘若一旦出现失利，他就把队伍转移到南海。而李定国的想法却与他不同，他认为当前清军大举进攻大西军和永历朝廷，闯王李自成血溅九宫山，老万岁张献忠在四川凤凰山中箭身亡，大西军和永历朝廷的人与清军都有不共戴天之仇。大敌当前，如果大西军再与明军厮杀，只能是两败俱伤，只会让清军坐收渔翁之利。当务之急，在于率领队伍西进云南，在那儿建立自己的根据地，并和永历朝廷联合起来共同抗击清军，这才是大西军的出路，否则只有死路一条。

参加会议的多数将领见李定国分析得很有道理，都赞同他的想法和建议。可孙可望一是只想保住已经打下的地盘，在云南、贵州和四川、湖北一带称霸一方，不想与永历朝廷搅和在一起；二是他觉得自己是大西军的主帅，他南下的想法得不到其他人支持很没面子，因此不同意李定国的建议。

性格刚烈的李定国，认准自己的想法是对的，也不妥协让步。见他孙可望不同意自己的建议，觉得与其随他一同亡命南海去寻死，还不如现在死算了，便“嗖”的一声拔出身上佩剑，准备一死了之。

身旁的将士见了，赶忙夺下他手中宝剑，并和其他将士一起跪地高呼：“拥护李将军，打到云南去！拥护李将军，打到云南去……”

将士们对李定国的呼应，让孙可望傻眼了。他见众将士一心归向他李定国，知道众怒不可犯，只好屈就于李定国：“既是这样，那就去云南吧。”

迫不得已的孙可望，勉强同意了李定国的建议，进兵云南建立根据地，并联合永历朝廷抗击清兵。但从这一刻起，孙可望心里也开始对李定国生出了芥蒂。

在大西军将士眼里，大家都觉得李定国这人行事果断，而且很有军事才能，打仗身先士卒，平时为人谦和，常和将士们打成一片，又会关心部属。因此大家都乐于为他效命，听命于他。

李定国生性强悍，遇到事情倘若与主帅孙可望有不同意见，凡是他觉得有道理的，他总是要据理力争。孙可望本来就小气，一两回不打紧，可时间长了，他觉得李定国有些不服管了，让自己这个大西军的龙头老大常常在将士面前丢尽颜面，这又加深了孙可望对他的不满。

尽管如此，两人之间的矛盾还是比较隐秘，最多是暗地里一个不买一个的账，还没有到撕破脸皮公开对垒的时候。表面上看大家还是一团和气，但知情人都知道，两人的心底已是暗流涌动，矛盾一触即发。正面冲突迟早会到来，不过就是时间上的问题。

孙可望霸道，这在大西军和朝廷中不少人都是知道的。为了不让李定国、刘文秀、艾能奇三人过多地接触永历帝，孙可望给他三人作出规定，要去见永历帝必须先征得他同意，没有他的允许绝不能去。若是这三人中有哪一个私自去见了永历帝，他就会很不高兴。他之所以一直要向永历朝廷和永历帝讨封秦王，并冒激起众怒的危险派部将杀害朝廷五名重臣逼封，就是要让自己在大西军和朝廷的地位权力高于三个副手，让他们听命于自己，服从自己的安排和指挥。

后来艾能奇在攻打云南东川的时候，在距东川府三十里的地方遭遇当地土司禄万钟的埋伏，中毒箭死在路上。艾能奇的死，孙可望不但不觉得悲痛，反而觉得少了一个威胁自己地位的对手而感到高兴，只是他没说出来而已。

02

触发李定国和孙可望之间矛盾公开化的时刻，像风一样很快到来了。

这主要缘于孙可望身边两个讨好卖乖的小人。

一个就是任僎。这人原是明朝的一个御史，后来不知道怎么跑到了孙可望身边。此人善于察言观色、投其所好，在孙可望身边做事一段时间，对孙可望有了一定的了解。他见孙可望的权势越来越大，就建议他做皇帝。

一天，他对秦王孙可望说：“国主已经打下了这么多地盘，又拥有这么多的将士，为何还要听命于永历朝廷和他永历帝，而不自己立国称帝呢？”

是啊，自己拼着老命打打杀杀了这么多年，到底图个什么？不就是想让自己和家人过得好些、自在些吗？可要是不拥有一定的地位和权势，说话做事都要看别人的脸色，听命于别人，那又如何谈得上过得好、过得自在呢？是的，只有自己做了皇帝，登上九五之尊位置，早晚号令天下，才能真正谈得上过得好、过得自在。

任僎的一番话，让本就暗藏野心的孙可望心里蠢蠢欲动。

一天晚上，他把任僎的话告诉李定国，并表示自己也有这个想法。李定国听了，劝说他："大哥，任僎这是让您去篡夺皇权，是杀头之罪，万万使不得，使不得啊！"

孙可望本来是想试探一下他对这件事的态度，听了李定国这番话心里很不舒服。他感觉李定国处处都在与自己作对，如果再这样下去，自己想登九五之尊位置的愿望必然是竹篮子打水一场空，瞎子摸鱼瞎折腾。不行，得想办法打压一下他李定国，要不然他还真不知道自己到底是哪根葱了。

另外一个小人，就是孙可望的亲信、大西军御营都督王尚礼。

一天，孙可望把王尚礼找来，对他说："这安西王李定国，处处与本将军作对，我想教训教训他一下，你看这事咋办？"

王尚礼本来就有些见不惯李定国，见孙可望想整治他，赶紧为孙可望出谋划策。他歪着脑袋想了一下，对孙可望说："大西军一年一度的演武比赛不是要到了吗？国主何不借这个机会整治他一回呢？"

"演武比赛？如何整治？"孙可望疑惑地看着他。

"大家都知道，李定国这人性格大大咧咧，放荡不拘，不大守规矩，到时候……"王尚礼附着他的耳朵。

听了王尚礼的一番耳语，孙可望点了下头，觉得他支的这个招还可行，只是有点阴损。他笑着对王尚礼说："王都督，你这也太阴了吧？"

王尚礼说："古人云，无毒不丈夫，国主要成就大事，就要拿得起放得下，不阴能行吗？你不阴人家人家就要阴你，国主您说是不是？"

"好，听你的！"孙可望笑着说。

就这样，一条陷害李定国的毒计产生了。

大西军一年一度的演武比赛就要到来。孙可望传令，叫大西军各营将领率领自己的队伍一同到演武场集合开展演武比赛。

演武比赛是大西军的盛事。这一天，艳阳高照，各营的将领早早就率领自己的部队到演武场外集合，等待上场参加演武比赛。

按以往的惯例，演武比赛要先燃放礼炮，然后升起帅旗，等主帅孙可望入座检阅台宣布比赛开始之后，各营将领才能率领自己的队伍入场参加比赛。往年，孙可望老早就来演武场了，可今年他却迟迟不露面。

大家觉得有些奇怪。

这时，安西王李定国乘坐大轿先来到了演武场。

李定国走到检阅台上坐下，旗鼓官问李定国："李将军，可以升旗了吗？"

见演武的时辰已经到了，却不见孙可望的身影，李定国随口对旗鼓官说："升吧！"

只听旗鼓官拖长声音，高喝道："将军驾到，放炮升旗！"

"咚，咚，咚。"三声礼炮响过，台上的杏黄"帅"字旗迎风冉冉升起。

性格直率的李定国，还不知道这是都督王尚礼和他孙可望设下陷害他的圈套。

其实，孙可望是故意来迟，好让他李定国上当。

杏黄"帅"字旗刚刚升起，孙可望就带着他的亲兵来了。

入座检阅台的孙可望，见李定国在他还没到来就事先叫旗鼓官升旗，便黑着脸大声斥责旗鼓官："谁叫升的旗？"

见孙可望气成这个样子，旗鼓官吓傻了，他看了一眼李定国，嗫嗫嚅嚅给孙可望禀报："是……是李……李将军叫升的！"

听了旗鼓官的话，孙可望阴着脸对李定国说："定国，按老规矩主帅入营方能升旗放炮，我作为军中主帅，我还没到你就叫人升旗放炮，演武的规矩你不懂吗？你这么目中无人，不是叫我这当大哥的难堪吗？不是要破坏演武的规矩吗？"

"我是……"

李定国正要争辩，孙可望朝他吼道："违反了军规还要狡辩？"

李定国不再说话，他也觉得自己做得过分了些。

旁边的刘文秀做和事佬，说："大哥，这是二哥一时失误，就请大哥宽容二哥这一次吧？"

都督王尚礼在旁边故意煽风点火，他对孙可望说："国主，这事怪旗鼓官，就责罚旗鼓官赎罪吧？"

孙可望气愤地说："不行，这事李将军不下令，他旗鼓官没有这个狗胆！"

听他这么说，李定国也恼了，拉下脸大声地说："我与你是兄弟，如今老万岁死了，才尊你为首领。现如今你就如此妄自尊大，以后就更不可知了！"

见两位主将闹了起来，众将领齐声劝解："恳请秦王登座发令！"

孙可望的目的，就是要在众将士面前扫扫李定国的威风，以此树立自己在大西军中的威望。见众将领劝解，便对执行军纪的王尚礼和冯双礼说：“身为将帅，不带头遵守军纪，这还了得？为了惩前毖后，防止营中将官日后出现类似现象，罚打定国一百军棍！”

将官白文选上前劝说孙可望：“国主，念李将军初犯，就罚他五十军棍吧？”

刘文秀也劝他罚打五十军棍算了。

“求国主轻罚李将军！”

“国主，李将军初犯，就饶了他这一次吧？”

……

其他将领也来苦苦地替李定国求情，孙可望这才同意只打李定国五十军棍。

王尚礼和冯双礼等人听令，将李定国按倒在地罚打军棍。

李定国挨了这顿打，不仅受了皮肉之苦，心里也觉得受了极大的侮辱，对他孙可望很不服气，愤愤地说：“你这是故意让我在将士面前难堪！”

“你这是自讨苦吃！”孙可望恶狠狠地说。

李定国瞪了他一眼，不再说话。

孙可望这五十军棍，将他和李定国之间的矛盾公开化了。

03

挨了五十军棍，李定国的部属将他扶回他的府邸西府，并找来创伤药给他擦上。

“平东将军真狠，都是将军，说一下不就行了，偏要下此狠手，这是为哪般啊？”给李定国擦药的一位亲兵说。

“为哪般？哼，他这是故意的，你还看不出？”给李定国端药碗的另一位亲兵说。

“好啦，你们都不要说了，以免惹来杀身之祸。”躺在床上的李定国关切地对两个亲兵说。

“难道还真怕他不成，将军？”端药碗的亲兵很不服气。

“要不哪天我去宰了他，替将军报这五十军棍的仇！”擦药的亲兵愤愤不平。

“行了，你们不要说了，听我的没错，秦王的脾气你们又不是不知道。”李定国怕他俩惹来杀身之祸，赶紧制止他们。

两个亲兵这才不再吱声。

这时，刘文秀来看望李定国。

“李将军呢？”他问守门兵士。

刘文秀和李定国是同乡，而且两人关系一直很不错。见李定国被打了，特意来看望他。

“刘将军，李将军在里边！”守门兵士告诉刘文秀，随后带他去看李定国。

“二哥，怎么样？还挺得住吧？”见到李定国，刘文秀关切地问他。

见刘文秀来看他，李定国想撑起身子坐起来，但因身上伤得太重，起不来，只好躺在床上说：“还行。”

“躺着躺着，起不来就不要起来！”刘文秀赶紧按住他。

见他伤得厉害，刘文秀很是难过，说：“大哥也是，自家兄弟也下手这么狠！”

李定国坚强地说：“没事，他打不死我的。不过，还得感谢文选和你们帮我减了五十棍，要不然我真要死在他棍下。”

刘文秀说：“二哥，不知道你想过没有，他这么当众责罚你，我觉得他是有目的的。”

“这我明白，他是在报复我。”李定国努力撑起身子。

刘文秀又说：“我知道，他这一出，一是在报复你，二是在做给我看。这人藏有野心，他怕管不住你和我。”

李定国说：“这我知道。”

“反正你要注意他一些，我看，自从定番会议你和他有意见分歧以后，他对你就有些想法了。”刘文秀提醒李定国。

“谢谢老弟提醒。”

刘文秀又说：“我看他对你可能还会有新动作，得防着他点。”

“唉，我看他和我们几个兄弟是越走越远了！”李定国叹息道。

刘文秀提醒他道：“你还不明白？他向永历朝廷求封秦王，目的就是为了压服我俩。”

“我咋不明白？他那天找我说这个事，我就知道他别有用心，只是……”李定国不想再说下去。

“只是你不想揭穿而已。”刘文秀接下他的话。

李定国说：“我们两个，还有能奇和他，都是老万岁收养的义子，这么多年来大家拼死拼活地在打仗，都是从死人堆里爬出来的过命弟兄，不管怎么说也是有感情的，你叫我怎么说他？”

刘文秀摆摆头："二哥，我知道你重情重义，可……可大哥他不这么想。"

李定国叹息道："其实，他向朝廷求封秦王，反对的人不少。除了永历帝身边的吴贞毓、徐极等朝臣外，大西军忠贞营的将领高一功和党守素他们也不同意，这两人还亲自出面斥责过他的使者。"

"这些我都知道，忠贞营为何要离开我们由南宁转移北上夔东投靠大顺军旧部袁宗弟和郝摇旗他们啊？还不就是因为看不惯他的霸道。"

"唉，随他去吧！"李定国长叹一声。

刘文秀说："好吧，不说他了，你好好把伤养好再说，我还有事要办，改天再来看你。"

"好，文秀老弟你慢走，我身体不便，就不送你了！"李定国对刘文秀说。

"不用不用，你好好躺下休息！"刘文秀说完，转身走出李定国府邸。

孙可望耳目众多，刘文秀来看望李定国的事，很快就有人报告给了他。先前白文选和刘文秀等人替李定国求情，让他少挨了五十军棍，孙可望本来就觉得他们关系不一般，这下他又来西府看望李定国，孙可望对刘文秀更是有了想法。

后来，刘文秀在战场上因疏忽大意败给清军将领吴三桂，孙可望借机卸了他的兵权，还让他到云南告老赋闲。

孙可望的这种做法，大西军中许多将士都很不服气。但他孙可望是一军之主帅，是国主，不服气又能把他怎么样？

众将士也只能是敢怒而不敢言。

孙可望和李定国之间走到这一步，当然不只是李定国挨他孙可望这五十军棍这么简单。

据说永历帝刚来安龙的时候，有一天李定国来给永历帝汇报战况，李定国自称孙可望之弟。后来有人把这事报告给了孙可望，孙可望对李定国很不高兴，对人说："哼，我孙可望是大西军主帅，你李定国算个什么东西，敢和我称兄道弟？"

这事又传到了李定国的耳朵里。李定国也很不服气，对人说："我和他孙可望同是老万岁收养的义子，都是大西军的将领，在军中与他并坐一条板凳，难道还不足以和他称兄道弟？"

孙可望听了，更是气不打一处来。他借助自己在大西军一把手的优越地位和权力，处处为难李定国，时时找他的茬。

这个李定国也很倔，偏偏就是不买他孙可望的账。

04

孙可望恨李定国恨得咬牙切齿，还有另外一层原因。

那是永历六年三月，清军名将定南王孔有德率轻兵冲出河池，向贵州急速挺进，并在广西柳州驻扎了大量清兵作为接应，准备大举围剿大西军，收复清廷失去的城池。孙可望派李定国和李定国的副将冯双礼率领步骑八万，从湖南、广西方向进攻清军。由于将士们英勇出击，孔有德的清军被迫退回到桂林方向。随后，李定国率领将士连续收复了湖南的沅州、靖州、武冈、宝庆等一些地方。李定国乘胜追击，又率领将士转攻广西，由武冈、全州方向直逼桂林。在严关一带，李定国和将士们与孔有德的清军展开了殊死搏斗，最后由于李定国指挥有方，清军大败，可狡猾的孔有德却率领他的部下逃入桂林城中蜷缩起来闭城不出。

李定国没有放弃对清军的追剿，率领将士日夜围攻桂林城。守城的清兵见李定国和他的将士来势勇猛，个个人心惶惶，一下子乱了阵脚，失去了战斗力。仅仅两天，桂林城就被李定国和他的将士们攻下了。孔有德见状，慌忙指挥士兵一把火烧了城中的靖江王府，然后拔出宝剑自杀，向清朝廷谢罪。

在这次战斗中，李定国还活捉了投靠清军的叛将陈邦传和他儿子陈曾鲁。

桂林战斗一结束，李定国赶紧派人给在安龙的永历帝送去了战报，然后才派人将缴获的战利品送到贵阳上缴给孙可望，同时派人将俘获的陈邦传父子押解到贵阳交由他孙可望处置。

桂林大捷鼓舞了大西军的士气，李定国也声威大振。但一时高兴的李定国忽略了一个致命问题，他没派人先到贵阳将战胜的消息报给他孙可望，由他孙可望上报给朝廷，而是越过他孙可望直接上报给了永历帝。

对这事孙可望非常不高兴，他想，好歹我孙可望是大西军的主帅，你李定国是打败了清军，但你毕竟是我的部下，仗打胜了得先给我这个主帅报告，再由我上报朝廷和永历帝才对。可你不给我报告，直接越级向永历帝汇报，你李定国这么做，眼里还有没有我这个主帅？你这不是有意避开我想一个人向皇上邀功请赏吗？

孙可望疑心本来就重，李定国这样做，他认定李定国是为了向永历帝和朝廷邀功。于是，对李定国又生出了新的怨恨。

战利品送到贵阳，孙可望见只有孔有德的金印、金册和一些人参等物品，就黑着脸问押送战利品的将官："就这点儿东西？"

押送战利品的将官回答："禀告国主，缴获的东西李将军都叫送来了。"

孙可望听了很不高兴，他觉得靖江王府富甲一方，这次战斗的战利品不应该只有这么点儿东西，他怀疑李定国要么是私吞了，要么是分给了部属以此收买人心。

正在他心生疑惑的时候，一封举报李定国的信件送到了他手上。孙可望见信是李定国的副将冯双礼写的，赶紧撕开来看。冯双礼故意煽阴风点鬼火，他在信中说，李定国这人很专横，国主以后想驾驭他怕是很难。这还不算，冯双礼后来还在孙可望面前说了李定国不少坏话。这无异于火上浇油，让孙可望更觉得李定国真是越来越不服管了。

这到底是怎么回事？作为李定国的副将，这冯双礼咋会向孙可望写信诬告自己的上级？而且还在孙可望面前说李定国一大堆坏话，故意挑拨李定国和孙可望的关系呢？

原来，李定国在桂林一战分配战利品时，副将冯双礼觉得自己分得少了，暗地里对李定国产生了不满情绪。为报复他，就暗中写信向孙可望告了他一状，说他很专横。冯双礼见李定国的另一名副将马进忠与李定国合作得非常好，更是心生忌妒，就又到孙可望面前说了李定国的一通坏话。

接到冯双礼的信和听了他的谄言，孙可望想：现在自己手上还有些筹码，他李定国还能听自己一些，要是今后他功劳大了，他还能听我的？

还有一件事足以说明他孙可望心胸狭隘，那是桂林大捷的消息传到贵阳后，一名亲兵来给孙可望禀报："国主，前线传来捷报！"

"念。"孙可望对亲兵说。

"七月四日，李定国将军率领官兵攻下桂林城，清军将领孔有德烧了靖江王府，拔剑自杀身亡，叛将陈邦传被生擒……"

听亲兵念完战报，在场的其他将领欢呼雀跃，都替李定国高兴，孙可望脸上的表情却很冷漠，一点高兴劲都没有。他是想，再这样下去，他李定国肯定不会听我指挥，国主这把椅子我也坐不稳了。想到这些，孙可望心里更加感到不安。

待亲兵念完战报，他不屑地说："这有什么了不起的？北兵本来就好杀，只不过我没有独当一面罢了，要不然我也会杀他个片甲不留！"

“国主说的也是。”见他一脸雾霾，亲兵讨好地说。

李定国打败孔有德，攻下桂林城，这对大西军和永历朝廷来说都是件天大的喜事，可国主他咋会不高兴呢？

亲兵搞不懂是什么原因。其他将领也觉得奇怪。

当然，也有人明白这其中的原委。

孙可望啊孙可望，你竟然怀疑自己的将帅私吞战利品，你不问问李定国手下的将士，人家李定国是这种人吗？你这不是以小人之心度君子之怀吗？他李定国打了胜仗，你不替人家高兴便罢，反而去忌妒人家，作为一军主帅心胸如此狭隘，难道你就不怕被将士们笑话？就不怕失去人心？

孙可望心知肚明，刘文秀和李定国是老乡，而且两人关系不一般，为了防备他俩走在一起，他也想方设法对刘文秀施加打压。

李定国对此非常生气，觉得他孙可望真是越来越不可理喻。他想，自己和刘文秀恐怕迟早要与他孙可望分道扬镳。

孙可望的这些做法，不但让李定国、刘文秀很生气，军营里有正义感的将士都觉得他做得实在是太过分。可他是一军主帅，也没谁敢站出来说他半句不是。

见李定国在大西军中的声威远远盖过自己，孙可望心慌了。他知道，自己再不领兵和清兵干上一仗扬扬自己的威风，那大西军真就成李定国的天下，到时候大西军还有谁听自己的话，自己还能叫得动谁？

孙可望得到清廷八旗大军南下的消息，便决定把自己的部队拉出去和清军干上一仗。

“亲兵！”他朝门外叫道。

“到！”一名亲兵走进来。

“传我命令，明日我亲率大军去湖南沅洲，跟清军干他一仗！”孙可望吩咐道。

“是！”亲兵转身走出去。

第二天，孙可望果真亲自率领部队进军湖南沅洲。白文选的部队刚从四川战场上退下来，为了让他助一臂之力，孙可望将白文选的部队调到东线战场。

孙可望的第一个目标，是想拿下具有湘西门户之称的辰州。他知道，辰州战略位置极为重要，清军派有重兵固守，明军攻了很多次也未攻下，这次若能

攻下这个地方，将会大大提高自己在军中和朝廷的声望。

为了能够攻下辰州，孙可望想了许多办法。他听说驻守辰州的清军将领是总兵徐勇，就先派人去劝降，想不费一兵一卒拿下辰州。可他孙可望想多了，这徐勇根本不买他的账，他派去劝降的人一到，徐勇就叫兵士把人拉去砍了。见来软的不行，孙可望只好来硬的，派兵和徐勇的军队厮杀。可一晃二十天过去了，仍然没拿下辰州城，于是他派白文选率领五万水陆大军围攻辰州。徐勇下令迎战，并亲自在辰州城北门督战。徐勇没料到，白文选会使用重量级武器来攻城，并成功突破了辰州城东门，徐勇在城中带着亲信慌乱抵抗。混战中徐勇中招落马，被白文选的部下杀死，其亲属三十多人也被杀光。辰州一战的胜利，给孙可望挣足了面子，他高兴得几天睡不着觉。

05

桂林城的攻破，令清廷统治者大为恼火，就在孙可望率部进攻清军的时候，清廷派遣亲王尼堪率领十万大军前来攻打在桂林的李定国。

尼堪是清军名将，和明军交战以来打了不少大仗胜仗，名气可说是威震八方。

面对强劲的对手和数量众多的清兵，李定国一点也没有畏惧。他与副将冯双礼经过一番合计，决定采取夹击办法在衡州消灭尼堪大军。这本是一个很好的计谋，却因孙可望背后使绊子，让李定国差点儿败给了尼堪。

率领部属与清军在辰州作战的孙可望，听说李定国与冯双礼约定在衡州夹击清兵的计谋后，怕李定国战胜尼堪再次树立威名，赶紧密令冯双礼把他的部队撤出原先设定的伏击圈，让李定国的部队孤立地与尼堪强大的清军拼杀，欲借尼堪之手除掉李定国。

对李定国本来就有怨气的冯双礼，接到孙可望的密令后，马上把自己的部队悄悄撤走，让李定国的部队无法对清兵形成夹击之势。

冯双礼把他的部队撤走，对李定国来说无异于釜底抽薪，但李定国还不知晓，仍然奋勇率部与清兵浴血奋战。但经过一番拼命搏杀，李定国和将士们最终还是全歼了尼堪的十万清军，并在衡州城下斩杀了尼堪。

虽说这一仗最终打败了清军，可李定国的部队也折损了不少兵将，元气大伤。他知道是孙可望下令叫冯双礼把部队撤走，气得七窍生烟，大骂孙可望真不是人养的。

听说李定国又打败了清兵，还在衡州城下斩杀了清廷名将尼堪，孙可望心头不禁紧了一下。他万万没想到，李定国那点人马居然能够打败尼堪的十万清兵。

李定国在桂林和衡州连连获胜，并两次击败清廷名将，可谓威震天下，清廷一些朝臣听到李定国的名字就要尿裤子，他们纷纷要求朝廷统治者放弃湖南、广东、广西、江西、四川、云南、贵州七省，赶紧派人与大西军和永历朝廷议和。于是，广西，湖南南部，四川南部、东部、西部又回到了永历朝廷手中。

永历帝接到战斗捷报非常兴奋，想激励一下大西军的将士，准备册封李定国为西宁王，并给以嘉奖。刘文秀虽说在保宁被清廷的平西王吴三桂打败，但为了鼓励他和将士们，永历帝也准备册封他为南安王。

永历帝叫人传下指令，叫孙可望安排人上报朝廷，以便对李定国和刘文秀进行表彰和嘉奖。

这本是件好事，孙可望却一边奏请永历帝封李定国为西宁王，一边暗地里大做李定国的文章，妄图杀死李定国。

这个时候，李定国和孙可望的矛盾已到了水火不相容的地步。

第13章 痛下杀手

01

对李定国动了杀机的孙可望，接到衡州之战捷报后更加感到惊恐。他赶忙把任僎、王尚礼、龚彝，还有部将张虎等人找来商量，准备设计刺杀李定国。

“国主，叫我等来有何吩咐？”任僎、王尚礼等人到了孙可望军营中，任僎问道。

孙可望还没回答任僎的话，王尚礼又问：“国主，是不是关于李定国的事？”

“正是这事！”孙可望告诉王尚礼。

“哦，为这事啊！”任僎这才反应过来，问，“那国主需要我们怎么做？”

孙可望告诉他们：“如今他李定国气焰实在太嚣张，早不把我放他眼里了。上次演武比赛他擅自提前叫人升旗放炮，坏了军中规矩，我本想罚打他一百军棍，是白文选和刘文秀他们给他求情，我这才打了他五十军棍。可他还不汲取教训，这次桂林一战，他又目中无人，居然不先给我报告，擅自越级上报朝廷。而且有人还说，他在军中一意孤行。我觉得，这人处处与我作对，实难管教，我已经留他不得了。我找你们来，就是想请你们帮我出个主意，如何除掉他李定国，又不让朝廷对我兴师问罪。”

“国主有何想法？”龚彝问孙可望。

张虎想都不想，说：“干脆我去把他抓来杀了！”

“张将军，这事不可鲁莽，他李定国精明着呢，更何况他手下的那些将士都向着他，你能轻易抓得到他？我怕你连他营里都进不去。”王尚礼忙拉住张虎道。

孙可望觉得王尚礼的话很有道理，便对张虎说：“王大人说得对，他李定国精明得很，明着去抓他不好抓，得想个周全点的计谋才行。”

任僎想了一下，说：“能不能将他哄来沅州，再杀他呢？”

“嗯，这办法还有点靠谱。但有个问题，他现在在外边打仗，怎样才能哄他来呢？”王尚礼摸着下巴在想。

“能哄他来吗？”张虎问。

“你觉得呢？王大人！”孙可望问王尚礼。

王尚礼说：“我也正在想这个问题。”

“龚大人咋不说话？你的意见呢？”孙可望见龚彝闷在一边不说话，问他。

龚彝打哈哈，说：“咳，国主，我还没想好怎么做。”

“嗯，那你想想，给我出个好主意。”孙可望说。

龚彝心里暗骂：“我给你出主意？你不想想我是谁？老子和李定国是多年的好兄弟，你现在要想害死他，还叫我给你出主意，你这不是痴人说梦吗？老子是在想，等你害他李定国的主意定了，我如何叫人去给他报信！”

令孙可望没想到的是，这龚彝是李定国留在他身边的一根眼线。龚彝和李定国是至交，两人感情非同一般，他见孙可望要害死李定国，心里很是着急。可他觉得急也没用，只有等他孙可望主意定了再看势而行。

“国主，你看这样行吗？”王尚礼看着孙可望，问他。

孙可望点头：“你说。”

王尚礼说：“我想了一下，觉得国主可以以紧急商议军务的名义召他来沅州。”

任僎问：“他要是不来呢？”

王尚礼奸笑道：“哼，他来也得来，不来也得来。国主作为大西军主帅，召他他敢不来吗？他真要不来，国主更好说话。”

“他真要不来，我可以以违抗军令治他的罪。王大人，是不是这样？”孙可望皮笑肉不笑地问王尚礼。

王尚礼赶紧说：“是的，国主，您觉得这办法可行吗？”

“嗯，你这主意不错！”孙可望笑着点头。

“来，你来起草文书，用急件。”他转向任僎，“哦，起草好了给我看一下。”

“好，国主！”任僎站起来准备去起草文书。

孙可望对张虎说：“文书起草好了，你马上派人送去衡州给李定国。”

“好！”张虎应答。

龚彝不说话，人命关天，事情紧急，他在盘算着如何才能抢在送文书人的前面把信送到，叫李定国不要来沅州。

“国主，您过一下目，看有没有要修改的地方。”文书起草好了，任僎拿给孙可望审定。

“行，就这样。”看完任僎起草的文书，孙可望说。

孙可望盖好自己的印章，叫任僎封好，然后把文书交给等在一旁的部将张虎：“来，你马上派人送去衡州。”

“是！”张虎接过封好的文书，转身出去安排人送走。

张虎安排好人后，又回到孙可望这儿。孙可望叫他布置好兵力，等他李定国一来就下手。

一切布置就绪，孙可望这才说：“行了，大家也辛苦了，都回去休息吧。”

几人给孙可望道别，然后退出营中。

心急如焚的龚彝，回到自己的府上后赶紧把一名心腹叫来。

“大人，有何吩咐？”心腹问他。

龚彝告诉他：“国主谎称叫李将军来沅州和他商议军务，实则是要杀他，并已经叫张虎派人给李将军送文书去了。我怕李将军不知道这事，你赶快找匹脚力好点的马骑着去衡州，见到李将军，你就说是我探到消息，国主在沅州设计要杀他，叫他千万不要来，来了就没有归路了。”

“大人，可有书信？”心腹问。

龚彝说：“这事不能用书信，用书信万一路上被他们搜着了你性命不保。见到李将军，你把我的话说给他听，他会相信的。”

“知道了，我马上就走。”心腹转身走了。

龚彝心腹马不停蹄地往衡州赶路，可他马的脚力还是没张虎派去的人快，还是落在了人家的后面。

02

李定国接到孙可望叫他赶紧去沅州商议军务的第一道紧急文书后，马上整理好行装，带着几个随从正准备往沅州方向赶路。

正在这个时候，龚彝派来送信的人赶到了。

“李将军，请留步！”随着叫喊声，一人骑着马飞奔而来。

“李将军，沅州千万不能去！”来人翻身下马，气喘吁吁地对李定国说。

李定国问他：“为什么？”

这人说：“龚彝龚大人已经探听到，秦王并不是叫您去同他商议什么军务，而是定下计谋要在那儿杀害您。他已经在那儿布好陷阱，等将军一到就刺杀您。龚大人怕将军不知道，赶紧派我来给将军送信！”

听了此人的话，李定国左右为难，去也不是，不去也不是。要是不去，孙可望可能会以违抗军令为名对自己兴师问罪，这正中他下怀。去了，肯定会和他有一番拼杀，说不定还真会死在他孙可望的手里。

李定国想了一下，告诉送信人，说他还是得去沅州。

送信人见他执意要去，赶紧劝他：“李将军，这明明是他秦王布下的陷阱，您咋还要往里跳啊？您不为自己着想，也要为您手下的将士们着想啊！”

见送信人一再相劝，李定国又有些犹豫了，他对送信人说：“好，容我再想想。”

李定国这一想，就是两天。

见李定国迟迟不来，孙可望生怕自己的计谋落空，一下子急了起来。他恶狠狠地对任僎说：“给我一道又一道地下命令催他，我不相信他李定国敢不来！”

命令一道连一道地下，派出去催李定国的人一个连着一个地骑着马飞奔而去。

让人难以想象，三天三夜，孙可望居然连下了七道命令给李定国。

见孙可望催得这么紧急，李定国无奈，只好率领小部分随从人员向沅州进发。

临出发前，他对将士们说：“弟兄们，此行随我去沅州，肯定是凶多吉少，如有怕死的，我不勉强，可以不去！”

“誓死跟随将军！”

“将军到哪儿我们到哪儿！”

“将军都不怕，我们更不怕！”

……

见将士们满腔热血，李定国热泪盈眶。就是战死在沙场，将士们也一百个愿意随他而去。这一点，他李定国心里绝不怀疑。

将士们之所以能做到这一步，也是他李定国平时爱护将士的结果，是他的人格魅力所在。

“好吧，既然是这样，那我们就走吧，我不信他孙可望真会在沅州把我和大家杀了！”

“去不得啊，李将军！龚大人一再吩咐我，叫我转告将军，千万不能去沅州，去了就回不来了！”送信人扯住李定国的马绳，哭喊着一再劝他。

李定国摆了摆头，说：“你和龚大人的好意我领了，但我不去不行，我若不去，会有口实留给他孙可望，到时候他更好找借口治我的罪。谢谢你的好意，你就别劝了，这沅州我还真得去一趟。”

“既然劝阻不了将军，那我也没办法，请将军自重！”送信人见劝阻不了李定国，只得由他。

“出发！”李定国一声令下，骑着马率领部分随从朝沅州方向进发。

也是他李定国命不该绝。孙可望要在沅洲设计杀害李定国的事，不知道刘文秀怎么也知道了，他赶紧叫儿子刘震派人去告诉李定国，叫他千万不要去沅州。

当李定国率领随从来到湖南武冈附近一个叫紫阳渡的地方时，遇到了刘震派来报信的人。

“李将军，沅州不能去，这是他孙可望设下的圈套，是想在那儿杀害将军！”来送信的人对李定国说。

“消息从哪儿得来的？”李定国问报信人。

报信人告诉他：“是刘将军探得消息后，叫刘公子刘震派我来给将军报信。”

“将军，莫非国主真要杀害您？”李定国旁边的一名随从疑惑地问他。

气氛很是紧张。

“咴……”李定国的战马长长嘶鸣了一声。

李定国勒住战马，想了一下，对这名随从说：“不知这消息是否准确。”

随从转过身再问报信人：“你确定消息准确吗？”

报信人说：“绝对准确！”

“到底去不去呢？”李定国还在犹豫。

“这真是他孙可望设下的圈套，将军万万去不得，去了就是死路一条！”来人极力劝说李定国。

见报信人一再劝说，李定国这才相信，此次去沅州真是秦王想杀害自己，这才下决心不去。

他对报信人说：“好，谢谢你，也谢谢刘将军和刘公子他们，既然是这样，不去就不去了吧！”

李定国痛心地对随从人员说：“兄弟们，我李定国一心想与他孙可望一起共扶明室，共同反清复明干一番大事，没想到他却如此妒忌贤能，多次与我过不去，现在他还要在沅洲设计陷害我。与这等小人共事，怎么能成就大业呢？好，既然如此，不去就不去吧！”

“将军，不去沅州，那我们去哪儿？”

“是啊，我们去哪儿呀？”一些部属问他。

李定国略作沉思，果断地对他们说：“兄弟们，走，回去，我带领弟兄们打到广西去！”

“打到广西去！”

“打到广西去！”

将士们齐声响应。

就这样，寒了心的李定国，率领自己的部队离开湖南，去了广西，并在那儿继续筹划北伐。

孙可望的狭窄心胸和恶毒，让李定国实在是无法忍受。李定国终于和他撕破脸皮，分道扬镳。

后来李定国遇到刘文秀，感慨万端地对他说：“谢谢三弟，那日要是没有三弟叫公子派人来劝阻，恐怕我李定国早已成了他孙可望的刀下鬼了。”

刘文秀说：“多年的弟兄了，还说什么谢不谢的。我倒是觉得，二哥和他分开是对的。如若不和他分开，恐怕二哥迟早会死在他手里。”

“我李定国并不与他孙可望争权夺位，我不明白他对我为何如此狠毒。”李定国气愤地说。

刘文秀说：“二哥还不明白？定番会议你顶撞了他，桂林一战你没经过他直接给皇上送了战斗捷报，你名声越来越盖过他，他能不忌恨于你？”

李定国骂道：“此等小人，真是不能与他共事！”

“这人过于诡诈狠毒，二哥今后还得警惕他一些。”刘文秀再次提醒李定国。

李定国说：“这我知道，谢谢三弟提醒！”

李定国把部队从湖南拉到广西，分化了大西军和明军，使永历朝廷失去了抗击清军的有生力量，让清军有了喘息的机会，这不能不说是永历朝廷和大西军的悲哀。

李定国的出走，错不在李定国，可以说一切都是他孙可望造成的。他孙可望容不得人，人家总不能等死，当然要走。

虽说李定国负气把部队拉到了广西，但他并没有放弃抗击清兵，这让永历帝多多少少有了些安慰，他还是想把李定国和他的将士们拉到自己身边来。

既然把李定国视为眼中钉肉中刺了，孙可望当然不会放过他李定国。他一计不成又生一计，大有不弄死他李定国誓不罢休的狠劲。

见李定国没落入自己在沅州设下的圈套，孙可望又从其他方面打起了主意。

03

后来，李定国又率领部队来到广东高州。他因为对孙可望还很气，生了一场大病，几个月后身体才慢慢恢复过来。

不久，李定国率领他的将士在广东新会与清兵展开了一场大规模的战斗。这一仗，李定国算着是要打赢的，可后来却败得一塌糊涂。

开战之前，李定国就已作了周密部署。可老天无眼，正在这个节骨眼上他的部属不幸染上了瘟疫。光是这瘟疫，将士就死伤过半，加上长期疲劳作战，粮草供给不上，将士们吃不饱穿不暖，全身乏力，部队失去了战斗力。虽说清军在城里也缺少粮草，但清廷的八旗大军早已南下，他们联合平南王尚可喜、靖南王耿继茂的部队，赶往新会前后夹击李定国的部队，并用大炮轰乱李定国的象兵阵。李定国率领将士们左拼右杀，激战四日，最终二十万大军只剩几千人马。

眼看自己的这支部队就要被清军吃掉，李定国被逼无奈，厚着脸皮派人向他孙可望求援，希望他能及时发兵相救。

接到李定国要求派兵救援的请求，孙可望不禁暗笑：“哼，老子还愁找不到机会杀你李定国，这下你还来求我发兵救你，白痴一个！”

派来求援的人找到孙可望，孙可望傲慢地对他说：“你们李将军不是特别能打吗？他能打就让他自己打去，还来求我做啥？你回去告诉他，就说我孙可望绝不会发一兵一卒救他，让他和他那些手下都去死吧！”

“国主，求您看在我们曾经一起浴血奋战的份上，救救李将军和将士们吧！”李定国派来求援的人跪着求孙可望。

“哈哈，哈哈哈哈……”孙可望坐在椅子上，跷着二郎腿狂笑不止。

他突然撑起身来，对李定国派来求援的人说：“实话告诉你吧，你今天就算是跪死在我面前，我孙可望也不会发一兵一卒去救他李定国的。我劝你还是赶紧回去，好为你们的将军收尸，晚了怕是清军已经把他剁成肉酱！”

听他说出如此恶毒绝情的话，李定国派来求援的人很是愤怒，狠狠地瞪了他孙可望一眼，含着眼泪愤然转身走出营中，跃上马背一扬鞭子，狂奔而去。

“这狗贼，见死不救，这十多年的弟兄真是白交了！”派去求援的人回来把孙可望的话说给李定国听，李定国气从头顶上冒，把剑猛插在地上，愤愤骂道。

“他娘的孙可望，亏你还是我大西军主帅，老子们被清兵打成这样你却见死不救，真是太绝情了，冤枉老子们跟着你拼杀清兵这么多年！”

“这个乱贼，真他妈不是人养的！”

“让老子碰到，非一刀宰了这狗贼不可！”

……

将士们听说孙可望故意不发兵相救，人人义愤填膺，没一个不咒骂他。

李定国心里明白，倘若再无人发兵相救，将士们会死得更多。但已经被逼到这个地步，不打不行，也只能是带领将士们拼杀出一条血路冲出去了。

满脸血污的李定国，见手下将士身上血迹斑斑，有的不是少了胳膊就是少了腿，有的身上还在流着血，心里很不是滋味，眼里泪花在打转。但这是战争，战争就是这么残酷，心痛也没办法。

身为一军主将，这个时候自己一定不能退却，必须要有壮士断腕的决心。如果连自己都没有战胜敌人的信心，军心必然会动摇。一旦军心动摇，那后果更是不堪设想。伸头是一刀，缩头也是一刀，横竖是个死，还不如率领将士们与清兵拼死血战，说不定还真能杀出一条血路冲出去，让部队置之死地而后生。

想到这里，李定国伸手抹了把泪水，对手下将士说：“弟兄们，今天，不是鱼死就是网破，就算是没有他孙可望支援，老子也要与清兵血战一场，拼杀出一条血路冲出去，大家有没有这个决心！”

“有！”将士们齐刷刷地回答。

见将士们都有不怕死的决心，李定国心里很欣慰。

他继续鼓励将士："兄弟们，到了这个地步，我们后面再也没有退路。既然大家有此决心，那我们就与清兵血战到底，报效国家吧！"

"血战到底，报效国家！"

"血战到底，报效国家！"

……

将士们吼声震天，气吞山河。

打仗靠的就是军心和士气，见将士们士气高昂，一副临危不惧、视死如归的样子，李定国觉得这比什么都重要。

下午时分，清兵仗势人多，向李定国他们发起了攻击，李定国率领将士冲入阵地与清兵激战。

李定国当然知道，没有援兵这仗打下来必败无疑，只是不知败到什么程度而已。

不出李定国意料，新会这一仗，因为孙可望不愿意发兵相救，又无其他援兵，打得非常惨烈，不仅死伤了许多将士，就连他李定国也是侥幸逃出清兵重围。

04

李定国希望孙可望能率部由辰州东进，同自己的部队会合，一起夹攻在湖南的清军。如果他孙可望能及时发兵援助自己，那在湖南的清兵势必会被消灭。没想到他孙可望会不顾大局，不但见死不救，还希望李定国被清兵吞掉。孙可望的这种做法，导致李定国不但丧师失地，还差点丢了性命。李定国痛心疾首，骂孙可望不顾弟兄情义，不顾大西军的生死存亡，是大西军的罪人。

孙可望也真是蝎蛇心肠，不仅在李定国的部队需要救援时故意不发兵相救，他还在李定国的部队遭受清兵追击时落井下石，企图借助清兵之手帮他除掉李定国这颗扎在心上的钉子。

听说李定国和他的少部分将士逃出清军重围，心狠手辣的孙可望恶毒地给自己的部队下达命令：凡是他李定国经过的地方，通通烧毁粮草，断绝他的归路。

接到孙可望的命令，沿途的士兵将粮草烧光。李定国和他的将士们一边要抵抗追击的清兵，一边在到处寻找填饱肚子的东西，日子过得非常惨淡。不仅如此，孙可望还在贵州边界布置了四万兵将，用来阻拦李定国和他的将士向贵州方向撤退。

李定国和将士们知道后，大骂孙可望，说他做事太绝太狠，毫无半点人性。

而孙可望呢，他以为有了清兵的追剿，还有他设下的这些毒计，这回他李定国必死无疑，长时间插在自己心里面的这颗钉子必然会被拔掉。

可惜孙可望梦做得太早。他做梦也想不到，李定国福大命大，还是和他的将士们与清兵一番厮杀之后，活着逃了出去。

听说李定国又逃脱了，孙可望叹息道："咋又让这小子给逃脱了？唉，莫非是天不助我？"

新会一战，李定国算是看穿看透了他孙可望，觉得这人已经完全靠不住了。他发誓，以后绝不再和他孙可望搭界，自己带领部队跟清军血战。

至此，孙可望和李定国的关系算是彻底决裂了。

李定国在想，自己自始至终主张抗清，离开孙可望，自己势单力薄，经不起强大清军的追剿，今后的路该怎么走呢？总不能把自己经营多年的这支抗清部队当肉包子丢给清军吃掉吧？

他仔细想了一下，觉得唯一的出路还是投靠永历帝，与永历朝廷一起联合抗清。

当然，这也是他李定国的初衷。想当初，大西军刚入贵州、云南的时候，他李定国就有了联合永历朝廷抗击清军的愿望。正因为这样，他才得罪了孙可望。这次离开他孙可望，想想也是命中注定。所以后来永历帝和吴贞毓、徐极他们暗中派人送密旨给他，叫他来贵州安龙护驾时他毫不犹豫地答应了。遗憾的是因战事缠身，他没能及时赶回贵州安龙护驾。

后来听说孙可望勾结永历帝身边的奸臣马吉翔、庞天寿等人，在贵州安龙逼迫永历帝下诏，并派心腹郑国杀害了吴贞毓、张福禄、张镌等十八大臣，李定国痛哭不止，说自己有罪，没能及时赶到贵州安龙救驾，不但让皇上受了惊吓，还让吴贞毓、张福禄、张镌等十八大臣蒙冤遇难。

李定国心里明白，永历帝和永历朝臣还处在孙可望和马吉翔等乱臣贼子控制之下，如果不及时率领将士们赶回贵州安龙救驾，恐怕永历帝和其他大臣还会有丢命的危险。

想到这儿，李定国对着贵州安龙方向，流着眼泪叩头发誓："皇上，等这边的战事稍缓一些，定国一定带兵来贵州安龙把您和其他大臣救出，脱离秦王魔掌，重振大明雄风！”

正是他孙可望狭窄专横的心胸，使得他时时提防着李定国，甚至是想取李定国的性命。也正因为他这种狭窄专横的心胸，让曾经与他多年并肩浴血奋战、生死与共的兄弟李定国、刘文秀，最后和他分道扬镳，走到了永历帝身边。倘若他孙可望能有一颗容人之心，能够团结好李定国、刘文秀这些将领，与永历朝廷的明军真诚合作，那大西军和永历朝廷的历史可能要为之改写。只可惜他孙可望做不到这一点。这就注定了大西军和永历朝廷的劫数很快就要到了。

这种局面的形成，不能不说是大西军和永历朝廷的悲哀。

第14章 杀鸡儆猴

01

李定国派人将俘获的降清叛将陈邦传和他儿子陈曾鲁押解到贵阳后，孙可望把替陈邦传送假诏封他为秦王的中军参谋胡执恭叫来。

孙可望说："陈邦传父子很早就投靠了清廷，现李将军已经将他父子俘获并押来贵阳。作为南宁守将，他不好好履行一个将领的守城职责却暗中投敌，此等叛逆，实为我大西军的败类，不杀不足以服众。为防今后其他部将效仿他父子，坏我军中大事，我决定对这两个败类即刻处以剐刑。我想了一下，你原是他的中军参谋，就由你来替我监刑。"

听了孙可望的话，胡执恭想："我曾经是他陈邦传的手下不错，但他反叛朝廷投降清廷，现在被他李定国抓了，你孙可望要杀便杀，与我何干？杀他陈邦传父子要监刑，你就不能叫其他人，却偏偏要我来监刑，你这不是明摆着要我胡执恭背上一辈子的骂名？"

胡执恭心里明白，秦王不安排别人去监杀陈邦传父子而要自己去监刑，是因为他记恨自己替陈邦传假传圣旨封他为秦王让他蒙羞，他要把这份羞辱还给自己，让自己知道他的厉害和手腕，是要让其他人看到背叛他的下场。

孙可望这一招实在是够阴险毒辣，胡执恭腿都吓软了。

见胡执恭吓成这个样子，孙可望很得意："哼，你胡执恭也有今天！"

但孙可望没有因为他被吓傻而放过他，而是对他说："执恭啊，这事非常重大，我之所以派你去监刑，是我对你的信任，你好好替我办好这件事，我就不再追究你替他陈邦传送假诏的事。"

胡执恭心里暗骂："老子替你去做这等子事，说不定命都保不下来，还顾得了你今后追究不追究啊！"

胡执恭心里虽这么想着，嘴上却说："感谢国主饶执恭不死，也感谢国主对执恭的信任，执恭一定去为国主办好此事。"

在胡执恭的监督下，不久孙可望在贵阳把叛将陈邦传父子剐杀了。陈邦传父子被剐杀的过程非常瘆人，让人看了心惊肉跳，夜不能眠，监刑的胡执恭目睹了惨杀的全过程。

这事过后，胡执恭生了一场大病，成天神思恍惚，胡言乱语，饭不思茶不想，眼前总是浮现出陈邦传父子惨死时的痛苦样子，耳朵里常常灌满陈邦传父子撕心裂肺的尖叫声。没过多久，胡执恭就一命呜呼，追随他的老主子陈邦传去了。

02

见秦王未经朝廷同意，就擅自残忍地剐杀了陈邦传父子，性格直爽的山东道御史李如月很是气愤。他想，不经皇上点头同意就乱杀人，这还了得？他眼里还有没有皇上？有没有朝廷？照这样下去，以后这奸贼不是想杀谁就杀谁了？李如月如鲠在喉，连夜写好弹劾秦王的奏本，天一亮便急匆匆地上朝拿去交给朝廷。

李如月在奏本里说，秦王未经请示皇上下旨，就擅自滥杀朝廷之臣，这种眼中没有皇上的奸贼，实是朝廷忧患，皇上应该下旨诏告天下，让众臣和百姓都知道他孙可望是个不忠不孝的逆贼，以此惩治其叛逆行径。

这天早晨，安龙总理提塘张应科来朝上拿文书，有人就把李如月弹劾秦王的事告诉了他。

张应科原本就是秦王安插在永历帝身边的眼线，听说这件事后，觉得非同小可，准备去贵阳给秦王报告。临出发前，张应科突然想到一件事情：这事无凭无据的怎么去给秦王说？不行，还得找到证据，要不秦王怎么会相信我的话呢？想到这儿，张应科便去李如月办公的地方向他要弹劾秦王的奏本。

这李如月也真倒霉，他居然不知道这张应科是秦王的人，见他来要弹劾秦王的奏本，还以为他也想弹劾秦王。于是对他大笑道："哈哈，张大人要什么奏本呢？我这儿有揭帖，明天一早送去给你。"

张应科假装感激，说："谢谢谢谢，李大人，等我看了你的文稿，再作打算吧！"

"好的好的，这种奸贼，就是要大家一起来弹劾他！"

李如月看错人了，他把张应科当成了知己，他没想到张应科拿到他弹劾秦王的揭帖后，会马上去秦王面前告他的状。次日，李如月一大早就派人把揭帖送给了张应科。

张应科看了李如月派人送来的揭帖，很是愤怒，赶紧到贵阳给秦王报告。

秦王听说李如月在永历帝面前弹劾他，暴跳如雷，骂道："这等小人，乱言朝政，妄议朝廷重臣，实在可恶！"

为了在朝臣中树立自己的威望，秦王决定教训李如月，借此警戒其他朝臣。他命令张应科："你马上带人去调查此事，如果属实，就把这小人给我抓来！"

"卑职遵命！"张应科平时就看不惯李如月，这下秦王叫他去调查李如月，他巴不得早一点回到安龙。

再说胆小怕事的永历帝收到李如月弹劾秦王的奏本后，生怕为这事得罪了秦王，赶紧派人把李如月召进殿来。

李如月还以为皇上很重视他的弹劾，抑制不住心里的喜悦来到殿上。见永历帝坐在龙案边看他前些天上的奏本，便说："臣李如月叩拜皇上！"

永历帝没理他，拉长着脸把他上奏的折子丢给他，并斥责道："朝廷诏谥历来都是褒奖忠良，从来无宣扬臣子不善的例子，你李如月怎么能够超越国典，胡言乱语？"

"皇上，这秦王他实在是……"

"你真是不知死活，还要狡辩！"李如月正要争辩，永历帝却沉下脸对他吼道。他是怕这事被秦王知道了，他李如月吃秦王的亏。

"皇上，臣李如月……"

"来人，将他拖出去罚打四十廷杖，再革去他的官职！"李如月还想再争辩，永历帝勃然作色，朝下面的侍卫叫道。

两名侍卫上来拖走了李如月。

“皇上，臣冤枉啊！臣直言相谏，您咋不理解臣的一番苦心……”

永历帝不搭理他，任由他叫喊。这陈邦传父子明明是朝廷降清叛将，本就该杀，他孙可望要杀他，你来弹劾他孙可望干啥？是不是脑子进水了？永历帝觉得这李如月忠心固然可嘉，但有些不谙事理。

这李如月虽说只是个小小的山东道御史，但他生性耿直，敢于仗义执言，不善巴结和不畏惧权贵。他饱读诗书，从小就立下了建功立业名垂青史的远大抱负。但官场历来复杂，容不得他这等秉性。像孙可望斩杀陈邦传父子这种事情，他完全可以装聋作哑，甚至装都不用装，可他偏要去做这个出头椽子招惹是非。

李如月皮肉挨了四十廷杖，官职也被革了，只好回去在家养伤。他哪知道，自己还有更大的祸事临头。

03

回到安龙的张应科，马上带兵把李如月抓来了。

五花大绑的李如月怒视着张应科，问他：“张应科，你为什么抓我？”

张应科阴阳怪气地问他：“你为何要向皇上弹劾秦王？”

李如月这才明白自己上了他的当，便骂道：“张应科，你这出卖朋友的小人，我把你当知己看待，没想到你却出卖了老子！”

张应科皮笑肉不笑地说：“哼，朋友？你乱弹劾朝中重臣，谁能和你这种惹是生非的人做朋友？”

“孙可望那反贼未经皇上同意，擅自滥杀朝廷勋将，无人臣礼，你身为安龙的总理提塘官，难道还觉得不该弹劾他？”李如月质问张应科。

“这么说你真是向皇上弹劾秦王了？”张应科反问他。

“弹劾了又如何？”李如月盯着他，不以为然地说。

张应科哼了一下，对李如月说：“哼，都要死的人了嘴还这么硬！”

“张应科，你这是什么意思？”听张应科这么说，李如月估计祸事就要临头，睁大眼睛盯着他问。

张应科冷笑道：“什么意思？到贵阳你就知道了！”

“你这种小人，不得好死！”李如月大骂张应科。

随后，张应科带人把李如月押到贵阳交给秦王。

李如月被押解到贵阳秦王府外，张应科对押解李如月的兵士说：“看好他，我去给国主报告。”

“是。”兵士回答。

张应科快步走进秦王府。

“国主，卑职奉命已将李如月押解来了。”

秦王大声地说：“把他押进来！”

一会儿，张应科带人将李如月押到秦王面前。

见到秦王，李如月站着对他怒目而视。

“大胆李如月，见了国主还不快跪！”张应科见李如月见了秦王不下跪，朝他吼道。

李如月斜了他一眼，轻蔑地说：“我是朝廷命官，只跪皇上，岂能跪他这个反贼？”

“按他下跪！”张应科朝押解李如月的两名兵士叫道。

兵士听令，用脚踹李如月后腿弯，然后使劲按他双肩。李如月被逼下跪。

见李如月这般不买账，秦王气得脸青一块紫一块。他问李如月：“李如月，我和你有什么冤仇？”

李如月说：“没什么冤仇。”

“那你为何要向皇上弹劾我？”

李如月看了他一眼，反问他：“你未经皇上下旨，滥杀朝廷勋将，难道不该弹劾？”

“李如月，你别太放肆！”见李如月在秦王面前如此说话，张应科朝他吼道。

秦王说：“连皇上都奈何我不得，你一个小小的山东道御史，你觉得你能参得倒我吗？”

李如月说：“你这反贼，就算是参不倒你我也要参，你迟早会遭到报应的！”

见李如月竟敢如此和自己顶嘴，秦王暴跳如雷，吩咐张应科：“马上将这厮杀了！”

“死又何妨？”李如月毫无惧色。

“此等小人该杀！”张应科讨好地说。他又问秦王：“如何杀之？”

秦王气恼地说：“将他剐了，然后把他的皮囊悬挂在城北通衢阁上示众一些时日，再拿到安龙和云南悬挂示众，我看今后还有谁敢再乱奏我？”

张应科得令，马上带上刀斧手，将李如月推到门外。

被绑着的李如月，见面前摆着一筐生石灰，还有一捆稻草，不知就里。他问刀斧手：“这是用来做什么的？”

一个刀斧手告诉他：“李大人，你不知道？这稻草等会用来塞你皮囊的。”

李如月骂他：“你这瞎奴，这哪是稻草？这分明株株都是文章，节节都是衷肠！”

这时张应科手捧秦王指令，站在台阶上准备宣读。见李如月还在站着，便喝令他：“跪下！”

“我是朝廷命官，怎么会跪听奸贼之令？”李如月不但不跪还斥责他，随后昂首阔步走到中门，朝安龙方向永历帝行宫叩拜，流着泪叹息道：“太祖，高皇帝，皇上听不进微臣直言相谏，恐怕此后我大明再没有直谏大臣了！”

接着大骂秦王：“奸贼孙可望，你也离死不远了。我就是死了也是流芳千古，而你死了却遗臭万年……”

“时辰到，行刑！”张应科见时辰到了午时三刻，凶狠地下令行刑。刽子手听到命令，开始剐杀李如月。

剐完李如月的皮，行刑的刽子手用事先准备好的生石灰把剐下的人皮渍干，用线缝好塞入稻草，再将它送到城北通衢阁上悬挂示众。

04

“皇上，不好了，秦王又在贵阳剐杀山东道御史李如月了！”一名兵士慌慌张张进殿来给永历帝汇报。

“什么？他孙可望真杀了李如月？”永历帝很是吃惊，双手握拳捶打自己的脑门，“唉，真是怕什么来什么啊？”

旁边的吴贞毓也是一惊，问：“那反贼杀了李如月？”

“消息千真万确！”报信的兵士说。

全为国叹息道：“唉，罪孽啊，真是罪孽！”

报信的兵士还告诉他们，秦王还要叫人把李如月的皮草尸体拿到安龙和云南示众。

内监张福禄愤怒地说：“此贼如此残暴，真是毫无人性！”

永历帝泪流满面，伤心地对吴贞毓说：“李如月的死，是朕害了他，我不应该罚他那四十廷棍，不该革去他的官职，这样他秦王也就不敢明目张胆地杀他了。不过这李如月也是一根直肠子，遇事不会思前想后，不管什么事情想说就说想做就做，没谁能阻挡得了。他这性格，也害了他啊！”

见永历帝很是伤心，吴贞毓劝说道：“这也是他李如月自找的，皇上不必为他难过。”

“陈邦传父子降清，这两人是该杀，可你李如月为何偏要去弹劾他孙可望？如今这局势，就连朕都得让他三分，更何况你一个小小的山东道御史，这不是自找霉气吗？”永历帝不无遗憾地说。

“这李如月是有些不自量力，但也是一片好心，听说孙可望叫人剐他的时候，他还大骂孙可望这逆贼，倒还算条汉子。”吴贞毓替李如月惋惜。

永历帝对吴贞毓说：“李如月的死倒是有些冤，当时朕在朝上斥责他，不过是怕他给自己惹来麻烦，想让他不要再乱说话而已，朕没想到这事会被秦王的眼线总理提塘官张应科知道。朕更没想到的是，张应科会把这事告诉给贵阳的秦王，秦王会如此残忍地杀害他李如月。”

“这事也怪他李如月，错把他张应科当好人，他还将自己弹劾秦王的揭帖送到张应科手上。”张福禄说。

吴贞毓说：“这事并非这么简单，秦王这么无视皇上，擅自杀了陈邦传父子，接着又杀了弹劾他的李如月，这是在做给朝中大臣们看，也是在做给皇上看啊。”

“这朕知道。”永历帝说。

全为国不无忧虑地说：“孙可望这反贼如此猖狂，我真担心他一旦开了杀戒，日后遭他殃的人不少。”

“唉，作为一朝之君，朕连自己的忠臣都不能保护，还能去保护谁啊？朕一想到这些，心里真是好生凄凉！”永历帝伸手抹了把眼泪。

吴贞毓劝说永历帝道：“皇上，我看还得想想办法，要不然内乱一起，朝廷怕是危在旦夕啊！”

“是倒是这样，可如今这局势，要兵无兵要将无将，要钱没钱要粮没粮，你说朕还能有啥办法？”永历帝一副无助的样子。

见他这么说，吴贞毓也不好说什么。他能说什么呢？如今他永历帝和永历朝廷都只是个空架子，实权全掌握在秦王孙可望手上，秦王若看不惯谁，只要找个借口，想杀就杀，想剐就剐，连皇上都不用请示，最多是事后给他通报一声。唉，皇帝做到如此地步，不能不说是极大的悲哀啊！

“皇上，事已至此，也不用去想它，改日再说。我看皇上今日有些累了，干脆去休息吧！”张福禄见永历帝心情很颓伤，赶紧劝说他。

永历帝说：“没事，朕在此休息一下就好了。朝中事多，朕还得处理一些事务。”

05

李如月被孙可望剐杀后不久，朝廷发生了一桩事情。这事，算是让永历帝出了口恶气。

永历帝刚刚称帝的时候，就曾下发过诏书，说皇上不再另选宫女，只让原来桂王府中的宫女轮流侍候左右。后来由于逃难，人员杂乱，宫中原来的那些规矩无法执行了。永历帝怕宫中出乱子，就专门下了一道命令，每一宫的宫女由一名太监监管。

行宫迁到贵州安龙后，因为宫廷不大，房屋有限，每天除了轮流值班的宫女和太监住在行宫中，其他宫女和太监都住在宫外。有一位被封为常在的宫女，名叫夏良璞。这夏良璞年方十九，不仅人长得漂亮，还很聪明，琴棋书画，骑马舞剑，一身绝技。这宫女住在西城，由内监夏国祥看管。

一天，张应科从朝上回来路过西城，陡然瞧见这常在在书案边书写，觉得很是好奇，便派人暗地里去探访，才知道这常在名叫夏良璞。这时候看管夏良璞的内监夏国祥已经离世，张应科便叫一个女人去和夏良璞相见。通过这女人介绍，让夏良璞与巴东王妃子认成姊妹。打这以后，夏良璞得以经常出入巴东王府。

张应科住的地方正好在巴东王府对面，他通过巴东王妃认识了夏良璞，并经常和夏良璞往来。日子稍长，两人相互产生感情并有了奸情。两人也是太嚣张，经常在人前打情骂俏，有人实在看不惯，便把这事告诉给了皇上。

永历帝听说后，觉得这夏良璞败坏了宫中规矩，有辱朝廷颜面，又涉及张应科，觉得有了出气的机会，便马上命令庞天寿去把夏良璞和管她的内监抓来审问。

夏良璞和看管她的内监经不住拷打，只得将事情原委如实招了。

永历帝听完两人的供述，非常气愤，斥责夏良璞：“你这个不守规矩的贱婢，居然做出此等龌龊之事，败坏我大明宫规，辱没我朝廷，实在是罪不可恕！”

“奴婢知错，求皇上饶奴婢一命！”见永历帝发怒，夏良璞赶紧下跪求饶。

永历帝沉下脸：“饶命？此罪难饶！”

“饶命啊，皇上，奴婢再也不敢了！”夏良璞苦苦求饶。

永历帝不理她，又指着管她的内监骂道：“还有你，不好好管教，让她做出此等丑事，你也罪责难逃！”

“皇上，卑职有罪，饶卑职一命吧？”看管夏良璞的内监向永历帝叩头求饶。

永历帝没管他，向站在旁边的庞天寿说：“拖出朝门，各打一百五十廷杖，以警示他人！”

“是，皇上！”庞天寿说，然后转向站在一边的勇卫营兵士，“拖出去！”

四名勇卫营兵士上前，分别架起夏良璞和看管她的内监立刻朝门外走去。

“饶命啊，皇上……”

“皇上，求您饶命……”

被拖走的夏良璞和看管她的内监，边走边声嘶力竭地朝永历帝叫喊。永历帝背过身，像没听见似的。

朝门外，棍棒声夹杂着叫喊声。打了一阵，见夏良璞和看管她的内监一动不动，兵士伸手去他俩的鼻孔试了试，然后站起来摆摆头：“没气了！”

几名兵士没想到夏良璞和看管她的内监这么经不起打，赶紧给庞天寿汇报。

庞天寿听说夏良璞和看管她的内监被打死了，心里一惊，着急地对他们说：“皇上只是想教训一下他们，谁叫你们把他俩打死？这下你们叫我怎么去给皇上交代？”

几名兵士诚惶诚恐地说：“对不起，庞大人，我们知错了！”

“好了好了，赶紧去处理好后面的事，我去给皇上说！”庞天寿说。

“谢谢庞大人！”几名兵士赶紧说。

一会儿，庞天寿来殿上给永历帝报告：“皇上，都……都死了！”

“嗯？都死了？我只是想教训一下这两个人，你们怎么给打死了呢？”永历帝知道，这事牵涉到张应科，这两人死了，他张应科肯定会去跟秦王说，秦王会借此生出些事端来，这事该怎么办？

庞天寿赔罪般地对永历帝说：“这事都怪卑职，没给他们交代好，让他们下手重了些。”

“好了，都不说了，赶紧去处理好，不要让秦王抓住什么把柄。”永历帝吩咐庞天寿。

“是，皇上。”庞天寿退出殿去。

不出永历帝所料，张应科听说夏良璞被皇上叫人罚打一百五十廷杖而死，恼怒地领着一队兵士带着弓箭进城兴师问罪。

晚上九点多钟，城门已经关闭，张应科等人进不了城就在城门外大喊大叫，要守门士兵开门。守门士兵告诉他：“城内已经禁止入内，我等不能擅自开启！”

张应科破口大骂守门士兵：“你这厮眼瞎了不是？我是总理提塘张应科，有急事来找庞司礼庞天寿，赶快给我开门！”

守门士兵回敬他：“莫说你是提塘官，就是天王老子没命令我也不能给你开门，除非我接到命令！”

“快快给我们开门，不然对你们不客气了！”张应科手下一名兵士朝城门上的士兵叫道。

“我们刚才说了，没有命令谁也不能开！”守门士兵强硬地说。

“什么东西！走，明早再来！”见守门士兵不买自己的账，张应科只好带着兵士骂骂咧咧离去。

次日一大早，张应科就带着几十个人来勇卫营找庞天寿。见到庞天寿，愤怒地质问他：“宫女夏良璞有什么罪，你们把她打死？”

这事庞天寿也不好说，就说：“这是官家的事，与你不相干。”

张应科一时找不到话说，愤怒地按着腰间的佩剑。他真想杀了庞天寿。

过了一会儿，马吉翔过来了，再三地给张应科解释，并讨好地对他说：“张大人，你消消气，这事是皇上的意思，不怪庞大人。”

听了马吉翔的话，张应科这才带着人愤愤地离去。

永历帝怕秦王会借此兴风作浪，便叫庞天寿写了个情况，派人赶紧送去贵阳给秦王。

朝廷规定，安龙这边送给秦王的文书，都要先经过张应科审验后才能送去。看到庞天寿写的这份文书，张应科马上截留下来，自己先曲意地写了一个情况报告，并密派戎政营的标官张隆送去贵阳给秦王，再把这份文书送走。

秦王得到张应科密报，心里明白这事是永历帝在向他示威。张应科是自己派去的人，和宫女夏良璞闹出花案犯了事，永历帝叫人打死了夏良璞和看管她的内监，觉得他打狗不看主人面，实在是有些过分。但永历帝没有处罚张应科，这一是永历帝给自己面子，二是看自己对张应科如何处置。既是这样，自己对他永历帝得有个交代才行。

他想了一下，心里有了应对之策。他对张隆说："朝廷何苦为一个宫女而去杀这么多人呢？如果我派你和王爱秀将军一同去张应科那儿，你能与他一起回去吗？"

"愿为国主效劳！"张隆双手抱拳，他也想投靠秦王。

第二天，秦王叫张隆和王爱秀一道回安龙，叫王爱秀和张隆将张应科押解到朝门外进行杖打，革去他安龙总理提塘官职务，由王爱秀接替他的职务，并将张应科押解到贵阳。

对张应科进行杖打和革职处理，不过是秦王玩的一个花招，他这是在给永历帝和众朝臣使障眼法，让永历帝和朝臣们觉得他对下属管理很严。可张应科到贵阳不久，秦王又重新重用了他。

第15章 叛逆之举

01

孙可望被封为秦王之后，在朝廷的地位一下子飙升，手里又握有大权，追捧他的人趋之若鹜。不仅如此，这些人还给他出了些馊主意。

投靠秦王的朝廷御史任僎，见秦王大权在握，暗地里怂恿他自立山头自做皇帝。

一天下午，任僎带着这个想法来到秦王府中。秦王正在阅批下边送来的卷宗，见任僎来了，赶紧和他打招呼："来来来，快来坐！"

"谢国主！"任僎拱手向秦王行礼，然后在他对面坐下。

见任僎好像有话要说，秦王便问任僎："任御史来这儿，想必有什么事吧？"

"国主，我……"任僎看着秦王，欲言又止。他虽然知道秦王有称帝野心，但还是揣摸不透他心里是怎么想的，觉得有些不好开口。

见他话说话吞吞吐吐，秦王说："任御史有话尽管说，我不是外人。再说现在就你我二人，有什么好顾虑的呢，你尽管说便是。"

听他这么说，任僎端起茶水喝了一口，鼓起勇气说："我以为，国主现在要兵有兵，要粮有粮，要地盘有地盘，又大权在握，这是‘天命在秦’，国主何不在贵阳自家建立宫殿，分封官员，制定礼制，而要听从于他永历帝呢？”

“‘天命在秦’？任御史的意思是……”秦王看着任僎，明知故问。对永历帝屁股下面的金銮宝座，其实他早就垂涎欲滴，虎视眈眈了，任僎这话很合他心意，但他不想在下属面前吐露出来，得装装，省得大家说他野心勃勃。

“臣以为，依国主现在的势力完全可以像皇上一样修建宫殿，分封官员，制定礼制。国主只有建立起自己的宫殿，分封自己的官员，制定自己的一套礼制，才真正像个国主的样子。”

听了任僎的话，秦王暗想：“他这不是叫我自己做皇帝吗？我若这样做，那永历帝呢，他还不跳起八丈高？还有，吴贞毓、徐极那帮朝臣会坐视不管？”

任僎善于揣摸人心，见秦王脸色呈现顾虑，赶紧说：“国主是担心皇上和吴贞毓、徐极那些人吧？”

没想到秦王却不以为然地笑着说：“不瞒你说任御史，我要想当皇帝不是不能，也不是怕他朱由榔和吴贞毓、徐极那帮人。他朱由榔不就是个手上要兵没兵要将没将，要钱没钱要粮没粮，只知道带着家眷和大臣四处奔逃的破落皇帝吗？你说我还怕他啥？”

“国主说得是，国主兵多将广，粮草丰富，怎会怕他一个逃难皇帝呢？”任僎拍马屁的功夫一向了得。

“我也知道，吴贞毓和徐极他们那帮人特别恨我，而且一天到处说我的不是，但他们又能把我怎么样？不过是在他们的主子朱由榔面前发发牢骚诉诉苦而已。说句实在话，我要他们死他们就活不成，哪怕他朱由榔是皇帝，同样保不了这些人。”

“国主说得极是。”任僎继续拍秦王马屁。

秦王说：“我担心的是把他朱由榔撵下台了，我也难掌控他手下的那些大臣，他们毕竟是大明王朝的王子王孙，而且跟随他朱由榔已经很多年了，这些人骨子里都透着大明的祖宗味儿，就算是我坐上他朱由榔那把龙椅，很多朝臣在心里也很难接纳我。我想过了，要想成其大事，还得借助他永历王朝这块金字招牌和朱由榔这个傀儡皇帝，倘若没有这块金字招牌，没有他朱由榔这个傀儡皇帝，我也难成其大事。古人说得好，凡事不能操之过急，急了就会坏事。这事啊，还得慢慢来，一旦时机成熟了，我也会不客气。到那个时候，不是我向他朱由榔俯首称臣，而是他朱由榔在我脚下叩拜。至于说吴贞毓和徐极他们，这些人当然一个也逃脱不了，都得给我通通去死。不过，我认为你刚才的提议倒是可行，不妨先试试，要不然真如你所说，我还真不像个国主的样子。”

司马昭之心路人皆知，看来秦王要在朝廷掀起一股妖风。

“国主英明。”任僎说，“但我认为这事得找个理由，要不然吴贞毓那帮人的确还不好对付。”

秦王说：“这样，过两天你把朝廷的吏部侍郎雷跃龙、中书方于宣、兵部侍郎万年策，还有四川总督任源、朝廷御史张重任他们几人找来，我和你们一起来议议这个事，你觉得如何？”

“国主定下时间我就去请他们。”见自己的建议被秦王采纳，任僎激动不已。

秦王说：“那就这样，你去忙你的，我再看看这份卷宗。”

“好，国主您忙。”任僎说着退出秦王府中。

任僎一番吹捧，令秦王飘飘欲仙。他觉得，此人将来可委以重任。不久，秦王在贵阳分封官员时，果然把任僎封为礼部尚书，让他到身边辅政。任僎高兴得不得了，受宠之势不言而喻，发誓为他秦王卖命到底。

任僎的话让秦王有些急不可待。两天后他派人通知任僎，叫他把雷跃龙、方于宣和任源等人请来，商量建立行宫和分封官员事宜。

这天下午，秦王邀请的人全到了他府上。

待人都到齐了，秦王笑着说：“各位，今天请大家来，是有件事想和你们商量一下，听听你们的意见。”

雷跃龙赶紧说：“国主有什么事，吩咐我等就是，何必这么客气！”

“对，有什么事国主尽管吩咐！”方于宣附和道。

秦王扫视几人一眼，慢吞吞地说：“是这样的，头两天任御史来我这儿跟我说了件事。”

“……哎，要不这样，请任御史来给大家说吧。”秦王突然话头一转，看着任僎。

狡猾的秦王怕别人说他想篡权，故意让任僎站出来说这事。

“既然国主这样说了，那我就先来说说吧。”任僎也是个人精，他明白秦王心思，但他没想到秦王会来这一招，赶紧站起来说。

任僎接着说：“想必几位都了解到了，时下，由于清兵穷追猛打，永历朝廷大势已去，而国主却势头正旺，要兵有兵，要粮有粮，而且已经打下了一大片江山，依我看，今后真正能撑起这一片天的，恐怕只有国主了，各位说是不是？”

“说的也是。”

“嗯，有道理，有道理。”

“是啊，得有个能人站出来，要不然我们真要成清兵的菜了！”

众人议论纷纷。

秦王不说话，看大家的表情。见大家都认同任僎的话，心里暗自高兴，但他不露声色，只微微笑了一下。

任僎扫视大家一眼又说：“正因为‘天命在秦’，我头两天就来向国主提议，请国主在贵阳建立自己的宫殿，分封自己的官员，制定自己的礼制，这样才真正像国主样子，同时也好统领大家抗击清兵。”

“任御史说得不错，国主早就应该这样做了。”方于宣趁机吹捧。

任源也说：“对，国主应建立起自己的宫殿，分封自己的官员，这样我们也好替国主办事。”

“是的，国主是应该有一套自己的体制。”张重任摸着下巴，慢悠悠地说。

“本来我也没想过要这样做，是头两天任御史来跟我提起这个事，我这才想起把大家召集起来商议一下这件事。不瞒几位，我也怕担当不了这个重任啊！”秦王特意声明。

他是既想立牌坊又想当婊子。

见秦王这么说，方于宣赶紧说道：“这是利国利民的大好事，势在必行，我看国主就不要再推辞了。”

“是啊，这个重任也只有国主才能担当，非国主莫属。”张重任接过方于宣的话。

“既然各位都有此想法，我岂敢推脱这个责任？好，那就听大家的。任御史，你继续说吧。”秦王把这事完全抛给了任僎。

任僎看了秦王一眼，继续说道：“国主要办的事很多，得仰仗在座的各位支持。如果事情办好了，国主不会亏待大家，要是做不好，国主可能会有些想法。”

“任御史说得对，各位帮我把这些事办妥了，我绝对不会亏待大家，请大家放心就是！”秦王笑着插话说。

“国主放心，您交代的事我一定尽心尽力去办，国主吩咐就是。”张重任表态。

“对，请国主吩咐！”

“国主，吩咐吧！”

其他人也跟着表态。

秦王说：“我一天事情太多，这个事我就委托任御史来牵头，大家听从他的安排就是，如果任御史或大家有什么搞不懂的再来问我。一句话，这事我就拜托给在座的各位了！”

秦王向大家拱手作揖。

“感谢国主信任，为了国主的宏图大业，任僎愿为国主效尽犬马之劳，决不推辞！”任僎赶紧亮明态度。

“愿为国主效尽犬马之劳！”雷跃龙、方于宣和任源等人也赶紧表态。

02

在任僎、方于宣等人怂恿下，秦王开始在他居守的贵阳大兴土木，征发民工大肆为自己营造宫殿。

从宫殿的选址、房屋设计、寻找匠人和征发建筑民工、监督施工等等，任僎都是躬亲躬为。为了早日替秦王建好宫殿，他叫民工加班加点施工，如有懈怠的他就进行处罚。

见任僎这么认真，秦王很是赞赏。

任僎的确很卖力，宫殿很快就建好了，而且高大美观，奢侈豪华。秦王检视后非常满意，夸他办事得力。

秦王在检视宫殿的时候，告诉陪在身边的任僎：“我以后要经常到各地去巡视军务，我想了一下，为了方便巡视，准备在从湖南宝庆到贵州、云南的行道上建造些楼观。”

“要建多少个？”任僎问。

秦王告诉他：“至少不低于十个，具体由你去安排。”

“好，按国主的意思办。”任僎一脸谄媚。

任僎领了任务，即刻安排人去建造楼观。参加建造的人多，又是昼夜不停地赶工，没过多长时间，任僎又为秦王在湖南宝庆到贵州、云南的行道上建造了十多座楼观。

宫殿一建好，秦王就搬了进去，过着帝王般的生活。秦王还经常到各地去巡查军务，建造的楼观为他提供了许多方便。住进豪华宫殿，巡查军务又有了楼观，秦王的日子过得比永历帝还舒心，别提有多高兴了。

这时任僎等人又给秦王建议，请他在贵阳设立内阁、六部、科道等衙门，然后以秦王名义分封文武百官。

任僎说："国主，宫殿有了，楼观有了，但这些都只是有个办公和生活的场所，我认为国主还应该设立内阁、六部、科道等衙门，然后以国主名义分封文武百官，这样大家才好办事啊！"

秦王考虑了一下，说："你说得对，这事得抓紧办。这样，你带人先起草一个衙门设置的方案，然后报给我过目。分封文武百官的事，你们也给我提供些参考人选，由我来考虑。"

"好，卑职照办。"任僎说。

几天后，任僎召集一批人把衙门设置的方案草拟出来了。衙门设置参照大明王朝的机构，设置了内阁，还有吏、户、礼、兵、刑、工六部和科道等。同时，任僎还向秦王提供了一些官员任命人选。

看了任僎呈上来的方案和提供的建议人选，秦王觉得都很不错，就按他这个方案来设置衙门。他结合任僎提供的建议人选，封南明朝廷中的吏部侍郎雷跃龙为宰相，把贵州总督范矿封为吏部尚书。任僎本来就是南明朝廷的御史，又为他出了不少力，所以他把任僎封为礼部尚书。同时，封四川总督任源为兵部尚书，南明朝廷御史张重任为六科都给事，南明朝廷礼部主事方于宣为翰林院编修……

随后秦王给归属永历朝廷的云南、四川、贵州三省文武官员下了道命令，叫他们限期到贵阳觐见他，并接受他的封官授衔。倘若有谁不愿意，他就立即派兵抓来斩杀。秦王一向心狠手辣，几省文武官员都有所耳闻，很是惧怕他，大多数官员都来接受他的封赐。只有四川巡抚钱邦芑不买他的账，秦王十三次派人去召他，他就是不来。

虽说这些官员都是伪封的，没有得到永历朝廷认可，但毕竟还是笼络了一些人为他秦王卖命。

为了体现贵阳都是他秦王的天下，秦王给当地各个衙署规定，每个衙署名称前都必须加上一个"秦"字，若有哪个衙署的长官不加，他马上将这个衙署的长官抓去拷打问罪，甚至撤掉官职。这些衙署的长官迫于他的淫威，连夜找人重新制作匾牌，在自己的衙署名称前加上一个"秦"字。一时间，整个贵阳"秦"色满天，一看就知是他秦王统治的天下。甚至有些百姓只知道天下有他秦王，而不知道有永历帝了。

任僎、方于宣等人还让秦王做了许多让永历帝和朝臣们无法接受的事情。

一天，被封为礼部尚书的任僎对秦王说："国主，建造宫殿不过是为了有个像样点的办公地点，分封官员不过是为了笼络人心。我想，国主若要成就大事，还应该把大明用的九叠篆文官印改为八叠文官印才妥。"

秦王想都不想就说："对，全都给它换掉！"

于是秦王叫人将大明王朝一直沿用的九叠篆文官印通通改为八叠篆文官印，以后凡是要用印章，一律用他的八叠文官印。发布诏令的时候，均用"皇帝圣旨，秦王令旨"。他的这种做法，表面上看是永历帝在下圣旨，实际上是他秦王在发话，是他在号令百官。

被秦王封为翰林院编修的方于宣，为了讨好秦王，对他说："国主，既然官印都改了，怎么就不重新订立新的仪制，建立太庙呢？"

秦王有些顾忌，反问他："你觉得这样做行吗？"

方于宣说："您已是一国之主，这有什么不行的？我看，这仪制必须得换，不能再沿袭老一套了。还有这太庙，也应该建啊，这是历朝历代都不能少的。"

"你就不怕他永历帝有想法？"秦王反问方于宣。

方于宣说："现在朝上大小政务基本上都是国主做主，就算是请示他永历帝，也不过是给他通报一声，他一个破落皇帝，连自己和家眷的命都顾不上，他就是有想法又能把国主怎样？"

秦王点头，然后问他："那这事谁来替我办？你？"

"国主若是信得过卑职，那就由卑职牵头找人来办。"方于宣赶紧表态。

秦王问他："对这事你有何打算？"

方于宣想了想，说："卑职准备先建太庙，等太庙建好后在里边供奉太祖高皇帝和老万岁张献忠，还有国主的祖父。按资历，高皇帝排在中间，老万岁排在左边，国主的祖父排在右边……"

秦王觉得方于宣这想法很好，笑着说："哈哈，方编修果然上心，行，这事就交由你去操办了！"

方于宣受宠若惊，赶紧说："感谢国主信任，请国主放心，于宣定会尽力办好此事，不让国主失望！"

这秦王，胆子真是比天还大，竟然敢冒天下之大不韪做这等不伦之事。这太庙是什么地方啊？这是大明永乐大帝建立的祭祀先祖的家庙，里面供奉的，除了朱由榔的先祖，就是他的近亲或有功于大明江山社稷的皇亲，他张献忠，还有他孙可望的祖父算得上哪根葱？能把牌位放到这些地方与高皇帝并居左右？难道以后他孙可望死了，牌位也要放到这儿与高皇帝平起平坐？再说，这朝廷的仪制岂是他秦王能制定的？

这种大逆不道的事情，还真只有他方于宣想得出来，他秦王敢做，其他人连想都不敢想，不要说这样做了。

方于宣极尽谄媚之能，他还带着人为秦王撰写国史。在他带人撰写的国史中，对大西军的老首领、秦王的义父张献忠极尽吹捧之辞。他把张献忠称为太祖，做太祖本纪，还把张献忠比喻成商汤王和周武王，说他为政有德有仁，让后人传颂。方于宣就像是痴人说梦，让人觉得搞笑，但他乐此不疲，竭力做着这些蠢事，在秦王面前讨好卖乖，好换个一官半职和荣华富贵。

方于宣带着人通宵达旦地替秦王修国史，然后他把撰写好的国史呈给秦王。他满以为秦王看了会夸他几句，心里喜滋滋的，没想到秦王看了他带人撰写的国史，懒洋洋地对他说："也没必要说得这么好。"

很明显，秦王言下之意是说他太过于吹捧。听了秦王的话，方于宣觉得有些尴尬，脸红得如猴子屁股，赶紧说："国主，自古以来各国撰写的史书都是这样，有褒有贬，不然的话怎么能记录开国创业的勋臣功将呢？"

秦王没再说话，只是笑了笑。

尽管如此，方于宣还是不死心，他又带着人为秦王建立出行时用的仪仗队，排练九奏万舞之歌曲，还带人吟诗作对，为秦王歌功颂德。不仅如此，他还与鸣胪寺的薛官一起，为秦王制定了文武百官上朝的一些礼仪制度，好让文武百官上朝时各自遵守。

秦王知道方于宣做的这些事后，怕被永历帝和永历朝臣知道了说他有叛逆之心，赶紧叫方于宣不要这样做。方于宣急于在秦王面前建功立业，一而再再而三地给秦王上表进劝。

秦王见他不明白自己的意思，只好向他直言："我要做皇帝，这有什么难的？我是怕朝臣们不服我。我如果做了皇帝，朝臣们不愿意跟着我，那我做这个皇帝又有啥意思？还不如不做的好。"

方于宣对秦王说："现在朝中对国主不利的也就是吴贞毓、徐极几个大臣，四川、贵州两省也只有钱邦芑、陈起相这几人。除了这几人，其他人都不是问题。"

秦王告诉他："吴贞毓、徐极这些人倒是容易对付，但钱邦芑在外地，这人在四川、贵州两省都是有名望的官员，不好对付。若是杀了他，那些人就要起来造反。”

方于宣想了想说：“据我所知，这个钱邦芑和余庆的知县邹秉浩关系不一般，国主可以下道指令，叫邹秉浩去说服钱邦芑，让他来替国主办事。”

“钱邦芑这人一向放荡不羁，邹秉浩不一定说得动他。”秦王摆摆头。

方于宣说：“不妨让他去试试嘛。”

秦王觉得有理，说：“也行，那我就下道指令给这邹秉浩，叫他去说说看。只要他钱邦芑愿意来替我办事，我会封给他很高的官，给他许多俸禄。”

你别说，这钱邦芑还真是个放荡不羁的人，为官这么多年，他已厌烦了官场的钩心斗角和尔虞我诈。这人已经隐退山林，不再过问政事，并在当地形成了以他为中心、以气节自励、效忠明室且影响巨大的遗民团体。

邹秉浩费了好大一番周折，这才在余庆的浦村找到钱邦芑。邹秉浩把秦王的想法告诉他，可他死活不答应。他直接告诉邹秉浩：“我既不与他秦王合作，也不投靠清廷。”

邹秉浩说不动他，火了，百般威逼。钱邦芑怕躲不过，只好削发为僧，并写了一首偈诗：一杖横担日月行，山崩海立问前程。任他霹雳眉边过，谈笑依然不转睛。

秦王听说钱邦芑拒绝他的请求，很是生气。因钱邦芑在士大夫中的影响巨大，秦王一直没放弃对他的争取，并叫任僎等人写书信再劝说他。钱邦芑接到任僎等人的书信，又作一诗，拒绝了任僎等人的劝说：破衲蒲团伴此身，相逢谁不问孤臣。也知官爵多显荣，只恐田横笑杀人。

钱邦芑没想到，吹捧有术的方于宣会把他的这首诗抄录给秦王。秦王看了非常愤怒，命令邹秉浩派人将钱邦芑绑解到贵州贵阳的大兴寺，准备将他杀掉。

在被押解到贵阳的途中，钱邦芑口占三绝，表其心志。

其一：才说求生便害仁，一声长啸出红尘。精忠大节千秋在，桎梏原来是幻身。

其二：杻械萦缠是夙因，千磨百折为天伦。虚空四大终须坏，忠孝原来是法身。

其三：前劫曾为忍辱仙，百般磨炼是奇缘。红炉火里飞寒雪，弱水洋中泛铁船。

后来因为吴贞毓、徐极等十八大臣一事，秦王怕给自己惹来麻烦，这才放了钱邦芑。

03

天下苦秦久也。

永历朝廷文武百官对秦王的专横跋扈虽说意见不小，却也只是私下里宣泄，敢怒而不敢言，甚至有时候连怒都不敢，他秦王说东就是东说西就是西。在文武百官眼里，孙可望已经是无法无天了。

秦王的嚣张狂妄，永历帝也奈何不了他，只得任由他胡作非为。而秦王呢？觉得自己天下第一谁也管不了他，就算是永历帝也是如此。这样一来，他做事也就越来越出格，越来越不计后果。他心里装着的是，有朝一日能把他朱由榔从永历朝廷的皇位上撵下来，然后自己戴上皇冠，在文武百官簇拥下，威风凛凛地走上金碧辉煌、权倾天下的龙椅宝座，把永历朝廷的旗号踩在脚下，名正言顺地换上后明的旗号，从而坐拥天下，号令三军，让八方朝拜。起初他派部将贺九仪领兵杀害朝廷五位朝臣，迫使永历帝封他为一字秦王，就是为在永历朝廷中争得一席地位，为他登上九五之尊的皇位垫好底子。后来，他把永历帝和永历朝臣接到自己手下人控制的贵州安龙，这一桩桩一件件都体现了他篡夺皇权的野心。

在当时来说，云南的昆明或贵州的贵阳都是政治经济中心，是皇帝建立行宫的好地方，按理说他应该在这两个地方选择一个给永历帝和永历朝臣们建立行宫，可他偏不这样做，他玩了一个心眼，把永历帝和永历朝臣们接到偏僻落后的安龙，并在这荒郊野外的地方给他们建议行宫。

心性狡猾的秦王，不在昆明或贵阳给永历帝建立行宫，不是他一时做出的冲动行为。他心里在盘算，自己驻扎在贵阳很少有时间去昆明，如果把永历帝接到昆明，那永历帝必然会经常与安西王李定国和抚南王刘文秀接触，长此以往李定国和刘文秀与永历帝就会走得越来越近，感情会越来越好。而自己长时间居住在贵阳，天隔地远的，很少有机会接触永历帝，时间一长自己在皇上眼里自然就不如他李定国和刘文秀。到那时候，对李定国和刘文秀，还有永历朝廷的文武百官，恐怕自己都难以操纵，自己就会失去已经拥有的大权。

而贵阳呢？这里是自己的地盘，自己在这儿独霸一方发号施令惯了，若是把永历帝和永历朝臣们接到这儿来，自己不但要每天上朝向他永历帝俯首称臣，而且一切军国政务都得请示他永历帝，自己哪还能像以往那样随心所欲做事呢？

安龙这个地方偏僻落后，而且这地方全由自己手下心腹掌控，永历帝和他的朝臣们来了就像进了如来佛的手掌心，什么浪也翻不起，到时候还得受自己摆布。

出于这种自私考虑，他把永历帝和朝臣们接到了安龙，并把当地一个千户所官员的房屋加以适当改造，这就成了永历帝的行宫。

永历帝和永历朝臣来到贵州安龙以后，永历朝廷一切军政事务表面由永历帝做主，但一切军政大权都握在秦王手里，全由他发号施令。事实上秦王已经把持着整个永历朝廷，只是他还没有黄袍加身坐上那把龙椅而已。

当时有人议论，说秦王把永历帝和朝臣们接到贵州安龙，就是为挟持天子以令诸侯。为了撇清这个事，秦王赶紧给永历帝上疏，说朝中有人议论我把您和朝臣们接来贵州安龙，是想挟天子以令诸侯，我想问一问皇上，不知道这个时候皇上还有没有诸侯？诸侯知不知道还有皇上？如今城池到处失守，皇上拥有的都是些残疆剩土，连文臣武将也所剩无几，皇上连自己的地盘和大臣都没有了，臣还要挟天子以令诸侯，请问皇上，臣还能命令何地命令何人？

被他贬得一钱不值的永历帝，恨不得地上有个缝儿能钻下去。这种大逆不道的话，也只有他永历帝落难的时候听得下去，换着是当年在广东称帝时的永历帝，你秦王敢在他面前说这种狂妄自大有失伦理的屁话？就怕你秦王的脑袋不够砍。

秦王一心想篡夺皇位，一边想办法对付李定国，一边加紧做篡位准备，以期早日实现自己的帝王梦。

第16章 皇上心病

01

天渐渐黑下来，夜色颇显凄凉。

安龙府走廊上，内心无限凄凉的永历帝站在这无限凄凉的夜色里。此时此刻，他心绪不宁。

秦王的忤逆行为，成了他一块无法消除的心病，让他日夜惶恐不安。永历帝感觉度日如年，他盼着日子早点过去，又怕日子过得太快。他内心所感受到的无助、无奈和愤懑，其他人无法想象。

自从秦王把他迎到贵州安龙以后，永历帝心里就非常明白，自己不过是个傀儡皇帝，是他孙可望放在永历朝廷龙椅上的一个摆设。朝廷的军政要务，基本上都是他孙可望说了算，自己根本做不了主，就算是有些事情请示了他，那也不过是秦王做好了决定，告知他朱由榔一声罢了。

这种傀儡皇帝的日子，永历帝觉得过得实在是太窝囊。他想早点摆脱秦王，结束这种窝窝囊囊的日子。可眼下兵权财权都握在他秦王手上，自己无一兵一卒，如何摆脱得了他？

永历帝整日忧心忡忡，沉默寡语。见他这副模样，皇后和皇太后很是担心，生怕他一时想不开有个三长两短。

皇后问他："皇上，臣妾看你心事很重，是不是为秦王的事情啊？"

永历帝懒得说话，只是朝她轻轻点了下头。

"臣妾听说秦王前不久在贵阳杀了陈邦传父子，最近又杀了弹劾他的山东道御史李如月，有这回事吗？"皇后问他。

见皇后提起这事，永历帝愤然道："陈邦传父子降了清廷，该杀！"

"那李如月呢？他也该杀吗？"皇后看着他问。

永历帝愧疚地说："李如月的死，与朕有关，朕觉得有点对不起他。"

"如果你不责打他，不革他的职，他可能不会死，是吧？"皇后又问。

永历帝摆摆头："很难说。"

"为啥呢？"皇后有些不明白。

永历帝说："秦王之所以要杀他，一是恨他李如月向朝廷弹劾他，二是他秦王在向我示威，他想证明他的存在和拥有的权力。"

"他这杀戒一开，恐怕以后会有不少大臣要死在他手里。"皇后不无担心地说。

永历帝说："这正是朕担心的问题。"

"难道皇上就这样任由他秦王胡作非为？"皇后娘娘问永历帝。

永历帝反问她："皇后，你觉得有什么办法能制止他吗？"

"我也想不出什么好办法。"皇后摇头。

皇后突然问他："哎，听说西蕃的李定国在广西那边打了胜仗，这人一直和秦王有矛盾，我觉得这人还不错，皇上为何不请他来贵州安龙救驾呢？"

"朕有这个意思，只是不知道他李定国肯不肯来。"听皇后这么说，永历帝道出了自己的想法。

皇后对永历帝说："皇上可以去问问张福禄和全为国他们，看这方法行不行。"

"嗯，我找个时间问问他们。"

第二天下午散朝后，其他大臣都走了，只有司礼监的印绶太监张福禄和御前管事随堂太监全为国还没走。

永历帝招呼他们："两位爱卿，你们过来一下，朕有一事憋在心头已久，今天想跟你们说说。"

全为国和张福禄不知道皇上有什么事要说，赶紧走到他身边。

见永历帝脸色凝重如铁，张福禄小心地说：“皇上有何吩咐，尽管说就是。”

永历帝叫他俩坐下，然后两眼扫视了一下殿里，确保没其他人了，才忧心忡忡地对他俩说：“自从秦王得到实封以后，权倾朝野，处处专横，对朕已经没有以往那种应有的君臣礼节了。如今，他又在盘踞的贵阳大造宫殿，分封文武百官，还在任僎等小人怂恿下另搞了一套朝廷礼制，这明显是在向朕示威，想夺朕的皇位。让朕觉得更可恶的是朝中的马吉翔、庞天寿这两个奸佞，虽然日日在朕身边，可他俩却暗中巴结秦王，成了秦王埋放在朕身边的眼线，这让朕整天寝食难安啊！”

“皇上有何想法？”听了永历帝的话，张福禄问。

“是啊，皇上有何想法告诉我们，我们去办就是。”全为国说。

永历帝沉默了一下，说：“最近西藩的李定国亲自统率大军，直捣湖北和两广一带清军。朕觉得此人不但忠心耿耿，而且有勇有谋，是个难得的将才。”

“皇上的意思是……”张福禄听出了皇上话里的意思。

永历帝说：“朕想来想去，能挽救朕和朝廷出水火的，恐怕也只有此人了。”

“皇上是想让他李定国……”全为国正要开口，永历帝打断了他的话。

“朕听说，这李定国虽然身为大西军的第二把手，但一向与他孙可望不和，朕想利用他俩之间的矛盾，准备下道圣旨暗地里派人送去他军营里，召他来贵州安龙护驾，不知道你俩能不能替朕去办这件事。”

张福禄听了永历帝这番掏心窝子的话，知道永历帝没把他和全为国当外人，于是说道：“秦王自从得到实封以后，的确权欲越来越大，早已不把皇上和众朝臣放在眼里，特别是自打皇上来到贵州安龙以后，此人做事更是十分嚣张，实在是有些可恶。而马吉翔、庞天寿这两个叛逆也经常把他秦王挂在嘴上，凡事都先去请示他，甚至有时候连皇上的话都不爱听，两人实际是有心巴结他秦王。这些事情卑职都看在眼里，心知肚明，只是不便说出来而已。”

全为国也说：“张大人说得对，这秦王眼里是没皇上了，做事也很没规矩，但此人专横跋扈，大家都只能敢怒而不敢言。”

永历帝沮丧地说：“如今这个状况，朕是拿他秦王没办法了。可恨的是吉翔和天寿，他俩跟随朕这么多年，原先对朕也是忠心耿耿，对皇太后和皇后都是好生服侍，可如今他俩见我永历朝廷气势不好，秦王势头越来越旺，就改换门庭去巴结他了。”

“这两个叛逆，真是有奶便是娘！”全为国愤愤地骂道。

张福禄说："卑职认为，吏科给事中徐极、兵部武选司员外郎林青阳和主事胡士瑞、职方主事张镌、工部营缮司员外郎蔡缜等人忍无可忍，对皇上对朝廷都忠实可靠，不如我俩将皇上的旨意告诉他们，请他们与我俩一起来密商此事。"

全为国附和道："皇上，多个人多份力量，这几个人的确很不错，我看可以请他们一起来商议这个事情。"

永历帝想了会儿，说："行，但这事刻不容缓。这样，朕赐你俩一方空敕，你俩带着去找他们商量着办。朕先不参与，以免给秦王留下口实。这事越快越好，但要注意保密，绝不能让秦王和他的人知道。"

"遵旨！"张福禄和全为国叩拜永历帝，领受皇命。

"两位爱卿请起，不用多礼，这事朕就拜托给你俩了！"永历帝赶紧扶起他俩。

"请皇上放心，为了皇上，为了我永历朝廷，我俩就是舍下身家性命，也要完成皇上交付的使命！"张福禄和全为国起身。

见他俩如此忠诚，永历帝很感动，激动地说："多谢两位爱聊，谢谢你们为朕，为朝廷所做的一切！"

永历帝取来一方空敕，郑重地交给张福禄："此物非同一般，注意保管！"

张福禄跪下接过："皇上放心，福禄人在敕在！"

02

晚上，张福禄和全为国带着永历帝赐给的空敕，先悄悄来到张镌府上，正好徐极、林青阳、胡士瑞和蔡缜他们都在这儿。见他俩来了，大家赶紧和他俩打招呼。

张镌问张福禄和全为国："张大人、全大人，今晚咋有时间来我这儿串门，不会是有什么事吧？"

全为国环视一下屋里，见除了他们几人，没有其他闲杂人员，便给张福禄丢了个眼色，示意他给大家说说。

张福禄看了徐极和林青阳等人一眼，说道："各位大人，秦王自从得到朝廷实封以后，权势日涨，做事专横，特别是把皇上接到贵州安龙以后，就不把皇上和众朝臣放在眼里，更有夺取皇位之嫌。而掌管戎政和勇卫营的马吉翔、庞天寿两人，见我永历朝廷势力渐弱，不顾皇上和朝廷多年对他们的恩典，早已暗地里依附秦王，如今处处唯秦王是听，成了秦王安插在皇上身边的眼线，皇上甚为忧虑。”

“早就看出这几个乱臣贼子不是什么好东西！”张镌气愤地说。

“我等上次上朝向皇上弹劾马、庞二贼，就是因为看不惯他们的叛逆行径，想要皇上杀了他俩，没想到皇上……”林青阳一副无可奈何的样子。

张福禄见状，说：“林大人，皇上没杀这两个逆贼，不是皇上不想杀他们，是皇上有苦衷。”

“我知道，是皇太后和皇后护着这两个逆贼，皇上不好下手。”林青阳说。

全为国说：“林大人知道就行。你想，马、庞两个叛逆这么大逆不道，背叛皇上和朝廷，难道皇上不想杀他们吗？你说对了，皇上之所以没杀他们，是有皇太后和皇后护着。一个是皇上的母后，一个是皇上的爱妻，她们要护着马、庞二贼，你叫皇上怎么办啊？再说，皇太后和皇后护着这二贼，自然是看在他们多年服侍后宫的份上，这也是人之常情。”

“顾情义就连国家都不要了，这说得过去吗？”胡士瑞气得脸歪向一边。

“是啊，只顾他们的亲情，永历朝廷不要了？这算哪门子事啊？”蔡缤也说。

“你们不要说了，先等张福禄和全为国两位大人把话说完。”一直没说话的徐极对他们说。

“好，那我接着说吧。”张福禄看着大家。

“皇上听说西蕃李定国近日在湖北和广西大破清军，对我永历朝廷忠贞不渝，皇上非常高兴。皇上还听说，这李定国与秦王素来不和，两人之间矛盾越来越深。”

“嗯，是有这么回事。”全为国还没说完，蔡缤又插话。

胡士瑞附和道：“这秦王很容不得人，不仅仅是李定国，就连刘文秀他也容不下，总是寻机会找这两人的难堪。”

“岂止是找他们的难堪？他还想要李定国的命！”张镌接过胡士瑞的话。

徐极笑着说：“行了行了，你们都让张大人和全大人把话说完了再说好不好？”

胡士瑞、张镌和蔡缤这才不再说话。

见他们不说了，张福禄接着说道：“今日皇上把我和全大人叫到一起，准备叫我俩代皇上起草一道圣旨，然后派人密送到东高州李定国的军营中，请他率兵前来贵州安龙护驾。我和全大人都知道，你们前不久弹劾过马吉翔和庞天寿这两个叛贼，知道你们对皇上和朝廷均忠心耿耿，也就向皇上奏请，请各位共商此事，救皇上和朝廷于水火之中。”

“敢问张大人，何时前往殿上？”林青阳迫不及待地问全为国。

张福禄笑着说：“林大人别急，先听我把话说完。”

“好。”林青阳点了下头。

张福禄说：“皇上考虑到他不便出面，就赐了一方空敕给我和全为国大人，让我和全大人来找你们，共同办好此事。因事情急迫，我们就来找张镌大人，没想到大伙儿都在这里。”

张福禄说完，从怀中取出空敕让大家看。

全为国告诉大家：“我和张大人来，就是想请大家来共同商量，如何替皇上办好这件事。”

张镌说：“原来两位大人是为这事来的啊！”

胡士瑞听了张福禄和全为国的话，很是激动，说：“我等身为朝廷命官，拿着朝廷俸禄，一生受皇上恩典，国家遭此危难，我等理应竭尽全力救国家于水火，岂有不管之理？需要我做什么，张大人、全大人，你们吩咐就是，我胡士瑞万死不辞！”

张镌说：“孙可望和马吉翔、庞天寿这几个乱臣贼逆实在是太可恨，早就应该除掉，上次我等参奏他马吉翔和庞天寿，就是要扳他两人倒地，砍了秦王枝丫，没想到皇太后和皇后会出面力保，这才未了我等心愿。皇上既有此心，承蒙两位大人又看得起我们几人，我们出力就是。”

“我等身为永历朝廷臣子，此时不站出来，更待何时？行，听张大人和全大人安排，一起尽心尽力做好此事，报效皇上，报效朝廷！”林青阳情绪激昂地说。

蔡缤也说：“再不想办法除掉这几个逆臣贼子，我永历朝廷将不复存在，我等舍生忘死也要替皇上和朝廷清除这几个乱贼，不然枉为人臣！”

最后徐极说：“这几个乱贼的确可恶，实该铲除。我等皆是朝廷命官，理应效力，要不然我们上对不起皇上和朝廷，下对不起黎民百姓。不过，此事关系到我永历朝廷的生死存亡，事情重大须得谨慎。首辅吴贞毓大人老成稳重，我建议去找他一起相商，请他帮忙出出主意，大家意下如何？”

“对，去找吴大人商量商量！”听了徐极的话，大家一致赞同。

随后，七人一起去吴贞毓府上。

用过晚膳，一时闲着没事，喜欢读书的吴贞毓拿了本《资治通鉴》来到后庭小花园里，坐在靠椅上正准备看。

下人刘妈进来禀报："老爷，张福禄张大人他们说有事找您。"

"张大人？"吴贞毓没想到张福禄他们这时会来他府上，便问刘妈，"他们在哪儿？"

刘妈告诉他："他们已经在门外候着了。"

"哦，快去请他们进来，我马上去会客室！"吴贞毓说着站起来往会客室走去。

张福禄、全为国、林青阳、蔡缤、徐极、胡士瑞和张镌等人在刘妈的带领下走进屋里，吴贞毓已经在会客室里等他们了。见他们来得这么齐，吴贞毓笑着问道："几位大人今晚来老夫这儿，想必有什么重要事情吧？"

全为国、张福禄和林青阳等人把永历帝的旨意和他们的来意说了。张福禄还从怀中取出空敕，递给吴贞毓过目。

孙可望指使贺九仪在南宁残杀杨鼎和等几位朝臣的时候，吴贞毓因为在外才幸免一难。后来，马吉翔和庞天寿两人为了扳倒他，又以欺君之罪对他进行诬陷弹劾，幸好皇上知道他的为人和对朝廷的忠心，这才又躲过了一劫。前不久徐极和林青阳他们弹劾马吉翔和庞天寿这两个逆贼的事，他也是知道的。对秦王孙可望的专横跋扈和马吉翔、庞天寿等人巴结投靠秦王，他早就看不过去了，这下听说皇上有心要铲除这几个乱臣贼子，想叫西宁王李定国前来安龙护驾，并叫张福禄、全为国和林青阳他们来办这事，很是高兴。

他对张福禄和林青阳他们说："我永历朝廷形势十分危急，现在正是我等为国家效力的时候了。但如今逆贼当道，朝上又有奸臣依附，到处是他们耳目，这事恐怕容易走漏消息。如若消息泄漏出去，让他孙可望或马吉翔、庞天寿等人知晓，我等性命必然不保，此事须得谨慎才是。"

"吴大人说得对，须得保守好这个机密，万万不可泄漏！"徐极告诫大家。

吴贞毓说："不过，你们也别怕，我们只要谨慎行事就行。我这儿清静，没闲杂人，大家可在我这儿商议此事。"

张福禄说："感谢吴大人为我们提供了这么个好场所。"

吴贞毓叫他不用客气。

吴贞毓问大家："皇上的圣旨写好后，你们当中，谁能去广西李定国营中送此密旨？"

“大人，卑职愿去送此圣旨！”林青阳挺身而出。

听林青阳说他愿意去送此密旨，吴贞毓对大家说：“既然青阳肯去，那我们就着手代皇上草拟圣旨吧。”

“哦，等一下，还有两个人不是外人，我把他们叫来一起做这个事。”

说完，吴贞毓分别打发人去叫礼部司员外郎蒋乾昌和兵部职方司主事朱东旦，并叮嘱去的人注意保密。

“等乾昌来了叫他草拟圣旨。”吴贞毓对张福禄、林青阳和全为国他们说。

张福禄说：“好，听吴大人安排。”

吴贞毓从书房拿来纸和笔墨，在桌上铺好纸，磨好墨，等蒋乾昌和朱东旦。

不多一会儿，蒋乾昌和朱东旦来了。

见张福禄、全为国和林青阳、徐极等人都在，两人感觉有些奇怪。分别和大家打了招呼后，蒋乾昌问吴贞毓：“吴大人，把我和东旦叫来，有什么事啊？”

吴贞毓把刚才的事给他两人说了。蒋乾昌和朱东旦也都是爱憎分明的人，听了吴贞毓的话，都乐于参与此事。

吴贞毓对蒋乾昌说：“来，你文笔不错，你来代皇上草拟圣旨，墨我已经给你磨好了。”

听吴贞毓这样说，蒋乾昌赶紧说：“大人，您过奖了，乾昌才疏学浅，怕担不起这个重任呢！”

张福禄和全为国等人都知道蒋乾昌的文笔了得，张福禄对他说：“蒋大人，你就不要推辞了，你看，吴大人连墨都亲自给你磨好了，这事非你莫属！”

“是啊，吴大人帮你磨墨，你看你多荣幸啊！”徐极笑着对他说。

吴贞毓说：“时间不等人，乾昌，不要磨磨叽叽，快来起草。”

“既然这样，那我就献丑了。”蒋乾昌边说边走到案台前坐下，开始起草皇上给李定国的圣旨。

趁这个时候，吴贞毓和张福禄、徐极、全为国、林青阳等人去一边商议如何送密旨的问题。

吴贞毓问林青阳：“这密旨你打算如何送？”

林青阳说：“秦王势力强大，又有马吉翔和庞天寿这些人在朝中，他们耳目繁多，我若不在朝上，势必会引起他们的怀疑。”

张福禄听了，说：“林大人说的也是。”

“嗯。”全为国也点了点头。

“那你准备怎么做才不引起他们的怀疑呢？”吴贞毓抚着下巴问林青阳。

林青阳说：“我已经想好了，准备以去老家乡下为兄长奔丧为由，向皇上告假一些时日。这样，马吉翔和庞天寿他们就不会怀疑了。”

吴贞毓沉思了一下，说：“嗯，这个办法还不错。”

徐极也说：“好，这个理由说得过去。”

张福禄说：“那就按林大人说的去办吧。”

张镌、蔡缤、胡士瑞等人也同意林青阳的这个办法。

全为国说：“既然大家都觉得这个办法好，那就这样定了。”

“行，就这样定。”吴贞毓想了想，说。

一会儿，蒋乾昌走过来对吴贞毓说：“吴大人，代皇上起草的圣旨草拟好了，请大家过去过下目，看有哪些地方需要修改的。”

“好。”吴贞毓说，然后转向张福禄和林青阳他们，“那就请诸位过去看看乾昌草拟的圣旨，看有没有需要修改的地方。”

“才多长时间啊？这圣旨就起草好了，真不愧是才子啊！”张福禄夸蒋乾昌。

全为国也说：“快手，真是个难得的快手！”

蒋乾昌不好意思地说：“承蒙张大人、全大人夸奖！”

张福禄说：“这不是夸奖，是摆在面前的事实。”

其他人也在夸蒋乾昌。

“乾昌，你来念一下。”吴贞毓对蒋乾昌说。

蒋乾昌对着面前他刚才草拟的圣旨念起来：

定国弟，别来无恙。自上次与你一别，朕无时不牵挂着你。朕知道，弟一直受到秦王挤兑，但弟深明大义，舍生忘死，亲率部属四处抗击清兵，保我江山社稷和黎民百姓，弟对朝廷的忠心，朕心知肚明，并不胜感激。如今，秦王于贵阳大造宫殿，分封文武百官，还制定礼制，命云南、贵州、四川等省百官限期朝拜于他……秦王所为，分明是与我朝廷分庭抗礼，实为有悖臣伦。然而，秦王一时势大，朕已难于驾驭，加之有奸臣马吉翔、庞天寿依附，秦王更是气焰嚣张，不断有朝臣被其加害，弄得朝上人心惶惶。有此乱臣贼子，朕感寝食难安，欲摆脱秦王之制。朕知弟性格耿直，又有才能，秦王因此忌恨于你。朕考虑再三，欲请弟速回师贵州安龙护驾，并下此敕，密派推官林青阳送到弟军营中，不知弟是否愿意前往。如弟能前往护驾，朕将感激不尽，若日后我永历朝廷得以兴盛，朕必将对弟进行重用！钦此！

朱由榔　永历七年十一月二日

蒋乾昌念完，问："大家看还有什么地方要修改的，如果有请提出来，我改便是。"

张福禄、全为国和徐极、林青阳等人仔细想了一下，觉得也没有什么遗漏和不妥的地方，都说："行，就这样吧。"

吴贞毓思考了一下，说："有个地方得改一下。"

"哪儿？吴大人！"蒋乾昌审视着起草的圣旨，问吴贞毓。

吴贞毓指着圣旨上的"加之有奸臣马吉翔、庞天寿依附，秦王更是气焰嚣张，不断有朝臣被其受害，弄得朝上人心惶惶"这句之后，说："应该在这句后前加上'但众臣敢怒而不敢言'几字，这样更为妥当。"

"对对对，应该加上这句！"张福禄说。

"好，我马上改！"蒋乾昌说完，提笔蘸墨，在起草的圣旨上加上了这一句。

等蒋乾昌加好，大家再看了一遍，都觉得没有不妥的地方了。吴贞毓把全为国带来的空敕拿来，对朱东旦说："来，东旦，这事你最擅长，你来缮写！"

"行。"朱东旦接过空敕，开始缮写皇帝圣旨。

吴贞毓叫张福禄、全为国、徐极和林青阳等人去坐着喝茶，等朱东旦缮写代起草的圣旨。几人边喝茶边又继续聊秦王和马吉翔、庞天寿乱政的事。

朱东旦誊抄好圣旨，把它拿过来交给吴贞毓。

吴贞毓叫大家再看一遍，看有没有不妥的地方。张福禄、徐极、全为国、林青阳等人又仔细看了一遍，都说没什么错漏。

吴贞毓看了一下，对张福禄和全为国说："你俩马上拿去给皇上过目。等皇上看过后，盖上朝廷御印，马上拿回来交给青阳。"

"好。"全为国和张福禄点头。

徐极说："我和几位大人在此等候你俩，你们速去速回，莫要让大家久等。"

张福禄收藏好圣旨，说："大人放心，盖上御印我俩就回来。"

吴贞毓催他俩："行，赶紧去吧，等会怕皇上休息了！"

张福禄和全为国赶紧去宫中找永历帝。

03

用过晚膳，永历帝心中苦闷，独自一人来到殿里，心事重重地坐在龙椅上。

他心里一直在想着白天和张福禄、全为国说的事。

正想得出神的时候，没想到张福禄和全为国来了。

张福禄问："皇上，您怎么上殿里来了？我们还以为你在中宫，去中宫找您，皇后娘娘说您没在，我们猜您可能在这儿，就往这儿来了。"

"朕觉得心里很烦，这儿清静，来这儿坐坐。"永历帝问他俩，"事情办得怎么样？"

全为国告诉他："都办好了。不仅找到了徐极徐大人和林青阳他们，我们还请吴贞毓大人帮我们把关。"

"你说什么？吴贞毓大人也参与进来了？"永历帝不相信似的问。

"吴大人不但参与了，他还把蒋乾昌和朱东旦叫来代起草和缮写圣旨呢！"全为国告诉永历帝。

"这就好！这就好！"永历帝高兴得连声说。

"皇上，这是代起草的密旨，请皇上过目。"张福禄双手把代起草的密旨呈递给永历帝。

永历帝接过蒋乾昌代起草的密旨，仔细看了一下，连声说："好，好，就这样！"

张福禄请示他："皇上，那我们就启用御印了？"

"用用用！"永历帝毫不迟疑地说。

盖好御印，张福禄和全为国将密旨装好，准备和永历帝走出殿里。

永历帝突然问他俩："谁去送此密旨？"

张福禄告诉他："推官林青阳说他愿意去，我们和吴贞毓、徐极等大人商量后，决定由他去送。"

张福禄还告诉永历帝，明天林青阳会来向他告假。

上次林青阳参与了弹劾马吉翔和庞天寿的事，永历帝觉得此人不错，也就点了点头，表示认同。

全为国对永历帝说："皇上，那我们先走一步，吴大人、徐大人和林青阳他们还在等着我们。"

"好，你们先去，朕这就回宫里休息。"

张福禄和全为国跟永历帝道别。

张福禄揣好密旨，和全为国一同出了文华殿，直奔张镌家。

“这么快就盖上印了？”俩人刚一跨进门，张镌便伸长脖子迫不及待地问。

张福禄告诉他：“盖上了。”

“给我看看。”吴贞毓对张福禄说。

张福禄从怀中取出盖了御印的密旨递给吴贞毓：“来，吴大人。”

吴贞毓接过密旨看起来，其他人也围过来一起看。

看完密旨，吴贞毓抚摸着胡须，微笑着说：“好，好，这下朝廷有救了，皇上有救了！”

徐极说：“此事若成，尔等都是大功臣啊！”

“管它功不功的，只要救得了皇上，救得了朝廷就行！”张镌性子直，说话也直。

全为国说：“张大人说得对，管它功不功，只要救得了皇上，救得了朝廷，我们心里就算是踏实了！”

见夜很深了，吴贞毓对大家说：“好吧，各位都别说了，大家的心意我知道，相信皇上也是知道的。这事弄成了，的确是大功一件，皇上肯定不会亏待大家。时候不早了，既然密旨已经盖好御印，那就交给林推官，请他赶紧送去给李将军，晚了怕耽误皇上大事。”

“对，这事一刻也耽误不得！”徐极严肃地说。

全为国说：“好，那就交给青阳吧。”

“林推官，这事老夫就拜托你了！”吴贞毓说着把密旨郑重地递到林青阳手上。

“请吴大人放心，青阳就是死，也要把这密旨送到李将军手里！”林青阳接过密旨，在吴贞毓面前单膝跪地发誓。

吴贞毓赶紧伸手去扶他：“快起，快起，别说什么死不死的，送到就行！”

“青阳，拜托了！”林青阳站起来，其他人一一朝他拱手道谢。

“应该的！”林青阳一一还礼。

此时已是丑时许，吴贞毓、徐极等人又交代林青阳一番，然后各自回家休息。

第二天早晨，林青阳借口老家一位兄长病逝，要回乡下去奔丧，在朝上当着马吉翔和庞天寿的面向永历帝告了假。

林青阳已打听到李定国正在广西柳州一带率部与清军作战，就往广西方向寻去。

天一黑，他就出发了。出发的时候，吴贞毓和徐极代表大家来为他送行。

吴贞毓一再叮嘱他："事关重大，一定要注意保密，要亲自将密旨交到李定国将军手上，切勿落入外人之手。"

"请两位大人放心，卑职一定不孚众望！"林青阳向吴贞毓和徐极表态。

"好，一路保重！"吴贞毓和徐极拱手向林青阳道别。

"两位大人，青阳走了。"林青阳说罢转身走了。

怕走漏消息，林青阳化装成做药材买卖的生意人。他知道秦王和马吉翔、庞天寿党羽遍布，尽拣小路走，以免被人跟踪。林青阳不敢白天行走，多是选择夜晚赶路。他不敢住热闹的客栈，只敢选择一些规模不大的小店或路边的农家借宿。

一个多月后，林青阳一路辗转来到了广西境内。一天，他在一个小镇上吃饭时向店家打听明军和清军打仗的事。店家告诉他，前不久李定国的大西军在这儿和清军打仗，清军败得很惨。

林青阳问店家："大西军的部队还在这儿吗？"

店家告诉他："早就不在这儿了。"

"那他们去哪儿了？"林青阳问店家。

店家说："这些人具体去哪儿我也不知道。听人说，好像是往湖北方向去了，还要在那儿和清军打呢。"

林青阳这才知道李定国的部队早已不在广西了。

"谢谢你，老哥！"林青阳告别店家，往湖北方向去寻找李定国的部队。可打仗哪有一成不变的地点？等林青阳一路穿山越岭、跋山涉水来到湖北，又听说李定国率领部队打到湖南去了，林青阳又马不停蹄地往湖南方向追寻而去。

第17章 密令护驾

01

一晃眼林青阳已经去了几个月了，永历帝见连个回音都没有，心里十分着急。

一天，永历帝把吴贞毓叫来，焦急地问他：“吴爱卿，这林青阳去了已经快七个月了，是好是坏咋没半点消息？会不会是出事了啊？”

其实，吴贞毓比他永历帝还着急，他曾经几次找过徐极、张镌、张福禄他们说过此事。为了不引起他人怀疑，他们对外宣称，林青阳回乡下奔丧之后得了重病，一直在乡下养病。

吴贞毓心头虽然着急，但他知道这个时候不能火上加油，让他永历帝更加心焦。于是，他对永历帝说：“皇上，从贵州去广西路途遥远，而且大山重重交通不便，要赶到那儿是需要不少时间。再说李定国和他的部队在与清兵打仗，到处奔走没有定所，是有些难寻啊！皇上不用着急，青阳一旦找到李定国，他肯定会及时赶回来的，就安心等他消息吧！”

永历帝对吴贞毓说：“去了半年多，到现在还没个结果，我能不着急吗？”

见他面容憔悴，吴贞毓说：“我知道皇上是怕青阳出事。但我想，青阳做事沉稳，人又机灵，我相信他不会出什么差错，放心吧，皇上！”

“唉，话倒是这么说，可朕心里还是放不下啊！”永历帝沮丧地说。

吴贞毓说：“皇上的心情我理解，但这事急也没用啊！”

永历帝告诉他：“要不这样，你再找个可靠的人去寻下他林青阳，看是怎么回事，你觉得呢？”

吴贞毓说：“行，微臣这就去找徐极和张福禄他们商量，具体怎么办，到时候我回来给皇上回话。”

“看来也只能这样了，你去吧，但这事得抓紧。”永历帝叮嘱他。

“微臣这就去找张福禄和徐极他们。”吴贞毓说完转身要走。

永历帝叫住他：“吴爱卿，这事一定得注意保密，秦王耳目太多。”

“微臣知道。”吴贞毓说完走了。

吴贞毓找到徐极，说：“徐大人，这林青阳已经去了七个月了，到现在还是没个消息，也不知道是个什么情况。今日皇上把我叫去，我见他非常着急，心里很难受，可又不知如何是好，只好安慰他一番，你说这怎么办啊？”

“不光是皇上着急，我们也着急啊，但有什么办法呢？”徐极也很无奈。

吴贞毓告诉他：“皇上跟我说了，叫再找个可靠的人去找下林青阳，看到底是怎么回事。”

“这事须得谨慎啊！”徐极说，“要不把张福禄张大人和全大人，还有胡士瑞、张镌、蔡缜他们几个叫来，先商量商量再说，吴大人觉得如何？”

“也只能是这样了。”吴贞毓一脸茫然。

徐极说：“那您先在这儿等着，我叫人去把他们几位请来。”

“好。”

徐极安排人去找张福禄和胡士瑞、张镌几人。

“吴大人，让您久等了！”一会儿，张镌先来了。他家离这儿比较近，也就先到了。

随后，胡士瑞、蔡缜、张福禄、全为国，还有蒋乾昌、朱东旦等人也到了。

武安伯、郑允元这次也来了。

“走，进书房里去说。”徐极对大家说。

然后，他叫一位下人守在门口，以防马吉翔和庞天寿的人进来。

02

进了书房，徐极给大家斟好茶，对吴贞毓说："吴大人，你给大伙儿说说。"

吴贞毓看了大家一眼，心情沉重地说："几位大人，一晃林青阳已经去了半年有余，可到如今连点消息都没有，人也见不到他，不知道是怎么回事。"

"该不会是出事了吧？"胡士瑞皱着眉头。

蔡缜摆摆头，凝思着说："我想应该不会。"

"是不是他还没找到李定国啊？"蒋乾昌用征询的眼光看着吴贞毓。

朱东旦接过蒋乾昌的话："很难说。这打仗又不像赶场，有个固定的地点，今天在这儿明天到那儿的，没个准头。"

吴贞毓问："大家看这事怎么办才好？皇上今天把我叫去问这个事，他非常着急。"

"这种掉脑袋的事情谁不着急？我们也着急啊！"张镌快言快语。

吴贞毓说："大家都很着急，这我知道，但光着急也没用。今天把大家请来，就是想商量出个办法来。"

"是啊，这才是主要的。"徐极说。

"对，想出解决问题的办法才是关键。"张福禄附和道。

全为国说："既然来了，那大家想想该怎么办，是继续等啊，或是另外打发人去，得商量出个意见。"

吴贞毓说："今天皇上把我找去，皇上的意思是叫我另外派个可靠的人去找找林青阳，看到底是怎么回事。"

"另外派人去找林青阳？"胡士瑞不明白似的问。

"皇上是这么说的。"吴贞毓告诉胡士瑞。

胡士瑞说："吴大人，我不是这个意思，我是说，派人去能找到他林青阳吗？如果找不到，那又得花很多时间，你们大家说是不是？"

"是倒是这样，但有其他更好的办法吗？"张福禄问。

胡士瑞摆摆头。

徐极摸着下巴，说："我看也只能是另外派人去找林青阳了。只有找到他林青阳，才知道是什么情况。"

"行，那就再派个人去找林青阳。"张福禄说。

张镌问："但派谁去好呢？"

吴贞毓想了想，说：“我给大家推荐一个人，你们看如何？”

“谁啊？”有人问。

吴贞毓说：“翰林院的孔目周官，此人大家觉得如何？”

“我觉得可以，这人很不错的。”听吴贞毓说派翰林院的孔目周官，徐极表示赞同。

蔡缤也赞同吴贞毓的想法：“既是这样，那就请他去吧。”

“你们呢？有没有意见？”吴贞毓问胡士瑞、蒋乾昌等人。

“意见倒是没有，关键还得看这种事情人家愿不愿意去。”胡士瑞担心这周官不愿意。

吴贞毓说：“这个没问题，我去说服他。”

张福禄说：“行，既是这样，那就请吴大人去说服了。”

“我同意。”胡士瑞、张镌、蒋乾昌等人一致赞成。

“我有个提议。”郑允元突然想起要说什么。

吴贞毓说：“你说。”

郑允元说：“现在马吉翔这个逆贼，天天在皇上身边，什么事情都向秦王报告，是秦王扶植起来的一条走狗。我想，必须奏请皇上设法让他到外地出差，才能让周官启程去找林青阳，以免走漏消息。如果他马吉翔还在这儿，那他的党羽蒲缨、宋德亮、郭璘、蒋御曦等人会暗地里打听这个事，这对周官很不利。”

胡士瑞点头：“你这个想法很对，必须得想办法支开他马吉翔，要不然可能这逆贼会坏事。”

吴贞毓告诉大家：“这个事由我去给皇上说。”

全为国说：“好。”

吴贞毓说：“那就散吧，有事我再告诉大家。”

从徐极那儿出来，吴贞毓马上去找翰林院的孔目周官。吴贞毓把情况跟他说了，周官说这是一个臣子应尽的职责和义务，他一百个愿意。

吴贞毓非常高兴，说等协调好了再让他启程。

和周官说好后，吴贞毓又马不停蹄地赶去永历帝那儿，把大家商量的情况和郑允元的建议跟他禀报。

永历帝动情地说：“好，吴爱卿，辛苦你们了！”

吴贞毓赶紧说：“这是微臣职责所在。”

吴贞毓走后，永历帝在想：找什么理由支开他马吉翔呢？

永历帝突然想起，一年一度的祭祀活动马上就要到了，咋不派马吉翔去广西南宁代我祭礼祖宗和孝正皇太后呢？对，派他去替我祭礼祖宗和孝正皇太后。

主意打定，永历帝把马吉翔找来，跟他说："马爱卿，一年一度的祭祀活动马上就要到了，朕近来抽不开身，想派你代朕去广西南宁祭礼祖宗和孝正皇太后，你看行吗？"

马吉翔知道永历帝主意已定，虽说有秦王为他撑腰，但他毕竟是永历朝臣，也不敢明目张胆地反对永历帝。再说他还不知道这是吴贞毓和永历帝他们设下的调虎离山计，便说："祭祀皇祖皇宗和孝正皇太后，按理说皇上应该亲自前往，既然皇上抽不开身，又信得过微臣，微臣去就是，没有什么行不行的。"

"这也是朝中的一件大事，马爱卿能替朕分忧，朕非常高兴。"永历帝假装感谢他。

马吉翔赶紧说："皇上不必客气，这本就是微臣应该做的。"

"辛苦马爱卿了！"

马吉翔问永历帝："皇上，微臣何时启程？"

永历帝想了想，说："祭祀是件大事，必须得做好充分准备，不能出现差错。再说，需要办的事情也很多，你得提前去做些准备，以免到时候出现差错。这样，也没多长时间了，你后天就动身吧。"

"微臣遵旨，谢主隆恩！"马吉翔叩拜永历帝。

永历帝觉得好笑，心想："谢我隆恩？好你个不二逆臣，你不勾结秦王那乱贼谋害我就够了，还谢我隆恩？"

永历帝心里虽这么想，嘴上却说："辛苦马爱卿了，你去吧。"

"是。"马吉翔退出永历帝住处，往回走。他本不想去南宁的，但皇命难违，不得不去。

路上马吉翔在想："叫我代他去祭祀，这到底是何意图？"

马吉翔还没想清楚，两天后就去了南宁。

就在永历帝对马吉翔实施调虎离山计的时候，吴贞毓和张福禄、全为国、徐极等人又在加紧替皇上起草给李定国的第二道圣旨。圣旨内容与前一道差不多，只是多了差林青阳去李定国军营中一直未回，永历帝十分焦急，再差周官前往这么一些内容。

待马吉翔一离开安龙，永历帝马上对吴贞毓说："可以安排周官启程了。"

吴贞毓等人马上安排周官出发。

周官一番乔装打扮，怀揣着永历帝给李定国的密旨，秘密上路了。

03

林青阳一路风尘仆仆，追来追去寻找李定国的部队，可到了第二年正月，还是没有找到李定国和他的部队。

不久，林青阳来到了广西右江下游田州总镇常荣的军营中，常荣热情地接待他。

林青阳想，自己出来这么长时间了，可皇上和吴大人他们连我的一点消息都没有，肯定急死了，我得先找人给他们去个信儿，告诉他们我这儿的情况。

林青阳问常荣："常总兵能不能帮小弟一个忙？"

常荣问他什么事。

"能不能派个信得过的人去贵州安龙给我送个信？"林青阳问常荣。

常荣想了一下，说："你把信写好，我来给你安排人。"

"感谢，感谢，常大哥的恩情小弟永生难忘！"对常荣的恩情，林青阳实在是很感激。

待林青阳把信写好，常荣把心腹刘吉叫来，叫他悄悄潜回贵州安龙，去给吴贞毓和徐极他们报信。

林青阳叮嘱刘吉："到了贵州安龙以后什么地方都不要去，直接去兵科给事张镌府上找他。"

"好！"刘吉回答。

林青阳说："那就拜托你刘老弟了！"

刘吉来到贵州安龙，趁天黑直奔张镌府上。

见到张镌，刘吉把林青阳写的信交给张镌。

张镌问刘吉林青阳现在在哪儿，刘吉告诉他，林青阳在常荣营中。

看完林青阳写的信，张镌觉得这事可能会有麻烦，就对刘吉说："这样，你留在我府上哪儿也别去，我这就去找吴贞毓吴大人。"

刘吉点头："听张大人安排。"

张镌带着刘吉带来的信，赶紧去吴贞毓府上。

到了吴贞毓府上，张镌把林青阳写的信拿出来递给吴贞毓，并把刘吉的话告诉他。

吴贞毓听了张镌的话，心头一紧："怎么？去了这么长时间还没找着他李定国？"

"吴大人，您看信上写的就知道了。"张镌对吴贞毓说。

吴贞毓看完林青阳写的信，忧心忡忡地对张镌说："糟了，出事了！"

"吴大人，您看这事咋办？要不要告诉徐大人和胡大人他们？"张镌问他。

吴贞毓觉得，这事现在告诉徐极和胡士瑞他们也没用，不如先去了解一下情况，然后禀报皇上看他是什么想法。于是对张镌说："不急，先去你府上，我要见见这个刘吉，问他到底是怎么回事。"

"林大人还有其他交代没有？"吴贞毓到了张镌府上立即问刘吉。

刘吉摇摇头："没有了。"

吴贞毓告诉刘吉："前不久，皇上见林推官去了这么久都没消息，又派翰林院的孔目周官带着密旨去找他和李定国将军。可到现在，也没有他的消息。这样，你和我们一道去殿上，把情况给皇上说清楚，看皇上怎么说。"

刘吉说："愿随大人前往。"

于是，三人一起去找永历帝。

到了殿门口，遇到庞天寿从殿里出来。

"吴大人、张大人，这大晚上还有事要奏请皇上？"庞天寿跟吴贞毓和张镌打招呼。

吴贞毓和张镌知道他话语不善。吴贞毓只是用鼻子"嗯"了一声，算是和他打招呼。张镌却不搭理他。

庞天寿碰了一鼻子灰，朝吴贞毓和张镌看了一眼，尴尬地走了。

吴贞毓和张镌、刘吉进了殿里。此时，殿上只有永历帝和御前管事张福禄、随堂太监全为国。永历帝还在埋头看奏本，全为国站在他身旁，张福禄则在忙着抄写文案。

见吴贞毓和张镌、刘吉来了，全为国对他们说："吴大人、张大人，这么晚了你们还有事？"

"对，全大人，我们有急事要禀报皇上。"吴贞毓着急地说。

"吴爱卿、张爱卿，什么事这么急啊？"听见吴贞毓的声音，永历帝抬起头来问。

吴贞毓扫视了一眼殿内，上前低声禀报："皇上，此事重大。"

"嗯？"听吴贞毓说事情重大，永历帝心里一紧，赶紧低声问他，"什么事？"

吴贞毓示意全为国把殿门关上。

全为国会意，赶紧走下去把殿门关上，然后回到永历帝身边，问吴贞毓："吴大人，是不是？"

吴贞毓没回答他，而是对刘吉说："来，你给皇上和全大人、张大人他们说说。"

随后，刘吉把之前给吴贞毓和张镌说的话重复了一遍。

吴贞毓把林青阳写的信递给永历帝。

听完刘吉的禀报，看了林青阳写的信，永历帝觉得，虽然林青阳还没找到李定国，但此人已经很不错了，为了送密旨，一跑奔波辗转，肯定吃了不少苦。为了激励他和其他人，永历帝决定对他进行提拔嘉奖。于是便对吴贞毓和张镌说："这样，从现在开始，朕将林青阳提升为兵科给事。"

吴贞毓说："应该，应该！"

张镌也说："皇上赏罚分明，林大人自愿去送密旨，而且此番的确辛苦，应该提拔重用。"

"谢皇上！"刘吉听了，赶紧代林青阳向永历帝道谢。

永历帝吩咐吴贞毓："请李定国救驾的事看来得抓紧进行了，时间紧迫啊。这样，朕用黄金二十两为李将军铸造'屏翰亲臣'之印，以便他好率兵救驾。'屏翰亲臣'字样你来写，然后连同黄金一起叫人带去给林青阳，叫他找人制作金印，再麻烦他连先前的密旨一并送去给李定国将军。具体如何办，你们去商量。"

得到永历帝的指令，吴贞毓叫张镌去通知徐极、蔡縯、胡士瑞等人，叫他们马上到他府上集中，一起来商议此事。他则先带着刘吉去他府上。

徐极、胡士瑞、蔡缜等人来到吴贞毓府上，吴贞毓把林青阳的情况和皇上的意思跟他们说了，他们都说按皇上的意思办。

吴贞毓写好"屏翰亲臣"字样，连同黄金一起交给刘吉，叫他带回田州总镇常荣营中交给林青阳。

第二天，刘吉起程潜回广西右江下游田州总镇。

刘吉回到常荣军营中，把在贵州安龙的情况给林青阳说了，并把吴贞毓写的“屏翰亲臣”字样和黄金交给他。

“好，辛苦你了！”林青阳对刘吉说。

“林大人别客气，这是我应该做的。”刘吉还告诉林青阳，皇上已经提拔他为兵科给事了。

“感谢皇上的厚爱！”林青阳说着，朝安龙方向跪拜。

林青阳拿到黄金和吴贞毓写的“屏翰亲臣”字样后，出钱叫常荣派兵护送他到广东廉州。

在廉州，林青阳遇到了周官。

04

由于李定国率部辗转在湖南、湖北、两广和四川一带与清军作战，行踪不定，周官花了几个月时间，历尽千辛万苦，饱受了许多磨难，还是没找到李定国的部队。

后来，周官到了广东廉州寻找。

这天下午，住在廉州城中一家旅店的周官，因心情烦躁出来到街上走走。突然，周官看到前面一个人的背景很是熟悉。他走上前去一看，居然是林青阳。

“青阳，你咋在这儿？”周官朝林青阳叫道。

“你怎么也在这里？”林青阳通过刘吉已经知晓，因为长时间没有自己的消息，皇上又派周官来给李定国将军送护驾密旨。

周官摆摆手，示意他这儿不是说话的地方，叫林青阳随他到他住的旅店。

林青阳随周官到了旅店，周官问他咋会在这儿。林青阳将他出来找李定国部队的经过和他到田州总镇后差人回安龙的情况跟他一一说了。

“难怪这么长时间听不到你的音信！”周官说。

周官问林青阳：“那你来这儿干啥？”

林青阳说：“我来这儿找人铸造金印。皇上和吴贞毓大人叫刘吉给我带来了二十两黄金和铸印的字样，叫我做好后一起送到李定国将军手上。”

“哦，原来是这样啊！”周官恍然大悟。

林青阳告诉他：“我已经打听好了，李定国将军的部队这段时间就在广东高州。你和我一道去找人把这金印铸好，然后一起送去给李将军，请他及时回安龙护驾。”

“好！”周官说。

十多天后，两人找人把金印铸造好，就一起去广东高州找李定国去了。

几经周折，两人来到了广东高州李定国军营。

“什么人？”来到李定国军营外，守门兵士拦着他俩问。

林青阳对守门兵士说：“我们是朝廷派来的人，有急事给李将军禀报，烦兵士马上通报一声。”

守门兵士叫他俩稍等片刻，他这就进去禀报李将军。

李定国听说朝廷来人了，赶紧叫守门兵士去把人领进来。

“将军，我们找你找得好苦啊！”林青阳和周官见到李定国，“扑通”一声跪下，声泪俱下地诉说着。

李定国赶紧将他俩扶起，说：“两位受苦了！”

林青阳说：“为国家出力效劳，别说是受苦，就是死也值得！”

随后，林青阳和周官分别从怀中取出永历帝的密旨，双手呈给李定国：“来，将军，这是皇上给你的密旨。”

李定国准备下跪接旨。

林青阳和周官赶紧说：“情况特殊，此礼可免。”

李定国接过密旨，正准备展开看，林青阳从包袱中取出“屏翰亲臣”金印放到李定国面前的桌上，对他说：“将军，这是皇上赐给你的印鉴。”

李定国见了金印，很是激动，说：“感谢皇上厚爱！”

随后，李定国展开永历帝给他的两份密旨看起来。

李定国读完密旨，更是感动万分，当即泪流满面地朝贵州安龙方向叩拜永历朝廷，并发誓说：“只要我李定国活着一天，就不会让皇上受到半点屈辱。我李定国虽然和他孙可望共事多年，但我宁可负他孙可望，也决不背叛皇上！”

林青阳和周官见李定国答应回贵州安龙护驾，万分高兴。

但李定国对他俩说，眼下广西这边战事未停，希望他们回去后转告永历帝，请他暂时忍受些时日，待这边战事稍缓一些他就即刻率领部队前往护驾。

听李定国这么说，林青阳赶紧说：“谢谢将军，我们回去后一定把将军的话转告皇上。将军能够率兵回去护驾，这不仅是皇上的愿望，也是吴贞毓、徐极、张福禄等许多朝臣的愿望，这下皇上必然有救，朝廷必然有救，青阳在此代皇上先感谢将军了！”

林青阳说完给李定国行了个拱手礼。

周官也很激动，说：“李将军若回贵州安龙护驾，我和青阳也算是不辱皇上使命，周官在此谢过将军！”

“两位大人不必客气，过些时日定国回去护驾就是！”李定国说，“这样，我写封信给吴大人，说说这边的情况，请二位带回去交给吴大人。”

林青阳说：“好，我们一定带到。”

李定国在信中告诉吴贞毓，他这边战事多，一时抽不开身回贵州安龙，等这边战事稍缓，他马上率领部队来护卫皇上和朝臣们，叫皇上和朝臣们放心就是。他还告诫吴贞毓大人，说两广一带战局未定，进退维艰，凡事都得谨慎行事，望他多多关注此事。

怕皇上和吴贞毓、徐极他们担心，两天后，林青阳和周官赶紧启程回贵州安龙。

李定国怕他俩遭到秦王和马吉翔、庞天寿的人暗算，派人一路护送。

谁也不会想到，李定国接到皇上密旨一事，被秦王派驻在广西南宁的总兵朱养恩知道了，朱养恩即刻派人骑马飞报秦王。

到了半路的林青阳和周官，听闻后从连州沿海而去，不敢回安龙行宫。

林青阳和周官做梦都没想到，后来不仅李定国没能及时班师回贵州安龙护驾，吴贞毓、张福禄、徐极、张镌等十八大臣还身陷大牢，丢了性命。

第18章 天机泄漏

01

永历帝让马吉翔代他去广西南宁祭祀祖宗和孝正皇太后，目的就是为了支开他这个逆贼，不让他知道周官去给李定国送救驾密旨的事。

没想到，这事还是被马吉翔这个逆贼知道了。

被派去南宁祭祀祖宗和孝正皇太后，马吉翔本来就怀疑永历帝有什么目的。尽管如此他还得要去，不去就是抗旨不遵，那是要杀头的。

到南宁后，马吉翔不知道从什么地方听到了林青阳带着皇上密旨去大西军李定国营中的事情，就派心腹汪锡元去李定国军营中暗中打探情况。汪锡元去了一段时间，倒也没打探到什么。

可世上有些事情真是凑巧。

一天下午，马吉翔到一个好友家去做客。在这儿，马吉翔遇到了一个人，这人叫刘议新，原是永历朝廷的朝臣，后来不知道什么原因到了李定国军营里。

“哟，吉翔，你怎么突然来了？”马吉翔的到来，让他这位好友有些诧异。

“哈哈，难道我就不能来？”马吉翔开他这位好友玩笑。

“能来能来，谁敢说我们马大人不能来啊？”马吉翔的好友笑着说。

马吉翔说："哎，老兄，怎么老让我站在门外？"

"哦，不好意思，不好意思，光顾着说话去了，请进，请进！"马吉翔的好友赶紧把他迎进屋里。

马吉翔进到屋里，他这位好友指着刘议新给他介绍："吉翔，来，给你介绍一位新朋友。"

来到广西南宁以后，马吉翔虽知道自己是受永历帝的委派来祭祀皇家祖宗和孝正皇太后的，但他也没忘记自己真正的主子是秦王。他心里早已认定，秦王日后必登九五之尊宝座，为图到时秦王能给他些好处，他就到处为秦王笼络人心。听好友说要给他介绍新朋友，赶紧说："哦，好好好！"

"吉翔，这位是我的好友刘议新刘大人，原来在朝廷给皇上做大臣，现在在大西军李将军手下做事。"

"幸会！幸会！"

"议新，这是我的好友马吉翔马大人，现在在朝上掌管戎政营，皇上身边的大红人！"马吉翔的好友炫耀般地给刘议新介绍。

"马大人好！"

相互寒暄之后，三人入席准备吃饭。

席间，马吉翔的好友问他："哎，我说，你在皇上身边不好，跑到这南宁来干啥啊？"

马吉翔笑着告诉他："前些日受皇上委托，来这儿替皇上祭祀皇家祖宗和孝正皇太后。"

"哦，原来是这样啊，我还以为你是来这儿任职呢！"马吉翔好友说。

马吉翔虚伪地说："这南宁多好，我也想来啊，就是皇上他不让来！"

"马大人能力这么强，在朝廷是顶梁柱，皇上哪会轻易放你走呢？"刘议新吹捧道。

"刘大人说得对，像马大人这种人才，皇上当然不会轻易放走了！"马吉翔好友说。

三人边喝酒边天南地北地聊着。聊着聊着，就聊到了当今时局。

马吉翔好友问："两位大人，你们对当今时局如何看待？"

马吉翔不好评价，反问他："你觉得呢？"

"我看还是有些乱。听说，朝廷的许多事都是秦王一手在操纵，永历帝不过是个摆设。"

马吉翔听了一惊。但他没反驳他这位好友，而是不冷不热地说："不会吧？"

"外面都这样传呢，马大人。"马吉翔好友说。

马吉翔不再说话。

"别管它，只要我们有酒喝就行，来，干一口！"马吉翔好友说。

马吉翔笑着说："好，干一口！"

三人各自喝了一口，把酒杯放下，吃菜。

"哎，有个事你们知道吗？"刘议新突然问。

"什么事啊？"马吉翔好友夹了口菜，掉脸问刘议新。

"你们听说没有，皇上两次密下圣旨，叫李定国将军率兵回贵州安龙护驾。"刘议新故作神秘。

正在往菜碗里夹菜的马吉翔，吓得筷子差点掉了，眼睛盯着刘议新："你刚才说什么？"

"皇上两次密下圣旨，叫李定国将军率兵回贵州安龙护驾，怎么？马大人也不知道这事？"刘议新不相信似的问马吉翔。

马吉翔想套他说出这个重要信息，假装不知，说："哦，我来南宁有段时间了，朝上的事不大清楚。"

"倒也是。"马吉翔好友附和。

刘议新说："我还以为马大人清楚这件事呢。"

"不清楚，你说来听听。"马吉翔对刘议新说。

刘议新心里掂量，这马大人长期在朝上做事，贵为侯爵，又是皇上身边的大红人，皇上肯定宠信着他，这事就是跟他说了也没啥关系，于是说道："这事我也是那天在李将军营中才听人说的。"

"哦。"马吉翔作沉思状。他想：永历帝和李定国真的已经搞在一块了？这肯定与吴贞毓、徐极他们有关。

刘议新接着说："前不久，我在李将军营中听到守门的兵士说，朝廷上来人给李将军送信，叫李将军率兵回贵州安龙护驾。听这兵士说，这两人到了李将军面前，'扑通'一声就跪下，还声泪俱下地向李将军诉说。"

马吉翔问他："他们说了些什么？"

"他们说找李将军找得好辛苦，找了好长时间这才找到。李将军赶紧把他们扶起来，安慰他们。这两人说，为国家出力效劳，就是死也值得。"

“这两个人你认识吗？”马吉翔问刘议新。

刘议新说：“好像一个是姓周，叫周什么来着，我记不得了。反正是姓周，这没错！”

“姓周？到底是谁呢？”马吉翔脑子飞快地转着。

“哦，想起来了，这人叫周官，好像是翰林院的，官职是什么我就不知道了。”刘议新告诉马吉翔。

马吉翔问他：“另外一个呢？”

“另外一个？另外一个好像是姓林。”刘议新作回忆状。

“是不是叫林青阳？”马吉翔问刘议新。

“对对对，叫林青阳！”

马吉翔盯着他问：“你敢肯定是林青阳？”

“没错，我敢肯定！”刘议新想了一下，说。

马吉翔阴险地点了一下头，往碗里夹了一些菜，对刘议新说：“好，你继续说。”

刘议新接着说：“随后，他俩人分别从怀中取出两样东西来。”

“什么东西？”马吉翔追问。

刘议新说：“是皇上的密旨和一方金印。”

“什么印？”马吉翔追问。

刘议新说：“好像是什么‘屏翰亲臣’。”

“嗯。”马吉翔点了点头，继续问刘议新，“那后来呢？”

刘议新告诉他：“李将军读了皇上给他的密旨，非常感动，泪流满面地朝贵州方向叩拜，并发誓说只要他李定国活着一天，就不会让皇上受半分屈辱。李将军还说，他虽然和秦王共事多年，但他宁可负秦王也决不背叛皇上，等这边战事一停，他马上就率兵回贵州安龙护驾。李将军还给朝廷的大臣吴贞毓写了封书信，叫这两人带回去给吴贞毓。后来这两人就回安龙了。李将军还怕他们路上出什么事，派人护送他们回去。”

听完刘议新的话，马吉翔立刻凶相毕露，命令他：“这是个大事情，你马上将你刚才说的情况写下来，我要上报秦王。”

刘议新一惊。他万万想不到他马吉翔和秦王会是一伙的。

刘议新这才知道惹了大祸。但他后悔已来不及了，只好听从马吉翔的，把刚才所说的情况全部写下来交给他。

马吉翔叫他的好友找来纸和笔墨。

刘议新坐在桌边写他刚才对马吉翔说过的事。

马吉翔背着手，站在他身后看着他写。

汗水从刘议新头上大颗大颗冒出来，刘议新边写边擦。

“来，马大人，这下行了吧？”刘议新好不容易将自己刚才说的事情写完，然后将它交给马吉翔。

“这事到此为止，谁也不能声张，否则大祸就降临到你们头上了！”马吉翔警告他的好友和刘议新。

马吉翔的好友也被刚才他那架势吓到了，赶紧说：“知道，知道，就是让它烂在肚子里，我俩也不敢说出去！”

“行，我先告辞了。”马吉翔说完回到住所。

回到住所后，马吉翔赶紧找来纸和笔墨，将刘议新写下的情况重新整理了一遍。

马吉翔写好书信，封好。他想，此事重大，找谁送去给国主才稳妥呢？他想了一下，觉得只有请提塘官王爱秀派兵去送才稳妥。但马吉翔知道，这王爱秀胃口大，不是那么好请，请他得打点银子。

02

马吉翔叫人将书信带到安龙交给庞天寿和马雄飞，并叫他俩去找提塘官王爱秀，请他派人送去贵阳给秦王。

庞天寿和马雄飞二人到了王爱秀府上，庞天寿对王爱秀说：“王大人，马大人打听到皇上两次派人送信给李定国，叫他带兵回安龙护驾。此事重大，必须上报国主，马大人的意思是想麻烦王大人派人将消息送到贵阳国主那儿，不知道王大人愿不愿意帮这个忙。”

王爱秀听了，很是惊讶：“果真有这个事？如果真有此事，我身为提塘官，也应当上报国主才对。好，我马上安排人送去。”

马雄飞拿出准备好的银票递给王爱秀：“马大人知道王大人办事要花钱，所以特意为王大人准备了些银两，好让王大人拿去打点办事的兄弟。”

王爱秀见了，假意推脱：“马大人这也见外了，都是大家的事，还这么客气干吗？”

马雄飞说："这是马大人的一点心意，王大人不必客气，收下就是，要不然我也不好回去交差。"

庞天寿也说："是啊，这是马大人的心意，就请王大人收下吧。"

王爱秀笑着说："既然马大人客气，那我恭敬不如从命，收下就是。书信的事，既然马大人已经写好，那我马上派人送去。"

"王大人能派人送此书信给国主，那就等于是救了我们的性命，再生之恩，感谢不尽！"庞天寿和马雄飞十分感激，当即给王爱秀下跪。

"请起，请起，二位不必拘礼，这是本官应该做的！"王爱秀说着去扶二人。

见事情办妥了，庞天寿和马雄飞跟王爱秀道别。

回到住处，庞天寿赶紧写信给马吉翔复命。马吉翔从信上知道，王爱秀愿意派兵去给秦王送信，一直悬着的心才放下来。

这天下午，秦王孙可望和他的礼部尚书任僎正在密谋如何除掉永历帝和他身边的一些大臣，好让自己早日登上皇位的事。

突然，守门兵士来报："禀报国主，外边有人求见！"

"什么人？"秦王问。

守门兵士回答："来人说是提塘官王爱秀王大人差来的，说有急事向国主禀报。"

秦王看了任僎一眼。

任僎微微点了一下头。

秦王吩咐守门兵士："赶紧请他进来。"

"禀报国主，卑职受提塘官王爱秀王大人所托，前来给国主送信。"来人见到秦王连忙叩拜，完毕后从怀中取出密信，上前递给秦王。

秦王看到来信后大怒："这朱由榔，我好好待他，他却觉得不好过，要诏李定国回安龙护驾，真是气死我了！"

秦王脸气得发青，把书信扔到地上。

见秦王气成那个样子，王爱秀差来的人站在那儿低着头不敢说话。

一旁的任僎见秦王发火，也不敢多言，更不敢去捡秦王扔到地上的书信。

稍后，见秦王气消了些，任僎这才问道："国主，什么事让你生这么大的气啊？"

秦王说他："你捡起来看便知道了。"

任偰这才上前去捡他扔在地上的书信。

任偰看完书信，有些不解地问送信人："这信是马吉翔大人写的，怎么又是王爱秀大人差你来送呢？"

送信人说："卑职听王大人说，这信是马大人叫人送到他那儿的。马大人怕自己派人送不保险，这才叫王大人派卑职送来。"

原来是这么回事。

"王大人有什么吩咐给你吗？"任偰问送信人。

送信人摆摆头："没有，只嘱咐我一定把信送到，保好密。"

任偰问他："来的路上没人发现吧？"

"没有。"送信人回答。

"你敢肯定？"任偰不放心地问。

送信人说："肯定没有！"

任偰转向秦王："国主，这事得赶紧拿主意，晚了怕……"

秦王心里比任偰清楚，一旦李定国救驾成功，那他独揽朝政的局面就结束了。他决不会让李定国回安龙救驾。

疑心很重的秦王，甚至怀疑马吉翔也是密谋者之一。他问任偰："你觉得这事该怎么办？"

任偰眨巴着眼想了想，说："微臣觉得，应该马上派人去找马吉翔调查清楚此事。同时，把姓林的和姓周的抓起来审问。"

"你认为派谁去适合？"秦王问他。任偰说："可以派总兵郑国带人去调查此事。"

秦王说："行，那就派郑国去，你安排人把他叫来我给他说。"

"好，微臣马上派人去叫他。"任偰说着去安排人叫郑国来秦王府上。

"启禀国主，南宁朱养恩总兵差人来，说有急事禀报国主！"任偰刚出去不久，守门兵士又来给秦王报告。

"嗯？朱养恩总兵差人来，又是什么事啊？"秦王一边心怀疑虑一边命守门兵士叫来人觐见。

"启禀国主，小的受朱总兵大人所差，有急事前来给国主禀报。"朱养恩差来的人被带进来。

秦王问他："禀报何事？"

朱养恩差来的人看了周围的人一眼。

秦王知道他的意思，说："都是自己人，但说无妨。"

朱养恩差来的人把朱养恩教他的话告诉了秦王。

秦王听了气得眼鼓，骂道："还真有这回事！"

03

第二天上午，郑国应召来到秦王府上。他问秦王："国主，对末将有何吩咐？"

秦王说："昨天下午我接到马吉翔差人送来的密信，说皇上先是派兵部武选司员外郎林青阳，后又派翰林院孔目周官去广西给李定国送密旨，召他率兵回贵州安龙护驾。紧接着，广西南宁总兵朱养恩也派人来，说他也探听到李定国接到皇上密旨一事。我看他李定国是想造反了，我想派个可靠点的人去安龙查查此事。昨天我和任尚书商量了一下，准备派你去，你看，有什么困难吗？"

"末将听从国主安排，没什么困难！"郑国赶紧表态。

这郑国是秦王的部将，为人凶狠毒辣，深得秦王信赖。听说秦王有事找他，赶紧来到秦王府上。刚才秦王说要他去安龙调查皇上派人给李定国送密旨一事，他觉得这是秦王看得起他，爽快地答应了。

秦王说："那你准备一下，马上启程。"

"行，那末将就先回去准备。"

郑国走后，任僎问秦王："国主，派谁去抓林青阳和周官呢？"

秦王问他："如今这两人在哪儿？"

任僎告诉他："听说林青阳藏在田州镇常荣军营中，至于周官，目前不知踪迹。"

"马上派标官去缉拿这两个贼人！"秦王气恼地说。

任僎提醒他："国主，动作要快啊，如果这林青阳和周官听到消息，恐怕会逃走。"

秦王点头。

任僎想了一下，阴险地对秦王说："国主，郑国是武官，去行宫查此事恐怕有些不方便，我看还得派个文官去安龙行宫，协助郑国向皇上和吴贞毓他们查清此事，免生后患。"

秦王知道任僎用意，说："那就叫安龙的总理提塘王爱秀协助他吧。"

"他一个提塘官，去查这事恐怕不行！"任僎担心吴贞毓和徐极这些大臣不买王爱秀的账。

秦王说："他不是还兼任着副总兵一职吗？"

"国主，吴贞毓和徐极那帮人你是知道的，狗眼看人低，就算王爱秀是副总兵，但他这职务，吴贞毓和徐极那帮人也不会买账的。"任僎说秦王。

秦王说："既是如此，我下道指令叫人带去给王爱秀，封他为总兵便是。"

任僎转忧为喜，高兴地说："国主英明，王爱秀任了总兵，就可以名正言顺地去查这事了。"

秦王马上下了一道封官令，叫一名亲信带去给安龙的王爱秀。

马吉翔叫王爱秀派人去给秦王报信后，又伙同庞天寿等人向永历帝弹劾林青阳和周官。

马吉翔和庞天寿他们弹劾林青阳和周官，这是项庄舞剑，目的是想扳倒永历帝，吏科都给事徐极、大理寺少卿杨钟、太仆寺少卿赵赓禹、光禄寺少卿蔡缜、刑科给事中张镌、浙江道监察御史李颀、福建道监察御史胡士瑞等人，见这伙乱臣贼子缠着林青阳和周官不放，也赶紧写出奏本，向永历帝弹劾他们，说马吉翔和庞天寿、马雄飞等人表里为奸，欺蒙皇上，暗地里投靠秦王。

接到徐极、杨钟、赵赓禹、李颀等人的奏本，永历帝赶紧召集众朝臣公开商议此事，欲下诏对马吉翔和庞天寿、马雄飞等人治罪。

庞天寿听到消息后吓得魂飞魄散，慌忙和马雄飞悄悄带着几名亲信，趁着黑夜狼狈地逃出安龙，去贵阳向秦王求救。

庞天寿和马雄飞骑着马一路急奔来到贵阳。见到秦王后，二人赶紧叩拜。庞天寿说："国主，你可要救我们啊！"

秦王问他什么事。

庞天寿说："我们和马吉翔大人为了将林青阳和周官参倒，多次向皇上参奏他二人，没想到吏科都给事徐极、大理寺少卿杨钟、太仆寺少卿赵赓禹、光禄寺少卿蔡缜、刑科给事中张镌、浙江道监察御史李颀、福建道监察御史胡士瑞等人反而诬陷我们，说我们欺君卖国，投靠国主，再三向皇上弹劾我们，皇上准备治我们的罪。幸好我们提前得到消息，这才得以逃了出来。若是再晚一步，恐怕我们的命都没有了，国主务必救救我们啊！"

秦王听了，说："两位辛苦了，没事，这事我来替你们做主，看谁敢治你们的罪！"

“感谢国主救命之恩！”庞天寿和马雄飞又给秦王叩头。

“两位请起！”秦王示意给他俩赐座。

庞天寿和马雄飞坐下后，将吴贞毓、徐极、张镌、全为国、张福禄等人与皇上密谋，派林青阳和周官去广西给李定国送密旨，叫李定国率兵回安龙护驾一事，又给秦王说了一遍。

秦王告诉他们：“这事我已经知晓，我已派人去缉拿林青阳了。”

马雄飞听了，吹捧道：“国主真是英明，这两人想坏国主大事，该杀！”

庞天寿也说：“是啊，这两人实在是太可恶了，不杀不行。”

秦王告诉他们：“该杀的不只这两人。”

“对，该杀的不只是林青阳和周官，还有吴贞毓、徐极和张镌那帮人，也不是好东西，都该杀！”庞天寿咬牙切齿，像要吃人。

一旁的任僎又趁机讨好秦王：“国主这么英明，大家一定要齐心协力，在国主的带领下，把吴贞毓那伙人扳倒，好让皇上把位子早日让给国主。”

“请国主和任大人放心，我等一定竭尽全力做好这事！”庞天寿和马雄飞赶紧表态。

见他俩如此忠心，秦王很高兴，笑着说：“你们放心，只要我坐上皇帝位置，今后一定会提拔重用你们。”

“谢国主！”庞天寿和马雄飞像是已经得到提拔重用似的，赶紧感谢秦王。

随后，秦王又向他俩打听了一些马吉翔的情况。二人把他们知道的都告诉了他。

04

吴贞毓和徐极、李颀等人听说庞天寿和马雄飞逃往贵阳，明白这两个贼子是去向秦王搬救兵。

吴贞毓和徐极、李颀、张镌等人知道大事不好，赶紧向永历帝禀报。

“皇上，庞天寿和马雄飞这两个贼子已经逃去贵阳了，估计他们是去向秦王搬救兵，这可如何是好？”吴贞毓问永历帝。

“是谁泄漏的消息？”永历帝气愤地问。

李颀说：“还不知道。”

“会不会是王爱秀呢？”吴贞毓有些怀疑。

李颀说这人是有嫌疑。

一说到王爱秀，永历帝就感到头痛。他知道，这王爱秀也是秦王安插在他身边的一双眼睛。但他想，动他王爱秀，必然要得罪他秦王，不动，自己和吴贞毓、徐极他们一有什么风吹草动，这人就马上给秦王通风报信。

“动不动这人？”李颀问。

“此人不好动啊！”永历帝摇了摇头。

李颀问为什么。

吴贞毓告诉他：“这人是秦王养在皇上身边的一条狗。”

李颀这才明白皇上心里有苦衷。

张镌气愤地说：“把他逮来砍了，我看他秦王能咋样？”

永历帝赶紧说：“不可，不可，万万不可！”

徐极对张镌说：“张大人莫急，这事得从长计议，不可鲁莽行事，否则会误皇上的大事。”

张镌气嘟嘟骂道：“这狗官，哪天让我逮着，我让他不得好死！”

吴贞毓对张镌说：“好了，不要说气话了，还是想想应对之策吧。”

“我一直想不通，林青阳和周官去给李定国送密旨的事怎么会让马吉翔他们知道！”永历帝像是在问吴贞毓和徐极，又像是在问自己。

吴贞毓对永历帝说：“我估计这事也是坏在王爱秀这人身上。”

“青阳到过田州总镇常荣营中，该不会是常荣告的密吧？”李颀疑惑地问。

徐极摆摆头：“不会是他，常荣还帮过青阳。”

“听说是李定国将军营中的刘议新告诉他马吉翔的。”张镌插话。

“这是后来的事。”徐极摇摇头，对张镌说。

李颀气愤地说：“按理说派林青阳和周官两人去李将军那儿，这事大家做得够保密的，没想到还是被马吉翔这条老狗嗅到了味儿。”

吴贞毓提醒大家：“马吉翔和庞天寿，还有秦王，他们的党羽遍布各地，以后大家做事一定要慎之又慎，万万不可大意。”

“对，得慎之又慎，要不然不仅会误了皇上大事，咱们还会丢命！”徐极强调。

永历帝问：“这事你们看怎么办？”

“我估计秦王不久就会派人来安龙查这事。”李颀说。

“有可能。”吴贞毓作沉思状。

张镌骂道：“秦王这逆贼，我看他真是要造反了！”

李颀说：“他把皇上接到安龙来，本就没安好心。”

徐极想了一下，说："我看，目前大家也没什么好的应对办法，只能是走一步看一步了。"

吴贞毓再次提醒大家："马吉翔和庞天寿他们现在已经像疯狗一样到处咬人，大家做事一定要更加小心，尽量不要有什么把柄落到他们手里。"

"吴大人说得极是，到处都是他马吉翔和庞天寿养的狗，而且这些狗鼻子挺灵，大家得注意点，免生后患。"李颀说。

永历帝说："行吧，那就这样，看他孙可望和马吉翔、庞天寿怎么出招，到时候我们再根据情势做出应对。"

见皇上这么说了，吴贞毓、徐极、李颀、张镌等人不再说话。

王爱秀接到秦王亲信送来的封官令，比捡了个金元宝还高兴，赶紧向秦王的这名亲信叩拜："谢国主隆恩，卑职王爱秀誓死为国主效劳！"

秦王的亲信告诉王爱秀："国主封你此官，是为了方便你到宫中查清皇上派人去给李定国送密旨召他来安龙护驾一事。国主说了，你接到信后马上带人去查清此事，看谁是主谋。国主还说，事情查清后即刻将情况上报给他。"

"卑职遵命，卑职明日就去宫中彻查此事。请转告国主，卑职绝对不会辜负他的厚爱，一定把此事查个明明白白。"王爱秀赶紧表态。

为了感谢秦王的这名亲信，当天晚上王爱秀备上一桌酒菜，热情款待这人。席间，王爱秀对秦王又是一阵吹捧，恨不能做他秦王的干儿子。

送走秦王的亲信，王爱秀心想："既然秦王这样看重我王爱秀，我王爱秀也不能对不起他，得尽心尽力地替他效劳才是。如今，永历政权已成强弩之末，而永历帝呢，像只丧家之犬，跟着他已经没出路了。当今秦王势力越来越大，这人又有气魄，跟着他干好了，如果哪天他登上皇位，那自己就是他的开国功臣，到时候还愁没有高官厚禄？你看，人家一下子不就把自己提了个总兵吗？好好干，一定得好好干，否则对不起人家秦王这片情啊！"

王爱秀一心想做秦王的走狗。后来的一些事实证明，他这只狗做得还真像只狗的样子，到处替秦王疯狂咬人。正因为这样，他这只乞怜摇尾的哈巴狗，也落了个千古骂名。

05

郑国从秦王那儿得了指令，立即带兵前往安龙行宫。到了宫中，他马上把大臣们叫来。他问大臣们："听说皇上派人去给广西的李定国送密旨，叫他率兵回安龙护驾，请各位说说，有没有这回事？"

众大臣见他这副颐指气使的样子，很不耐烦，你看看我，我瞧瞧你，谁也不吭声。

"你们以为不说就过得了这一关吗？我告诉你们，这事秦王已经指示过了，非要一查到底不可。我看你们还是说了吧，省得过后吃亏！"见大家都不吭声，郑国威胁道。

"张大人，你知道吗？"李欣看了张镌一眼，故意问他。

"你李大人都不知道，我咋会知道？"张镌会意，摇着头反问李欣。

"蔡大人，你知道这事吗？"李欣问蔡缜。

蔡缜摆摆头，说："不知道。"

李欣又问其他几个人，大家都说不知道。

见这些人很不配合，郑国质问他们："有金印和密旨，还有差官的姓名，你们都说不知道，这难道是捕风捉影的事？"

众大臣见他逼得太紧，只好哄他说："说不定是文安侯马吉翔大人奉命到南宁祭祀时带有皇上给的空旨，他写好后派人送去给李定国的。"

郑国听了，还以为这事真是马吉翔做的。他手一挥，对手下兵士说："走，去南宁捉拿马吉翔！"

到了广西南宁，郑国叫手下人围住马吉翔住处，然后带着几名兵士进去抓马吉翔。

见马吉翔正在屋里处理政务，郑国命令跟随他进来的兵士："拿下！"

两名兵士听令，上前迅速将马吉翔扭住。

"你们要干什么？"被兵士按住双膀的马吉翔，扭头问兵士。

站在他面前的郑国见他这般模样，知道他自恃官大不买自己的账，很想打压一下他的气焰，便说道："干什么？哼，马大人，你就别装了，干什么你心中有数！"

"郑国，你这是什么意思？你一个小小的总兵也敢抓我？"马吉翔质问郑国。

没想到郑国也不买他的账，故意把脸靠近他，还用手拍了拍他的脸，嗤之以鼻地说："马大人，别以为你官大老子就拿你没办法，告诉你，我同样拿你！"

马吉翔说："郑国，你为什么要抓我？"

郑国皮笑肉不笑地说："马大人，实话告诉你吧，这是皇上的意思，你还是知趣些吧！"

"什么？皇上的意思？你别骗我，皇上怎么会抓我？你赶紧给我说清楚，不然我不会饶过你的！"听了郑国的话，马吉翔一惊，但他不相信郑国的话。

"都到这个时候了你还装什么？"郑国骂他。

"郑国，你……"马吉翔气得说不出话来。

"绑了带走！"马吉翔还想争辩，郑国一声令下，两名兵士用绳子将他绑了，然后押往贵州安龙。

路上，见郑国冷静下来了，马吉翔这才问他："请问郑总兵，你为何要抓我？"

郑国有些发懵，问他："你真不知道为什么抓你？"

"我真不知道，请郑总兵指点迷津！"马吉翔求郑国。

郑国看着他，说："我问你，你有没有参与密旨一事？"

"什么？原来你们是为密旨一事来抓我？"马吉翔大吃一惊。心想，这事自己费尽了心血进行打探，还倾尽家财让王爱秀派人将得到的消息送去给秦王，秦王反倒派人来抓自己，这其中是不是有些什么误会？于是问郑国："郑总兵，你们误会了，我是秦王的人，密旨一事我还费尽了心思在调查呢，谁说我参与了此事？"

听了马吉翔的话，郑国也吃惊不小，问他："怎么？你也在调查此事？"

马吉翔说："我不光调查此事，还请提塘官王爱秀派人给秦王送去了调查的结果。"

"真有此事？"郑国掂量了一下，不敢相信。

马吉翔告诉他："确有此事。"

"那李欣他们咋说是你派人送的密旨？"郑国不相信马吉翔的话。

马吉翔这才知道郑国上了李欣他们的当，赶紧喊冤："哎呀，郑总兵，你们上当了，李欣这些人是在诬陷我，你咋能相信他们说的话？"

郑国说："不管怎么说，在没拿到证据之前我不能放你，必须等到了贵州安龙后再说。"

"哎呀，误会，这真是个误会啊！"马吉翔一脸委屈。

"一切都等到了安龙再说，只好先委屈一下马大人了。"郑国不管马吉翔怎么说，就是不给他松绑。

马吉翔说："你放了我，郑总兵，这真是个误会！"

"我说了，一切等到了安龙再说。"见他要求过分，郑国沉下脸来。

马吉翔拿他无奈，心里便急了，唠叨道："郑国，我给你说，你会后悔的！"

见他还在威胁自己，郑国没理他，把脸转向一边。

马吉翔知道，不到贵州安龙郑国是不会给自己松绑的，也只好作罢，不再吭声。

这真应了人们说的那句话：落了毛的凤凰不如鸡。

第19章 诘问皇上

01

王爱秀拿着秦王的指令，带兵进安龙行宫调查密旨一事。

这时候，去广西南宁缉拿马吉翔的郑国，已经将马吉翔押解到安龙。

见到郑国，王爱秀把秦王封他为总兵，并派他调查林青阳和周官替皇上给李定国送密旨一事告诉了他。

郑国告诉他："之前我来过安龙，李欣他们说马吉翔参与了这事。国主也怀疑他有可能参与此事，我便带人去南宁缉拿他。"

"人抓了没有？"王爱秀问他。

郑国告诉他："已经抓到了，现在就被看押在安龙。"

"郑总兵，这就是一桩事，不如我们合起来一起查办。"王爱秀对郑国说。

郑国说："但马吉翔说他是冤枉的，密旨一事，他说他没有参与。不但如此，他还说他也在调查此事，而且还把调查的情况派人送给了国主。"

"莫非真是有误会？"王爱秀皱着眉头，疑惑地问他。

郑国摆摆头："现在还说不准。"

"那下一步怎么办，郑将军？"王爱秀问郑国。

郑国想了一下，告诉他："这样，把在安龙的所有文臣武将全部集中起来，让他们和马吉翔对质，看到底是谁指使林青阳和周官替皇上去给李定国送的密旨。"

"嗯，这主意好！"王爱秀笑着说。

郑国盯着他："国主的意思，你应该明白的吧？"

"嗯？国主的意思？"王爱秀被他问懵了。

郑国见他这副懵懂样接着说："王总兵是真不明白还是装糊涂啊？"

"恕卑职愚钝，请郑将军明示。"王爱秀望着郑国。

郑国对着他耳语了一阵。

"哦，原来国主还有这么宏大的理想啊，卑职真是太愚钝了，幸好还没误国主大事。"

"没事，既然我们汇拢在一起了，你听我的不会错到哪儿去。"

"行，卑职听郑将军安排就是。"虽说都是总兵职务，但王爱秀刚被提拔起来，资历没郑国老，在他面前说话也就有自知之明，谦虚得多。

郑国对王爱秀说："走，和我去看看马吉翔。"

"他现在在哪儿？"王爱秀问。

郑国告诉他："我怕有人害他，把他关在一个安全的地方，到时候我要叫他出来与那些文臣武将对质。"

"这倒也是。"王爱秀这才醒悟。

俩人说着往关押马吉翔的地方走去。到了关押马吉翔的地方，郑国说："马大人，下午你到朝上和他们对质，如果不是你所为，也好洗清你自己。如果是你所为，那就对不起了。"

"好的。"马吉翔说。

王爱秀也接着说："马大人，我相信你不会做那种事情。不过，你得拿出事实证明给郑总兵看。"

"不是证明给我看，是证明给国主看。"郑国看着马吉翔，纠正王爱秀说的话。

马吉翔告诉郑国："我会的。"

"那就先委屈你一会儿，马大人。"王爱秀讨好地对马吉翔说。他也怕得罪这个"马皇帝"，再说他还可能真是秦王的人，得罪了他自己以后的日子不好过。

马吉翔看着他说："谢谢王大人！"

郑国和王爱秀往回走。

当天下午，郑国和王爱秀带兵把吴贞毓、杨钟、郑元允、蒋乾昌、张镌、李元开、徐极、赵赓禹、蔡缜、周允吉、李颀、朱议泵、胡士瑞、朱东旦、任斗墟、易士佳等大臣强行召集到朝房里。

“哎，徐大人，这是怎么回事？是谁把大家叫到这儿来的？”脾气火爆的张镌问徐极。

徐极摆摆头。

“是秦王的部将郑国和总兵王爱秀，将大家叫到来这儿集中的。”赵赓禹告诉张镌。

听说是郑国和王爱秀把大家召来的，张镌就知道这不会是什么好事。因为他知道，这两个人都是秦王的心腹。

张镌警觉地问赵赓禹：“他俩把大家召集到这儿来，到底要干什么？”

“不知道。”赵赓禹也摆头，脸色凝重。顿了一下，他说：“看他俩贼眉贼眼的，应该不会是什么好事。”

“我今天眼皮子老跳，该不会是要出什么大事吧？”朱东旦对易士佳说。

易士佳说：“我也有种不祥的预感。”

“恐怕今天……”任斗墟刚要开口，站在前面台阶上的王爱秀发话了。

“各位，今天把大家召集到这儿来，是奉秦王之命，要向大家查明一件事情。下面，请郑国郑将军给大家说说。”

站在王爱秀旁边的郑国，一脸不高兴。等王爱秀把话说完，他接着说道：“各位，马吉翔已经被缉拿，现在就关押在安龙，你们一定要明明白白地说出来，密旨是怎么谋划的，林青阳和周官到底是受谁的指使敢替皇上去给西蕃李定国送密旨，参与这事的还有哪些人。希望你们一一说出来，我们好给国主回复。”

停了一下，他又说道：“我知道，你们都是明事理的人，如果没有参与此事，自然与你们无关。如果参与了，能检举揭发他人，也可以将功赎过。倘若知情不报，哼，诸位是知道的，这可是作奸犯科的死罪，谁也保不了你们！”

听了郑国和王爱秀的话，吴贞毓、徐极等人知道事情已经很严重，而且秦王已经开始对大家下手了。

“果然不是什么好事！”易士佳说着看了张镌和赵赓禹一眼。

张镌和赵赓禹会意，朝他点了下头。

徐极低声对吴贞毓说："来得够快的。"

吴贞毓提醒他道："别慌，告诉大家，见机行事。"

"嗯。"徐极点了下头，回过身低声告诉朱东旦、胡世瑞他们："都别慌，见机行事。"

屋子里弥漫着阴霾和沉闷。

见大家都不说话，王爱秀问："怎么大家都不说话？说啊，说出来不就没事了吗？"

吴贞毓、徐极等人一言不发，对王爱秀和郑国怒目而视。

郑国见此，说道："别以为你们不说我就不知道，实话告诉你们，是哪些人在谋划这件事，是谁指使他林青阳和周官去送的密旨，我们和国主都清楚，想瞒是瞒不了的。"

张镌觉得好笑，回话道："郑将军，既然你们都知道了，那还有必要这么兴师动众地问我们吗？"

"你……你咋这么说话！"

听了张镌的话，王爱秀气得脸红如猪肝。

"怎么？王总兵，我这话说错了？"张镌一副不屑的样子，反问王爱秀。

"这王爱秀不是安龙的提塘官吗，咋又成总兵了？"蔡缜悄声问胡士瑞。

胡士瑞告诉他："秦王那逆贼刚封的。"

"张镌，你别给脸不要脸，王总兵是国主专门派来调查此事的，请你放尊重些，否则别怪老子不客气！"郑国见王爱秀有些下不了台，按着腰间的佩剑大声斥责张镌。

徐极看了吴贞毓一眼。吴贞毓知道他是怕张镌把事情闹大，赶紧对郑国和王爱秀说："郑将军、王总兵，我们这些人的职责只是代皇上起草文书而已，其他事情一概不管。关防这么严密，你们说的什么谋划密旨，什么指使林青阳和周官替皇上去给李定国送密旨，这些事情我们如何知晓？"

"哼，我说吴大人，你就别装了吧？这事恐怕你比谁都清楚，你说是不是？"郑国狡黠地看着吴贞毓。

"郑将军，你这是什么话？什么叫我比谁都清楚？我清楚什么啊？"吴贞毓反问郑国。

郑国不耐烦地对吴贞毓说："吴大人，别以为我们什么都不知道，这事清楚不清楚你自己心里明白。但我要提醒你，此时不说，恐怕到时候想说也没机会了。”

“哎，郑将军，说话得有根据，你这不是在诬陷本官吗？”听郑国这么说，吴贞毓气愤地问他。

郑国轻蔑地说：“哼，是不是诬陷到时候就知道了！”

王爱秀劝说吴贞毓：“吴大人，你就带个头说了吧，我和郑将军也是受国主之托前来查清此事，希望你们配合配合。”

吴贞毓义正词严地说：“我没啥可说的。”

“是的，我们没啥可说的！”

“你们说是我们谋划的就是我们谋划的啊？真是欲加之罪何患无辞？”

“是啊，说是我们谋划的，你们拿出证据来啊，无凭无据的，这不是冤枉好人吗？”

“少给我闲扯淡，我问你们，到底说还是不说？”郑国恼羞成怒地问吴贞毓、徐极等人。

“没什么可说的，你叫我们说什么？”吴贞毓问他。

“是啊，叫我们说什么啊？我们说是你郑将军谋划的，你信吗？”徐极也说。

“是啊，这你信吗？”张镌附和道。

郑国说：“既然你们不肯说，那你们等着，我把马吉翔带来，让他与你们对质，看你们还有什么可说的？”

郑国说完，朝外边的兵士叫道：“把马大人带进来！”

绑着绳子的马吉翔被两名兵士押了进来。

“马大人，先前有人说密旨一事是你指使谋划的，你给他们说说，是不是你指使的。”郑国看了一眼马吉翔，又看了一下吴贞毓和徐极他们。

“污蔑，纯属污蔑，郑将军，你别上了这帮小人的当，我已经调查过了，事情全都是他们干的！”马吉翔看了吴贞毓和徐极他们一眼，气急败坏地对郑国说。

吴贞毓对马吉翔说：“马大人，说话要讲究凭据，你可不能信口开河，害了好人。”

“是啊，你不能信口雌雄，诬陷大家！”徐极也说他。

马吉翔耸了一下鼻子：“哼，诬陷，实话对你们说，我早就调查清楚了，这事就是以你俩为主谋干的，而且我已经把调查结果派人报给了秦王，你们等着，会有你们好看的！”

“口说无凭，你说是我们干的，你拿得出证据来吗？”朱议泵质问他。

“是啊，你拿得出证据吗？拿得出，我们认你说的，拿不出，就别陷害别人！”李颀反问马吉翔。之前，就是他哄郑国，说是马吉翔做的密旨，使得郑国到南宁抓了马吉翔。见马吉翔被绑了，心里觉得好生过瘾。

那天周允吉、朱议泵、胡士瑞等人也在，他们心里明白这是怎么回事，心里也在暗笑。

见吴贞毓、徐极他们嘴硬，郑国和王爱秀知道再问不出什么东西，就说：“既然你们不说，那我俩到殿上去与皇上对质，我看你们到时候说不说。”

“对质就对质，谁怕谁啊？”脾气火爆的张镌怒视着郑国。

郑国气青了脸：“行，你们等着，我俩这就去殿里找皇上。”

郑国和王爱秀气冲冲地去找永历帝。吴贞毓、徐极、张镌、郑元允、蒋乾昌、李元开、赵赓禹、蔡缜、周允吉、李颀、朱议泵、胡士瑞等人在朝房里等着。

02

永历帝正在文华殿批阅奏章，听说郑国和王爱秀有事禀报，赶紧叫近侍太监传他俩进殿。

“皇上，有件急事我俩想上奏皇上。”郑国和王爱秀进了文华殿，向永历帝叩拜。

“两位爱聊有什么事要奏啊？”

郑国看了一眼王爱秀。王爱秀示意他给永历帝说。

“启禀皇上，西蕃李定国私通朝内一些奸臣，胁迫朝廷册封他为‘屏翰亲臣’，朝内一些奸臣还暗中派林青阳和周官给李定国送去‘屏翰亲臣’金印以及叫他回安龙护驾的密信，国主怕这些人乱了朝纲，已经派人前往广西南宁缉拿送密旨的林青阳和周官，估计几天后标官便可将林青阳和周官押解到安龙，皇上知不知道是哪些大臣参与了此事？主谋是谁？若皇上知晓，请告知末将和王总兵，我俩也好去贵阳回复国主。”

永历帝心里暗骂：“真是两条不折不扣的走狗，张口闭口都是国主，朕要不是落到今天这一步，看我不把你俩撕了喂狗！”

永历帝没骂出声。此时他也不敢骂出声。因为他知道这两人都是秦王的心腹。俗话说，打狗还得看主人面，如今他秦王这么得势，没必要去招惹他，干脆忍一时之气算了。

想到这里，他告诉郑国和王爱秀："你们说的送金印和密信给西蕃李定国，此种事情朕估计朝中的大臣谁也没这个胆子去做。再说，这几年外边假传圣旨、制造假印的事也不少，你们还要秘密调查，难道这些也是朝政上的事吗？算啦，这些事情你们就不要费神了，好好做点有益于朝廷的事吧！"

王爱秀赶紧说："不是，皇上，这事我们已经探访到了，确有其事，我们已经掌握了一些线索，而且这事国主他也知道了。国主怕皇上中了小人奸计，误了朝廷大事，特意派卑职等人前来宫中调查此事，惩办与西蕃李定国勾结的奸佞之人，还望皇上支持我俩把这事办下去。"

"国主怀疑文安侯马吉翔也参与密谋这件叛逆之事，还派我到南宁把他抓来，现在这人就在安龙。刚才我和王总兵把吴贞毓吴大人和徐极、张镌他们叫来，请他们说清楚这事我好回复秦王，可吴贞毓和徐极他们死活不肯说，我俩这才来找皇上对质。"郑国在一旁边补充道。

"是啊，现在他们还在朝房中候着呢。"王爱秀接过郑国的话。

"哦，有这等事？这事怎么不先给朕说一声？"

永历帝听说他俩已经把吴贞毓、徐极和张镌等人召集到朝房中，预感大事不妙。

郑国强硬地说："不瞒皇上，这事国主说了，要一查到底，不管牵扯到谁，只要是参与密谋的都要严加惩办，以儆效尤。"

"嗯？秦王是这么说的？"永历帝忍着心中怒火，皱着眉头问郑国。

"是的，皇上，国主是这么说的。"郑国正准备回答永历帝，王爱秀却抢着说了。

永历帝怒火中烧，拍着桌子问王爱秀和郑国："抓捕朝臣这样重大的事情连我都不知晓就动手了，他秦王眼里还有没有我这个皇帝？还有没有永历王朝？"

"皇上息怒，我二人不过是奉命行事而已。至于说国主是不是给皇上说了，我等并不知晓。"见永历帝发火了，郑国和王爱秀赶紧跪下，并进行狡辩。

"奉命行事？你们奉谁的命啊？朕的？还是你们所谓的国主的？"永历帝质问他俩人。

王爱秀和郑国低着头，相互偷瞟了一眼，不敢说话。

永历帝继续质问他俩："如今大明虽然不存在了，可不是还有我永历政权吗？不少仁人志士都在为复兴我大明做不懈的努力，而你们呢？身为大明的臣将，吃着大明的俸禄，不为大明的江山社稷着想，反而去投靠逆贼孙可望，你们说，你们对得起大明吗？对得起我朱由榔吗？你们有脸见你们的祖宗和家人吗？”

王爱秀和郑国被永历帝问得哑口无言，身上直冒冷汗。

“卑职有罪，但卑职实出无奈！”王爱秀狡辩。

“无奈？你等无奈什么？我看你等不过是见我永历政权大势已去，见他孙可望权倾一时，为自己的前程和荣华富贵而卖主求荣罢了！”

被永历帝斥责了一顿，郑国心里窝着一肚子火。仗着有秦王撑腰，他也不买永历帝的账：“反正这……”

郑国正想发作。这时，李定国手下的大将王方平带着一队精兵冲进殿里，护在永历帝身前。见郑国咄咄逼人地责问皇上，便上前给永历帝下跪：“卑职王方平奉李定国将军之令前来护驾，今日凡有对皇上非礼不称臣者，一律格杀勿论！”

“王将军，请起！”见李定国派人前来救驾，永历帝激动地对王方平说。

“谢皇上！”王方平起身，按着腰间宝剑站在永历帝旁边，对郑国和王爱秀等人怒目而视。

原来，心思细密的李定国料定他孙可望会来这一手，就先给驻扎在安龙附近的部将李嚼成做过交代，说皇上一旦有危险马上派人带兵勤王。今天李嚼成接到手下人紧急密报，说吴贞毓、徐极等大臣被郑国和王爱秀他们抓了，皇上可能有危险。李嚼成马上派部将王方平率领一队精兵赶到安龙城里。刚进城里，就听说郑国和王爱秀正在文华殿逼问皇上密旨一事，赶紧率兵赶到文华殿，正巧碰见这两人在逼问永历帝。

郑国见此情景，脸色大变。他知道斗不过王方平的这队人马，为了不吃眼前亏，赶紧和王爱秀给永历帝下跪：“微臣刚才的非礼，望皇上见谅！”

永历帝怕加深李定国和孙可望之间的矛盾引起新的冲突，略微沉思，对郑国和王爱秀说：“既是这样，朕就不追究你俩的罪了，你俩回去吧。”

郑国和王爱秀见王方平和他的部下对他俩余怒未息，大有想杀了他俩的意思，也不敢再乱来。但他自恃有秦王撑腰，也有些不服软，便对永历帝说：“皇上既然不愿意说，那我俩只好告辞。”

“我们走，王总兵！”郑国转身叫上王爱秀，甩手走出殿外。

“他妈的，你朱由榔算个什么东西？不就是个破落皇帝吗？真以为自己还是从前那个高高在上的皇帝？哼，还训人，谁吃你那一套？”两人出了大门，郑国愤愤不平地骂道。

“是啊，都活到这个份上了，还他妈这么嚣张，真是不知死活！”王爱秀也难平心头之恨，骂道。

“别管他，走，去叫上庞天寿，抓人！”郑国气不过，决定来个先斩后奏。

03

被王方平气昏了头的郑国和王爱秀，从文华殿走出来，叫人找来庞天寿准备直接捉拿吴贞毓等人。他们带着兵气势汹汹地来到吴贞毓、徐极、张镌、朱东旦所在的朝房门口。

见这三人带着许多兵士来到朝房外，吴贞毓知道大事不好。

郑国和王爱秀、庞天寿三人走进朝房。郑国凶神恶煞地对吴贞毓和徐极他们说：“我们要回贵阳去给国主复命了，到底是谁指使谋划这件事的？怎么谋划的，你们赶快说明白，要不然老子真要动手了！”

徐极、张镌、朱东旦、胡士瑞、赵赓禹等人不说话，只是愤怒地看着郑国和王爱秀、庞天寿他们。

“怎么？还是不想说？”郑国手按腰间佩剑，问吴贞毓和徐极他们。

王爱秀假装好人，对吴贞毓说：“吴大人，大家都是在一个屋檐下共事，你就说了吧，免得闹个不愉快。”

吴贞毓鄙视地回他道：“王总兵，皇上虽然此时迁徙流离，奔走他方，但朝廷的规矩法度还在，谁敢乱来？你们说的皇上请西蕃李定国回安龙护驾和派林青阳和周官替皇上给李定国送密令一事，我等实在是不知道，你叫我等怎么告诉你们啊？”

庞天寿站出来，说：“吴大人，我们知道这事就是你指使徐极、张镌、朱东旦、胡士瑞，还有蒋乾昌、张福禄、全为国等人干的，这事你怎么脱得了干系呢？”

吴贞毓正视着他，说：“庞大人，你可不能冤枉人啊，我等身为大明朝臣，一生对朝廷忠心耿耿，岂会做这等不仁不义、不忠不孝之事？”

“我们对朝廷的忠心，苍天可见，绝不会去做这等辱没祖宗之事！”朱东旦也说。

“庞大人，我们哪会像有些奸臣那样不知廉耻，为了自己的前程和荣华富贵而卖主求荣呢？”赵赓禹奚落庞天寿。

“你……你这是什么话？”庞天寿气急败坏地对赵赓禹说。

“哈哈，哈哈，庞大人，当官当糊涂了吧？你连这是什么话都听不懂？”赵赓禹停了一下，说，“既然庞大人听不懂，那我就告诉你吧，这是人话，不像有些人说的都是狗屁话！”

“哈哈，哈哈……”

大家觉得赵赓禹骂得痛快，不禁大笑起来。

“别跟他啰唆，绑了！”郑国恼羞成怒地对兵士说。然后兵士走上前来，一把将吴贞毓反手扭住。

“你们要干什么？”被扭住的吴贞毓，边反抗边问他们。

兵士不顾吴贞毓的反抗，强行把他押出朝房。

“你们咋乱抓人？”吴贞毓质问他们。

可不管吴贞毓怎么说，郑国和王爱秀就是不理。

“吴大人没罪，你们不能乱抓人！”

“放了吴大人！”

“不能抓走吴大人！”

……

见兵士动手抓吴贞毓，徐极和张镌、杨钟、郑元允、蒋乾昌等人赶忙对郑国和王爱秀吼叫起来，并一齐拥向朝房门口。

朝房内一阵骚乱。

“干什么，干什么？你们想造反是不是？”庞天寿朝徐极和杨钟等人吼道。

徐极和张镌、杨钟、郑元允、蒋乾昌等群情激昂，庞天寿哪吼得住！

“给我通通抓起来！”见吼不住，庞天寿气急败坏地对早已布置在门外的兵士叫道。

候在门外的兵士蜂拥而进，三四人一组，把徐极、张镌、郑元允、蒋乾昌、李元开、赵赓禹、蔡缤、周允吉、李颀、朱议泵、胡士瑞等人扭住，然后与吴贞毓一起押解到王爱秀宅子里关押起来。

紧接着，郑国、王爱秀和庞天寿又带着兵气势汹汹地赶往内监张福禄、全为国和刘衡等人在的地方。

张福禄、全为国和刘衡正在忙着打理政务，见郑国、王爱秀和庞天寿带着这么多兵进来，心中一惊：莫非今日这几个奸佞真要对咱们动手了？

“这是在殿里，你们要干什么？”张福禄盯着他们问。

郑国、王爱秀和庞天寿哪里还听他的。

“全绑了！”郑国抬起右手往前一挥。

他身后的兵士听到命令，饿狼般扑向张福禄、全为国和刘衡三人。

刘衡当场被抓住。

张福禄、全为国两人却往后宫逃去，希望皇后和皇太后能救他俩。

“救命啊，太后娘娘、皇后娘娘！”张福禄、全为国边逃边喊。

庞天寿带着兵士紧追二人。他们不顾后宫之禁，闯入后宫抓张福禄和全为国。

“庞大人，这是后宫之地，你们怎么跑到这儿来乱抓人？眼里还有没有太后和我这个皇后？”

皇后听到张福禄和全为国的喊叫声，赶紧从里边走出来。见庞天寿和郑国闯入后宫抓人，气愤地上前质问他们。

“这两人是朝廷要犯，我等只是奉命行事而已。”庞天寿仗着有秦王撑腰，没把皇后的话当回事。

“朝廷要犯？他们犯了什么罪啊？这事皇上知道吗？”皇后质问他。

庞天寿支吾着说：“这……这是国主的命令，谁也不能违抗！”

“什么国主啊？哀家咋没听说过！”这时，皇太后也从里边走出来。听了庞天寿的话，虎着脸问他。

“我大明之君只有永历帝，哪来的国主啊？”皇后怒视着庞天寿说。

见这阵势，庞天寿也不敢造次，只好说：“太后娘娘、皇后娘娘，我们只是奉命行事，请不要为难我们。”

“既然这样，你们不要把他俩带走，先关在这儿，等我奏明皇上再说。”皇后上前用身子护着张福禄和全为国。

庞天寿顿时拉下脸，威胁道：“皇后娘娘，我等在执行公务，请不要干预，否则后果您也是知道的。”

“不行，他俩就是不能带走！”皇后也不甘示弱。

“我们为朝廷做事，犯了什么法？你们要抓我们！”皇后身后的全为国质问庞天寿。

庞天寿也不顾皇后的面子回他道：“我说全为国，你就别装了，自己做的事情难道你还不清楚？”

“我清楚什么？”全为国反问他。

“到时候你会知道的。”庞天寿边说边冷冷地命令兵士，“给我把他俩绑了！”

庞天寿身边的兵士听到命令，上前将张福禄和全为国用绳索绑了。

“庞天寿，你这叛逆不得好死！”

“你这些小人，早晚会遭报应的！”

张福禄和全为国无力反抗，只能咒骂庞天寿。

“你们？”见庞天寿强行抓人，皇后气得说不出话。

皇太后指着庞天寿骂道：“庞天寿，你这忘恩负义的东西，你就不怕遭雷打？”

庞天寿平素里的忠诚和乖样，此时在她心里，荡然无存。

见张福禄和全为国都被兵士用绳索绑好，庞天寿不顾皇太后和皇后的反对，命令手下兵士：“带走！”

“不能带走他们！”皇后上前挡着，不让他们带走张福禄和全为国。

“闪开！”兵士一把将她推开。

庞天寿等人将张福禄、全为国押着走了。

“唉，这由榔是怎么搞的，都闹成这样了！”皇太后跺着脚。

这时戴贵人、杨贵人也出来了，见此情景流着泪叹息道：“天呐，这是什么世道啊？”

庞天寿和郑国、王爱秀把张福禄、全为国，还有先前抓的刘衡一同押解到王爱秀宅中，与吴贞毓、胡士瑞关押在一屋。

郑国和王爱秀他们听说吴贞毓小妾的父亲裴廷谟与此事有染，连他也抓来了。被抓的人还有许绍亮、陈麟瑞和刘议新等，一共二十余人。

“郑将军，下一步怎么办？”把人抓来后，庞天寿问郑国。

郑国命令道：“一是马上派人去贵阳报告国主，就说吴贞毓、徐极等谋划密旨一事的人基本上都抓到了，怎么发落请国主明示。二是马上派人上朝奏请皇上，请他赶紧指出密旨一事是何人支使，以便对徐极、张福禄等逆贼进行处置。”

王爱秀点头：“好，我马上派人去贵阳给国主报告。”

王爱秀说罢，写了张纸条交给身边的亲信，叮嘱他：“你马上骑马去贵阳，把它交给国主。”

王爱秀亲信接过纸条，立即骑马去贵阳给秦王送信。

随后郑国、王爱秀和庞天寿又派其党羽冷孟銋、蒲缨、宋德亮等人来到文华殿，逼永历帝说出密旨一事为何人指使。

第20章 刑讯逼供

01

“皇上，吴大人和徐大人他们被郑国和王爱秀、庞天寿等人派兵抓了！”

张镌的一名亲信进殿来报。

“什么？郑国和王爱秀、庞天寿抓了吴大人、徐大人他们？他们……他们怎么这么胆大，没有我的允许，敢抓我朝廷的大臣？”

“不但如此，他们连吴大人小妾的父亲裴廷谟也抓了。”

永历帝听了张镌亲信的话，一时气血攻心，昏了过去。

“皇上，皇上，您怎么啦？”近侍太监见状，赶紧上前扶着永历帝呼喊。

“快，叫太医！”近侍太监朝另一名太监叫道。

“皇上，你醒醒啊！”

殿上的人乱成一团，围在永历帝身边不停地叫唤。

一会儿，太监带着太医来了。

太医给永历帝把了把脉搏，告诉永历帝身边的近侍太监：“和上次一样，皇上只是受了点惊吓，没什么大碍，休息一会儿就会好的。”

“没事就好，没事就好！”近侍太监松了口气，叫人送走了太医。

这时永历帝已慢慢苏醒过来。他神思恍惚地问近侍太监等人：“刚才我怎么啦？”

“皇上，刚才您昏过去了！”近侍太监回禀道。

永历帝叹息道：“郑国、王爱秀、庞天寿这几个奸贼，真是太狂妄了。先前他们来找过朕，问朕是谁指使和谋划给西蕃李定国送密旨一事，朕说了他们一下，没想到这几个逆贼马上就对吴大人和徐大人他们下了毒手。唉，这都怪朕，怪朕无能啊！”

“这都是郑国和庞天寿这帮逆贼太过凶狠，怎么能怪皇上呢？皇上也不要过于自责，您是一朝之君，还有许多大事情要做，保重身体要紧。”近侍太监安慰永历帝。

永历帝焦虑地说：“话倒是这么说，可吴大人和徐大人他们怎么办？总不能让郑国和庞天寿这帮逆贼杀了他们吧？”

“可又有啥办法呢？”太监一脸无奈。

永历帝说：“走，我们去看看。”

近侍太监关切地劝说永历帝：“皇上，您身体还没恢复，就不要去了。”

“不用去了，皇上，我们来找您了。”永历帝和太监、张镌的亲信等人正要往外走，没想到冷孟銋、蒲缨、宋德亮等奸贼却找上殿来了。

看到这几个逆贼得意扬扬的样子，永历帝气愤地质问他们：“听说你们把吴贞毓、徐极、许绍亮他们抓起来了？”

冷孟銋嚣张地反问他：“皇上，难道您不觉得他们应该抓吗？要不是马吉翔大人发现得早并及时报告给秦王，那吴贞毓、徐极他们这干人早误了朝廷大事，这样的逆臣贼子，皇上，你说该不该抓？”

“是啊，是该抓啊！不但要抓，还要杀掉，否则我后明，哦，不，我大明的江山就要毁在他们手里了！”蒲缨一激动说漏了嘴，觉得不对劲，赶紧改口。

永历帝气愤地问蒲缨和冷孟銋：“你们抓吴贞毓和徐极，还有张福禄、张镌这些大臣，有何证据？另外，这事与裴廷谟有什么关系？你们连他也抓了。”

宋德亮说：“我们就是来问皇上，密旨一事到底是何人指使，请皇上明示，以便我们好处置这些逆臣，不然的话，朝廷危在旦夕啊！”

永历帝怒斥道：“你们逼朕指出这事是何人所为，朕怎么会知道是谁所为呢？”

蒲缨说：“这事皇上应该清楚。”

"你这不是强词夺理吗？朕咋会清楚这些事？朕不管了，你们爱咋个咋个！"永历帝说罢，拂袖走出大殿。

冷孟銋、蒲缨、宋德亮等人见永历帝生气地走了，知道他不肯说，只好回去给郑国和王爱秀、庞天寿报告。

郑国、王爱秀和庞天寿听了冷孟銋和蒲缨、宋德亮等人的汇报很是生气。

"既然他不愿说，那就提审吴贞毓、张镌和徐极他们。他们要是不招，就给我狠狠地打，直到他们招了为止。蒋主事，这事你去安排一下，明天提审。"郑国狠狠地对刑部主事蒋御曦说。

蒋御曦回复："我马上安排。"

02

永历帝气呼呼地回到寝宫，一屁股坐到椅子上。皇后见他一脸不高兴，问他发生什么事了。

永历帝告诉她，郑国和王爱秀、庞天寿把吴贞毓、徐极和张镌等大臣抓了。不但如此，他们连吴贞毓小妾的父亲裴廷谟也抓了。

"皇上，您说什么？庞天寿、郑国和王爱秀他们抓了吴大人和徐大人？"

"嗯。"永历帝点了点头。

"你回来了就好，我和母后正要去找你说这事呢。"皇后说，"刚才庞天寿带兵去抓张福禄和全为国，他俩跑到这儿来找母后和我保他们，我和母后出来制止庞天寿，没想到这庞天寿居然连母后和我的话都不听，强行把张福禄和全为国抓走了。"

永历帝吃惊地说："什么？张福禄和全为国也被他们抓走了？"

"皇上不知道？我还以为你已经知道这事了呢！"皇后也很吃惊。

永历帝气愤地骂道："这几个逆贼，真是胆大包天！"

"庞天寿和郑国等人为何要抓吴大人、徐大人和张福禄、全为国他们呀？"皇后问。

永历帝苦笑道："哼，为何？还不就是为了密旨一事。"

"密旨？啥密旨？您是天子，是皇上，除了您谁还敢下啥密旨啊？"皇后娘娘不明白地问永历帝。

"是啊，你贵为一朝天子，除了你，谁还敢下什么密旨？"

和杨贵人、戴贵人一同从屋里走出来的皇太后，听了皇后的话，边走边把话接了过去。

“儿臣给母后请安！”永历帝低着头。

“请安？我还有安可言吗？我正准备和皇后去问你，这到底是怎么回事，庞天寿他们怎么敢到后宫来乱抓人，而且连我和皇后的话他们都不听了，这是为了啥？”窝了一肚子火的皇太后，劈头盖脸数落了永历帝一顿。

“都怪儿臣无能，让母后受惊了。”永历帝给皇太后赔罪。

“我问你，庞天寿和郑国、王爱秀，他们为什么要抓吴贞毓、徐极和张福禄、全为国这些大臣？他们到底做错了什么事？”

为了保密起见，也为了不让她们担心，谋划派人送密旨给西蕃的李定国，请他回安龙救驾，永历帝连皇太后和皇后都是一直瞒着的。

事到如今，永历帝不得不把事情的原委给她们说了……

“原来是这样！”听了永历帝的话，皇太后愤愤骂道：“马吉翔、庞天寿这两个挨千刀的，一点情义也不讲了，亏我和太后、皇后平素对他俩这么好，上一次还救他俩的狗命！”

永历帝说：“母后，这世道就是这样，他们哪还管什么情什么义啊？”

“我知道世态炎凉，但总不能连做人的基本道理都不要了嘛，你说……”皇太后气恼地说。

皇后也说：“是啊，做人总得要有个底线嘛！”

皇太后问永历帝：“他们还抓了哪些人？”

“除了吴贞毓、徐极、张福禄、全为国、刘衡，还有张镌、胡士瑞、蔡缜、杨钟、周允吉、李颀、朱议泵、裴廷谟、刘议新等，大概有二十多个吧。”

“他们连裴廷谟也抓了，这和他有什么关系啊？”

永历帝说：“他们认为他和密旨一事有染，所以连他也抓了。”

“他们咋这么胆大？没你的同意也敢擅自抓人？这些人可是朝廷的重臣，由榔，你这皇帝是怎么做的？”

“母后，事到如今儿臣也没办法，他们都投靠了秦王。如今这秦王专横霸道，你也是知道的。”永历帝无可奈何地对皇太后说。

皇太后听了，说：“原来还有这等子事啊！由榔，你事先跟我们说一声，我们也好替你分点忧嘛！”

“郑国和王爱秀我都不说，这庞天寿也是，这么多年来我们哪儿亏待了他啊，他咋也跟着投靠了秦王？”皇太后又不解地问。

永历帝说：“母后，世道人心，这很难说，以前他们见儿臣有权有势，肯定要弯腰低头，如今见我永历朝廷大势已去，人心涣散，他们哪还会跟着我啊？”

“唉，这世道……”皇后一声长叹。

皇太后问永历帝：“那吴大人、徐大人他们怎么办？总不能让那帮乱臣贼子折磨死他们吧？”

永历帝说：“儿臣也在想怎么才能救得了他们。”

皇太后含着眼泪：“由榔，那你快想想办法，晚了他们可能性命难保！”

“是啊，晚了怕吴大人徐大人他们性命不保啊！”皇后也说。

皇太后说：“你告诉我，郑国和庞天寿他们把吴大人、徐大人这些大臣关在哪儿，我们去看看他们。”

“这万万使不得，母后，这帮乱臣贼子已经到了丧心病狂的地步，连儿臣的话他们都不听，您去太危险了。”

皇太后气愤地说：“难道他们还能把我这把老骨头磨水吞了不成？走，皇后，我们去找天寿，我不信他不给哀家这个面子！”

“母后，这不是面子不面子的问题，这是你死我活的斗争，我们还是不去的好。”永历帝求皇太后。

“由榔，你有点骨气好不好？别老是这么软弱，没个皇帝的样子！”皇太后激动地对永历帝说。

见劝不住母后，永历帝和皇后只好陪她一起去看吴贞毓和徐极、张福禄他们。

戴贵人和杨贵人虽怀有身孕，但见皇太后执意要去看吴贞毓和徐极他们，也要跟着去。

皇太后对她们说：“你俩都怀有身孕，保护好肚子里的孩子要紧，就不用去了。”

“听从太后吩咐！”戴贵人和杨贵人低头对皇太后说。

皇太后吩咐跟在戴贵人和杨贵人身后的侍女：“你们两个把戴贵人和杨贵人送回寝宫。”

“是，太后。”两个侍女回答。

永历帝对身后一内监说：“你负责护送她们回寝宫。”

“是，皇上！”

03

皇太后、皇后和永历帝一行来到关押吴贞毓和徐极、张福禄等人的地方。

守门兵士见永历帝和皇太后、皇后来了，一齐跪下给他们行礼："给太后娘娘、皇上、皇后娘娘请安！"

永历帝和皇太后、皇后娘娘理也不理他们，虎着脸径直朝关押吴贞毓、徐极等人的宅子走去。

两名兵士过来想拦他们，皇太后顺手一人一巴掌，厉声喝道："大胆！"

"不知天高地厚的东西，打得好！"这时，庞天寿正从审堂里走出来，见两名兵士被皇太后打了，故意骂他俩。随后，他给永历帝和皇太后、皇后跪下："微臣给太后娘娘、皇上、皇后娘娘请安！"

皇太后乜了他一眼："微臣？你是谁的微臣？秦王的吧？"

庞天寿赶紧叩拜："启禀太后，微臣不敢！"

"不敢？我看你胆儿大着呢！"皇太后奚落他。

"吴大人他们在哪儿？"皇太后对庞天寿怒目而视。

庞天寿告诉皇太后，吴贞毓和徐极他们关押在前边王爱秀的宅子里。

"带哀家去看看！"皇太后命令庞天寿。

"是，请太后娘娘和皇上、皇后娘娘跟天寿来。"庞天寿站起身，领着他们往前边走去。

永历帝和皇太后、皇后娘娘跟着庞天寿来到王爱秀宅子门前，庞天寿命人打开门。进了屋，见吴贞毓、徐极、张福禄、全为国、蔡缜、蒋乾昌等人都被关押在这里，皇太后质问庞天寿："他们犯了什么罪你们要抓他们？"

庞天寿看了永历帝一眼，对皇太后说："太后，这……这事，皇上应该知道。"

永历帝见他把事情往自己身上推，火了，斥责他道："庞天寿，你这逆贼，这些都是你等乱臣贼子诬陷人家的，我知道什么？"

见永历帝发火了，庞天寿低头不说话。

皇太后又问庞天寿："天寿，我们和由榔对你不好吗？"

庞天寿赶紧说："太后娘娘、皇上和皇后娘娘的大恩大德天寿不敢忘记！"

"哼，不敢忘记？我看你都忘得一干二净了！"皇太后盯着他，"你说，你为啥要背叛朝廷投靠秦王？秦王给了你什么好处？"

庞天寿被问得哑口无言，不停地用袖子擦拭头上冒出来的汗珠。

皇太后本不想说他，因为大明自从建朝以来，从来都没有女人干预朝政。但这庞天寿因为长时间出入后宫侍候皇太后、皇后，这么多年来皇太后、皇后都很宠爱和信任他，没想到他会卖主求荣投靠秦王，而且还和郑国、王爱秀他们把吴贞毓、徐极等大臣抓起来了，这才不得不说他。

“太后娘娘、皇上、皇后娘娘，我等在这儿给您请安了！”

吴贞毓、徐极、张福禄、全为国、蔡缜、蒋乾昌等人见永历帝和皇太后、皇后来看他们，一齐在屋子里跪下。

永历帝抹着眼泪，对吴贞毓和徐极、张福禄他们说：“众爱卿，朕实在是对不起你们，让你们受苦了。”

皇太后也伤心地说：“吴大人、徐大人，你们受罪了，只是……只是哀家救不了你们啊！”

吴贞毓说：“皇上和太后娘娘不必自责，国家有难，匹夫有责，如今朝廷处在危难时刻，我等身为朝廷重臣，岂能置国家和民族于不顾？请皇上、太后娘娘和皇后娘娘放心，我等就是死，也是应该的，我等绝不会向秦王这逆贼妥协！”

“对，就是拿我等千刀万剐，我等也不会屈服于这帮乱贼！”张镌义愤填膺地说。

全为国也接着说：“皇上和太后娘娘，还有皇后娘娘，您三位放心就是，就算是郑国他们活剐了我们，我们也绝不会像他庞天寿、马吉翔那样丧心病狂，出卖朝廷和皇上！”

听了全为国的话，庞天寿头上直冒汗，低着头不敢说话。

永历帝流着眼泪对张镌和全为国他们说：“有你们这些忠心耿耿的大臣，朕很高兴。朕只是恨自己无能，让你们遭此大罪！”

“是啊，你们的忠心由榔也看到了，只是……只是这秦王太张狂，由榔他也保护不了你们！”皇太后说着抹了把眼泪。

站在后边的皇后见此情景，也忍不住跟着流泪。

皇太后警告庞天寿：“天寿，我警告你们，吴大人、徐大人，还有福禄、为国，他们这些人都是我大明的重臣，也是皇上的得力助手，他们若是有个三长两短，我跟你没完！”

“微臣知道！”庞天寿低着头回皇太后的话，但他心里却在说，“哼，都到了这个份上，不知道自己的性命能不能保住，还敢警告老夫！”

皇太后对永历帝说：“由榔，你看这都成啥样子了？连你这皇帝他们都不放在眼里，这不乱了套吗？”

永历帝赶紧说：“儿臣知过。”

见在此也于事无补，永历帝对皇太后和皇后说：“走吧，母后、皇后，我们回去吧！”

“吴大人、徐大人，你们保重！”

永历帝、皇太后、皇后与吴贞毓、徐极、张福禄他们泪别，然后回寝宫去了。

04

第二天上午，郑国、王爱秀、庞天寿和蒋御曦等人开始提审吴贞毓、徐极、张福禄、张镌、全为国他们。

提审犯人的事，按理说应该由大理寺或刑部来做，特别是像吴贞毓、徐极这些权高位重的大臣。可情况特殊，郑国、王爱秀他们哪会按常理出牌？再说这事本身就不正常，郑国、王爱秀、庞天寿和蒋御曦等奸逆都是秦王心腹，提审吴贞毓和徐极这些人，他们哪会让其他人参与进来？

郑国和王爱秀、庞天寿、蒋御曦一干人耀武扬威地坐在审堂上。郑国作为主审，坐在中间位置，王爱秀和庞天寿作为副审，一左一右坐在郑国两边。蒋御曦也作为副审，他坐在王爱秀的左边。

审问马上开始，蒋御曦问郑国：“先审谁？”

郑国说：“先审吴贞毓小妾的父亲裴廷谟。”

“传裴廷谟！”蒋御曦朝门边叫道。

一会儿，两名锦衣卫校尉将五花大绑的裴廷谟押解进来。

裴廷谟是朝廷户部员外郎，官衔五品，在朝中也是有一定地位的人，对郑国、王爱秀、庞天寿和蒋御曦这些卖主求荣、依附秦王的小人恨之入骨，此时虽说身上五花大绑，却器宇轩昂不卑不亢。他之所以被郑国和庞天寿他们抓来，就是因为他是吴贞毓小妾的父亲，郑国和庞天寿以为他知晓一些密旨的事情，就派人把他抓来了。

“见了本官为何不跪？”郑国见裴廷谟不下跪，大声斥责他。

裴廷谟厉声道：“我看你等真是恬不知耻，老夫我身为朝廷五品大夫，这是皇上亲自所赐，老夫就是要跪也要跪皇上，怎么能跪你这等小人？”

见裴廷谟这么说自己，郑国大怒：“大胆狂徒，到了这儿还如此嚣张，来人，棍棒侍候！”

站在旁边两手杵着廷杖等着行刑的两名校尉听令，一阵乱棍往裴廷谟身上打去。年事已高的裴廷谟，两臂差不多被打断。尽管很疼，可他却没哼一声，怒目逼视着郑国和王爱秀等人。

“说，是谁指使林青阳和周官去送的密旨？这件事的主谋是谁？”打了一阵，郑国瞪着眼朝裴廷谟吼叫。

裴廷谟说：“我说过我不知道，你们还有什么好问的？”

“不说是吧？”郑国眼睛血红，盯着裴廷谟，像要看穿他的五脏六腑。裴廷谟仍一言不发。

见裴廷谟不理自己，郑国更气，对行刑的锦衣卫说：“继续打，我看他骨头能不能硬得过这廷杖！”

又是一阵乱棍打在裴廷谟身上。裴廷谟强忍着身上的疼痛，依然是一言不发。

“说不说？”郑国恶狠狠地问。

裴廷谟不管他怎么问，就是一言不发。

“上拶子！”郑国气急败坏地吼叫道。

听到郑国发话，站在一旁的另一名锦衣卫马上拿来一副拶子，与先前对裴廷谟实施杖刑的两名锦衣卫一起，将裴廷谟双手抬起，给他上好拶子。

“说不说？”裴廷谟十指被夹住，郑国问。

裴廷谟还是一言不发。

“用刑！”

听到命令，两名锦衣卫往两边用劲拉扯拶绳。

“啊……”钻心的疼痛，让裴廷谟发出了叫喊。随后，他昏倒在地。

郑国朝行刑的两名锦衣卫挥了挥手，两名锦衣卫松开拶绳。

“冷水侍候！”蒋御曦朝行刑的锦衣卫叫道。

一名锦衣卫端来一盒冷水，“唰”地一下朝裴廷谟身上泼去。受到冷水刺激，裴廷谟苏醒过来。

“你到底说不说？”郑国走下来，问裴廷谟。

裴廷谟强忍着疼痛，挣扎着用微弱的语气说：“你……你们……别……别费心机了，我……我什么也不会告诉你们的。”

郑国等人又对裴廷谟用了几次刑，他还是不招。

“妈的，拖下去！”见问不出什么东西，郑国只好叫锦衣卫把裴廷谟拖下去关押。

两名锦衣卫上来，将昏迷的裴廷谟架出去。

从裴廷谟嘴里没问出半个有用的字，郑国、王爱秀、庞天寿和蒋御曦几人非常气恼。

他们又一一提审和拷打了张镌、徐极、周允吉、赵赓禹、张福禄、全为国等人。

“带张镌！”郑国朝堂上一名锦衣卫校尉叫道。

“是。”锦衣卫校尉回答着走出屋子。

不一会儿，两名锦衣卫押着刑科给事中张镌进来。

见了郑国、王爱秀、庞天寿和蒋御曦几人，张镌便破口大骂：“好你几个乱臣贼子，我就是做鬼也不会放过你们！”

郑国、王爱秀、庞天寿和蒋御曦气恼地看着他。

“说，你是和哪些人谋划这事的？是谁派林青阳和周官去送的密旨？主谋是不是皇上？”郑国问张镌。

张镌愤怒地回道：“告诉你吧，老子不知道你说的是啥意思，就算是老子知道，也不会告诉你这狗贼！”

“哼，嘴还硬，给我打，我看他嘴到底有多硬！”郑国话音刚落，两名行刑的锦衣卫抡起廷杖便往张镌身上一阵猛擂。

张镌使劲撑着，任由他们打。打了一阵，郑国朝他们挥了挥手。行刑的两名锦衣卫停下来。

“说，哪些人与你谋划此事的？”郑国逼问张镌。

张镌低垂着头，血从嘴角流淌下来：“嗯，你想知道哪些人和老子谋划此事？老子就是不告诉你！”

“真不想告诉我？”郑国走下来，恶狠狠地问张镌。

张镌怒视着他：“就是不告诉！”

郑国恼羞成怒，转身走上审案台，朝行刑的锦衣卫叫道：“给我继续打，我就不信他不招！”

行刑的两名锦衣卫又抡起廷杖往张镌身上猛擂。

“妈呀！啊……”

张镌忍不住疼痛，叫喊起来。

“说不说？”郑国逼问张镌。

张镌侧着脸回他：“你就是打死老子，老子今天也不会告诉你半个字！”

庞天寿假装好人，对他说：“张大人，你这是何苦啊？招了不就没事了吗？何必要拿自己的身子骨不当数呢？只要你说出你是和哪些人谋划此事，我保你不再受皮肉之苦。”

“做你的美梦去吧，老子的骨头没你的软！”庞天寿被张镌骂得狗血淋头。

庞天寿气急败坏，叫道：“我看你是不见棺材不掉泪，打，给我狠狠地打！”

一阵啪啪啪啪的廷杖声又响起，张镌昏了过去。

见也问不出什么名堂，郑国叫人将他架出去。

“带张福禄上来！”恼羞成怒的郑国吼叫道。

不到五分钟，五花大绑的张福禄被两名锦衣卫架进审堂来。

见他也不下跪，两名锦衣卫强行按他跪下。

张福禄两眼血红地瞪着郑国和庞天寿等人。

郑国问他：“张福禄，你身为司礼太监，常在皇上身边，为何与人勾结西蕃谋叛朝廷？”

“哈哈，哈哈……”张福禄大笑，随后，双眼死盯着郑国和王爱秀、庞天寿他们，“谋叛朝廷？我看真正谋叛朝廷的，是你等乱臣贼子，不是老子！”

庞天寿已不愿听他废话，直接对他说：“张福禄，你还是知趣些，赶紧招供算了，免遭皮肉之苦。”

“闭上你的臭嘴！你这奸贼，亏皇上和皇太后他们对你这么好，如今你却投靠秦王，想让他篡夺皇位，你还是人吗？”张福禄厉声骂道。

“你……你……”庞天寿被张福禄气疯了，从座位上站起来。

“消消气，庞大人，别跟他一般见识。”蒋御曦安慰庞天寿。

“张福禄，我问你，你是招还是不招？”王爱秀逼问张福禄。

“你要我招什么？”张福禄反问他。

王爱秀盯着张福禄：“不招是吧？不招给我狠狠地打！”

两名行刑的锦衣卫抡起廷杖朝张福禄身上就猛揍。

张福禄被打昏过去。

郑国和王爱秀又如法炮制，叫人往他身上泼冷水。满身伤痕的张福禄，被冷水一激，又苏醒过来。

“说，你们是怎么合谋叛逆之事的？主谋是谁？皇上知不知道？”郑国厉声问张福禄。

张福禄使劲撑起身子，斜了一眼郑国，突然说：“主谋？哈哈，主谋不就是你这狗贼吗？”

郑国气歪了嘴：“大胆狂徒，竟敢胡言乱语诬陷本官，来，给他上拶！”

两名行刑的锦衣卫拿来拶子，往他手指上夹。

“说不说？”见拶子上好了，郑国朝张福禄号叫道。

“我刚才不是已经说了吗？”张福禄用戏弄的眼神看着郑国。

“竟敢戏弄本官，用刑！”郑国吼叫。

两名行刑的锦衣卫朝两边使劲拉扯拶绳。

张福禄痛得难忍，大骂：“你等乱贼，不得好死！”

“继续用刑！”郑国丧心病狂地吩咐行刑的锦衣卫。

“啊……”

张福禄昏厥过去。郑国和王爱秀他们还是没问出半点有价值的东西。

王爱秀不得不佩服，低声对郑国说：“算是条汉子。”

郑国不说话。

紧接着，他们又提审徐极、周允吉、赵赓禹、任斗墟等人，对这些人也是一番严刑拷打，可还是一无所获。

在受拷打的时候，徐极、周允吉、赵赓禹、任斗墟等人因为痛苦难忍，高呼明太祖朱元璋、明成祖朱棣和列祖列宗。

“都是些又臭又硬的家伙！”郑国气得大骂。

王爱秀也骂道：“真是一帮不开窍的东西，如今秦王这么强势，还跟着朱由榔这个破落皇帝死撑！”

蒋御曦恶狠狠地说：“要是都不招，就把他们通通杀掉！”

其他人都拷打完了，只有吴贞毓还没动。庞天寿问郑国：“郑将军，吴贞毓咋办？”

郑国面露难色，告诉他：“这吴贞毓是大学士，官及副宰相位置，不能对他动刑。”

庞天寿着急地说：“难道就拿他没办法了？他可是密旨事件的主谋啊，一旦治不了他的罪，我们这干人日后恐怕会落在他手里！”

郑国对他说：“此人是不可能留的，只是得想些办法，不能鲁莽行事。”

“是啊，这人不仅官高权重，还是永历帝身边的红人，我们得谨慎些，当心被他反咬一口。”王爱秀有些惧怕。

郑国阴险地说：“暂且不动他，等禀报国主再说。”

王爱秀说：“好，那就先不动他。”

秦王派出去抓林青阳的人扑了个空，林青阳早已不在常荣军营中了。

再说林青阳和周官从李定国那儿出来，半路上得到消息，说秦王已经派人来抓他俩，林青阳就沿海南下逃命去了，没回贵州安龙。

周官和他告别，也自己往外逃命去了。至于他去了哪儿，直到后来都无人知晓。

标官没见到林青阳，只好把常荣和他的下属抓起来，逼问他们林青阳和周官去哪儿了。

常荣一是见不惯秦王专横跋扈，二是收了林青阳银子，自然不会说出林青阳去了哪儿。其实，他也只是知道林青阳去广西找李定国，后来林青阳到底去了哪儿他也不知道。他告诉标官，说林青阳没来他这儿，他没见到过什么林青阳。

标官见他不说，恩威并用，对他说：“常大人，林青阳身犯重罪，是朝廷缉拿的要犯，国主派我等前来抓他回贵州安龙治罪，希望你识时务赶快把他交出来。交了，国主自然会封赏你；如若不交，袒护朝廷要犯，连你也是死罪！”

常荣回他：“林青阳真不在我这儿，你叫我交什么？你们这不是逼着牯牛下崽吗？”

“常大人，我劝你还是知趣一些，这可是国主要的犯人，如果你不交人，你可得想清楚是什么后果！”标官威吓常荣。

常荣气定神闲，回答他：“我不是说了吗？林青阳他没来我这儿，你叫我交什么给你，难不成要我造一个出来给你？”

见常荣软硬不吃，标官拿他没办法，只好回去给秦王复命。

标官一走，常荣自言自语地说：“哼，想玩我？你嫩了点！”

“国主，林青阳跑了，没抓到！”

到了贵阳，标官给秦王汇报。

“他怎么知道要去抓他？是谁走漏的风声？”秦王问标官。

标官说：“启禀国主，卑职不知道。卑职到常荣营中搜遍了也不见他林青阳。问常大人，他说没见过林青阳。”

孙可望想，莫不是马吉翔听到风声，给他林青阳报信了？想到这儿，他问标官：“会不会是马吉翔听到了消息给林青阳报信，这才让他逃脱了？”

标官说：“去捉拿林青阳，知道的人不多。再说这事国主一定下，我就马上启程去常荣营中，他应该不知道这事。”

“你分析的也有些道理。”秦王摸着下巴骨。

“那下一步怎么办，国主？”标官问秦王。

秦王反问他：“常荣呢？”

标官回话：“常大人还在田州镇。”

秦王想，会不会是常荣把林青阳藏起来或支走了呢？明明探听到林青阳是在他营中的，怎么会找不到？莫非这常荣和他们是一路人？

想到这儿，他问标官：“你去缉拿林青阳的时候，常荣是什么表现？”

“他很不配合。”标官说。

秦王说：“你带人再去趟田州镇把常荣给我抓回来，我有话要问他。”

“是。”标官说完，转身走了。

几天后，常荣被标官绑来了。

秦王问他：“常荣，前几日我已经打听到林青阳在你营中，我派标官去缉拿，他林青阳怎么就不在了呢？是不是你放走了人，还是将他藏在什么地方了？”

“国主，卑职哪敢做这等事？林青阳从没来过我营中，卑职也没听说他来过。国主，谁见他来过卑职的营中了？”

常荣知道秦王狠毒，如果让他知道实情的话，那秦王不活剐了自己才怪。常荣明白这个厉害，死活都不承认林青阳到过他那儿。

“常荣。”

“卑职在！”

“我可告诉你，这林青阳是我要缉拿的钦犯，你可想清楚了，如果让我查清楚是你放走或藏了他，你可知道李如月的下场？”

秦王的话让常荣头上汗水大颗大颗冒出来。秦王叫人活剐李如月的事，常荣那天是亲眼见到的，那个惨法，让他常荣一想到就会全身发抖。

常荣的异样，秦王已经察觉到了，他知道，十有八九是常荣得了林青阳或吴贞毓他们的好处放走了林青阳。但他怕常荣死活不说，就诳他：“常荣，我再给你一个机会，只要你说出林青阳的下落，我可以饶你不死。”

“国主饶命，我说，我全说！”

于是，常荣把他如何得知秦王发现密旨一事，林青阳如何来他营中，如何收受林青阳的银子并派人送林青阳到廉州的事全抖了出来。

“拖出去重打一百军棍，革去官职，剥去兵权，打入死牢！”待常荣说完，秦王对标官叫道。

标官上前，把常荣拖出去。

“国主饶命，国主，饶命啊……”

第21章 保全皇帝

01

行宫里，坐在龙椅上的永历帝脸色凝重。他在想，密旨一事做得这么缜密，消息咋会泄漏出去？莫非吴贞毓、徐极他们之中藏有内鬼？如果有，这内鬼又会是谁？

被弄得晕头转向的永历帝在脑海里仔细搜索了一遍，很快就否定了自己的想法。不会，绝对不会，吴贞毓、徐极这帮人对朝廷一直忠心耿耿，全都是自己信得过的人，他们绝对不会出卖我朱由榔和永历朝廷的。蒋乾昌、李元开这些人，是自己亲自考察提拔起来的，平心而论，平时我对他们也不薄，可以说是自己的心腹，这些人也绝对不会出卖我和永历朝廷。可要说没有内鬼，那秦王和郑国、王爱秀、庞天寿、马吉翔他们又是怎么知道这件事的呢？是不是吴贞毓、徐极他们在谋划这个事的时候，因为疏忽大意被马吉翔、庞天寿他们发现了？或者是林青阳、周官他们在送密旨途中不慎走漏消息，被马吉翔、庞天寿的人探听到了？

永历帝百思不得其解，便又憎恨起秦王孙可望来。这秦王，居然叫郑国和王爱秀他们来我行宫调查密旨一事，他眼里到底还有没有我这个皇帝？还有没有我永历朝廷？还有马吉翔和庞天寿这几个卖主求荣的逆贼，也是非常可恶，哪天我朱由榔若能重振大明雄风，我非把这几个叛逆撕了喂狗不可。唉，也不知道吴贞毓和徐极、张福禄他们被郑国、庞天寿折磨成什么样子了，可怜我这帮忠心耿耿的朝臣，为了保我永历朝廷的江山社稷，竟然落到如此地步，作为皇帝，我真是无能，无能啊！

永历帝沮丧地摆了摆头。此时的他，既伤心又着急。他想救吴贞毓和徐极、张福禄他们，但又想不出什么好法子来。

他能有什么好法子？如今秦王这么霸道，那几个奸臣又依附着他，自己虽说是皇帝，是一朝之君，但郑国和王爱秀，还有马吉翔和庞天寿，他们都不听自己的了，哪能救得了吴贞毓和徐极他们啊？唉，吴爱聊、徐爱卿，朕实在是对不起你们啊！原本说让李定国回来救朕，没想到这事不但没弄成，反而还害了你们这些大臣，朕真是没脸面见世人啊！

想到这里，永历帝不禁潸然泪下。旁边的近侍太监见他伤心落泪，也跟着流起泪来。

近侍太监上前安慰他："皇上，您是一国之君，这个时候您千万要保住龙体啊！这事不出也出了，就随它吧！"

永历帝擦了擦眼泪："你们有所不知，这个时候……这个时候说不定吴贞毓吴大人和徐极徐大人，还有张福禄、全为国他们，恐怕在遭受郑国、王爱秀等乱臣贼子的严刑拷打！作为一朝君王，我怎么能忍心眼睁睁看着他们遭受折磨啊！"

"吴大人和徐大人他们挨打，这事大家也很心痛，但又有什么办法？我想，吴大人、徐大人他们也能理解皇上的苦衷，皇上只要有这份仁爱之心，就是对他们最大的安慰了。"近侍太监安慰永历帝。

"唉，身为一朝之君，朕却连自己的大臣都保护不了，实在是愧对祖宗和世人！"永历帝泪水又溢出眼眶，悲伤之情难以言表。

刚才安慰他的近侍太监见他神色疲惫憔悴，很是心痛，劝说道："皇上，今日事务不是很多，不如先回去休息明早再上朝吧？"

恰在这时，侍候戴贵人的侍女来报，说戴贵人马上要生了。

永历帝连忙对身旁的近侍太监说："走，去看看。"

"戴贵人身边有人吗？"永历帝边走边问报信的侍女。

"太后娘娘和皇后娘娘都在。"侍女回答。

"接生婆来了没有？"永历帝担心地问。

侍女说已经打发人去叫了，马上就到。

近侍太监和其他侍从见皇上很是担心，赶紧安慰他："有太后娘娘和皇后娘娘在那儿，皇上不必担心。"

"这戴贵人，咋早不生晚不生，偏在这个时候生？"永历帝口气里带着些许埋怨。

跟随着的近侍太监知道，永历帝想说的是，戴贵人不应该在秦王对吴贞毓、徐极、张福禄这些大臣们发难的时候生孩子。是啊，这个时候来生孩子，怎么对得住在受郑国和王爱秀等人折磨的那些大臣呢？

"可这有什么办法？皇上，这生孩子又不是吃饭，想哪个时候吃就哪个时候吃，而是瓜熟蒂落水到渠成的事，该生的时候就生，不该生的时候想生也生不下来。戴贵人这个时候为皇上生下皇子或郡主，也是老天眷顾，让我永历王朝后继有人，皇上应该高兴才是！"近侍太监对永历帝说。

"是啊，我朝后继有人，皇上应该高兴才是！"来报信的侍女也笑着说。

"对对对，皇上应该高兴才是！"其他的侍从也说。

听了他们的话，永历帝这才面露喜色，点头说："嗯，说的也是！"

永历帝和近侍太监、侍候戴贵人的侍女等来到戴贵人住的地方。永历帝想进房间去看看，侍女红着脸拦住他："皇上，您不能进去！"

永历帝这才反应过来，笑着说："哦，不进，不进！"

见皇上来了，皇后赶紧出来迎接。

"怎么样？没什么问题吧？"永历帝不无担心地问皇后。

皇后告诉他："还没生，应该没啥问题。"

"没问题就好！"永历帝松了口气。

皇后把他拉到一边，悄声问他："吴贞毓和徐极他们怎么样？有消息吗？"

"还不知道。"永历帝摇摇头。

皇后叹息道："唉，但愿他们没什么事就好。"

"落在郑国他们手里，哪能没事啊？"永历帝伤心地说。

"哇，哇……"

几声婴儿的啼哭划过这不是很宁静的时空。

"生啦，生啦！"侍候戴贵人的侍女高兴地从房间里跑出来。

"皇上，皇后娘娘，戴贵人生了！"侍女给永历帝和皇后禀报。

"是男的还是女的？"皇后问侍女。

“回皇上、皇后娘娘，是个小皇子！”宫女激动地说。

皇后转向永历帝：“恭喜皇上，朱家宗室又后继有人了！”

永历帝长叹一声：“唉，也算是老天有眼吧！”

“老天要是有眼的话，也保佑吴大人、徐大人他们不要有事啊！”皇后叹息道。

永历帝对她说：“好吧，暂且不说他们了。”

“哎，杨贵人恐怕也快要生了吧？”永历帝问皇后。

皇后告诉他，杨贵人还有两个多月。

这时的皇太后，似乎忘记了之前的烦恼，笑呵呵地把孩子抱出来，边走边叫永历帝：“由榔，你不是要看孩子吗？来，快看看，这孩子多像你啊！”

“母后您说什么话啊，孩子不像我还能像谁呢？”永历帝笑着对皇太后说。

皇太后这才知道说错了话，赶紧自我解嘲：“是啊，是啊，不像我们由榔像谁啊！”

接生婆站过来看着孩子，恭维地说：“小皇子天庭饱满，好福相，好福相！”

“戴贵人没事吧？”永历帝不放心戴贵人。

接生婆正好走出来，听到永历帝的话赶紧说：“没事没事，好得很，母子平安！”

“我去看看。”永历帝说着进了戴贵人的房间。

见戴贵人体质虚弱地躺在床上，忙走过去坐在床边拉着她的手安慰道：“贵人，让你受苦了！”

“皇上，您怎么来了？”见永历帝亲自来看自己，戴贵人非常感动。

永历帝回她：“贵人给朕生孩子，这是朝廷天大的喜事，朕当然要来了。”

“谢皇上！”戴贵人激动得流下热泪。她想撑起身子，却感到周身乏力。

永历帝见了赶紧对她说：“躺下躺下，不要起来！”

“皇上，那臣妾就无礼了！”戴贵人不好意思地说。

永历帝安慰她：“只要你们母子平安朕就放心了，这些礼节算不了什么。”

“谢皇上！”戴贵人伸手擦眼角的泪水。

“哦，皇上，吴大人和徐大人他们怎么样了？庞大人放他们出来了吗？”

“没有。”永历帝摆摆头，低声说。

戴贵人叹息道：“唉，庞大人咋这样糊涂啊，吴大人、徐大人这样的好人他也要抓。”

“不说这事了，你身子虚弱，好好躺着休息。”永历帝怕她着凉，关切地给她把被子往上拉了一下，让被子盖住她上身。

戴贵人关切地望着永历帝：“皇上，你也要保重身子。”

“贵人不用替朕担心，朕会照顾好自己。你休息，我出去看一下咱们的孩子。”

永历帝说着走出屋子。他心里还在想着吴贞毓和徐极、张福禄他们。

02

虽说徐极、张福禄、全为国等人都是些文臣，可他们都是些铁铮铮的硬汉，郑国和王爱秀、庞天寿等人对他们严刑拷打了一天，就是没人承认密旨的事情。郑国和王爱秀、庞天寿等人无奈，只好又把他们押回王爱秀的宅子里关押着。

夜晚，关押在屋里的吴贞毓、徐极等人全无睡意，三三两两地坐在地上。门外有兵士看管，不方便说话，大家不敢大声交流。

这天已经是三月初六。窗外，一弯新月像把发光的梳子，挂在蓝悠悠的夜空。月色很好，月亮的清辉透过窗孔，洒在屋里的地面上。

夜已经很深了，在门外看守的兵士见里面没什么动静，开始打起盹来。

吴贞毓扫了一眼窗外，压低声音对徐极、张镌、张福禄、全为国、蔡缤等人说：“大家一口咬定说不知道，他们拿不到证据，也拿我们没办法。”

“对，大家一口咬定说不知道！”张镌、张福禄、全为国、蔡缤等人一致赞同吴贞毓的意见。

坐在吴贞毓旁边的徐极沉思了一下，说：“我倒是有个担心。”

吴贞毓问他担心什么。

徐极抬起头，告诉大家：“我发现，郑国和王爱秀他们在拷打我们的时候，老是追问两个问题。一个是，密旨一事是谁的主谋？再一个就是，皇上知不知道这件事？”

一旁的张福禄说：“徐大人说得对，他们一直问的就是这两个事情。”

“郑国他们这是什么目的？”张镌不解地问。

全为国对张镌说：“张大人，这你还不明白？他们的目的，就是要找出幕后策划者，好重点进行打击。”

吴贞毓接过话：“他们这是项庄舞剑意在沛公，想借我们的口说出密旨一事是皇上指使的，好找皇上的口实。皇上一旦有口实或把柄落在郑国，不，准确地说是落在秦王手上，秦王就会借机向皇上发难，把皇上拉下皇位，实现他登上皇帝宝座一统天下的野心。”

“我看他秦王心里早就怀着这鬼胎了！”张镌很是气愤。

徐极郑重地说：“我们不能让秦王的阴谋得逞，要想办法阻止他，哪怕是用生命。”

“对，不能让逆贼的阴谋得逞！”

“绝不能让他得逞！”周允吉和任斗墟附和道。

旁边的蔡缤，看着张福禄、全为国和张镌，用征询的口气对他们说：“我有个想法，不知道几位大人赞不赞成？”

“蔡大人请讲。”吴贞毓看着蔡缤。

蔡缤说：“郑国、王爱秀他们到现在都没从咱们嘴里得到半点有用的东西，他们一定还会对我们进行拷打逼问。我想，若是他们再拷打我，我就承认密旨一事是我和三位大人勾结西蕃李定国干的，不关皇上和其他人的事。这样，恐怕还可以保住其他大臣，也可以替皇上开脱。”

“嗯，这个办法好！”听了蔡缤的话，张福禄赶紧说。

全为国说：“我赞成。”

“我也同意。”张镌也说。

吴贞毓听了却摆头：“蔡大人有这番好意自然是好，但郑国和王爱秀他们是不会相信的。”

蔡缤说：“可以试试嘛，若是不成也没什么，拿个死字顶着，反正这事大家都豁出命了。”

徐极说：“如果真是这样的话，那你们几个肯定是没命了。”

“不用说，我张镌早就有这个心理准备了！”张镌拍着胸脯。

全为国也慷慨激昂地说：“国家有难，匹夫有责，作为大明臣子，几十年来拿着朝廷俸禄，吃的穿的用的都是朝廷的，如今朝廷和皇上需要我们，老百姓需要我们，是该我们做出回报的时候了。我们不能像庞天寿、马吉翔、王爱秀那些奸贼，贪生怕死，卖主求荣，如果真像他们那样的话，那可丢尽了祖宗八代的脸！”

张福禄对吴贞毓说：“横竖是个死，就试试吧吴大人，兴许这招能管用。”

吴贞毓想了一下，说：“既然几位都这样说了，那就试试吧。只是太为难你们几位了。”

全为国说："为了国家，为了复兴我大明，这没什么难为不难为的，吴大人不必为我等考虑，这事我们是自愿的。"

张福禄接过话："全大人说得对，我们都是自愿的，吴大人不必为我们考虑这么多。"

"对，不用为我们考虑。"张镌也说。

吴贞毓感动得流泪，说："皇上要是知道大家有这等忠心，一定会很高兴。不过，我估计这事就是有你们顶着，恐怕我们这干人也是凶多吉少。"

张福禄不相信似的说："秦王和郑国他们不会这么残忍吧？"

吴贞毓回他："不会这么残忍？你们忘了李如月李大人是怎么死的吗？他就是因为弹劾秦王擅杀勋将，才遭秦王活剐的。"

"是的，李如月李大人就是遭秦王活剐而死的。当时那个惨状，真是目不忍睹！"张福禄痛心地说。

吴贞毓告诉张福禄和张镌他们："我们这些人已经成了秦王和庞天寿、马吉翔他们的眼中钉、肉中刺，他们肯定是不会放过我们的。"

蔡缤说："别管其他，既然这样定了，我们就试试。"

全为国和张福禄也说先试试看。

"既然如此，那就这样定了。"吴贞毓说。

徐极也同意。

03

第二天，郑国和王爱秀、庞天寿他们再次提审张镌、张福禄、全为国等人。

马吉翔在庞天寿等人力保下，已经获得了自由，并参与审讯蔡缤和张福禄、全为国他们。

进到屋子里坐定，蒋御曦问郑国："先审谁？"

"先审蔡缤。"郑国回蒋御曦。

蒋御曦对站在门边的锦衣卫叫道："带蔡缤！"

一会儿，蔡缤被两名行刑的锦衣卫扭押进审堂里来。

"蔡缤，想好了没有，密旨一事到底是谁的主谋？皇上知不知道这件事？"郑国问他。

蔡缤闷着头不说话。他想，假若我马上就告诉他们，他们一定会有所怀疑。不，得先和他们周旋一番，再按我们设想的告诉他们。

想到这儿，蔡缤一改往日强硬的口气：“郑将军，我真是不知道啊。”

郑国盯着他问：“是不知道还是不想说？”

“我不知道你叫我说什么，说了不是冤枉好人吗？”蔡缤回他。

郑国火了，他以为蔡缤是在戏弄他，恶狠狠地说：“不知道是不是？不知道就给我使劲地打！”

行刑的两名锦衣卫听到命令，抡起廷杖往蔡缤身上雨点般猛打。

“别打了，我等不想被冤枉受此刑辱，拿纸和笔来，我招供！”在遭受一番严刑拷打之后，蔡缤声嘶力竭地对郑国和庞天寿叫道。

“停。”听到蔡缤说他要招供，郑国赶紧喝住两名行刑的锦衣卫。

行刑的两名锦衣卫停下手上舞动的廷杖，立在一边候着。

郑国又说：“给他取纸笔来。”

一会儿，一名锦衣卫从外面拿来了纸笔和墨砚，并搬来了一张小方桌。

锦衣卫将纸在桌上铺好，把笔和墨摆上，然后退到一边。

“给我解绳子！”蔡缤朝站在一旁的锦衣卫吼道。

郑国叫锦衣卫：“给他解开。”

绳子解开，蔡缤活动了一下发疼的手腕，拖着身子慢慢走到小方桌前，右手提起墨砚上的毛笔，蘸了些墨，抬头仰望天空，叹息道：“皇天后土，太祖，成祖，各位列祖列宗，实在是对不起了，微臣今日向这干乱臣贼子招供密旨一事，实出无奈，望各位列祖列宗原谅微臣，我等之忠心，苍天可鉴，神明可查！”

待话说完，蔡缤按头天晚上商量的计划，在纸上愤然写下他和张福禄、全为国、张镌三人怎么密谋请西蕃李定国回安龙护驾，怎么安排人去送密旨等事宜。写完，将毛笔扔在纸上。铺纸的桌子有些倾斜，毛笔滑溜溜滚落到地上。

既然要保全皇上，蔡縯所写的供词自然要让皇上撇清这事。

马吉翔拿起蔡缤写的供词看了一下，递给主审官郑国。

郑国接过一看，见供词里只字未提永历帝，便问蔡缤：“这里边怎么没有皇上？”

蔡缤反问他：“为何一定要有皇上呢？”

郑国说：“没皇上指使，你等敢做这种事情？”

“不是都说清楚了，这事是我和张镌、张福禄、全为国等大臣联合西蕃李定国干的吗？”蔡缤反问他。

郑国疑惑地看着他，冷笑道：“哼，蔡大人，没这么简单吧？”

蔡缜反问他："你希望这事有多复杂？"

"蔡缜，都到这个时候了你还不把态度放端正些，这不是讨死吗？"马吉翔对他说。

蔡缜大义凛然地说："到这个时候了，死又何妨？你以为人人都像你等不知廉耻的乱臣贼子一样活着？那和猪狗又有什么区别？"

"你……你……真是太嚣张了！"蔡缜的话说到了马吉翔痛处，让他变得气急败坏。

"哈哈，哈哈哈哈……"蔡缜感觉痛快，一阵哈哈大笑。

"押下去！"郑国朝两名锦衣卫叫道。

"郑将军，我看时间紧迫，不如把这几人一起审吧！"王爱秀给郑国建议。

郑国皱着眉想了一下，说："也行。"

王爱秀立即吩咐蒋御曦："蒋大人，叫他们把张福禄、全为国、张镌和周允吉一齐带进来。"

"好。"蒋御曦说完，朝门外叫道，"带人犯张福禄和全为国、张镌、周允吉。"

一会儿，张福禄和全为国、张镌、周允吉四人被八名锦衣卫分别押到郑国、王爱秀、马吉翔、庞大人和蒋御曦面前。

"跪下！"押解张福禄等人的锦衣卫吼道。

张福禄和全为国、张镌、周允吉四人不跪，押解他们的锦衣卫强行按他们下跪。

郑国开始问话。

"张福禄、全为国、张镌、周允吉，一个晚上，你们四人想好没有，说还是不说？"

"没什么好说的！"张福禄回答。他也知道，不能一下子就供认，否则郑国和王爱秀他们会看出破绽。

"张镌，你呢？"郑国问。

"你这逆贼，我告诉你，你就死了这条心吧？我什么也不会告诉你的！"张镌气愤地说。

郑国按住怒火："还是不想说？"

郑国又转向全为国："你呢？说不说？"

全为国不说话，怒视着他。

"周允吉周大人，我不相信你也像他们一样，不说！"郑国对周允吉说。

周允吉把头扭向一边："我无话可说。"

马吉翔看着他们几人，阴阳怪气地说："实话告诉你们，刚才蔡缜已经招了，就看你们说不说，你们就是不说，我们也一样能判你们的罪。"

听马吉翔这么说，张福禄故意骂道："蔡缜这小人，居然出卖老子们，他不得好死！"

张镌也骂道："这小子，真是个没骨气的东西，死就死吧，有何畏惧？"

全为国吼道："蔡缜这废物，居然敢出卖我们！"

"真不是东西！"周允吉也假意骂道。

见几人都不肯招供，郑国朝执刑的锦衣卫气急败坏地叫道："给我狠狠地打，我看他们到底说不说。"

随着廷杖声响起来，屋里传出一阵瘆人的惨叫。

"啊……别打了，别打了，我招，我招！"张镌第一个说他要招供。

"停！"庞天寿赶紧喝叫锦衣卫。

郑国偏着头，阴阳怪气地问张镌："嗯，终于肯招了？"

张镌怒骂道："蔡缜这小人都招了，我等还有什么好隐瞒的！"

"好，那我问你，密旨是谁起草的？"郑国问张镌。

"是我起草的。"张镌毫不含糊。

郑国又问："你一个人起草？"

旁边被打得奄奄一息的周允吉接过话："是我修改的！"

听了周允吉的话，郑国和庞天寿、王爱秀、蒋御曦暗笑。郑国故意问他："你也肯招了？"

周允吉说："不招还能咋样？你们能放过我？"

郑国说他："知道就好。"

全为国看了一眼张福禄，张福禄会意。

郑国问周允吉："谁定的稿？"

全为国见时机到了，假意骂道："蔡缜、张镌，还有你周允吉，你们都是些小人，既然你们都不讲仁义先招了，老子也招了算，谁也顾不了谁了。郑国，你别问了，这稿是老子定的，要杀要剐随你们的便！"

"好，只要肯招就行。"郑国看着全为国，"那本官再问你一个问题。"

"御印是怎么得的？"

"我……"

“皇上御印由我保管，是我背着皇上悄悄给他们盖的！”全为国正要说是他偷来盖的，张福禄赶紧接过话。

郑国看向张福禄说：“既然连张大人你都肯招了，那本官问你最后一个问题，请你如实回答本官。”

“什么问题？”张福禄警惕地问。

“这事是谁的主谋？是皇上吗？”郑国盯着张福禄。

“是……”

“狗贼，我来告诉你，主谋就是逆贼孙可望！”张福禄正要说主谋就是他本人，没想到张镌却接过了话。

“是谁？”郑国没管张镌，盯着张福禄逼问。他当然希望张福禄说是皇上，但他失望了，只听张福禄说：“是我本人。”

“真的是你本人？”郑国逼视着张福禄。

张福禄也直视着郑国，回道：“真是我本人。”

“好，就审到这儿。”郑国知道再问也问不出什么了，对王爱秀和庞天寿、蒋御曦、马吉翔说。

蒋御曦吩咐锦衣卫：“通通押下去，听候发落！”

张福禄、全为国、张镌和周允吉等人回到原先关押他们的地方，吴贞毓等其他大臣见他们又受了一顿毒刑，不禁泪如雨下，悲戚地说：“几位为我等又受苦了！”

徐极没说话，轻轻拍了拍全为国的肩膀，然后转过身抹眼泪。

见此情景，全为国安慰他们道：“吴大人、徐大人，你们不必担心，我们撑得住！”

张镌因为性格刚烈，受审的时候多顶了郑国和王爱秀几句，受的苦更多些，但也是咬着牙关撑着。

虽然张镌、周允吉等人没说是永历帝的主谋，但郑国觉得也差不多了。

04

通过审讯，郑国和王爱秀、庞天寿、马吉翔他们见许绍亮和裴廷谟确实与此事毫无关系，加上又有人花银子来打点取保，决定放了他两人。

“裴廷谟、许绍亮，你们两个可以走了！”看守他们的兵士打开房门，对着屋里凶巴巴地叫道。

裴廷谟看着女婿吴贞毓和徐极、张镌他们，说："既然这样，那对不住大家了，我俩先走一步，你们保重！"

吴贞毓握着老丈人的手，流着泪说："为婿的对不起您老人家，也对不起二蔓，我等可能没有生还的希望了，您老出去以后，您给她说，我已做好为朝廷一死的准备，叫她不要再对我有何挂念，好好活着我也就放心了。"

裴廷谟拍了拍吴贞毓的肩膀说："贤婿不必如此丧感，你是朝廷大学士，我相信郑国他们不敢把你怎么样，再说，皇上他也会想办法保你出去的。"

"您老不用安慰我了，这事我心中有数。我一向反对封他孙可望为秦王，他对我已经是恨之入骨，这下落在他们手里，他一定会借机整死我。"吴贞毓摇了摇头。

裴廷谟说："即便是这样，我也会告诉二蔓，叫她一定好好活下去，并且记住你给她的恩情！"

"好吧，您赶紧走吧，等下郑国和王爱秀这些逆贼反悔了，怕就出不去了。"吴贞毓怕时间拖长了老丈人出不去，叫他赶紧走。

"那诸公各自保重了！"裴廷谟含泪和全为国、徐极、张福禄等人告别。

"裴公您慢走！"全为国、徐极、张福禄等人朝他挥手道别。

裴廷谟含泪走出屋子。

见许绍亮还待在屋里，吴贞毓问他："绍亮，裴公都走了你咋还不走？"

许绍亮流着眼泪，对关在屋子里的十八位大臣说："我等在朝上共事一场，为了朝廷，为了国家，应该同生共死，今日大家还在这儿遭罪，我咋能独自一人出去苟且偷生呢？我不能丢下你们一个人出去，死也要和大家死在一块！"

吴贞毓劝说他："绍亮，你今日能够出去，是老天爷不想灭尽我朝忠良，既然你有幸获得重生，我等就是死了也像活着一样，你不用再为我们考虑，赶紧出去吧，皇上、皇太后和皇后他们还在等着，还有许多事情需要你去替我们做。"

"是啊，绍亮，你是怎么想的啊？你出去了，我们就是死了也有个人给我们收尸嘛，何必大家都死在一块，作无谓的牺牲？"徐极也劝说许绍亮。

张福禄也说："许公，两位大人说得对，就算是我们死了，也要有个人帮我们收尸和照顾家小嘛，为何非要都死在一块呢？没这个必要，你赶快走，省得我们倒替你担心！"

"不，我不想离开你们，我说了，要死死一块，我坚决不出去！"许绍亮流着泪固执地说。

见他这么固执，张镌对他说："许大人，不是我说你，你这人实在是太固执，刚才大家不都说了吗，没必要都死一块儿，能出去一个是一个。你出去了，今后也可以关照一下我们的家小，都死了，世间就是多一个鬼魂，这又有何意义呢？再说，皇上、皇太后和皇后他们身边今后还得有人在，你总不能让皇上真正变成我寡人吧？那我大明还要不要复兴？去，你快出去，再不去郑国和王爱秀他们反悔了，你就是想出去也出不了了！"

这时，守门兵士在外边催问："许绍亮，咋还不出来？"

吴贞毓赶紧推许绍亮："快，别说了，再不出去你可能真没机会出去了！"

许绍亮知道大家都不想让他死。他回转身，流着眼泪，拱着双手和大家辞别："吴大人、徐大人，既是这样那你们大家各自保重，绍亮出去后绝对不会辜负你们的嘱托，更不会苟且偷生……"

"我们知道，你放心去就是！"

吴贞毓、徐极、张镌、张福禄、全为国、周允吉、蔡缤等十八人拱着双手，挥泪和他拜别。

"放心吧，你们的话绍亮全记住了！"许绍亮泪眼婆娑，依依不舍地转身走出门去。

裴廷谟的家人早已等在外边。见裴廷谟从屋子里走出来，他夫人赶紧上前来扶他。

"老裴，这帮人咋这么狠心啊？把你打成这个样子！"见他满身是伤，裴廷谟夫人流着泪心痛地说。

裴廷谟女儿、吴贞毓的小妾裴二蔓哭着说："就是嘛，这又不关您的事，他们凭什么打您啊？"

"都别说了，能不死就是万幸了，贞毓、徐大人，还有张大人、蔡大人他们还被关在里边，是死是活还不知道呢！"裴廷谟对夫人和女儿说。

裴二蔓问他："他们咋不放贞毓？"

裴廷谟摇摇头，无奈地对女儿说："他们不可能放他的。"

裴廷谟夫人不解地问："为啥啊？"

"是啊，他们为啥不放他出来啊？"裴二蔓着急地询问着。

裴廷谟摇摇头道："这不能说啊！"

"既是如此，那我们就先回家。"二蔓说着，搀着父亲和母亲准备走。

“裴公，绍亮他咋没和您一道出来啊？”许绍亮的家人也等在屋外，见他还没出来，问裴廷谟。

“马上，马上就出来，他在和吴大人、徐大人他们告别！”裴廷谟告诉许绍亮的家人。

“快走，再不走就把你再关回去！”守在门口的兵士见他们在那儿唠叨，很不耐烦。

说话间，许绍亮从屋子里拖着受伤的身子走了出来。

“绍亮，你可出来了啊！你说你这犯了哪门子罪啊？他们关你，还把你打成这样子！”许绍亮的夫人泪流满面，心疼地抚摸着他受伤的身子。

“这是什么世道？”许绍亮儿子气愤地骂道。

“走，赶紧走！”门外的兵士催促他们。

裴廷谟和许绍亮的家人赶紧将他们各自接回家去。

裴廷谟回到家里，夫人和女儿二蔓给他找来近侍郎中，往他身上的伤口敷了些伤科药。

见他被打得满身是伤，给他上药的郎中摆摆头，感叹道：“打成这个样子，唉，这帮人咋下得这么狠的手啊？”

裴廷谟感叹道：“能捡条命回来就已经算不错了！”

郎中问他：“他们把你打成这个样子，到底为什么啊？”

裴廷谟告诉他：“他们说我是吴贞毓吴大人的老丈，怀疑我参与了什么密旨一事。唉，这真是冤枉人，我根本就不知道这档子事！”

“就是嘛，那吴贞毓又没给他说，他哪知道这事嘛？白挨了他们一顿打！”裴廷谟夫人气愤地说。

“这事连我他都不告诉，他哪会告诉我爹啊？”站在一旁的裴二蔓埋怨道。

裴廷谟夫人接过话：“但秦王手下那些人硬说他知道这事，你有啥法子？”

“不讲理，真是不讲理啊！”郎中边给裴廷谟上药边摇头叹息。

裴廷谟夫人感叹道：“这个秦王，真是无法无天！”

裴二蔓接过母亲的话：“是啊，现在谁也管不了他！”

05

许绍亮回到家，家人给他擦洗了身上的伤口，也找来郎中给他上了些创伤药。

郎中刚把药给他上好，他就说："皇上和皇太后、皇后肯定在为我们担忧，我得去给他们禀报一声。"

夫人忙说："你都伤成这样就别去了，就是要去，也等伤好些了再去。你这样去，皇上和皇太后、皇后他们看到也会很伤心的，还是别去了！"

"不行，我不能让皇上、皇太后和皇后替我们担忧！"许绍亮撑起身子固执地要走出门去。

夫人赶紧劝住他："如果你担心皇上、皇太后和皇后他们的话，那这样，叫儿子先去给皇上和皇太后、皇后他们说一声，就说你和裴大人已经被放出来了，过几天伤好些了再去看他们，行吗？"

"是啊，先把信带给他们，免得他们替你担忧，过几天你再去看他们，这也行的嘛！"儿子也劝他。

许绍亮见自己实在是走不动，只好听他们的安排。

几天后，许绍亮的伤有了好转。他说他要去拜见永历帝，他夫人只好叫儿子陪着他去。

"皇上，许大人来了，他说要见您！"一名内侍太监给永历帝报告。

"许大人在哪儿？"永历帝一听说许绍亮要来见他，问内侍太监。

内侍太监回禀道："皇上，他在殿门外。"

永历帝没再说话，赶紧走出殿门去接许绍亮。

"皇上……"见到永历帝，许绍亮眼泪止不住哗哗流淌，半天说不出话来。

"许爱卿，他们放你出来了，受了不少苦吧？吴大人和徐大人他们呢？他们怎么样啊？"永历帝拉着许绍亮的手问这问那。

许绍亮抹了把眼泪，说："他们把我狠狠打了一顿，见问不出什么东西，这才把我放出来了。还有，裴大人也被放了。"

"什么？裴大人也被放了？"

"嗯。"

"他人呢？在哪儿？"永历帝追问。

许绍亮告诉永历帝："他回家了。郑国他们太可恶了，把他打得很惨！"

"不管咋说，能活着出来就已经不错了。吴大人、徐大人，还有张福禄、全为国、任斗墟他们，怕是性命难保啊！"永历帝说着流下了眼泪。

“我本不想出来的，要死也要和吴大人、徐大人他们死在一块，可吴大人和徐大人他们说什么都要我出来，他们说……他们说皇上您需要我，太后娘娘和皇后娘娘需要我。他们还说，我出来，他们就是死了也好有个人替他们收尸……”许绍亮泪如泉涌。

“皇上，许大人身上有伤，还是进殿去吧？”内侍太监提醒永历帝。

“嗯，走，进殿！”许绍亮儿子和内侍太监挽着许绍亮的胳膊，扶着他往殿内走去。

“你说说，吴大人、徐大人和张福禄、全为国，还有张镌、任斗墟、蔡缤他们，现在情况怎么样？”进到殿里坐下，永历帝迫不及待地问许绍亮。

“吴大人、徐大人、张福禄大人、全为国大人，还有张镌大人、任斗墟大人、蔡缤大人等，他们都遭到了锦衣卫的毒打，但他们都很坚强，半个字也不肯向郑国和王爱秀、庞天寿他们吐露。蔡缤大人还……”

许绍亮看了其他人一眼，又看了永历帝一眼。

永历帝明白他的意思，说：“没事，都是自己人，你说。”

许绍亮接着说：“蔡缤蔡大人、吴大人、徐大人，还有张福禄、全为国大人他们向郑国和王爱秀那帮乱臣贼子承认，密旨一事是他们自己联系李定国将军干的，与其他人无关，以保全皇上。”

“朕就知道他们都是些赤胆忠心的大臣，感谢他们，感谢他们啊！”永历帝眼里泪花在转。

这时大殿外守门兵士来报：“皇上，户部员外郎裴廷谟裴大人拜见皇上。”

“快快快，请他进来！”永历帝对守门兵士说。

“卑职这就去请裴大人！”守门兵士转身出去叫裴廷谟。

转瞬间，守门兵士带着裴廷谟进来。

“皇上，庞天寿和马吉翔这几个奸贼太可恨了，您要给我们做主啊！”裴廷谟见了永历帝，哭着要跪拜。

“裴公快快请起！”永历帝赶紧叫住他。见他手指缠着纱布，问他：“他们给你上拶了？”

裴廷谟正要告诉永历帝，一旁的许绍亮却说开了：“郑国要裴公给他下跪，裴公不跪，说自己是朝廷五品大夫，要跪也要跪皇上，怎么能给他这等小人下跪。郑国大怒，指使行刑的锦衣卫用廷杖朝他乱打一气。郑国问裴公是谁指使林青阳和周官去送的密旨，这件事是谁的主谋，裴公说他不知道，郑国叫行刑的锦衣卫继续打他，裴公还是不说。郑国气疯了，就叫锦衣卫给他上了拶子。忍不住疼痛，裴公昏倒在地。郑国又叫锦衣卫用冷水把他泼醒，然后对他又用了几次刑。裴公还是不招，郑国无奈，只好叫人把他押下去关起来。"许绍亮边说边不停地抹泪。

听了许绍亮的话，永历帝气愤地骂道："这帮畜生，对老人他们也下得了这么狠的手！"

裴廷谟坚强地说："皇上，您不必为卑职担忧，这点苦卑职还能挺得住。"

"裴公，朕让您受苦了，都怪朕无能，拿他孙可望没办法！"永历帝已是一脸泪水。

"这笔账我们早晚会还给他们！"裴廷谟眼里射出复仇的火焰。

永历帝说："是的，我们早晚会还给他们的。"

"哎，他们怎么会放你俩出来呢？"永历帝又问。

许绍亮说："大概是觉得我们真的不知道这事吧。"

裴廷谟说："嗯，这只是一个原因。另外，家里人也请人做了一些打点，要不然恐怕也出不来了。"

永历帝安慰他俩："不管怎么说，能出来就好，保住命要紧。"

"这没啥，我们都已做好一死的准备。"裴廷谟说。

"朕知道，你们对朝廷忠贞不贰，但留得青山在不怕没柴烧，我们还得和他们继续战斗！"

"皇上说的有道理，我们不能做无谓的牺牲，我们还要和秦王、郑国，还有庞天寿、马吉翔这帮乱臣贼子斗下去，还要抗击清军，复兴我大明王朝！"许绍亮越说越激动。

"嗯。"永历帝点头。

"知道吴贞毓和徐极、张福禄他们是什么情况吗？"永历帝问裴廷谟。

裴廷谟看了许绍亮一眼，说："那天我和许大人一起出来后，就不知道吴大人和徐大人他们是什么情况了。不过，蔡缤蔡大人和吴大人、徐大人，还有张镌张大人等向郑国和庞天寿这帮奸贼承认，说密旨一事是他们自己联系李定国干的，与其他人无关，这样可以保全皇上。"

永历帝对他说："这事刚才许大人已经给我说了，大家这样保护朕，朕非常感谢。我永历朝廷若能逃过这一劫，日后兴盛光大了，朕保证一定不会亏待

大家。”

“皇上错了，我等作为永历朝廷的臣子，护卫皇上和朝廷，这是我们应该做的事情，您还说什么感谢不感谢的话呢？”裴廷谟真诚地说。

“不管怎么说，作为一朝君王，我没能保护好自己的臣子，让大家受了这么多苦难，甚至是为我丢了身家性命，朕真是愧对大家！”永历帝自责道。

“这不怪皇上，要怪就怪秦王和庞天寿、马吉翔这帮乱臣贼子，若不是他们起了谋反之心，哪会出这事啊？”裴廷谟气愤地说。

许绍亮也说：“是啊，这帮奸贼，实在是太可恶！”

永历帝对他俩说道：“好啦，都不说了，你们身上有伤，回去好好养伤，其他的暂时不要想，看看再说吧。哦，两位大人如果有什么需要的话，给朕说一下，朕尽力而为。”

许绍亮回永历帝：“朝廷的情况我等都是知道的，皇上不用多虑，只要皇上保重好龙体，将来带领大家光大我永历朝廷，复兴我大明江山社稷，就是微臣的福气了。”

裴廷谟也说：“对，皇上自己保重就是！”

“谢谢两位爱卿的理解！”永历帝深受感动。

“好，皇上，那我们先告退了！”裴廷谟和许绍亮向永历帝告辞。

第22章 处心积虑

01

庞天寿心里非常明白，若不趁这个时候除掉吴贞毓、徐极、张福禄和全为国这帮与永历帝亲近的大臣，今后自己不但在朝上没有威望和话语权，而且肯定还会被他们寻找机会活活整死。

庞天寿越想心里越怕，赶紧来找马吉翔商量，看有什么法子能把吴贞毓、徐极等人从朝上弄出去，若是能借此机会搞死这些人最好。

在文安侯马吉翔府上的会客厅里，庞天寿和马吉翔这两个逆贼在叽里咕噜地密谋着。

庞天寿对马吉翔说："马大人，如果我们不趁此机会把吴贞毓、徐极和张福禄、全为国这些人除掉，一旦他们哪天又得势重返朝廷辅政，他们断然不会放过我们。"

马吉翔递了一杯茶给他，问道："庞大人的意思是？"

"我的意思是得趁热打铁，借密旨一事将吴贞毓和张福禄他们全部除掉，省得日后生出什么后患，不知马大人是不是这么想的？"庞天寿盯着马吉翔说。

老奸巨猾的马吉翔，不正面回答他的问话，把手上的茶杯送到嘴边，小呷了一口茶，边把茶杯往桌上放边问他：“这样做的话，会不会给国主找来什么麻烦？”

庞天寿想了想，看着他说：“应该不会。你想啊马大人，吴贞毓、徐极，还有张福禄、蒋乾昌、蔡缜这些人，他们都是皇上身边最亲近的人，特别是他吴贞毓，国主求朝廷封秦王的时候他就持反对态度，后来也一直跟国主过不去。国主对这些人恨之入骨，如果我们能帮国主除掉这些人，他高兴还来不及呢！”

“庞大人还没明白我的意思，我不是说除掉这些人国主会不会不高兴。我是说，除掉这些人会不会给国主带来什么麻烦。庞大人，我不说你也清楚，国主有他的远大理想。”马吉翔呷了口茶，把茶杯放到面前的红木椅子上。

庞天寿说：“这不正好？国主若要成就大业，想登上九五之尊的位置，不先扫除吴贞毓、徐极这些挡道的人行吗？要说麻烦，自然是有的。马大人你想想，历朝历代哪个做上皇帝不是血流成河？哪个不杀几百上千的人？甚至是兄弟父子也不放过。皇帝人人都想做，怕惹麻烦不杀人那还成得了大事？”

“嗯，庞大人说的也有些道理。”马吉翔点头认同。

庞天寿说：“不是有些道理，纯粹就是这个理啊，马大人！”

“那庞大人对这件事有些什么想法？”马吉翔试探性地问他。虽说他俩是一丘之貉，都想巴结秦王做走狗，但相互之间也有不信任的时候。

庞天寿也不是省油的灯。他知道马吉翔是在试探自己，便道：“我倒是觉得，吴贞毓和徐极他们这些人一个都不能留，哪怕留下一个都是祸患，干脆一不做二不休，找个理由上奏秦王，将他们全都杀掉。马大人，你觉得呢？”

“全都杀掉？”马吉翔故作吃惊地看着他。

“难道马大人觉得还应该留下几个，到时候让他们好报复我们？”庞天寿奸笑着问他。

马吉翔说：“你觉得能够全部除掉这些人吗？庞大人，你别忘了，这些人可都是永历朝廷的重臣，是皇上身边最亲近最信任的人，他们在朝廷都有一定的地位，手上都握有重权，特别是吴贞毓，贵为朝廷大学士，当朝宰相，权力大不说，还有不少人脉啊！”

“我这不是来找你商量吗？马大人！”庞天寿在马吉翔面前卖关子。

马吉翔问他：“那你说说看，应该怎么做咱们才能除得掉这伙人。”

庞天寿凑近身子，神秘兮兮地告诉他：“为了做实这个事情，我想……”

“你想怎么样？”马吉翔盯着他。

庞天寿郑重其事地说："我想，还得找郑国将军和王爱秀将军帮忙。"

"找郑国？连我他都怀疑，还带人抓我，他能帮我们？"一提起郑国，马吉翔就来气。

庞天寿赶紧给他解释："那是个误会。再说，那也不是他郑国的意思，是国主的意思，这你不能错怪人家郑将军！"

"国主的意思？我马吉翔忠心耿耿为国主做事，国主他怀疑我？这可能吗？"马吉翔不相信庞天寿的话。

庞天寿回他："我刚才说了，这是个误会。再说这事情况复杂，也有可能国主听信谁的谗言错怪了你。不过，你现在不是好好地和我们在一起吗，何必还去计较那个事呢？"

"庞大人，这事要是搁在你身上你能想得通吗？不管怎么说，这事我心里一直很不痛快。"马吉翔很是气愤地说。

庞天寿说："马大人的心情我理解，就像刚才你说的，这事换了落在我身上我也不会痛快。但朝中的事就是这么残酷，一不小心你就成了敌人，一不小心你就丢了性命，你说是不是这个理？"

"是倒是这个理儿，可我一时半时还是难翻过这道坎！"马吉翔端起茶喝了一口。

"如果不把吴贞毓和徐极这些人除尽，吃虱子留把腿，恐怕到时候我俩的命，不，还有郑国、王爱秀、蒋御曦他们，都难保啊！"庞天寿说。

"那你说怎么办？"马吉翔问他。

"我刚才说了，去找郑国和王爱秀，他们一定能帮我们的，只是……"庞天寿看着马吉翔。

"只是得花些银子，是不是？"

"马大人，这年头不花钱哪能做得成事？"庞天寿说，"这事我们已经是骑在虎背上了，不做不行啊。我看这样，我们俩把家里能够拿得出的钱都拿出来，请他郑国和王爱秀帮这个忙，你觉得如何？"

马吉翔想了想，说："看来除此之外也没其他办法，既然庞大人有此意，那就依你的意思来办。"

庞天寿告诉他，这事要快，过几天就去找郑国他们。

"行，就这样说定。"马吉翔点头。

几天后，庞天寿和马吉翔倾其家产换成银票，带着去找郑国和王爱秀，请他们上奏秦王，无论如何也要将吴贞毓、徐极、全为国、张福禄这些大臣全部杀掉。

02

“兄弟，麻烦你给郑将军通报一声，就说庞天寿和马吉翔有事来找他。”庞天寿和马吉翔来到郑国住的地方，庞天寿对守门兵士说。

“你……你们在外边稍……稍等，我这……这就去报……报告郑将军。”守门兵士有些口吃，结结巴巴地说完，转身进屋去给郑国报告。

庞天寿和马吉翔对望了一下，心里觉得好笑：这郑国难道找不出人了？找一个结巴来守门。他们不知道内情，这守门兵士是那郑国的小表弟。郑国做上了总兵，他姑父老缠着他，说什么都要叫他给他这表弟在军营里谋个差事混口饭吃。再说有这层关系郑国也放心些，也就让表弟来给自己守门了。至于说结巴不结巴，关系不大，又不是拿他去当说客。

郑国一向喜欢鹦鹉，前两年一个在他手下谋差的部属送了他一只。郑国看那鹦鹉很漂亮，高兴得不得了，不论走到哪儿，都把这只鹦鹉带到身边。来安龙查密旨一事，他也把这只鹦鹉带来了。此时，他正在后院拿着一节精致的小木棍儿逗他养的那只鹦鹉。

见看门的兵士走进来，他问：“小扣子，有事吗？”

“郑……郑将军，门外有……有两个人说要见……见您。”被叫作小扣子的看门兵士说。

“什么人啊？”郑国边逗鹦鹉边问小扣子。

“叫庞……庞什么寿和马……马什么……翔哦，哎，我记不住了！”小扣子结结巴巴地回答。

“嗯，他俩来找我做什么？”郑国有些想不明白，对小扣子说：“好，你去告诉他们，我马上就来。”

“哟，原来是庞大人和马大人啊，你俩怎么来了？有事找我？请进，请进！”郑国从屋里走出来，赶紧和他俩打招呼。

庞天寿和马吉翔随郑国进到屋里。三人坐下后，庞天寿点头哈腰地说：“什么事都瞒不过将军啊，我和吉翔的确是有点事想来找将军帮忙。”

郑国问他有什么事。

庞天寿说：“还不是为了吴贞毓和徐极那伙乱臣贼子的事！”

“哦？为了吴贼和徐贼他们？”郑国有些吃惊，他俩难不成还比我着急？正要问他俩为什么，庞天寿却给马吉翔丢了个眼色。

马吉翔会意。

俩人站起身，各自从长袖里抽出一张银票，恭敬地放到郑国面前的红木茶几上：“将军，这是我俩的一点心意，但愿将军莫嫌少。”

“哎，你们这是啥意思啊？本将军从来都是无功不受禄呢！”老奸巨猾的郑国故作惊讶。其实，他还嫌少了呢。

“将军怎么说是无功呢？我们马上就要请将军帮我们忙呢！”庞天寿说。

马吉翔也说：“是啊，我俩来就是要请将军帮忙的啊！”

趁他俩说话的时候，郑国瞟了一眼茶几上的银票，见两张都是十万两，心中窃喜，笑着说：“既是这样，那我恭敬不如从命，先谢两位了。”

然后问庞天寿和马吉翔：“两位有什么事，就直说吧。”

庞天寿和马吉翔相互望了一眼，庞天寿说：“郑将军，事情你都知道，我俩为了效忠国主，都把吴贞毓和徐极、张福禄那伙乱臣贼子得罪尽了。”

“这你不用说我都知道，为此吉翔还受了些小委屈。”郑国略带歉意地看了马吉翔一眼。

听了他的话，马吉翔心里暗骂：“哼，说得比唱的还好听，小委屈，你不来试试，看这委屈是不是小？”

“那都是误会，将军不用挂在心上！”庞天寿赶紧说。

“是啊，是误会！”马吉翔心头虽然不是滋味，但脸上还得笑容可掬、满面春风，嘴上还得拣好听的说。

郑国解释：“说实在话，那都是国主的意思，我不过是执行国主的命令罢了，希望马大人能够理解本官的苦衷。”

“没事，没事，将军不必把这事记挂在心，再说这事将军不是都帮吉翔澄清了吗？”

“马大人能理解，我觉得很好。我们啊，其实都是为了一个共同的目标，也就是帮国主实现他的伟大梦想。说穿了，也是为了实现我等的梦想，你们说是不是？”

“将军说得极是，这一切的一切，都是为了实现我们共同的梦想！”庞天寿接过话。

“所以，今后我们大家要齐心协力把国主的事办好，哪怕是丢了性命。”郑国说，“当然，事情办好了，特别是像密旨一案，国主是不会亏待咱们的。”

“我俩正是为这事而来。”马吉翔趁机说。

郑国说：“我知道，你俩是怕吴贞毓、徐极这些人哪天重返朝廷，把你们的命要了。”

“不瞒将军说，我俩是有此担忧。”庞天寿说。

“但我明确地告诉你们，只要你们运作得好，吴贞毓和徐极他们一个也活不成，你俩还怕什么？”

“有郑将军这句话，我俩就放心了！”马吉翔高兴地说。

郑国说：“但这事你们回去后一定要运作好。”

“一定！”

庞天寿和马吉翔赶紧表态。

随后，郑国给俩人交代了一番，教他俩回去后如何如何运作。

郑国交代完了，庞天寿见马吉翔好像有什么心事，问他：“马大人，你是不是有什么心事啊？”

马吉翔依附着他的耳朵，低声告诉他：“我想把我那小女儿送给郑将军做妾，不知将军他愿不愿意？”

“哎呀，马大人，你不早说，这是好事嘛，行行行，我帮你问问将军！”庞天寿笑着对马吉翔说。

“哈哈，郑将军，马大人有一件事，但他不好意思说出口。”庞天寿转向郑国。

郑国问他：“什么事啊？”

庞天寿说：“刚才马大人跟我说，他有一小女儿，想送给将军做小妾，不知道将军是否愿意？”

“是啊，小女不才，不知道郑将军可否愿意？”马吉翔看着郑国媚笑。

听马吉翔说要把小女儿送给自己做妾，郑国心里乐开了花，眉毛笑成了豌豆角，赶紧说：“马大人有这番美意，我哪还敢推辞呢？再推辞就是不讲礼数了！”

“将军这么说，那是小女的福分了，吉翔在这里代小女先谢过将军，改日择个吉日，我再将小女送入将军府中。”厚颜无耻的马吉翔，说着起身给郑国双手作揖。

“马大人不必多礼，既是这样今后我们就是一家人了，什么事都好办嘛！”

“谢谢郑将军！”说完，马吉翔退回到座位上。

“恭喜将军！”庞天寿起身拱手向郑国作揖。

“谢谢，谢谢！”郑国笑得嘴都合不拢。

“也恭喜马大人，为女儿找了个好夫君！”庞天寿转身向马吉翔作揖。

“谢谢庞大人！”庞天寿的吹捧之言让马吉翔脸上多了一层尴尬，但他还得拱手回礼。

突然间进了二十万两银子，还拣得了个美人，郑国不高兴都不行，留马吉翔这个老丈人在府上住了两天，好吃好喝招待。当然，庞天寿也跟着沾了两天的光。

几天后，马吉翔亲自把小女儿送到了郑国府上。

郑国见马吉翔小女儿长得漂亮乖巧，好不高兴。而马吉翔小女儿呢，见自己嫁了个将军，也犹如捡了个金元宝，甘愿尽心侍候着郑国。

见这美人这般用心服侍自己，郑国更是满意，把老丈人的事也就放在了心上。

能巴结上郑国这个有钱有势的将军，马吉翔自然非常高兴，心想，有了他这棵大树，以后自己在其他人面前说话可以硬气些了。

后来马吉翔和庞天寿又怀揣银票去向王爱秀行贿，只是马吉翔再没女儿送了。要是再有个女儿的话，马吉翔肯定会白送给王爱秀做小妾，遗憾的是他只有一个女儿。

王爱秀也是个贪财货，见了他俩送来的银票，乐呵呵地收归囊中。

拿人钱财替人消灾，收了人家银票，更何况这也是国主交给自己办的事情，岂有不帮人家的道理？于是在陷害吴贞毓和徐极、张福禄等人这件事上，王爱秀自然也是更加卖力。只是吴贞毓和徐极、张福禄他们，就更加冤了。

03

皇后和皇太后出面护卫张福禄和全为国的事，庞天寿一直记恨在心，总想找个机会整治她们。

从郑国那儿回来他就对马吉翔说：“马大人，我看这皇太后和皇后也太胆大，那天我带人去后宫抓张福禄和全为国，她们不但站出来袒护还质问我，弄得我差点下不了台。我猜想，这密旨之事和后宫肯定有牵扯，皇太后我不说，但这皇后肯定参与了密谋。”

“不会吧，庞大人？”庞天寿的话马吉翔有些不信。

庞天寿说：“但那天她皇后就这么做了，不信你去问我那些士兵。”

“真有这回事？”马吉翔还是有些不大相信。

庞天寿说：“就算她不参与密谋，也有知情不报的嫌疑。这么重要的人犯，她居然敢站出来袒护。若是我那天胆子虚了点，那张福禄和全为国恐怕早已逃之夭夭。”

“那你想怎么样？她可是皇后啊！”马吉翔说。

“王子犯法与民同罪，我觉得她该杀！”庞天寿恶狠狠地说。

马吉翔还算良心未泯，对他说：“庞大人，你又不是不知道，皇太后和皇后对我们有恩，上次皇太后和皇后还救了我俩一命，我不同意你的想法，再说你下得了手吗？”

庞天寿说：“我知道她们对我们有恩，但一码归一码，这事得以秦王的事业为重。我俩当然不好出面，不过可以叫其他人来干这事。”

“理由呢？给她们安什么罪名？没理由你咋参奏她们？没罪名你咋治她们的罪？”马吉翔问庞天寿。

庞天寿说：“她们袒护朝廷要犯，这就是理由，这就是最好的罪名。再说，没理由就找呗，找不着就造呗。你忘了？当年秦桧整治岳飞，不是一个‘莫须有’就搞定了吗？要做她皇后的局，还愁找不到理由？何况她还站出来袒护过张福禄和全为国。”

“这倒也是。”马吉翔阴笑。

马吉翔问庞天寿找谁来做此事。

庞天寿说：“肖尹，我已经想好了，他是做这事最好的不二人选。”

“行，那你哪天把这人叫来，我们商量一下，看这事怎么做才妥。这事操作不当，我俩要背一辈子骂名。”马吉翔对庞天寿说。

“明天我就叫他来我那儿，到时候请马大人过去一起商量此事，好不好？”

“既然这样，那就听你庞大人的。”马吉翔点头答应。

第二天，庞天寿打发人去把肖尹叫来他府上。

“庞大人，有事找我？”到了庞天寿府上，肖尹问正在泡茶的庞天寿。

“我和马吉翔大人有事找你商量，他一会儿就到，你先坐着，我在给你们泡茶。”

“好。”肖尹在客厅里坐下。

庞天寿将泡好的茶水端过来，倒了一杯递给肖尹，说：“有件事情想找你老弟帮个忙，不知道老弟肯不肯。”

这肖尹本来就是庞天寿、马吉翔的党羽，见庞天寿这么说，赶紧说道：“咱们又不是外人，庞大人何必这么客气，有事吩咐兄弟就是。”

见他这么爽快，庞天寿告诉他，那天他去抓要犯张福禄和全为国的时候，张福禄和全为国跑到后宫去求皇太后和皇后救他俩人，皇后居然不顾大局站出来袒护他俩，这事说明后宫可能与密旨一事有牵扯。

“庞大人的意思是？”

“请你代我们奏她一本。”

肖尹说：“庞大人，叫我奏她一本是可以，但这需要理由啊，没理由怎么奏她？”

庞天寿说：“这你不用担心，我和马吉翔大人已经商量好了，到时候你听我们的就是。”

说话间，马吉翔走了进来。

“马大人，您好！”肖尹站起来打招呼。

马吉翔回他：“自家人，不必客气！”

“来，马大人，请坐！”庞天寿指着旁边一张椅子对马吉翔说。

“好。”马吉翔坐下。

庞天寿坐下，三人边喝茶边谈论肖尹参奏皇后的事。

马吉翔喝了口茶，问庞天寿：“庞大人，事情都给他说了吧？”

庞天寿说：“都给肖老弟说了，但肖老弟担心找不到合适的理由。”

肖尹接过话：“是啊，马大人，没理由可不好奏她啊！”

马吉翔告诉他：“肖老弟放心好了，这事有我和庞大人在背后给你做主，奏本我们都给你写好，到时候你只管上朝参奏她就行。”

“万一参不倒她怎么办？那皇上不杀了我？要知道，她可是皇后啊！”肖尹担心地问。

马吉翔说：“没事，还有秦王给我们撑腰。皇上算个屁，连他自身都难保，他还救得了皇后？”

肖尹说：“既然庞大人和马大人都这样说，那我参她就是。”

庞天寿见肖尹答应了，高兴地说：“行，等我们把奏本写好了，再安排时间让你上朝奏她。”

马吉翔和庞天寿准备叫肖尹以袒护朝廷要犯、破坏朝廷规矩为由参奏皇后，让秦王逼永历帝先将她这个皇后废掉，然后再作打算。

肖尹要参奏皇后的事，不知道怎么传到了皇太后和皇后的耳朵里。皇太后气得直跺脚，大骂庞天寿和马吉翔。

“这两个没良心的狗东西，哀家救了他俩一命，他俩不但不知道感恩报德，这下还骑到哀家和皇后的头上拉屎来了，真不是人！走，皇后，我们去找这两个没良心的狗东西，问问他们是咋回事！”皇太后说着叫上皇后就要去找庞天寿和马吉翔。

皇后劝说她：“母后，如今这两个逆贼自恃有秦王给他们撑腰，什么都不怕。狗急了会咬人，母后还是不去为好，万一他俩被逼急了做出些过急行为，我怕母后吃亏。”

“这两个逆贼还能把我吃了不成？你怕啥？走，去找这两个逆贼去！”皇太后说什么也要去找庞天寿和马吉翔。

这时，永历帝过来了。

“这两个狗东西，哀家大江大河都过了，还怕他这两条摇尾乞怜的狗！”皇太后还在不停地骂。

永历帝问她：“母后，您这是怎么啦？谁惹您老人家生气了？”

皇后气愤地告诉永历帝：“这庞天寿和马吉翔真不是人，母后听说他俩在打我的主意，说那天他庞天寿来宫中抓人的时候，我和母后袒护张福禄和全为国，认为我也参与了密旨一事，想派人抓我，母后听了很生气，说要去找他俩算账，我拦也拦不住。”

“这两个狗东西，真是太气人了！”皇太后脸都气青了。

永历帝安慰她：“母后，这事您不用气，还有我在，他们不敢把皇后怎么样。”

皇太后气愤地说：“这两个狗东西肯定是受秦王指使，要不他俩胆子也没这么大！”

“不管他们，您先消消气，这事我来处理。”永历帝劝说皇太后。

皇后也劝她：“气大伤身，母后，犯不着为这种小人生气。皇上刚才说了，他去处理这事，我不相信他马吉翔和庞天寿连皇上他都不认了。”

永历帝和皇后娘娘左劝右劝，才算把皇太后劝住。

对这事，皇后也非常生气。她想，自己本想协助皇上复兴大明，没想到却要遭这等奸人暗算，落得个性命不保。皇后越想越觉得凄惨，不禁悲从中来，伤心落泪。

皇后哭着对永历帝说：“臣妾真没想到，西汉末年王莽篡权的悲剧又要重演了，难道大明的江山真的就要葬送在我们手里？要真是这样，我们哪还有脸见大明的祖宗啊……”

看着泣不成声的皇后，永历帝悲痛欲绝。是啊，身为一朝之君，连自己的女人都保不住，谈何保护天下黎民百姓和苍生啊！

永历帝悲怜地抚摸着皇后单薄的身子，安抚她说：“没事，从现在起你就留在我的寝宫里，有我在，他们不敢动你的。如果连我都保护不了你，那我也不活了，陪你一块去死！”

“皇上，这？”皇后看着永历帝。

永历帝明白她的意思，说：“皇后不用替我担心，我自会处理。”

皇后很是伤情，默然不语。此时，她还能说什么呢？

当天晚上，怒火中烧的永历帝，连夜派人上贵阳警告秦王：若是皇后有何闪失，他秦王罪不可赦；假若硬要动她，自己将与他一拼到底，玉石俱焚。

永历帝的做法，向庞天寿和马吉翔，还有秦王，表明了他的态度：要杀皇后，得先把他杀了。”

马吉翔和庞天寿没想到，这事会被皇太后和皇后知道。听说皇太后要来找他俩算账，知道捅了马蜂窝。他们更没想到，皇上会把这事告诉给秦王，而且是以死来保护皇后。

马吉翔和庞天寿心里当然明白，虽说他永历帝在朝上被秦王暗地里架空了，但他毕竟还是一朝之君，秦王一时还动他不得，动了肯定会引起朝上许多文臣武将不满。要杀吴贞毓、张福禄、李定国、郑成功等一干尽忠大明的武将就已经很不满了，若是再动皇后，必然会引发众怒，最好还是不要轻举妄动的好，省得给秦王惹来麻烦。

听永历帝派来的人说，马吉翔和庞天寿要动皇后，秦王知道他俩要给自己惹祸，赶紧派人来警告他俩，说皇后动不得，切勿乱来，以后再慢慢从长计议。

皇后这才得以保全性命。

第23章 欲加之罪

01

几天后，王爱秀把庞天寿、马吉翔、蒋御曦、冷孟銋、张佐辰、蒲缨等人找来密谋，看以什么罪名加害吴贞毓、徐极和张镌、张福禄、全为国等大臣。

王爱秀把郑国也请来了。

“既然大家都来了，那就说说，看以什么理由来给吴贞毓和徐极他们定罪。”王爱秀见该来的人都来了，就问庞天寿、马吉翔、冷孟銋他们。

郑国毫无羞耻地说：“欲加之罪何患无辞？这么多高人在此，还怕给他吴贞毓这些人安不上一个罪名？”

“郑将军说得对，这么多高人，哪会连个罪名都想不出来？那不冤枉做了这么多年的朝臣？”张佐辰接过郑国的话。

蒋御曦阴险地说：“哎，既然他们说皇上不知道这件事情，我看就定他们个欺君之罪，光这个罪名就可以杀了他们。”

听了蒋御曦的话，王爱秀阴阳怪气地说：“这个罪名他们逃脱不了，但光这个罪名还不行。我看，他们不但欺君，还误国，给他们再加个‘误国’的罪名，恐怕也不为过。”

庞天寿附和道："对对对，欺君、误国，这两个罪名都用得上，就给他们加上这一条。"

冷孟鉦奸笑道："就这两条？"

"冷大人，你觉得还能给他们加上什么罪呢？"庞天寿皮笑肉不笑地问。

冷孟鉦恶毒地说："哼，他们制造假圣旨，又用了皇上御印，你们忘了？他们既然不承认是皇上指使他们做的，那么他们这就是盗用皇上御印，假传圣旨。"

蒲缨接过话："冷大人的意思是说，他们盗宝、矫诏？"

"难道不是吗？绥宁伯。"冷孟鉦反问他。

"那就再给他们加上'盗宝''矫诏'这两条！"郑国恶狠狠地说。

王爱秀幸灾乐祸地说："还是人多主意多啊！"

蒋御曦奸笑："碰上你们这帮歪脑筋，吴贞毓、徐极他们不死都得脱层皮。"

马吉翔回他："哎，蒋大人，话不能这么说，谁叫吴贞毓、徐极他们这些人平时那么嚣张呢？依我看啊，这也是他们咎由自取，罪有应得！"

张佐辰说："对啊，他们是罪有应得，看他们平时在朝上那嚣张样，真是让人气恼！"

"大家看看，还能给他们加个什么罪名吗？如果没有，那就定这四条。"王爱秀扫视了一遍在座的人。

"我看这四条，条条致命，吴贞毓和徐极、张福禄这干人就是想活也活不成了。"郑国点点头。

"是的，光这几条就够他们受的。"庞天寿也说。

"那就这样，以'欺君''误国''盗宝''矫诏'四条理由来定他们的罪吧？"王爱秀说，"郑将军，你说呢？"

郑国说："好，就这四条。"

马吉翔问："罪名是有了，但如何治他们的罪啊？"

王爱秀接过话："嗯，大家还得讨论一下这个问题。"

"依我看，这些人都应该处死！"庞天寿恶狠狠地说。

王爱秀说："死是肯定的，但死法应该不一样。因为他们官职不同，有高有低，再说犯罪也有主犯和从犯之分。比如说这吴贞毓，他是朝廷首辅，按朝廷规定，我们还不能给他上刑。"

"那怎么办？总不能让他活下来吧？"马吉翔有些焦急。

郑国说："活，他肯定是活不了，就看是怎么个死法。"

蒋御曦不屑地说："这不是问题，大明刑律中不是有'自缢'这一条吗？如果要给他面子，让他吴贞毓死得体面些，我们可以建议国主和皇上，让他吴贞毓自缢。若是不想给他面子，就把他和其他人一同斩杀不就得了？"

"对对对，蒋主事不愧是搞刑律的，对大明刑律就是精通！"冷孟銋吹捧蒋御曦。

"倒也不是，我不过是多看了些大明的刑律罢了。"蒋御曦假装谦虚。

郑国说："既然是这样，那就听蒋主事的。"

"行。"王爱秀说。

庞天寿阴险地说："在这些人当中，我看张镌、张福禄、全为国最为嚣张，而且他们都是在皇上身边工作，居然敢参与这种叛逆之事，这几人应该像当年秦王处死山东道御史李如月一样，施以凌迟之刑严加惩办，然后悬尸昭示，要不然不足以警戒他人。"

冷孟銋点点头："嗯，庞大人说得对，这几人应该严惩。"

"对，应该严惩！"蒲缨也附和道。

郑国看了几人一眼，说："那就根据大家的意见，建议国主对这三人处以凌迟之刑。"

"好！这样才解你我心头之恨！"蒲缨等人说。

马吉翔问："徐极、蒋乾昌、李元开、杨钟、赵赓禹、蔡缤、郑允元、周允吉，还有李颀、朱议泵、胡士瑞、朱东旦、任斗墟、易士佳、陈麟瑞、刘议新、刘衡他们，这些人让他们怎么死？"

"我看最好是通通处斩，免生后患！"蒋御曦气势汹汹地说。

冷孟銋歇斯底里地说："对，都杀掉，一个也不能留，留了后患无穷！"

这时，张佐辰赶紧站起来，说："各位，这陈麟瑞和我不但是同乡，还是同年，而且他在密旨一事中起的作用不大不是主谋，应该从轻处罚。这样，我向大家要个人情，留他一条性命，罚打他一百二十棍，然后派他去戍边，大家觉得如何？"

"按理说，这人得和徐极、蔡缤他们一同杀掉，既然张大人这样为他求情，就算是给张大人一个面子，罚打他一百二十棍，然后派去戍边，大家有没有意见？"王爱秀扫视在座的几人。

"行吧，既然张大人出面给他求情，王总兵也这样说了。"郑国说。

"同意！"其他人也跟着表态。

马吉翔又问："刘议新、刘衡呢？"

王爱秀说："我看这两人也不是主谋，刘议新罚打一百二十棍，刘衡罚打五十棍，大家看如何？"

"同意！"

"同意！"

"可以！"

"那其他人就处以刀斩了，是吧？"王爱秀问。

"对，都处以刀斩！"蒋御曦说。

马吉翔说："无所谓，只要他们死就行。"

"郑将军，您的意见呢？"王爱秀问郑国。

郑国说："既然大家都说处以刀斩，那就刀斩吧，反正他们都得死。"

"好，那就都处以刀斩吧！"王爱秀看了在场的人一眼。

"还有皇太后和皇后，抓张福禄和全为国的时候她们公然站出来袒护，而且多次干预朝政，我看她们也应该处死才对！"庞天寿气恼地说。

听了庞天寿的话，王爱秀说："庞大人，皇太后和皇后的事非同小可，这事国主不是告诉你和马大人了吗？怎么还提这个事呢？我知道你对皇太后和皇后出来阻拦你抓张福禄和全为国有想法，但不管怎么样，得服从大局，不能给国主添乱。"

"那这两个人是不能动了？"庞天寿问。

"不是不能动，是没到动的时候，庞大人就先忍着点吧。"郑国似乎有点不耐烦地对庞天寿说。

"但……"

"既然王总兵和郑将军都这么说了，庞大人，你就不要再提皇太后和皇后的事了，以后再说吧！"庞天寿正想说什么，马吉翔赶紧止住他说。

"好吧，就听你们的，不动就不动。"庞天寿像瘪了气的皮球。

王爱秀看了大家一眼，说："我看差不多了。既然大家形成了统一意见，那我来执笔起草给国主的奏本，然后明天我和郑将军去贵阳给国主禀报，由国主来定夺。诸位要是没事，就散了。"

"这件事事关十多个朝臣的人命，不是儿戏，请在座的各位务必注意保密，切不可将消息泄漏出去。消息一旦泄漏出去，让吴贞毓和徐极那伙人知道了，他们一定会想办法反击。若真是这样，不但我等性命难保，更重要的是误了国主大事，我奉劝各位务必保守好这个秘密。”郑国警告大家。

王爱秀补充道：“这个问题想必大家都是知道的，应该不用将军提醒了。”

“我相信，谁也不会拿自己的性命来开玩笑。”蒋御曦说。

“是的！”冷孟銋点点头。

就这样，一个让吴贞毓、徐极、张福禄、全为国、张镌等十八大臣蒙难的阴谋诡计就在王爱秀的府上密谋而成。

待众人走了，王爱秀开始起草给秦王的奏本，并拿给留在他府上的郑国过目。

郑国看过后，把奏本递还给王爱秀，说：“行，就这样。密旨一案案情重大，皇上那边肯定也不会闲着，这边由庞天寿和马吉翔他们负责，万一有个什么风吹草动也好处理。你和我明天就去贵阳，把这奏本送给国主，看他有什么交代，然后我们再抓紧赶回来。”

王爱秀接过奏本，说：“好，我们明天一早就走。”

“行，那就这样吧，时间也不早，我先回去了。”郑国起身。

王爱秀说：“明天还要赶路，既是这样，我也不留将军了。”

“嗯。”郑国说着出了屋子。王爱秀送他到门口。

次日一早，王爱秀和郑国带着两名亲信，骑马去贵阳给秦王禀报对吴贞毓等人的处置意见。

02

一直想铲除异己的秦王，想趁这次密旨事件清除吴贞毓和徐极等朝中大臣。对郑国和王爱秀到安龙调查密旨一事，他时刻都在关注着。

这天下午，在贵阳秦王府大厅里，他问侍从人员：“安龙那边有什么消息没有？”

侍从给他报告，说还没接到什么消息。

秦王听了，皱着眉嘀咕道：“郑国和王爱秀他们是咋搞的，到现在连消息也不报一个！”

他吩咐侍从：“你安排个人去安龙打听一下，看那边到底是个什么情况，弄清了马上回来给我报告。”

“是，国主。”

“不用去了，国主！”侍从转身欲走，没想到王爱秀和郑国火急火燎地撞了进来。怕侍从去安排人到安龙送信，王爱秀赶紧说。

“哦，正说你俩呢！你俩去安龙这么多天了，咋不给我回个信儿？”秦王垮着脸。

见秦王有些不高兴，郑国赶忙向他禀报：“禀国主，事情有些复杂，所以卑职和王大人这才赶回来。”

“是啊，国主，事情有点不太顺。”王爱秀也赶紧说。

“事情办得怎么样？”秦王问他俩。

“我和王大人写了个奏本，情况都在里面，请国主先过目，有不清楚的地方我们再给国主作补充。”郑国说着将奏本呈递给秦王。

秦王接过郑国手上的奏本，然后叫他和王爱秀在旁边坐下。

郑国和王爱秀坐在旁边等着他看奏本。

看了郑国和王爱秀呈送的奏本，秦王非常高兴，心想：这郑国、王爱秀还真不错，几下就把吴贞毓、徐极、张福禄他们抓了，还提出了处置建议，这回可有吴贞毓和徐极他们好看的。还有，这件事他永历帝也脱不了干系。哼，到时候你就自己滚蛋，让老子也享受一下当皇帝的滋味吧。

想罢，秦王略带笑意地对郑国和王爱秀说：“两位辛苦了，先去找个地方休息，等我给皇上写好奏本，再拿给你们带回去呈交皇上，请他下诏。”

“好，国主，那我俩就先下去了。”郑国和王爱秀向秦王拱手行礼。

秦王说：“去吧。”

等他俩一走，秦王再次仔细看了遍奏本，并不停地点头。他完全赞成王爱秀、郑国等人提出的处理意见。但他想，上次刚杀李如月的时候朝中就有不少大臣不满，这次一下子要杀这么多朝臣，恐怕会引起朝上骚乱，到时候矛头全指向我秦王怎么办？不行，这事得呈报他永历帝，对，一定得呈报他，不呈报他别人会说我霸道。呈报他永历帝，逼他下诏，把火烧到他身上去。只要他下了诏，别人就会认为这些人不是我秦王杀的，而是他朱由榔杀的，到时候挨咒骂的就不是我孙可望，而是他朱由榔了。话说回来，呈报他不过是向他通报一声，自己说要杀这些人，他还敢不批？秦王脸上露出阴险、狡诈、得意的笑容。

既然要呈报他朱由榔，当然不能空嘴说空话，还得按程序写个奏本报给他，也好让他下诏。但这个奏本如何写才好？我看还真得动动脑子。

秦王仰靠在书案后的椅子上，双目微闭，但他的脑子却在飞快地旋转。他在思考如何撰写这个奏本。他想：第一，密旨事件是除掉吴贞毓、徐极这帮朝臣的好机会，无论如何也得借助这个事情铲除吴贞毓和徐极他们，为实现自己的愿望扫清障碍。第二，李定国和杨畏知的事，听说不少朝臣都在议论，骂我秦王专权。这个事得给他永历帝个解释。第三，自从把他朱由榔和永历朝臣们接到贵州安龙后，朝中不少大臣都说我这样做是为了挟天子以令诸侯，这事必须得给他说清楚，以免他朱由榔对我孙可望产生疑虑。第四，不管怎么说，还得在他朱由榔面前表表忠心，装装孙子，表示自己对他和朝廷没有二心。

思索了一阵子，他频频点头："好，就这样来写。"

秦王找来纸和笔，开始提笔给永历帝撰写奏本：

启奏皇上，安龙行宫吴贞毓、徐极、张福禄、张镌、全为国等奸贼矫诏盗宝、擅自乱行爵赏，臣听闻后感到十分震惊。值此多事之秋，为避免发生祸乱危害朝廷，臣可望恳请皇上以天下为重，旋即下发诏书，将吴贞毓、徐极、张福禄等一干奸贼乱党就地正法，借以树朝廷威信，并警戒后人。

盗宝矫诏一事，大学士吴贞毓、吏部都给事徐极、兵科给事张镌、司礼太监张福禄和全为国等人均是主犯，翰林院检讨蒋乾昌、李元开，福建道御史胡士瑞，兵部武选郎中朱东旦，大理寺少卿杨钟，光禄寺少卿蔡缤，太仆寺少卿赵庚禹，中书任斗墟和易士佳，武安侯郑允元，江西道御史周允吉、李颀、朱议汞等人胁从。臣认为，对这些奸贼，皇上应立置重典，以彰显国法威严。

定国是我兄弟，在剿灭清兵中违反军纪，本应严厉处罚，臣念及他剿灭清兵有功，让其以功赎罪改过自新，臣未料到吴贞毓、徐极、张福禄等人会盗用皇上御印，制造假圣旨对他擅自封赏。臣原想对定国进行惩罚，借以警戒他人，而吴贞毓、徐极、张福禄等人反倒制造假圣旨对他擅自进行封赏，这岂不是故意与臣作对？皇上知道，打仗要统一指挥，赏罚分明，臣率领将士多年转战南北，随同臣作战的都是我的部属，应赏应罚，当然只有臣能行使这个权力。如果说我专权，那也是战场上的需要。臣必须拥有较高的官位，才能提高自己名望，指挥得动各路人马，这事臣派杨畏知向朝廷求封秦王时，也请他代臣向皇上奏明过。关于这件事，原来的奏本还在，皇上如若不信，可以派人查阅核实。至于说臣擅自处死杨畏知，那是因为他擅自离开自己的职位而进入朝廷任职，实属擅离职守。再说，他杨畏知是自己畏罪自杀，并非臣派人杀之，皇上若要怪罪，与臣关系也不大。

想两广失陷之后，皇上将行宫迁到南宁。当时朝廷已经到了非常危险的地步，臣令部将带兵护卫，朝廷和皇上这才安然无恙。南宁失陷后，朝廷和皇上逃到广西濑湍，形势万分危急，臣盼皇上移驾云南，而吴贞毓等奸臣却要皇上逃往广东李元胤驻地防城，力阻皇上移驾云南。后来李元胤战死，这充分说明吴贞毓等人的建议是错误的。当初若是皇上按他们建议去防城，后果将不堪设想。如果真是这样，就算是把吴贞毓等人活剐了，也难赎回他们的罪过。皇上和朝臣们来到贵州安龙已经三年，三年来平安无事。皇上刚刚得到安宁，又有人掀起风波，这不是又要上演劝皇上和朝廷去防城那样的悲剧吗？

臣生于平民之家，未曾向朝廷要过一个名位，也没有享受过朝廷一升一斗俸禄，但这不等于说出身不好就不能称雄一方，不能为朝廷出力。云南沙定洲叛乱，臣不是也率兵平息了吗？不是臣不能屯兵攻守，而是臣为朝廷不幸感到孤奋激烈，想为朝廷做点事，给后人留个好名声罢了。

受封秦王，这不是臣的本意。这在杨畏知带去给皇上的奏本中，臣曾经说过主要是为联合抗清，并非是为本人求官封爵。臣本是陕西一个普通百姓，现占据贵州弹丸之地供皇上建立行宫，盼皇上能够卧薪尝胆，不要忘记在濑湍时走投无路的困苦。如果皇上认为贵州安龙这个地方偏僻，钱粮不够开销，欲移居到其他地方，臣一定听从皇上决断，绝不阻拦，并会准备好人马钱粮，护送皇上和大臣们出去，避免臣蒙上要挟皇上和朝廷之名。

臣可望　拜上

永历八年二月十五日

皇后的事情，秦王在奏本中没说，而且只字未提。因为他心里明白，这事不能乱动，也提不得。你想，你要杀皇后，他永历帝会依你吗？那些大臣们会依你吗？就是要杀她们，时机也还未成熟，还得先忍着。

这个奏本，秦王费了好一番思量，可谓用心良苦。写好，他又反反复复斟酌了一番，觉得言辞和叙述上都没问题了，才把它封装好。

考虑到事情紧急，当天晚上他把郑国和王爱秀叫来，把奏本拿给郑国，并叮嘱他俩："这事紧迫，你俩明天一早就返回安龙，到安龙后赶快将这个奏本交给皇上，请皇上赶紧下诏。”

“好，遵从国主吩咐！”郑国和王爱秀说完，转身离去。

03

郑国和王爱秀回到安龙，马上去找永历帝。

“皇上，秦王叫卑职转呈给您的奏本。”郑国把秦王写的奏本交给永历帝。

近侍太监接过郑国手里的奏本，递给永历帝。

永历帝翻开看了一下，心里暗骂：“孙可望这个逆贼，真是狡猾透顶，他明明想杀吴贞毓和徐极那些与他不交好的大臣，清除异己，却把这球一脚踢给我，让我替他背锅。哼，明明对朕处处控制时时架空，让我要钱无钱要粮无粮，还冠冕堂皇地说他处处替朕着想，真是他妈婊子要做牌坊也要立。斩杀吴贞毓和徐极他们，我若不依他秦王肯定不行，若依了他，又苦了吴贞毓和徐极这些忠心耿耿的朝臣，这叫朕如何是好？”

永历帝清楚，自己的软肋是让他秦王捏住了，这个球，他不接不行，这个诏，他不得不下。可这个诏一下，吴贞毓、徐极和张福禄、全为国这十八个大臣肯定得死，而且死得很冤。但是，为了保住永历朝廷的江山社稷，为了图来日复兴大明王室，自己不得不出面表这个态。

说实在话，秦王这么做的目的就是要他永历帝表这个态，下旨诏告天下，同意郑国和王爱秀、蒋御曦他们审判吴贞毓、徐极、张福禄等大臣的结果，让刑部治这些人的罪实现合法化，以防李定国、郑成功、刘文秀和其他文臣武将反对他们。

按秦王和郑国、王爱秀、庞天寿等逆贼的建议，吴贞毓、徐极、张福禄、全为国、张镌等十八大臣都得处以死刑，而且对张福禄、全为国、张镌是处以极其残忍的剐刑。要让这些忠于自己忠于朝廷的大臣去死，永历帝又如何忍得下心？但这事不这样做，过不了秦王那道坎儿。

诏肯定要下，但如何下呢？永历帝拿不定主意。他想，平时遇事皇后都能帮他出些主意，这事不如给皇后说说，先听听她的意见再作决断。

永历帝这样想着，对等在那儿的郑国和王爱秀说：“你们先回去，待朕想好这事如何处理，再给你们答复。”

“为了免生后患，卑职恳请皇上速作决断。”郑国催永历帝。

永历帝不耐烦地回他：“朕知道，不用你提醒！”

“是。”郑国和王爱秀知趣，赶紧退出。

王爱秀问郑国：“他该不会不按国主的意思下诏吧？”

“你不看他那怂样，他敢吗？”郑国一副轻蔑样。

王爱秀说：“估计他也不敢。”

待郑国和王爱秀走后，永历帝便拿着秦王上的奏本去找皇后。

第24章 被逼下诏

01

“皇上今日为何下朝这么早？”皇后问永历帝。

永历帝气恼地说：“吴贞毓和徐极的事情，秦王那逆贼竟上了个奏本给我。”

皇后说：“这是意料之中的事。”

“皇后，你说我该如何处理这事啊？”永历帝感觉六神无主。

“秦王的奏本呢？皇上带来没有？”皇后问他。

永历帝把秦王的奏本拿出来递给她，说：“来，你看一下，看这事朕如何做才妥？”

看了秦王的奏本，皇后对永历帝说：“狡诈，真是太狡诈了，他不但要借密旨一事清除您的人，还虚情假意地向您表忠心。”

永历帝苦笑道：“这我已经看出来了。”

皇后提醒他：“秦王这人历来都很嚣张，臣妾觉得，皇上不得不防着他点。”

永历帝说：“他虽然嚣张，但一时还不敢直接对朕下手，这从他对待你的事情上就可看得出来。”

皇后说：“秦王狼子野心，臣妾劝皇上还是小心为好，切莫大意。”

永历帝不无忧虑地说："这我知道，但时下李定国和他的部队正在广西那边抗击清军，一时半会儿回不了贵州安龙，目前形势对我和朝廷都十分不利，不能操之过急，还得稳住他这个逆贼，谨防他狗急跳墙做出什么过急事来。"

"皇上说的也对，得饶人处且饶人，既然他秦王在奏本中表了忠心，你不管他是真心实意或是虚情假意，首先得对他进行一番安抚，给他一个说法，要不然激化了矛盾不好收场。"皇后对永历帝说。

永历帝说："密旨一事，他要求杀掉吴贞毓、徐极、张福禄等十八名大臣，我看也只好依他了，如果不依，秦王和郑国、王爱秀他们断然不会同意。"

"大明不是有个'议贵'的原则吗？如果实在是避免不了死刑的话，皇上可以建议让他吴贞毓自缢，这样他就是死也死得体面一些。至于说其他的事，我看皇上恐怕也是无能为力了。"皇后说完抹了把眼泪。

永历帝叹息道："看来朕此时也只能是做到这一步了。只是，朕觉得太对不起贞毓和福禄、为国他们！"

皇后劝说道："这也是没办法的事情，我相信吴大人、张大人和全大人他们都会理解皇上的。"

永历帝说："但愿他们能够理解朕啊！"

"哎，皇上，您不如把大臣们都召到殿里，让大家来投票决定这事，省得您一个人来背这个锅。"皇后突发奇想。

永历帝想了一下，说："嗯，这也许是个好办法。行，朕明天就把大臣们召集来投票，看是什么情况再下诏也不迟。这也是迫不得已的办法，只好听天由命了。唉，但愿朝臣们能理解朕的一片苦心！"

"我相信他们会的。"皇后说。

02

第二天，永历帝一早就来到大殿上。

他对身边的近侍太监说："你马上安排人通知各位大臣，叫他们立即到殿里来，朕有急事找他们商量。"

"卑职这就去安排。"近侍太监说完，马上去安排人通知各位大臣。

一会儿，大臣们陆陆续续地来到了大殿上。

"皇上到底有啥急事啊？急着把大家召来殿上！"一位大臣问另一位大臣。

"不知道。"被问的大臣摆摆头。

“到底什么事啊？这么急！”一个大臣问近侍太监。

近侍太监摆摆头：“皇上没说。”

这时，王爱秀、马吉翔、庞天寿、蒋御曦，还有他们的党羽张佐辰、蒲缨、宋德亮、冷孟銋等人也朝大殿走来。

“王大人，皇上急急地把大家召来干什么呀？”冷孟銋问王爱秀。

“是啊，急急地把大家召来干什么啊？”宋德亮也说。

其他几个人也围过来问。

王爱秀压低声音告诉他们：“大概是为我和郑将军昨天递上去的秦王的奏本。”

“原来是为这事啊！”蒲缨说。

“走，过去，郑将军在那边！”王爱秀见郑国站在殿门口，对马吉翔、蒲缨、宋德亮等人说。

心怀鬼胎的马吉翔、庞天寿和张佐辰、蒲缨、宋德亮、冷孟銋、蒋御曦等人赶紧跟着王爱秀走过去。

和郑国打过招呼，张佐辰等人低声对郑国说：“郑将军，王总兵，等会皇上若是征求大家意见，你们一定要坚持说吴贞毓和徐极、张福禄、全为国这些人都得处死，倘若留下一个，那都是祸根啊！”

“是的，只要留下一个，今后都会给国主和我们带来麻烦！”冷孟銋附和道。

蒲缨也哀求道：“无论如何请郑将军和王总兵都要帮我们这个忙，请求皇上下诏处死吴贞毓、徐极这些人，否则日后我等必遭他们报复。”

其他几人也求郑国和王爱秀，一定要想办法让永历帝把吴贞毓和徐极、张福禄他们处死。

郑国阴险地对他们说：“处以死刑是必然的。但是，还得各位大力支持和配合才行，要不然怎么能判得了他们死刑呢？”

“只要将军说判他们死刑，我们大家自然会配合。”冷孟銋等人赶紧表态。

王爱秀说：“对，大家一定配合好。”

见有人走过来了，郑国说：“行，那我们进去吧。”

“好！”郑国、王爱秀、马吉翔、庞天寿、蒋御曦等人心怀鬼胎朝殿里走去。

永历帝坐在龙案边看秦王给他的奏本。大臣们陆陆续续走进殿里。

永历帝知道，吴贞毓、徐极、张福禄等十八名大臣被郑国等人抓走之后，朝廷上自己亲近的人已经不多，心里难免有些着急，怕没几分胜算。

见大臣们都来了，永历帝说：“朕急着把众爱卿召来，是有件人命关天的大事想请大家共同来议议。”

“人命关天的大事？是关于密旨的事吧？”

“可能是，听说前不久秦王派总兵郑国和王爱秀来安龙调查这事。”

“岂止是调查？连吴贞毓、徐极、张福禄等大臣都被抓了，听说还被打得很惨呢！”

一些大臣在议论，气氛很是压抑。

永历帝接着说：“昨天，朕接到了秦王托郑国和王爱秀呈交的一个奏本。秦王在这个奏本里要朕下诏处死大学士吴贞毓，还有徐极、张福禄、全为国等十几名朝臣。朕今天请各位爱卿来，就是想让大家通过票决的方式，看到底该不该处死这些大臣。”

“下面，先把秦王送给朕的奏本念给大家听一下。”永历帝拿出秦王呈交的奏本递给身边的近侍太监，“你来念一下。”

“是，皇上。”

近侍太监接过奏本将秦王上奏的杀害十几名朝臣的内容念起来。

“吴大人和徐大人他们何罪之有？”

奏本还没念完，大臣们就在下面相互议论起来。

密旨一事，因郑国和王爱秀、庞天寿等人是奉秦王之命进行秘密调查，有的大臣还不一定清楚。所以，对处置吴贞毓和徐极等人的意见说法不一。知情的大臣，同情吴贞毓和徐极他们，说他们无罪，朝廷不该滥杀无辜，让众臣心寒。一些不知情的，或者是像庞天寿和张佐辰、蒲缨这些别有用心的人，却一再要求杀了吴贞毓和徐极、张福禄这些大臣。

“……密旨一事，朕认为……”见大家议论纷纷，永历帝给大家简单介绍了密旨一事的来龙去脉，然后说道：“朕对此事也无从决定，既然如此，那就用票决方式来确定吧！”

“皇上，末将认为，密旨一事我和王爱秀总兵等奉秦王之命已经调查清楚，并和刑部的人一道对案犯一一进行了审理，而且案犯已经招供，证据确凿，密旨一事实系吴贞毓、徐极、张福禄、全为国等人所为。对吴贞毓、徐极、张福禄、全为国等案犯的处置，我已和总兵王爱秀、刑部主事蒋御曦、文安侯马吉翔、勇卫营的庞天寿等人依据大明律法做出了处置建议。我和王总兵还将密旨一事的调查结果和对涉案人员的处置建议呈报给了秦王。秦王看了我们的调查结果和对涉案人员的处置建议，给皇上写了奏本，并特命我和王爱秀转呈给皇上。如何处置这些人犯，请皇上掂量！”郑国见众朝臣各有各的意见，生怕对他们这帮人不利，赶紧站出来说话。

“秦王的意见是，这个案子已经调查清楚，而且案犯已经招供，证据确凿，并考虑到案情重大，这才写了奏本给皇上，希望皇上能尽快下诏，处斩吴贞毓和徐极等一干人犯，借以惩戒他人。”王爱秀站出来接过郑国的话。

蒋御曦也趁机站出来说：“卑职认为，吴贞毓、徐极等人身为朝廷重臣，却做出如此叛逆之事，实该斩杀，否则，必成朝廷后患。希望皇上能及时下诏处斩，以儆效尤，还搞什么票决呢？”

“你等卑鄙小人，朝上无人不知，吴大人、徐大人，还有张福禄、全为国这些朝中大臣，一向对朝廷忠心耿耿，毫无二心，你们却要想方设法置他们于死地，我看你们这是丧心病狂！”许绍亮气愤地对郑国、王爱秀和蒋御曦等人骂道。

见许绍亮如此，蒋御曦咆哮如雷，对他吼道：“大胆许绍亮，前些日子我是看你有些可怜，加上你与这事牵涉不大，这才放了你，现在你却在此撒野，就不怕再把你抓进去治死罪？”

“我许绍亮生是大明臣，死是大明鬼，为了大明的江山社稷，死又足惜？”许绍亮毫无惧色。

郑国在旁边气得直咬牙。

“好了好了，都不要吵了，朕是叫你们来商议事情，不是叫你们来这朝上骂架！”永历帝怕争吵下去许绍亮会吃郑国等人的亏，赶紧制止他们。

永历帝转而对在朝上的大臣们说：“这吴贞毓、徐极他们到底该不该杀？我看谁说了都不算，只好用票决方式来解决。”

“皇上，吴大人和徐大人他们真不能杀啊！”许绍亮痛心地对永历帝说。

“该杀，这等乱臣不杀，那朝廷还不乱了？”

“你等才是乱臣！”

……

朝上又是一阵争吵。

见两帮人一直在争吵，永历帝觉得心烦，对他们说：“行啦，都别吵了，既然朕想好了那就等投票吧。”

“皇上，这事怕不妥吧？”郑国担心达不到他们的目的，无法回去给秦王交代。

“没什么不妥的！”永历帝知道郑国想说什么，毫不客气地打断他的话。

郑国不再说话。王爱秀和马吉翔等人见此情景，只好等着投票。

票准备好了，大家按照规定投票。然后，永历帝叫人统计投票情况。然而，票决情况很糟糕，多数人要求斩杀吴贞毓和徐极等大臣。

见此情景，永历帝非常难过。

叫众朝臣来投票决定这事，目的是想通过其他人来为吴贞毓、徐极和张福禄他们辩护，好救他们一命，没想到郑国和王爱秀、庞天寿、蒋御曦、蒲缨等人却占了上风。

郑国和王爱秀等人一脸得意。

永历帝气得不行，只好叫散朝。此时充斥在他脑海里的，除了对秦王孙可望欲夺龙椅的痛恨，亦不乏对马吉翔、庞天寿、郑国、王爱秀等逆贼的气恼。

众朝臣都散去，唯有许绍亮还留在那儿。永历帝知道他有话要对自己说，便说道："许爱卿，你过来朕这儿。"

"是，皇上。"许绍亮说着走到永历帝身边。

永历帝问他为何不走。

"皇上，郑国他们仗着人多，要置吴大人、徐大人他们于死地，微臣觉得……"

"许爱卿，刚才我看你很冲动。你知道吗？你这样非但救不了吴大人和徐大人他们，反而还会引祸上身。"没等许绍亮说完，永历帝就先打断他道。

"皇上教训得是。"许绍亮低着头。

永历帝继续说："秦王这帮人非常凶险，你刚逃出他们的魔掌，做事说话一定要谨言慎行，保护好自己，千万不能冲动，冲动了反而误事。刚才要不是朕制止你，再持续争吵下去，郑国和王爱秀他们一定会对你再次下手。"

"谢皇上，绍亮知道错了，以后一定注意汲取教训。"许绍亮也意识到了自己刚才的冲动。

永历帝又说："我知道你想说什么。你也不要说了，这事朕也没办法，看来也只能是依他们的了。"

"皇上！难道就这样让吴大人和徐大人他们这些忠于朝廷的大臣去死吗？"许绍亮声泪俱下。

永历帝摆摆头，无可奈何地说："朕实在是没办法。"

"皇上……"许绍亮悲怆地叫道。

永历帝转过身抹眼泪："你去吧，朕想静一静。"

"我的天呐，这是什么世道啊！"许绍亮伤心地走了。

03

"情况怎么样，皇上？"

永历帝来到后宫，皇后急切地问。永历帝摆了摆头："朝上多半是他秦王的人。"

听皇上这么说，皇后知道是什么结果了，悲叹道："看来吴大人和徐大人他们真是躲不过这一劫了！"

"朕没办法，也只能照他们的意思下诏了！"永历帝十分哀伤。

想到吴贞毓、徐极、张福禄这些大臣就要冤死在逆贼秦王的屠刀下，皇后不禁泪如雨下。

永历帝流着泪无奈地对皇后说："皇后，不是朕不想保他们，是朕保不了他们啊！"

皇后不说话，只顾流泪。

两天后，永历帝了下诏书，内容大致如下：

朕一向身体欠佳，加之一直在外四处奔逃，上承祖宗，下临臣庶，阅今八载，从武冈、衡州、肇庆、梧州到邕新，朕行宫不定，尝尽艰难险阻，日夜焦虑劳累，无处求助。自濑湍开始，一路仓促往西，前有苗兵堵截，后有清兵追杀，幸有秦王率兵保护，朕得以脱离险境，并到贵州安龙建立行宫，方有一些安宁。短短几个月，大西军抗击清兵捷报频传，收复了西蜀三湘及八桂之地。想当年跟随者不少，但他们都力求自保，没谁顾得了朕，唯有秦王尽心尽力保护着朕。到安龙两年多来，渐渐取得了一些治政理国成效，这些，朕的确都是靠秦王支持。没想到吴贞毓、张镌、张福禄、全为国、徐极、郑允元、蔡縯、赵赓禹、周允吉、易士佳、杨钟、任斗枢、朱东旦、李颀、蒋乾昌、朱议泵、李元开、胡士端这些罪臣会包藏祸心，内外勾结，盗取御印假传圣旨，擅行封赏，祸害西蕃李定国。幸好祖宗显灵，让秦王发现其奸谋。考虑到吴贞毓身为宰相，身份地位极高，为顾及面子，朕就赐他自缢。张镌、张福禄、全为国三人，凌迟处死。其余人犯，一律处以刀斩。朕因一直搬迁行宫，对大臣的管理较为宽厚，以至于身边出现吴贞毓、徐极盗用御印假传密旨一事，这都怪朕对下属体察不明。

今后朝臣都应注重操守，清正廉洁，以求繁荣复兴。

朱由榔

永历八年三月十八日

永历帝在诏书中首先肯定了秦王的忠心，表彰了他在危难之中的护驾之功，对大西军在收复失地方面的战绩也给予了肯定，说他比其他臣将都还忠心，并对他寄以信任和厚望。然后，对自己进行一番检讨，说自己因一直搬迁行宫，对大臣的管理不严，以至于出现了吴贞毓、徐极等人闹出密旨一事。

写完诏书，永历帝把笔狠狠掷到地上，然后仰靠在龙椅上。他觉得自己的心在泣血，痛不欲生，悲苦万分。

04

郑国和王爱秀拿到永历帝同意处死吴贞毓和张福禄等朝臣的诏书，欣喜若狂。当日入夜，他俩就把马吉翔、庞天寿，还有蒋御曦、冷孟鉦、蒲缨等党羽找来，说皇上已经同意处死吴贞毓和张福禄等大臣。这帮乱臣贼子得知这个消息，一个个如同打了鸡血，兴奋得忘乎所以。

王爱秀说："通过朝臣票决，这下他永历帝无话可说了。"

"你别说，我当时还有些担心。"郑国对王爱秀说。

王爱秀拍马屁："我知道，要不是将军也不会站上前去跟他永历帝说那一番话。"

庞天寿恶狠狠地说："吴贞毓啊吴贞毓，想不到你等也会有今天！"

冷孟鉦斜着眼睛，故意对庞天寿说："难道庞大人觉得他还逃得出国主的手心？"

"哈哈，哈哈，国主是什么人啊？连皇上都拿他没办法，何况是他吴贞毓！"庞天寿大笑。

蒋御曦说："是啊，这吴贞毓、张福禄他们，咋能斗得过国主？他们这不是鸡蛋碰石头自己找死吗？"

郑国说："这也是诸位的功劳，若不是诸位一起投票，又哪能要得了吴贞毓和张福禄等人性命？"

"哈哈，哈哈！"听了郑国的话，马吉翔、庞天寿，还有蒋御曦、冷孟鉦、蒲缨等人相互望了一眼，哈哈大笑。

“这下好了，今后我等在朝上再也用不着看他吴贞毓的脸色了！”

“终于可以出这口气了！”

“今后这朝上，可就是我等的天下了喽！”

……

这帮乱臣贼子，一个个张牙舞爪，得意忘形。

郑国说：“各位大人，能够让他永历帝下诏处死吴贞毓和张福禄、全为国这些人，实在是不容易，这事既然成了，我们应该乐一乐才是，你们说呢？”

“对，应该高兴高兴！”

“郑将军想让大家怎么个乐法啊？”

“是啊郑将军，让大家怎么个乐法？”蒋御曦、冷孟銋、蒲缨等人问郑国。

“拿酒来，我敬各位一杯！”郑国嚎叫道。

两名兵士抬来一大坛酒。

郑国叫道：“打开！”

兵士把酒坛打开，郑国又说：“拿碗，一人一碗，我敬大家！”

“好嘞！”兵士说着把碗拿来，给郑国倒了一碗，又给马吉翔、庞天寿，还有蒋御曦、冷孟銋、蒲缨等人各倒了一碗。

见大家手上都端有酒，郑国大声说道：“各位，为了祝贺我们的胜利，我敬大家一碗酒。今后，大家还要同心协力，共同帮国主办好事情。请大家放心，到时候国主成事了，肯定不会亏待各位的！”

“同心协力，替国主办好事！”

“同心协力，替国主办好事！”

蒋御曦、冷孟銋、蒲缨等人端着酒一齐吆喝。

“干杯！”

郑国和大家碰杯，然后带头把酒喝干。

是夜，这帮逆臣乱贼喝得酩酊大醉。

第25章 血溅马场

01

永历八年三月二十日。阳春三月，正是草长莺飞的时节，城外的景色格外迷人。天空如水洗过一般，蓝悠悠的；城外的山，青绿青绿的；城边的湖水，碧波荡漾。

安城虽说不大，但自古以来就是商贾云集之地。一早起来，城里做生意的商贩早就把帐篷撑起，忙往摊子上摆放杂七杂八的货物。卖凉剪粉的，卖瓦耳糕的，也早把摊子摆好了，就等客人光顾。

一会儿光景，赶集的人慢慢多起来。

“瓦耳糕，好吃的瓦耳糕！”

“凉剪粉，又柔又滑的凉剪粉！”

商贩们如往常一样，在摊子前扯着嗓子吆喝生意。整个街面，看上去一派和谐繁荣的景象。人们哪会知道，一场血雨腥风马上就要到来。

前一日夜晚开始，关押吴贞毓、徐极和张福禄等十八大臣的屋子门外，就增添了不少看守的兵士。

被关押在室内的吴贞毓，感觉气氛有点不对。

“莫非他们今天要下手了？”吴贞毓心里掠过一丝不祥。

和他关押在一起的徐极也是这个感觉。他压低声音问吴贞毓：“吴大人，我感觉我们的大限就在今天，你觉得呢？”

“嗯。”吴贞毓朝他点头。

一旁的张福禄听他俩在说话，便问：“你们说啥？他们要动手了？”

徐极告诉他：“有可能。”

吴贞毓抬起头，不安地问：“今天是什么日子？”

“三月二十日。”张福禄眼睛朝上立了一下，告诉他。

吴贞毓掐指算了算，叹息道：“唉，大概就是今天吧！”

“吴大人，什么就在今天啊？”张镌听到吴贞毓的叹息声，问他。

吴贞毓低声告诉他：“我们的日子恐怕就到今天了。”

这时，全为国、蒋乾昌、朱东旦、蔡缜、李颀、郑允元、赵赓禹、易士佳、周允吉、任斗墟等人全围过来。

“您是说郑国和王爱秀他们今天要对我们下手？”蒋乾昌盯着吴贞毓。

吴贞毓朝大家轻轻点头。

屋子里顿时充斥着恐怖气氛，所有人的神经像拉满弓搭上箭的弦，一下子绷得老紧。

“这怎么办啊，吴大人？”蒋乾昌用求助的眼神看着吴贞毓。

吴贞毓不说话，他不知道该如何回答他。

蔡缜对蒋乾昌说：“都到这个时候了，还能怎么办？大不了一死呗！”

“不就是个死吗？让他们来吧，有啥了不起的，二十年后又是一条顶天立地的汉子！”朱东旦全无惧色。

“杀人不过头点地，大丈夫有何畏惧？”张镌豪气冲天。

“对，拿个死字顶着，没啥可怕的！”全为国也说。

吴贞毓对他们说：“我知道，为了皇上，为了朝廷，就是舍下身家性命大伙儿都在所不惜，我只是觉得，我们还有许多事要做，不想就这样离开人世，离开皇上和皇后他们。”

“但这又有什么办法？郑国那帮人能放过我们？秦王那厮能放过我们？除非太阳从西边出！”任斗墟摊着两手，显得很无奈。

是啊，郑国、王爱秀、庞天寿，还有秦王，这伙人能放过他们？当然不可能。为了斩草除根排除异己，秦王和郑国、王爱秀、庞天寿这伙人巴不得吴贞毓和徐极他们早死，省得挡了他们的道。

为了弄死吴贞毓和张福禄他们，昨天晚上，郑国、王爱秀、庞天寿、马吉翔，还有蒋御曦、冷孟銋、蒲缨这几个狗贼整整忙了一个通宵。

朝廷要处死一个人犯并非易事，需要经过许多程序，也需要调动若干部门的人，更需要做若干准备，比如由谁来宣判，由哪些人来行刑，会不会有人来劫法场，行刑的时候人犯家属和观众会不会冲进刑场，更何况这次杀的不只是一个人，是十八个，而这十八个人都不是一般人物，都是曾经在朝廷各个部门有相当高的地位，手上握有很大权力的朝廷重臣，他们的部属或家人，甚至是一些看不惯这事的江湖侠客，到时都有可能会冲进法场劫走人犯。再说，处决这些人虽说皇上下了诏书，但这些人都是他的心头肉，皇上并不想杀他们，杀他们是迫不得已。这些，都给行刑增加了很大难度。所以，早在几天前郑国和王爱秀等一帮人就忙得团团转了。

巳时许，郑国有些放不下心，问王爱秀："王大人，行刑的事准备得如何？"

"一切准备就绪，只等将军一声令下，便将吴贞毓、徐极等人犯推到马场，时辰一到立即行刑。"王爱秀正要回答郑国，站在他旁边的刑部主事蒋御曦却抢先说了。

朝廷处决人犯，这本就是他刑部的事情，只不过这件事特殊，又是受秦王委托，郑国和王爱秀这才参与案件调查和监督行刑。

"那就好。"听蒋御曦说一切都准备好了，郑国这才放下心来。

他对王爱秀说："半个时辰后，将吴贞毓、徐极等人犯带到城外马场，在那儿进行处决。"

"听将军吩咐。"王爱秀一副奴才相。

"哦，注意法场，看有没有什么异动，别到时候出啥乱子。"郑国既是提醒，又是警告。

王爱秀说："请将军放心，我们一定加强防范。"

"看紧点，千万不要出什么纰漏。"王爱秀转过身对蒋御曦说。

蒋御曦回他："请王大人放心，有我在，保证出不了差错！"

"小心驶得万年船，还是细心点好，别到时候让我无法给郑将军和国主交差。"王爱秀对他说。

蒋御曦说："我看时间也差不多了，这样，为了确保万无一失，我现在再去刑场检查一遍。"

“还是那句子老话，细心点。”王爱秀再次提醒蒋御曦。

关押在屋子里的吴贞毓和徐极、张福禄等人，见屋外人头攒动，有人在指挥兵士排队，并给他们交代事情。

吴贞毓、徐极、张福禄他们知道，马上就要被推出去斩杀。张福禄对大家说：“吴大人说的没错，看样子这些逆贼马上要对我等下手了。”

屋子里的气氛令人窒息。

“吴大人，难道我们就这样等死吗？”朱议泵问吴贞毓。

“是啊，吴大人、徐大人，不能这样坐着等他们来杀我们，得想想办法啊！”任斗墟说。

“都这个时候了，不是坐着等死又能咋样？”易士佳对朱议泵和任斗墟说。

周允吉说：“死就死吧，有何惧怕的？都到这个时候了你叫吴大人、徐大人他们想什么办法？要能想两位大人早想了。”

“我看也只能是等死了！”易士佳感叹道。

吴贞毓说：“对不住大家了，老夫实在是想不出什么法子，看样子郑国他们马上就要将我们押出去处决。我想，各位都是大明朝臣，今天走到这个地步，也应该不会有什么后悔的吧？”

赵赓禹说：“没什么好后悔的，我们只是觉得不应该这样死去，若能想办法出去，我们一定会和郑国、庞天寿，还有秦王这帮逆贼斗到底。”

任斗墟也说：“赵大人说得对，没什么好后悔的，要后悔的话就不会参与这件事了。”

听了他们的话，吴贞毓安慰大家道：“我知道大家都不怕死，也不会后悔参与这件事，事情走到今天这个地步，就连皇上也救不了大家，不要说我和徐大人了。我想，就像全为国大人说的，拿个死字顶着，没啥可怕的，就算是死了也是死得其所，死得光荣，流芳千古，你们说是不是？”

“吴大人说得对，我们就是死了也死得光荣，对得起皇上，对得起朝廷，对得起祖宗，不像马吉翔、庞天寿他们，死了有辱门庭，遗臭万年！”周允吉越说越激动。

“闹什么闹？”外面的兵士听到屋里闹哄哄的，从窗口朝里边吼道。

吴贞毓和徐极、张镌他们只好安静下来。

在王爱秀的总兵府上，郑国、王爱秀、庞天寿、马吉翔、冷孟鉦、蒲缨等人还在商谈着对吴贞毓等大臣行刑的有关事宜。这帮逆贼，生怕行刑的时候出什么乱子，也很恐惧很紧张。你想，一下子要斩杀这么多人，他们能不恐惧和紧张吗?

郑国的心悬到坎上，他一再叮嘱王爱秀、庞天寿、马吉翔他们，说这次受刑的人多，一定要注意搞好警戒，特别是刑场周围，以防发生不测。

他把脸转向庞天寿和马吉翔："我这边派些人手，庞大人的勇卫营和马大人的戎政营全部出动。"

"行。"庞天寿、马吉翔赶紧答应。

"还有刑部那边，人员也全部出动。"

"好。"蒋御曦点头。

庞天寿说："我担心皇后娘娘和太后娘娘会来刑场闹腾，到时候……"

"你不用担心，这事我来处理。"郑国说。

"好。"庞天寿回道。

王爱秀问刑部的人："刀斧手都找好了吧？"

"早就找好了，他们都提前到刑场等着了。"

"这就好！"郑国又吩咐王爱秀道，"到时候由御曦来宣判。"

"嗯。"王爱秀点头。

"监斩的事，就由我和你来做。"郑国把脸掉向王爱秀。

王爱秀说："好的。"

"哎，皇上那儿要不要请他到场？"马吉翔问郑国。

蒲缨说："皇上那儿我看就不必了吧？"

冷孟鉦说："你就是请他他也不会来。"

张佐辰奸笑："哼，杀的是他的人，他还会来给你凑这个热闹?那他也真是太不知羞了。"

听了他们的话，郑国在想，不管他永历帝来不来都得去请他，来不来那是他永历帝的事。于是他对马吉翔说："这样，你马上去请他，看他来不来。不管他来不来，我们都照计划行事。"

"好，我马上就去。"马吉翔说。

见时间差不多了，郑国说："郑将军，可以走了，再不走时间来不及了。"

按照常规，朝廷处决人犯一般都是在午时三刻，到了午时三刻，必须对人犯开刀问斩。此时已经快到午时，在问斩之前，还有许多事情要做，如果再不将人犯押到刑场，到时候恐怕来不及。

郑国看了王爱秀和庞天寿他们一眼，说："好，那就走吧！"

"直接去刑场？"王爱秀问郑国。

郑国回他："你叫他们把吴贞毓、徐极等人全部押解过来，我们直接去马场那儿。"

"好。"王爱秀说。然后转身吩咐旁边一名兵士："你去通知他们，马上将人犯全部带到刑场。"

"是。"兵士转身跑出去。

郑国和王爱秀、庞天寿、冷孟銋、蒲缨等人出门往马场方向走去。

02

永历帝和几名内侍太监待在殿里。皇太后和皇后也来了。

心急如焚的永历帝，眉头紧锁，在殿里走来走去，半晌不说一句话。

"由榔，真就这样看着他们去死？"皇太后焦急地问永历帝。

永历帝不说话。

"皇上，再想想办法吧？"皇后眼巴巴看着永历帝。

永历帝无奈地对她们说："郑国他们马上就要将吴贞毓等大臣押到刑场行刑，还能想什么办法？你们不要再多想了。"

这时一个男童来到殿上，"扑通"一声给永历帝跪下，哭喊着："皇上，求您救救我爹他们啊！"

来人是吴贞毓的小儿子吴戬谷。

永历帝将他扶起，抹着眼泪对他说："世侄，朕实在是对不起你，朕也无法救你父亲啊！"

"皇上，真就没办法救我父亲他们了吗？"吴戬谷绝望地盯着永历帝。

永历帝摆摆头，悲伤地说："朕真是没办法了！"

吴戬谷无助地转身跑出殿里。

"谷儿，你别去！"皇太后心疼地呼喊着。

"戬谷，你回来！"皇后也朝他叫喊。

吴戬谷头也不回。他要去刑场看他父亲。

"唉！"皇太后和皇后无奈地叹息。

永历帝一屁股坐回龙椅，不知如何是好。

皇太后站起身来，对皇后说：“走，我们去看看吴大人他们！”

皇后不知道是去还是不去。

永历帝见皇太后要去刑场，赶紧站起来劝她：“母后，这个时候我们最好……”

“最好什么？”皇太后问他。

“最好不去！”永历帝很不情愿地说。

皇太后流着泪说：“由榔，不是母后说你，你的大臣被奸贼斩杀，你不能保护他们就算了，他们马上就要死了，可你连他们最后一眼都不去看，你跟母后说，你对得起他们吗？”

“母后，儿臣是没保护好他们，这是儿臣无能。儿臣不是不想去看他们，是儿臣不忍心看着他们受刑！”泪水顺着永历帝的脸颊往下流淌。

皇后也站在皇太后旁边不停地抹泪。

“儿臣求您了，母后，就在这殿上待着吧！我相信贞毓、徐极，还有福禄、为国他们会理解我们的！”永历帝苦苦劝说皇太后。

皇后也劝她：“母后，皇上说的也是，就听他的不要去了。”

内监和侍从也劝说皇太后：“太后，就听皇上的劝，不要去了。”

见众人都在劝说，皇太后这才坐回到椅子上。

“命大由天，这也是没办法的事，母后您也不要太伤心，坏了身体可不好。”皇后对她说，然后吩咐跟着来的侍女锦儿：“你去打盆热水来，给太后洗把脸。”

“好。”锦儿应着出去打水。

一会儿，锦儿端着盆热水过来。

皇后对皇太后说：“母后，让锦儿给您洗把脸。”

锦儿把水放在皇太后面前，乖巧地说：“来，太后娘娘，锦儿给您老人家洗把脸。”

锦儿给皇太后洗好脸，对皇后说：“皇后娘娘，锦儿再去打盆水来，也给您洗洗。”

“好，你把水打来，我自己来洗。”皇后对锦儿说。

锦儿把水打来放在皇后面前，说：“娘娘，水打来了，还是锦儿来给您洗吧？”

皇后这才想起，皇上也应该洗一下，便对锦儿说：“锦儿，端去侍候皇上。”

“哦。”锦儿把水端到永历帝面前，说，“皇上，洗下脸吧！”

“我自己来！”锦儿正准备给他洗，永历帝撸起袖子，说他自己洗。

等皇上洗好，锦儿又去给皇后打来水，让她洗。

皇后刚洗好脸，一名兵士进来报告：“皇上，太后娘娘、皇后娘娘，听说吴大人和徐大人他们已经被押到刑场去了。”

“知道了。”皇后说。

永历帝气愤地说：“这伙逆贼，终于动手了！”

刚说完话，马吉翔就进来了。见这逆贼来了，众人都瞪着他。马吉翔自知理亏，不敢抬头看他们。他缩手缩脚地走到永历帝面前：“皇上，朝廷马上就对吴贞毓和徐极他们动刑了，皇上要不要去看看？”

“马吉翔，你这没良心的东西，你们做下这等伤天害理的事还要皇上去看？哀家看你良心是给狗吃了！”皇太后听他这么一说，气不打一处来，气愤地骂道。

马吉翔赶紧给她赔罪：“吉翔知罪，太后娘娘骂的是！”

皇太后把脸扭到一边不理他。

皇后怒着脸对他说：“吉翔，不是我说你，你和天寿去做这种残害忠良的事，你们就不怕丢你祖宗八代的脸？就不怕今后被人戳脊梁骨？”

“皇后娘娘骂的是。”马吉翔不敢还嘴。

自知理亏的马吉翔，被皇太后和皇后呛了一顿，抖颤着身子说永历帝：“那皇上就不去了吧？”

“滚！”永历帝脸都气青了。

“是，皇上。”听皇上叫他滚，马吉翔赶紧屁滚尿流地走出去。

03

戴着枷锁的吴贞毓和徐极、张福禄、全为国等十八大臣被押解出来。

“快走！”一名兵士见张镌有些磨蹭，对他吼道。

张镌朝他骂道：“吼什么吼！不就是个死吗？你张爷老子还怕？”

“你讨死？”

“算了算了，都要死的人了你还和他计较？”张镌的骂声激怒了兵士。被骂的兵士扬起手要打他，另一名兵士赶紧劝住。

十八大臣在行刑兵士的押解下，戴着枷锁，拖着沉重的脚镣，朝马场那儿的刑场一步一步缓缓走去……

处决吴贞毓和徐极、张福禄等十八大臣虽说用刑不一样，但都是同一天进行，而且都要经过一定的程序。

“皇上说他不愿意来。”马吉翔附着郑国的耳朵告诉他。

“不来就算，随他便！”郑国说，然后转向蒋御曦，“那就开始吧！”

蒋御曦看了他一眼，点头表示知道。他拿出永历帝下的诏书开始宣读。

待蒋御曦宣读完毕，郑国问吴贞毓和徐极、张福禄、全为国等十八大臣：“你等有什么要交代的吗？”

“把枷锁给我们打开！”吴贞毓怒斥郑国。

郑国朝行刑的兵士叫道：“给他们把枷锁打开！”

“将军？”庞天寿惊疑地看着郑国，他担心会出乱子。

郑国低声说他：“没事，有这么多锦衣卫和兵士，你还怕他们跑了不成？”

“倒也是。”话虽这么说，庞天寿心里还是有些放心不下。

枷锁打开了，吴贞毓昂首向前走了几步，徐极、张福禄、全为国等大臣跟着他走上前。吴贞毓脸色凝重，面向永历行宫跪下。徐极、张福禄、张镌等大臣见他跪下，也一齐跟着下跪。

蒋御曦见此情景，低声问王爱秀：“他们这是要干啥？”

王爱秀告诉他：“他们想尽忠。”

“都到鬼门关了，还玩这一套。”蒋御曦一脸不屑。

王爱秀回他：“人之常情，就让他们尽个兴吧！”

蒋御曦还想说什么，王爱秀制止了他，叫他不要再说话。

刑场上，所有人的目光都聚焦到前面十八大臣的身上。

只见吴贞毓含泪说道：“皇上，我等尽忠报国，没想到今日为秦王等奸逆所害。以死报效国家，这是为臣的职责，请皇上勿念！”

说罢，朝永历行宫方向拜了三拜。

张镌泪流满面：“皇上保重，我等今日去矣！皇上放心，我等就是到了阴曹地府，也决不会饶过孙可望、庞天寿这伙逆贼！”

张镌说罢也朝行宫方向叩了三个响头。

“皇上，微臣今日赴死，死得其所，无怨无悔，请皇上自己多多保重！”张福禄朝着行宫方向跪拜。

全为国也叩拜道：“皇上、太后娘娘、皇后娘娘，微臣走了，不必挂念，二十年后，微臣还来侍候各位！”

随后，李颀、朱议泵等其他大臣也流着泪向永历行宫告别。

跪拜完毕，十八大臣一齐起身往回走。

只听吴贞毓对郑国说：“取纸笔来。”

“给他们拿纸笔来。”郑国命令手下人。

冷孟銋冷笑道：“命都快没了，还有此雅兴？”

蒲缨抚弄着尖下巴，笑着说他：“将死之人，就让他风光一把吧！”

冷孟銋笑着说：“这也倒是。”

一会儿，纸笔墨砚拿来了。

吴贞毓、蒋乾昌、李元开、朱东旦等大臣走到一方桌前，先后铺纸提笔，慷慨激昂地写下了豪气冲天、流传千古的诗句。

吴贞毓在纸上写道：

九世承恩愧未酬，忧时惆怅发良谋；
躬逢多难惟依汉，梦绕高堂亦报刘。
忠孝两穷嗟百折，匡扶有愿赖同俦；
击奸未遂身先死，一片丹心不肯休。

蒋乾昌写道：

天道昭然不可欺，此心未许泛常如；
奸臣祸国从来惨，志士成仁自古悲。
十载千辛为报国，孤臣百折止忧时。
我今从此归天去，化作河山壮帝畿。

李元开写道：

忧愤呼天洒酒卮，六年辛苦恋王畿；
生前只为忠奸辨，死后何知仆立碑。
报国痴心容易死，还家春梦不须期。
汨罗江上逢人旧，自愧无能续楚词。

朱东旦写道：

邕陵昔日五君子，随扈安龙十八人；
尽瘁鞠躬今已矣，忠臣千载气犹生。
……

待吴贞毓和朱东旦他们写完，郑国命人将他们用麻绳捆上，分别押到行刑的地方跪着等待行刑。

见马上就要行刑了，张镌朝郑国和王爱秀等人叫道："来吧，奸贼，爷爷的头就在这里，要就来取！"

"来吧，狗贼们，老子在阎罗殿前等你们！"

"庞天寿、马吉翔，你等逆贼，老子就是到了阴曹地府，也绝不会饶过你们！"

……

十八大臣痛骂秦王和郑国、马吉翔、庞天寿等人。

"准备行刑！"气歪了嘴的郑国对站在一旁的刽子手吼叫。

刽子手听令，赶紧做好准备。

04

行刑几乎是同时进行的。

也许是老天不肯，刚才还是晴空万里的天空，此时却突然乌云翻滚。地上大风狂刮，一时间天昏地暗。过了一阵，雷鸣电闪，哗啦啦下起了倾盆大雨。

庞天寿心虚得发抖，低声问王爱秀："王大人，你说，这天刚才不是还好好的吗，怎么一下子就变成这样了？"

王爱秀摆摆头，不说话。

蒋御曦慢吞吞地说："大概是天意吧。"

"赶紧行刑！"听庞天寿和蒋御曦他们在议论，郑国赶紧命令王爱秀。

被实行斩杀的徐极、蒋乾昌、李元开、杨钟、赵赓禹、蔡縯、郑允元等十四名大臣跪在地上，背后，站着一排脸相凶恶、手持大刀的行刑刽子手。

黄豆般大的雨点急骤地打在徐极、蒋乾昌、张福禄等人的身上和脸上，雨水顺着他们的脸颊往下流淌。但他们脸无惧色，视死如归。

看热闹的群众，使劲往前挤。

"爹，你不能死啊！"

"夫君，你这是为啥啊？"

"大哥，你这是为的哪般啊？"

……

受刑者的家属，嘶声竭力地叫喊着往前扑来。维护秩序的兵士费力地阻拦着。

"孙可望，你这叛贼，我咒你祖宗八代！"

“郑国，王爱秀，你们这伙逆臣贼子，老子做鬼也不会放过你们！”

“庞天寿，马吉翔，你这两个卖主求荣的东西，你们不得好死！”

……

李元开、杨钟、赵赓禹、蔡缜、郑允元继续大骂秦王和郑国、王爱秀、庞天寿、马吉翔。

“杀！”王爱秀勃然作色，把手上的斩杀令牌朝地上掷去，恶狠狠地下达了斩杀令。

行刑的刽子手听到命令，手起刀落。

一时间，马场这地方血流成河，哭声遍地。

张福禄、全为国、张镌三人死得更是惨烈。刽子手对他们实行最残忍的刑罚——剐刑。

张福禄、全为国、张镌同时受刑，三人各被两名协助行刑的大汉拉压着两臂，他们是刽子手的助手。

“行刑！”郑国亲自监斩。

听到行刑令，主刀的刽子手猛然朝张镌心窝拍了一掌，手上刀子在他右胸脯上灵巧地一转，一块铜钱般大的肉从张镌右胸脯上旋下来。看热闹的人群，目光跟着刽子手的刀尖转，肉片上天，眼光跟着上天，肉片落地，眼光跟着落地。

疼痛让张镌大叫一声。汗珠从他的头顶上冒出，他怒骂郑国：“来啊，贼子，怕死老子就不是张镌！”

不远处的张福禄、全为国，也大骂秦王和郑国。

刽子手开始在张镌身上割第四刀。

……

割到第四百九十九刀的时候，张镌身上的肌肉，包括眼睛、耳朵、鼻子已全部被割掉。残忍之状，围观者无不咂舌。

据说，刽子手要分别用五百刀割完张镌和张福禄、全为国身上的肉。

05

吴贞毓这边，蒋御曦和冷孟銋、蒲缨他们早已给吴贞毓准备好了让他自缢的白绫和架子。

见蒋御曦和冷孟銋、蒲缨他们还不对自己行刑，吴贞毓骂道：“老夫早已准备赴死，你们这些逆贼还磨蹭什么？”

蒲缨皮笑肉不笑地说：“急什么啊，吴大人，想死，也得等郑将军和王大人他们来，我们哪做得了主？”

“你等妖孽！”吴贞毓气愤地骂道。

等执行完了徐极、蔡缜等大臣的斩杀之刑和张镌、张福禄、全为国三人的剐杀之刑，郑国和王爱秀急忙赶往吴贞毓自缢的地方。

“吴大人，这下你可以去死了！”见郑国和王爱秀他们来了，蒲缨对吴贞毓奸笑道。

“吴大人，你还有什么要交代的吗？”坐在吴贞毓对面的郑国问。

吴贞毓大义凛然，对下面的官员拱手道：“诸位大人，老夫先走一步。老夫有一言，反清复明的大事就交付给诸位了，诸位一定要忠于朝廷，忠于皇上，千万不要像他庞天寿和马吉翔那样卖主求荣，让后人唾骂。只要这样，我等就是死了也犹如活着！”

吴贞毓说完，站上凳子，义无反顾地把头伸进上方的白绫套中，双脚一蹬凳子……

围观的老少妇孺，见到十八大臣为了朝廷，为了永历帝视死如归，慷慨赴死，无不垂泪。

天上，雷鸣电闪；地上，哭声一片。老天为忠臣悲怆，人们为忠臣恸哭。

“阿弥陀佛，善斋，善斋！”就在张福禄、全为国等十八人惨遭屠杀的时候，围观的人群中有一位出家人微低着头，右手胸前立掌，双眼流着泪在为他们祈祷。这位出家人，就是玉泉寺的主持月幢禅师。但他的祈祷只能是为张福禄和全为国他们超度灵魂，却无法阻止刽子手的屠刀。

行完刑，家属们哭喊着要上前收尸，郑国等人不让，恶毒地对他们说：“国主说了，为了警示他人，得让他们暴尸三日，不准收尸！”

于是，刑场外又响起一片悲恸之声……

永历帝和皇太后、皇后听说吴贞毓和徐极、张福禄、全为国、张镌等大臣已经被郑国等人处死，三人拥在一起哭个不停。一旁的内监和侍从见了，无不跟着落泪。

殿内悲声一片。

见吴贞毓等十八大臣已死，郑国马上派马雄飞回贵阳给秦王报告。

十八大臣被害之后，庞天寿、马吉翔等人继续投靠秦王，把持朝廷内外大权。蒋御曦和冷孟鉦、蒲缨、吴象铉、方祚亨、张佐辰、扶纲等一帮奸佞小人也依附秦王，谄事权奸。

因张佐辰和扶纲相貌丑陋，又是在庞天寿和马吉翔手下当差，时人戏称张佐辰为“判官”，扶纲为“小鬼”。

不久，林青阳也被马吉翔和庞天寿他们抓到。马吉翔和庞天寿赶紧叫人给秦王报告，秦王下令将他杀了。马吉翔和庞天寿又带上人，将林青阳押到安龙城边，残忍地将他杀害了。

至于说周官，却无人知道他去了哪儿，也许是看破红尘出家了，也许是被人害死了。

两年后，李定国率兵回贵州安龙入城护驾。当他听说吴贞毓和徐极、张福禄、全为国、张镌等十八大臣已经被秦王派人残杀，痛哭流涕，说都是因为他没能及时赶回来，才让他们丢了性命。

紧接着，他将永历帝及其他大臣接到了云南昆明。

后记

创作这部小说，有两个原因：一是出于对吴贞毓、张福禄等南明十八大臣精忠报国、视死如归精神的钦佩，二是出于履行一个曾经的承诺。

因为一些文学活动，我多次到过贵州安龙，也多次瞻仰过安龙南明十八大臣陵墓。每次瞻仰过后，吴贞毓、张福禄等十八大臣那种视死如归精忠报国的精神和英雄气概，总是久久回荡在脑海里。

我想，我是不是应该写点东西？

事有凑巧，几年前，《十月》杂志的几位编辑老师及中国作协原副主席蒋子龙先生等人到贵州安龙来举办小说创作讲座。我有幸聆听了他们的讲课，还向老师们就小说创作进行请教。

培训结束，我因为要搭乘州作协副主席杨远康的车，便和他留在了后面。

在与安龙的一些领导和朋友交流时，我表态，我要为安龙人民写点东西。我说的写点东西，就是为安龙写部小说。

态好表，真正要兑现却不是那么容易。君子一言，驷马难追，既然表了态，就得去兑现。可写什么呢？我想起了十八大臣，想起了吴贞毓、张福禄他们，想起了他们那令人荡气回肠的英雄气概和赤胆忠心，想起了他们那情义满天、生死与共的做人本质。

我决定写一写十八大臣。

从安龙回来，我就开始收集十八大臣的相关历史资料，并开始谋划这部小说。经过一番谋划，我动笔了。可写了五千字，写不下去了。原因是创作资料不全，对这个历史事件和当时的历史背景还是了解得不是那么透彻。于是，我又多方收集资料，并进行认真分析，去年元旦之夜，我又丢掉原先的创作，另起炉灶，重新动笔创作这部小说。

尽管在此之前我写过多部长篇小说，但以往这些作品都是反映现实问题的，完全不同于这部历史题材作品，创作这部小说时难题不少，这也是对我创作小说的一次挑战。

近年来，无论是在书店或银屏上，历史题材的小说作品数不胜数。但有一个现象，不少历史小说戏说历史的成分太多。本人敬畏文字，更敬畏历史，对那些戏说历史的作品不是那么恭维。诚然，随着时间推移，过去的许多人和事都渐渐变得模糊，让人无法复原，就算是有史料记载，也是只言片语记个大概，并非那么详尽。更何况记述者还有不同的思想观念，有可能一些该详尽记述的事实和细节，恰恰因为记述者的个人感情而被刻意抹掉，所以在创作这部小说时，对小说中人物的观点和立场，也只能是采信长久形成的历史观点。而对一些细节或情景，也只能是按照小说创作规律，发挥个人想象，将知晓的历史事实加以珠串。但本人绝不戏说历史，小说中除了一些小人物、小事件，主要人物、主要事件均有据可查，可圈可点，绝不妄言、乱加评判和叙说。

这是我对创作这部历史小说的态度。

这部小说从收集资料到创作成稿，历时三年半时间。这三年半里，白天、晚上我几乎都是泡在这部小说的创作上，时时都沉浸在自己构建的人物和人物关系里，与小说中的人物同悲同乐，写到情深处，陪他们笑，陪他们流泪。

这本小说的创作和出版，得到了黔西南州委宣传部，州作协，安龙县史志办及一些领导、老师和朋友的大力帮助和支持，本人在此一并感谢！

万　松
2018 年 3 月 25 日于贵州兴义